TINTE
&
FEDER

## Das Buch

Kamerun 1897: Nach ihrer Ankunft in Kamerun will Luise einfach nur vergessen und die schrecklichen Ereignisse der vergangenen Wochen hinter sich lassen. Aber eine Frage beschäftigt sie doch: Wie wird sich ihr Wiedersehen mit Hamza, ihrer einstigen Liebe, nach so vielen Jahren gestalten?

Dann erreicht Luise eine Nachricht, die sie vor eine äußerst schwierige Entscheidung stellt. Ihr Noch-Ehemann Hans hat nicht in ihren Scheidungsantrag eingewilligt und versucht, ihre Anteile am Kontor in seinem Besitz zu halten. Hat er vor, die gesamte Familie zu ruinieren? Um das zu verhindern, müsste Luise persönlich vor Gericht in Deutschland erscheinen, dabei hatte sie sich geschworen, nie mehr einen Fuß in das Land zu setzen. Gelingt es Luise, nach den Schicksalsschlägen noch einmal ins Leben zurückzufinden?

## Die Autorin

Ellin Carsta ist das Pseudonym der deutschen Autorin Petra Mattfeldt, die zusammen mit ihrem Mann und ihren drei Kindern in der Nähe von Bremen lebt. Mit ihrer »Hansen-Saga« und der Familiensaga um die von Falkenbachs landet sie regelmäßig Bestseller.

Weitere Informationen zur Autorin finden Sie unter www.petra-mattfeldt.de.

# ELLIN CARSTA

# Der große Aufbruch

## DIE HANSEN-SAGA

ROMAN

Deutsche Erstveröffentlichung bei
Tinte & Feder, Amazon Media EU S.à r.l.
38, avenue John F. Kennedy, L-1855 Luxembourg
August 2021
Copyright © der deutschsprachigen Ausgabe 2021
By Ellin Carsta

Umschlaggestaltung: bürosüd⁰ München, www.buerosued.de
Umschlagmotiv: © Chyrko Olena / Shutterstock; © Color Symphony /
Shutterstock; © portumen / Shutterstock; © Victor Jiang / Shutterstock;
© CoconutStudio / Shutterstock; © KathySG / Shutterstock;
© S_L / Shutterstock; © Boonchuay1970 / Shutterstock;
© icemanphotos / Shutterstock; © totojang1977 / Shutterstock
1. Lektorat: Silvia Kuttny-Walser
2. Lektorat: Diana Schaumlöffel
Korrektorat: Gisela Wunderskirchner / Angelika Wiedmaier
Gedruckt durch:
Amazon Distribution GmbH, Amazonstraße 1, 04347 Leipzig /
Canon Deutschland Business Services GmbH, Ferdinand-Jühlke-Straße 7,
99095 Erfurt /
CPI books GmbH, Birkstraße 10, 25917 Leck

ISBN 978-2-49670-685-7

www.tinte-feder.de

*Für Ulrich! Die Liebe meines Lebens!*

# Prolog

Der Brief hatte einen langen, einen sehr langen Weg zurückgelegt. Die Absenderin hatte ihn im fernen Amerika aufgegeben, wo er mit vielen anderen Botschaften von Menschen an ihre Lieben in der alten Heimat in einem Postsack gelandet war. In manchen Nachrichten war die Rede davon, dass der Absender tatsächlich sein Glück gemacht und in Amerika das Land der unbegrenzten Möglichkeiten vorgefunden hatte, wie es die vielen Agenten in Deutschland, die hierfür warben, versprochen hatten. Doch es gab auch Briefe, in denen die Verzweiflung darüber zum Ausdruck gebracht wurde, schlechter dazustehen als je zuvor und nun nicht mehr zu wissen, woher man das Geld für die Heimreise ins Deutsche Reich nehmen sollte.

Fast alle versandten Briefe gaben die neuen Lebensumstände der Absender wieder, so wie auch jener, der an die Frau adressiert war, der er nun nicht zugestellt werden konnte. Denn Luise Petersen, geborene Hansen, lebte nicht mehr in der Stadt, in der sie aufgewachsen war und in der sie fast jeder kannte oder zumindest ihren Namen schon einmal gehört hatte. Nein, Luise Petersen war fort, ohne sich von den Menschen, an deren Seite sie so vieles erlebt und überstanden hatte, zu verabschieden. Jeder Hamburger hatte wohl von dem Angriff der streikenden

Hafenarbeiter auf eine Hochzeitsgesellschaft und dem darauf-folgenden Tumult gehört, bei dem fünf Menschen den Tod fan-den. Vier Erwachsene und ein kleines Mädchen, gerade einmal zwei Jahre alt, waren zusammengeschlagen und am Ende wohl zu Tode getrampelt worden. Erschütternde Ereignisse, die kei-nen Hamburger kaltließen. Doch für die Frau, an die der Brief adressiert war, bedeutete dieser Tag das Ende des Lebens ihrer einzigen Tochter.

Wann immer in Hamburg darüber gesprochen wurde, senkten die Menschen ihre Stimme, nicht einmal die Empörung über den Aufstand der Hafenarbeiter mochte man lautstark äußern. Das daraus entstandene Unglück war ohnehin nie wie-dergutzumachen. Und nicht nur bei den Hafenarbeitern war das Schuldbewusstsein fast mit Händen greifbar. Nein, auch einige der Arbeitgeber und Geschäftsleute, die es mit ihrer unnachgie-bigen Art so weit hatten kommen lassen, fühlten sich schuldig. Doch das änderte rein gar nichts an der Tatsache, dass Viktoria Petersen kurz nach ihrem zweiten Geburtstag ihr Leben ver-loren hatte. Und so wurde nur sehr verhalten darüber geredet, dass die Mutter der Kleinen, die das größte Kontor in ganz Hamburg geführt hatte, einfach auf ein Schiff gegangen war und der Heimat den Rücken gekehrt hatte. Manche behaup-teten, sie sei nach Amerika ausgewandert, wohin es so viele Deutsche zu dieser Zeit zog. Andere wiederum, die etwas mehr über die Hintergründe der Familie wussten, gingen davon aus, dass Luise Petersen nach Kamerun gereist war, wo die Familie eine Kakaoplantage besaß. Und wieder andere mutmaßten, dass sie sich nach dem Tod der Tochter aus Verzweiflung selbst das Leben genommen hatte. Doch niemand wagte es, geradeheraus zu fragen, denn das Leid, das diese junge Frau erfahren hatte, war einfach unermesslich.

Fräulein Schreiber, die Sekretärin Luise Petersens, hatte von deren Onkel Georg Hansen erfahren, dass Luise ein Schiff der Woermann-Linie bestiegen hatte und damit nach Kamerun abgereist war. Dies hatte Luise ihm durch Peter Friedrichs, einen Kontormitarbeiter, ausrichten lassen, der Luise auf ihren Wunsch hin zum Hafen gebracht hatte.

Ob und wann Luise Petersen jedoch ins Kontor zurückkehren würde, wusste auch Georg Hansen nicht zu sagen, sodass Fräulein Schreiber in ein Dilemma geriet, wie mit dem Brief, der aus dem fernen Amerika für Luise Petersen persönlich eingetroffen war, nun zu verfahren sei. Denn ihre frühere Chefin hatte sie seinerzeit eindringlich angewiesen, dass niemand, nicht ein einziger Mensch, von Briefen, die aus Amerika für sie ankämen, etwas erfahren durfte. Also hatte Fräulein Schreiber das Kuvert genommen und es einstweilen in ihrer Schreibtischschublade verschwinden lassen, auch wenn sie dabei kein gutes Gefühl hatte. Doch was sonst sollte sie tun? Den Brief, gegen die ausdrückliche Weisung, die sie erhalten hatte, Georg Hansen aushändigen? Fräulein Schreiber hoffte inständig, dass sie bald Näheres über den Verbleib ihrer Chefin erfuhr, die hoffentlich mit einem der nächsten Schiffe wieder nach Hamburg zurückkehrte. Und so beschloss Fräulein Schreiber, erst einmal abzuwarten. Wie hätte sie auch ahnen können, dass die Zeilen, die an Luise Petersen gerichtet waren, von der Verzweiflung ihrer Absenderin berichteten und Auskunft darüber gaben, was ihr in Amerika widerfahren war? Die Nachricht, dass sie sich bereits nicht mehr an dem Ort aufhielt, dessen Anschrift Luise kannte, verschwand mitsamt dem Kuvert in der dunklen Schublade. So veränderte die Tatsache, dass Luise Petersen, geborene Hansen, nicht mehr in ihrer Heimatstadt weilte, nicht nur den weiteren Verlauf ihres eigenen Lebens. Doch das konnte zu diesem Zeitpunkt natürlich niemand wissen. Und es konnte auch niemand helfen.

# 1. Kapitel

## Kamerun, Sonntag, 17. Januar 1897

»Nur den einen Koffer«, erklärte Luise dem jungen dunkelhäutigen Mann, der sich suchend umblickte, um weitere Gepäckstücke einzusammeln. »Danke.«

Er schien verstanden zu haben, denn er nahm den Koffer und wartete, dass Luise voranging. Sie blieb jedoch noch kurz stehen und schaute sich um. Es war über sieben Jahre her, dass sie zuletzt in Kamerun gewesen war. Damals hatte es den Anlegesteg noch nicht gegeben, sodass sowohl die Passagiere als auch die Ladung über kleine bunte Boote an Land befördert wurden. Heute hingegen sah es hier ganz anders aus. Der neu erbaute Anleger machte einen massiven Eindruck. Praktisch war er allemal, doch irgendwie hatten die hübschen bunten Boote für die Hamburgerin einen besonderen Charme gehabt, der nun zu ihrem Bedauern fehlte. Mehr als sieben Jahre. Was doch in dieser Zeit alles geschehen war. Es kam ihr vor, als läge ein ganzes Leben dazwischen.

»Pass doch auf, du Dummkopf!«

»Aber Albert, ärgere dich doch nicht über ihn. Die Neger wissen es einfach nicht besser.«

Luise sah zur Seite. Ein Stück von ihr entfernt hatte einer ihrer weißen Mitreisenden soeben einen jungen Einheimischen zur Seite gestoßen, der offenbar versehentlich einen Reisekoffer umgeworfen hatte und sich nun beeilte, diesen wieder aufzustellen.

Die Frau des Mannes, von dem die Zurechtweisung gekommen war, bemerkte Luises Blick. »Man muss wohl mit der Einfältigkeit dieser Menschen hier leben, nicht wahr?« Sie verzog pikiert das Gesicht, ganz so, als erwarte sie Luises Zustimmung. Dieser jedoch lag eine Bemerkung auf der Zunge, mit der sie nur zu gern ihrer Abneigung gegen eine solche Behandlung von Einheimischen Ausdruck verliehen hätte. Doch sie hielt sich zurück und schwieg. Luise wusste zu gut, dass es nicht das Geringste bewirkte, sich einzumischen. Vor allem aber spürte sie, dass sie gar nicht die Kraft für eine Auseinandersetzung gehabt hätte. Also wandte sie sich ohne ein Wort ab und bedeutete dem jungen Mann, der ihren Koffer hielt, ihr zu folgen. Schon nach wenigen Schritten trat ein Mann in Uniform auf sie zu.

»Frau Petersen?«

Luise hätte überraschter nicht sein können. »Ja?«

Der Soldat streckte ihr die Rechte hin. »Oberleutnant Erich Heemsen. Es ist mir eine Freude, Sie kennenzulernen, doch bitte lassen Sie mich Ihnen zuerst mein Beileid zu Ihrem Verlust aussprechen.«

»Danke.« Luise schüttelte fast mechanisch die ihr gereichte Hand. Sie war einen Monat lang gereist, um all das Entsetzliche, das sich in Hamburg ereignet hatte, hinter sich zu lassen, und wurde nun hier sofort wieder davon eingeholt.

»Ihr Vater hat mir telegrafiert«, fuhr der Oberleutnant fort.

»Ich verstehe«, sagte Luise nur. Sie hatte den Namen Erich Heemsen schon einige Male von ihrem Vater Robert gehört.

Heemsen sorgte während dessen Abwesenheit dafür, dass die Hansen-Plantage und die Farm unter deutschem Schutz standen, um mögliche Übergriffe anderer Weißer zu verhindern. Heemsen und ihr Vater waren hier wohl so etwas wie Freunde geworden, weshalb Luise ihm grundsätzlich Vertrauen entgegengebracht hätte. Doch sie fühlte sich irgendwie ausgeliefert. Das Schiff der Woermann-Linie hatte sie betreten, um Hamburg und den Schrecken der Vergangenheit zu entfliehen. Doch dies war ihr offensichtlich nicht gelungen.

»Haben Sie nur den einen kleinen Koffer?«

»Ja. Meine Reise hierher war nicht wirklich geplant.«

Der Oberleutnant nickte nur, gab jedoch keinen Kommentar zu Luises Bemerkung ab. Er bedeutete dem jungen Einheimischen, ihm den Koffer zu reichen, sagte etwas auf Duala und gab ihm eine Münze.

»Kommen Sie, Frau Petersen. Dort oben ist eine Trage für Sie bereit.«

»Offen gesagt, Herr Oberleutnant, würde ich lieber reiten«, erklärte Luise.

»Ist das denn möglich? Ich meine, Ihr Vater hat mitgeteilt, dass Sie vor wenigen Wochen erst aus dem Krankenhaus entlassen wurden.«

»Es wird schon gehen«, meinte Luise, auch wenn sie sich keineswegs sicher war. Doch allein die Vorstellung, in diesem Tuch mit den zwei Stangen getragen zu werden, war ihr Ansporn genug, sich zusammenzureißen. Sie konnte nur hoffen, dass sie die Verletzung an den Rippen nicht allzu sehr spürte.

Doch letztlich schob sie auch diesen Gedanken beiseite und ging dann zusammen mit Oberleutnant Heemsen den Anlegesteg entlang bis zu der Stelle, an der er in einen breiteren Weg mündete. Dort wartete bereits ein Einheimischer mit dem Pferd des Oberleutnants. Heemsen sagte etwas zu ihm, worauf der Einheimische die beiden anderen, die die Trage hielten, wegschickte und laut etwas rief. Nur wenige Momente später wurde ein weiteres Pferd herbeigeführt.

»Darf ich Ihnen wenigstens beim Aufsitzen behilflich sein?«, fragte Heemsen nun, worauf Luise nickte.

»Danke. Gern.«

Luise stieg mit dem linken Fuß in den Steigbügel, und Heemsen fasste sogleich beherzt zu, um sie mit Schwung in den Sattel zu hieven. Luise entfuhr ein kleiner Zischlaut, weil ihr in diesem Moment ein scharfer Schmerz in die Rippen schoss. Doch er dauerte nur einen Augenblick, und als sie fest im Sattel saß, ließ er bereits wieder nach.

»Danke«, sagte sie abermals, worauf Heemsen ihr nur zunickte und schließlich selbst auf sein Pferd stieg. Dann ließ er sich den Koffer reichen.

»Wird es gehen?«, fragte Luise.

»Der Koffer ist ja nicht groß«, antwortete der Oberleutnant. »Das ist kein Problem.«

Sie trieben die Pferde in den Schritt, und Luise sah noch kurz zurück, weil es am Anlegesteg gerade laut wurde. Soweit sie es noch erkennen konnte, gab es für den Mitreisenden, der sich vorhin über den jungen Einheimischen aufgeregt hatte, schon wieder einen Grund, sich zu echauffieren. Luise schüttelte nur den Kopf und dachte sich ihren Teil.

»Ist das in Ordnung?«, fragte der Oberleutnant und deutete auf das Pferd.

»Ja, vielen Dank. Es wäre nicht nötig gewesen, mich abzuholen. Gewiss haben Sie wichtigere Aufgaben.«

»Aber das ist doch selbstverständlich.«

»Nun, ich gebe zu, ich hatte nicht damit gerechnet, erwartet zu werden.«

»Sie können sich vorstellen, dass man in Hamburg und auch in Wien in großer Sorge um Sie ist, Frau Petersen.«

»Könnten Sie mir einen Gefallen tun?«, fragte Luise dazwischen, ohne auf seine Bemerkung einzugehen.

»Sicher.«

»Würden Sie mich bitte Hansen nennen, nicht Petersen?«

»Ja, natürlich. Wie Sie wünschen.«

»Danke sehr.«

Luise wusste selbst nicht, woher dieser Gedanke plötzlich aufgetaucht war. Sie spürte nur, dass sie Hans' Namen keinesfalls mehr tragen wollte.

»Sagen Sie, Oberleutnant, sind Sie während Ihres Dienstes auch persönlich auf der Plantage oder nur Ihre Leute?«

»Sowohl als auch.«

»Sie kennen also Malambuku?«

»Selbstverständlich.«

»Und auch Hamza?«, fragte sie, nun etwas zögerlicher.

»Ja, recht gut sogar. Ein erstaunlicher junger Mann. Soweit ich von Ihrem Vater weiß, sind Sie beide befreundet, nicht wahr?«

»Wir waren es mal«, beeilte sie sich zu erwidern und konnte nicht vermeiden, dass ihr das Blut in die Wangen schoss. »Weiß er es? Ich meine, wissen die beiden Männer, was mir zugestoßen ist?«

»Ja, ich habe es ihnen gesagt.«

»Ich verstehe«, meinte Luise nur und hatte Mühe, ihren Herzschlag zu beruhigen, wenngleich sie nicht hätte sagen können, was sie daran so aufregte. Selbst wenn ihr Vater nicht telegrafiert hätte, hätte sie selbst Malambuku und Hamza natürlich berichten müssen, was geschehen war. Immerhin war es alles andere als alltäglich, dass sie einfach so hierhergereist kam.

»Ich hoffe, ich bin damit nicht zu weit gegangen?«

»Womit?« Luise war schon wieder ganz in Gedanken.

»Malambuku und Hamza einzuweihen. Die beiden waren wirklich erschüttert, als sie von den Ereignissen in Hamburg hörten.«

»Ich hätte es ihnen ohnehin gesagt«, entgegnete Luise, obwohl sie das nicht vorgehabt hatte. Ihr gefiel es gar nicht, dass hinter ihrem Rücken über sie geredet wurde. Was hatte ihr Vater sich dabei gedacht? Aber schon im nächsten Moment fand sie den Gedanken albern. Vor allem aber kam ihr die Erkenntnis, dass es gar nicht darum ging, dass Robert ihr mit seinem Telegramm an Heemsen zuvorgekommen war. Vielmehr wollte Luise im Grunde noch immer nicht wahrhaben, dass Viktoria wirklich tot war. Sie hätte es gern noch eine Weile für sich behalten, um sich selbst eine Art Schonfrist zu gewähren. Doch auch diesen Gedanken verwarf sie sofort wieder.

So ging das nun schon, seit sie im Krankenhaus die Nachricht von Viktorias Tod erhalten hatte: Gedanken, die überhaupt keinen Sinn ergaben, tauchten in ihr auf und nahmen sie in Besitz, nur um ihr kurz darauf wieder völlig absurd zu erscheinen – was sie ja auch waren. Luises Kopf schmerzte, wenn sie darüber nachdachte. Ihr ganzes Leben war eine einzige Qual geworden.

Eine Weile ritten sie schweigend im Schritt nebeneinanderher. Dann sagte der Oberleutnant: »Seit dem Ende der Jaunde-Aufstände im letzten Jahr ist es um einiges ruhiger geworden. Wir alle hoffen, dass der Frieden anhält.«

Natürlich bemerkte Luise, dass es Heemsen vor allem darum ging, ein unverfängliches Gesprächsthema zu finden, damit sie nicht weiter schweigend nebeneinanderher ritten. Zwar wollte sie keinesfalls schroff wirken, da er offenbar sehr um eine höfliche Konversation bemüht war, aber sie fand es äußerst schwierig, eine zwanglose Unterhaltung zu führen, während sie vor lauter Verzweiflung keinen klaren Gedanken fassen konnte.

»Ich würde einen Zustand der Unterdrückung von Menschen, denen das Land und der ganze Kontinent eigentlich gehört, keinesfalls mit dem Begriff *Frieden* umschreiben. Doch ich verstehe, wie Sie es meinten.« Es klang harscher, als Luise beabsichtigt hatte.

»Wenn ich mir die Bemerkung erlauben darf: Sie sind genau so, wie Ihr Vater Sie beschrieben hat.«

»Ach ja? Und was heißt das, wenn ich fragen darf?«

»Ich glaube, Ihr Vater sagte, dass Sie überaus intelligent seien und mit außergewöhnlich hohen Maßstäben an Moral, Ethik und Integrität durchs Leben gingen. Und dass Sie bereit seien, für Ihre Werte und Überzeugungen einzutreten, ungeachtet aller Widerstände und Ressentiments.« Er lächelte. Offenbar war ihm eine Erinnerung in den Sinn gekommen. »Ich hoffe, Sie verstehen es nicht falsch. Aber ich weiß noch, dass Robert einmal sagte, dass Sie der mit Abstand beste Mann seien, den das Deutsche Reich aufzubieten habe. Und das im Körper einer Frau.«

Bei der Bemerkung musste nun auch Luise schmunzeln. »Das hat er gesagt?«

»Wenn ich mich recht erinnere, ja.«

Sie ritten noch etwas über eine Stunde. Und je näher sie der Farm kamen, desto beklommener fühlte Luise sich. Natürlich hatte sie während der Schiffsreise darüber nachgedacht, in Kürze Hamza wieder zu begegnen, den sie seit über zwei Jahren nicht mehr gesehen hatte. Sie waren im Unfrieden auseinandergegangen, oder genau genommen, nicht einmal das. Sie hatten gar nicht mehr miteinander gesprochen, damals, als sie Viktoria das Leben geschenkt hatte. Viktoria, ein weißes Kind, das seinem Vater Hans wie aus dem Gesicht geschnitten war. Was musste wohl damals in Hamza vorgegangen sein? Schließlich waren Luise und er fest davon ausgegangen, dass es sein Kind war und nicht das ihres Ehemanns. Sie hatten zusammen fortgehen wollen – fliehen, um genau zu sein. Ja, sie hatten nach Kamerun fliehen wollen, um hier miteinander zu leben. Und wenn nicht auf der Plantage, dann in einer der ferneren Kolonien bei den Engländern oder den Belgiern. Irgendwo, wo sie sich ein gemeinsames Leben hätten aufbauen können. Doch dazu war es nicht gekommen. Sie hatte Viktoria zur Welt gebracht, und Hamza war allein nach Kamerun zurückgekehrt. Sie presste sich unwillkürlich die Hand auf die Brust bei dem Gedanken. O Gott, wie musste Hamza sie hassen. Würde er ihr eine Szene machen und ihr die bittere Enttäuschung entgegenschleudern, die er nun seit über zwei Jahren mit sich herumtrug?

»Alles in Ordnung?«, fragte Heemsen, der ihre Bewegung bemerkt hatte.

»Ja, natürlich. Es ist nichts.«

Der Pfad wurde breiter, und sie erreichten schließlich die Auffahrt, die direkt auf das Steinhaus zuführte. Alles sah genauso aus wie in Luises Erinnerung. Das Hauptgebäude mit dem zusätzlichen Stockwerk obenauf, von dem rechts und links flache Anbauten abgingen. Die drei Erker an der Frontseite und die Holzveranda, die um das ganze Haus lief. Ja, alles war genau wie in ihrer Erinnerung. Nur sie selbst, das spürte sie in diesem Moment so deutlich, dass es schmerzte, nur sie war nicht mehr die, die einst hier gelebt hatte.

Sie ritten direkt bis vor das Haus und zügelten die Pferde. Kaum hatte Oberleutnant Heemsen Luise vom Pferd geholfen, wurde auch schon die Tür so weit aufgestoßen, dass sie gegen die Wand schlug.

»Jamboooo!«, rief Malambuku und kam mit ausgebreiteten Armen auf Luise zu.

»Malambuku!«

»Jambo, Nyango!« Malambuku umarmte Luise und drückte sie an sich.

In diesem Augenblick brachen bei Luise alle Dämme. Während des gesamten Ritts hierher hatte sie die Contenance gewahrt, um Oberleutnant Heemsen keinen Blick in ihre Seele zu gewähren. Nun jedoch, in den Armen Malambukus, konnte und wollte sie sich nicht mehr beherrschen. Zu groß war die

Freude, ihn wiederzusehen. Dabei hatte sie noch vor einer halben Stunde geglaubt, nie wieder etwas empfinden oder sich sogar freuen zu können.

Lange hielten die beiden einander fest, und aus ein paar Tränen wurde bei Luise ein heftiges Schluchzen.

»Malambuku wissen so genau«, sagte er schließlich und wischte mit einer zärtlichen Geste ihre Tränen von den Wangen, während er ihr fest in die Augen sah. »Malambuku auch Tochter verloren. Nila gestorben vor sieben Jahren, und Wunde noch immer in Herzen von Malambuku. Doch Schmerz wird weniger und weniger. Und dann, wenn Zeit vergangen, Malambuku nur noch lächeln, wenn vorstellen Nilas schönes Gesicht. So wird auch bei Nyango sein.«

»Ach, Malambuku.« Luise ließ sich wieder in seine Arme fallen, vollkommen überwältigt von ihren Gefühlen. Es dauerte, bis die beiden ihre Umarmung lösten, weil Luise eine Berührung an ihrem Arm wahrnahm.

»Es ist gut, dass du gekommen bist.«

Luise blickte durch einen Tränenschleier auf. »Hamza.« Ihre Stimme brach.

»Es tut mir so leid, was geschehen ist. Doch jetzt bist du hier, und deine Wunden können heilen.«

Erleichterung stieg wie eine Welle in Luise auf, die sie mit solcher Wucht packte, dass ihr schließlich die Knie weich wurden und weder Malambuku noch Hamza rechtzeitig zugreifen konnten, sodass sie kraftlos zu Boden sank.

Wie aus weiter Ferne hörte sie die Stimmen. Malambuku, Hamza und auch Oberleutnant Heemsen riefen ihren Namen. Doch Luise wollte gar nicht zurückkehren. Das erste Mal seit Wochen nahm sie weder Schmerz noch Verzweiflung wahr. Sie war jetzt einfach nur müde. Ja, sie wollte schlafen, nur noch schlafen und nie wieder die Augen öffnen müssen. Jetzt war sie an einem Ort, an dem es ihr gut ging und sie keine Schmerzen hatte. Die Stimmen wurden leiser und drangen schließlich überhaupt nicht mehr zu ihr durch. Luise tauchte tiefer und tiefer in das dunkle Nichts, das ihr Ruhe schenkte. Endlich musste sie nichts mehr fühlen. Es war wie ein Geschenk.

# 2. Kapitel

## *Hamburg, Sonntag, 17. Januar 1897*

Georg war mit den Gedanken weit weg. Heute sollte das Schiff der Woermann-Linie in Kamerun anlegen, wenn es nach Plan verlief. Hoffentlich war alles gut gegangen und Luise sicher dort eingetroffen. Ihn überkam eine Gänsehaut bei dem Gedanken, den er in den letzten Tagen so oft gehabt hatte: dass seine Nichte sich womöglich vor Verzweiflung über den Tod ihrer Tochter während der Überfahrt ins Meer gestürzt haben könnte und ertrunken war. Nein, er wollte solche Gedanken gar nicht erst zulassen. Schon bald würde er hoffentlich eine Nachricht seines Bruders aus Wien erhalten, sobald dieser von Oberleutnant Heemsen auf telegrafischem Weg erfahren hätte, dass Luise wohlbehalten dort eingetroffen war. Doch selbst wenn alles gut gegangen war, würde die entsprechende Nachricht frühestens morgen, womöglich aber auch erst übermorgen bei ihm eintreffen. Und die Ungewissheit zerrte schwer an seinen Nerven, nicht nur wegen Luise, sondern auch wegen Elsa, seiner Schwiegertochter. Sie war vor ziemlich genau drei Monaten, nämlich am 16. Oktober, gemeinsam mit der kleinen

Marie nach Heidelberg zu ihren Eltern gereist und laut Luise, die eine Nachricht von Elsa erhalten hatte, auch sicher dort angekommen. Zumindest hatte Luise das der Familie so mitgeteilt. Inzwischen jedoch zweifelte Georg daran, denn die letzten Neuigkeiten, die man ihm zugetragen hatte, lauteten ganz anders. Nachdem sie so lange nichts von Elsa gehört hatten und sich sorgten, aber andererseits Elsa auch über die tragischen Geschehnisse in Hamburg informieren wollten, hatte Georg, wenige Tage nachdem Luise auf das Schiff gegangen und nach Kamerun aufgebrochen war, einen Mitarbeiter des Kontors nach Heidelberg gesandt, um dort Elsa bei ihren Eltern aufzusuchen und über die Vorkommnisse in Kenntnis zu setzen. Im besten Fall sollte er Elsa und Marie direkt wieder nach Hamburg zurückholen, wo ja nun einmal ihr Zuhause war. Georg war ohnehin überrascht, wie lange der Aufenthalt der Schwiegertochter in Heidelberg bereits andauerte. Er hatte mit zwei oder vielleicht auch drei Wochen gerechnet, keinesfalls jedoch mit mehr als einem Monat.

Die Schwierigkeit hatte darin bestanden, dass Georg von den Eltern seiner Schwiegertochter keine Anschrift und nicht einmal den Nachnamen hatte, da Elsa Matthes' Mutter nach der Heirat den Namen ihres zweiten Mannes angenommen hatte, den Georg nicht kannte. Doch tatsächlich hatte sich das als das geringste Problem erwiesen, wie Dietrich Meier, der Mitarbeiter, den Georg nach Heidelberg geschickt hatte, ihm nach seiner Rückkehr berichtete. Er hatte nur wenige Geschäfte abklappern müssen, bis jemand ihm sagen konnte, dass Elsas Mutter nun den Nachnamen Gerling trug und mit ihrem Ehemann in der Pfarrgasse wohnte. Dietrich Meier hatte das Haus sofort gefunden. Doch als er dort vorstellig wurde, zeigten die Eltern sich vollkommen überrascht, dass sich Elsa mit ihrer Tochter Marie, von der die Leute im Übrigen gar nichts wussten, bei ihnen aufhalten sollte. Tatsächlich hatten die beiden seit

Jahren nichts von Elsa gehört. Sie waren seinerzeit im Unfrieden auseinandergegangen, und es schien ihnen, so schilderte Meier seinen Eindruck, auch nicht das Geringste auszumachen, keinen Kontakt zu Tochter und Enkelin zu haben. Vielmehr wirkten die Mutter und ihr Mann überhaupt nicht an Elsa oder Marie interessiert, und sie merkten sogar an, dass Elsa sich nur ja nicht einbilden sollte, zu ihnen nach Heidelberg zu kommen, sondern lieber in Hamburg oder weiß der Teufel wo bleiben und ihr eigenes Leben führen möge. Meier war es ganz offensichtlich peinlich gewesen, Georg davon zu berichten, da er das alles recht zögerlich weitergegeben hatte. Dann hatte Meier gefragt, ob er noch etwas tun könne, was Georg verneinte. Als Anerkennung hatte er Meier einen zusätzlichen Lohn ausbezahlt. Damit war die Angelegenheit für Meier erledigt gewesen, für Georg jedoch taten sich damit weitere Probleme auf, die es zu lösen galt. Warum hatte Luise ihn und die Familie belogen, als sie sagte, dass Elsa und Marie sich in Heidelberg aufhielten? Oder war sie womöglich selbst belogen worden und wusste es nicht besser? Doch wo waren nun Elsa und Marie abgeblieben? Georg verspürte eigenartigerweise keine Sorge, dass ihnen etwas zugestoßen war. Vielmehr sah es nach einer ganz gezielten Lüge aus, schließlich hätte es sonst nicht geheißen, dass Elsa und ihre Tochter sicher in Heidelberg angekommen waren. Doch warum dieses falsche Spiel? Georg konnte sich beim besten Willen keinen Reim darauf machen. Und noch viel weniger wusste er, ob und wenn ja, wie er Vera über all das unterrichten sollte. Schließlich war sie seit Frederikes Hochzeit und den schrecklichen Geschehnissen dieses Tages mehr als nur dünnhäutig, um nicht zu sagen: mit den Nerven am Ende. Oft kamen ihr schon die Tränen, wenn sie einfach nur dasaß und vor sich hin starrte. Die Tatsache, dass inzwischen nur noch sie und Georg in der Villa lebten und das Haus geradezu grabesstill war, während noch vor Kurzem zwei Kinder und vier weitere Erwachsene hier gelebt hatten, trug ein Übriges zur bedrückten Stimmung bei. Und Georg fühlte sich bei der vielen Arbeit, die er seit Luises Abwesenheit im Kontor hatte, außerstande, sich auch noch in stärkerem Maße seiner Frau zuzuwenden. Es schien für Georg Baustellen über Baustellen zu geben, und er hatte im Moment nicht die geringste Ahnung, wie er es anstellen sollte, auch nur einen kleinen Teil des Schutts beiseitezukehren, der sich vor ihm türmte. Zwar hatte er Luise über die Jahre ohnehin sehr zu schätzen gewusst und ihre Klugheit und die Art, wie sie das Kontor leitete, über die Maßen respektiert, doch jetzt kam es ihm fast unglaublich vor, wie sie es geschafft hatte, so viele Bälle gleichzeitig in der Luft zu halten. Umso bitterer war die Erkenntnis, welch dramatische Wendung Luises Leben genommen hatte, und dass es ihr wohl einfach nicht vergönnt war, glücklich zu werden. Ob ihr dies nun in Kamerun gelang? Georg bezweifelte es. Sie war seiner Meinung nach viel zu sehr Geschäftsfrau und in der Hamburger Kontorwelt verwurzelt. Doch womöglich war es auch die Angst, dass er sich täuschen könnte und Luise nicht, wie er hoffte, eines der nächsten Schiffe nehmen und hierher zurückkehren würde. Denn an die Möglichkeit, dass sie tatsächlich in Kamerun bleiben und gar nicht vorhaben könnte, jemals wieder nach Hause zu kommen, mochte Georg gar nicht erst denken. Er ahnte, nein: er wusste, dass er nicht in der Lage wäre, all das, was Luise angestrebt und aufgebaut hatte, auf die gleiche Weise weiterzuführen, wie sie es getan hatte. Sein Bruder Robert hatte einige Male scherzhaft gesagt, dass durch Luises Adern kein Blut, sondern Kaffee floss, und sie wie keine andere ihrem Großvater glich und es verstand, Geschäfte zu machen. Früher hatte Georg solche Sprüche manches Mal belächelt. Inzwischen jedoch hatte er längst eingesehen, dass seine Nichte tatsächlich mehr Gespür für die besten Geschäfte hatte als jeder andere in der Familie. Und obendrein kam hinzu, dass es sonst niemanden gab, an den die Firma später, wenn Robert und er zu alt oder womöglich schon tot waren, übergeben werden konnte. Georgs Sohn Richard, dessen Rolle es eigentlich gewesen wäre, hatte sich von der Familie abgewandt. Und sowohl seine Nichte Martha als auch seine Tochter Frederike hatten Ehemänner, die ihre eigenen Geschäfte betrieben. Was sollte aus dem Kontor Hansen einmal werden, wenn es niemanden mehr gab, der zumindest mit einer Hansen verheiratet war und die Rolle des Nachfolgers ausfüllen konnte? Für Georg stellte es sich dar, als hätte Luise mit ihrer Entscheidung, nach Kamerun zu gehen, die Zukunft der ganzen Familie verändert. Doch noch war nicht aller Tage Abend, und er hoffte inständig, dass er schon in Kürze die Nachricht erhielt, Luise befände sich bereits auf der Rückreise. Dann würde sich schon alles finden und endlich ein Licht am Ende des Tunnels aufblitzen.

»Geht es dir etwas besser?« Georg sah auf, als in diesem Moment Vera die Stube betrat. Er hatte sich in den Sessel gesetzt, der an der hinteren Terrassentür stand, und die Beine auf den kleinen Hocker davor gelegt. Eigentlich wäre ihm wohler gewesen, auch an diesem Sonntag ins Kontor zu fahren und dort noch etwas von der vielen Arbeit aufzuholen, die liegen geblieben war. Doch das wollte er Vera nicht antun. Sie war ohnehin jeden Tag fast allein zu Haus. Da sollte sie wenigstens am Sonntag das Gefühl haben, dass noch jemand da war, wenn sie, wie jetzt, nach einer kleinen Mittagsruhe erwachte und ins Wohnzimmer kam.

»Ich wünschte, ich könnte Ja sagen«, nahm sie auf seine Frage Bezug. »Doch in Wahrheit fühle ich mich noch immer schlecht und, wie soll ich es ausdrücken, so kraftlos.«

»Womöglich würde dir ein Tapetenwechsel für eine Weile guttun«, äußerte Georg einen spontanen Einfall. »Wie wäre es, wenn du Robert und Therese in Wien besuchst, damit du auf andere Gedanken kommst?«

»Nach Wien?« Sie sah ihn überrascht an. »Du weißt, dass ich Wien nicht einmal mochte, als wir dort gelebt haben. Gewiss werde ich nicht extra die lange Reise auf mich nehmen, um dann dort den schlimmen Erinnerungen nachzuhängen und die Bilder wieder und wieder in meinem Kopf zu bewegen, die mich seit dem Tag der Hochzeit ständig begleiten.«

»Aber genau deshalb schlage ich das ja vor«, beharrte Georg. »Du musst endlich mal wieder auf andere Gedanken kommen.«

Vera ließ sich schwer in den Sessel gegenüber von Georg sinken.

»Es ist jetzt fast zwei Monate her«, sagte Vera, senkte den Blick und knetete das Taschentuch in ihren Händen. »Und es ist nicht ein einziger Tag vergangen, an dem ich nicht daran gedacht habe.« Sie schluchzte auf. »Arme Luise, arme Frederike. Wie soll meine Tochter nur jemals damit zurechtkommen, dass die kleine Viktoria bei ihrer Hochzeit getötet wurde.« Die Tränen liefen ihr nun über die Wangen. »Sie war doch noch so klein. So ein süßes Engelchen mit ihren blonden Locken.« Sie presste sich das Taschentuch vor den Mund und weinte haltlos.

Georg erhob sich, ging zu seiner Frau, setzte sich auf die Lehne ihres Sessels und zog Vera an sich. »Es ist schier unerträglich«, gab er ihr recht. »Doch wie du sagst: Es ist fast zwei Monate her. Und uns bleibt nichts anderes übrig, als nach vorn zu blicken, Vera. Und wenn wir uns noch so hilflos und gelähmt fühlen, bringt es uns doch Viktoria nicht zurück.«

»Aber ich kann an nichts anderes denken«, entgegnete sie. »Der 20. November 1896 ist der Hochzeitstag meiner Tochter und wird doch immer der schlimmste Tag in unser aller Leben sein. Ich weiß nicht, wie Frederike damit weiterleben soll.«

»Sie hat einfach keine Wahl«, stellte Georg sachlich fest. »Genau wie wir, Vera.«

Einen Moment sagte sie nichts, weinte nur in ihr Taschentuch. Dann sah sie zu ihrem Ehemann auf. »Hast du etwas von deinem

Mitarbeiter gehört? Müsste er nicht längst aus Heidelberg zurück sein?«, fiel ihr nun das Rätsel um Elsa wieder ein.

Georg seufzte, stand auf und ging wieder zu seinem Sessel hinüber. »Er ist zurück«, erklärte Georg und traf damit die Entscheidung, seine Frau in sein Wissen einzubeziehen.

»Und?«

»Nun ja, wie es scheint, ist Elsa nie bei ihren Eltern gewesen.«

»Was?« Vera sah ihn erschrocken an. »Du meinst, ihr ist auch noch etwas zugestoßen? Ist sie verletzt? Was ist mit Marie? Mein Gott, sind wir Hansens denn verflucht?«

»Beruhige dich bitte, Vera. Ich denke nicht, dass ihnen etwas zugestoßen ist. So wie es aussieht, hatte Elsa in Wahrheit wohl nie vor, ihre Eltern zu besuchen.«

»Aber das hat sie uns doch gesagt! Ich habe mich bestimmt nicht verhört. Sie sagte, sie würde nach Heidelberg reisen und …«

Georg hob kurz die Hand, sodass Vera verstummte.

»Ja, das hat sie uns gesagt. Und Luise hatte mir selbst mitgeteilt, dass sie Nachricht von Elsa erhalten hätte und diese wohlbehalten bei ihren Eltern angekommen sei.«

»Aber dann …?«

»Sie hat uns wohl belogen, Vera. Uns und womöglich auch Luise.«

»Aber das verstehe ich nicht. Weshalb denn nur?«

Georg zuckte die Achseln. »Ich kann es mir auch nicht erklären.«

Vera knetete schon wieder nervös ihr Taschentuch. Dann sah sie Georg an. »Aber dann bedeutet das ja, dass wir überhaupt nicht wissen, wo unsere Schwiegertochter und unsere Enkelin sich befinden. Ihnen kann wer weiß was passiert sein.«

»Wir müssen besonnen bleiben und versuchen, das Ganze aufzuklären«, befand Georg. »Ich warte nur auf die Nachricht von Robert, dass Luise sicher in Kamerun angekommen ist. Dann werde ich ihr direkt telegrafieren.«

Vera kamen erneut die Tränen. »Aber per Telegramm kann man doch solche Dinge gar nicht richtig besprechen«, wandte sie ein. »Wann kommt Luise zurück? Was ist mit Elsa und Marie? Weiß Luise davon? Wie soll das nur alles weitergehen, Georg? Sag es mir!«

»So leid es mir tut, ich kann dir im Moment auf keine deiner Fragen eine Antwort geben, Vera.«

Nun brach sie abermals in Tränen aus, noch heftiger als zuvor. Sie wurde von einem Weinkrampf geschüttelt, und es dauerte, bis sie wieder einigermaßen die Fassung zurückerlangt hatte. »Ob Martha etwas weiß?« Sie sah ihren Ehemann aus geröteten, verquollenen Augen an.

»Martha?« Georg hob die Augenbrauen. »Das kann ich mir kaum vorstellen. Immerhin hatten Martha und Elsa so gut wie keinen Kontakt. Wenn sie schon uns nicht gesagt hat, wohin sie in Wahrheit wollte, dann glaube ich kaum, dass sie sich ausgerechnet Martha anvertraut hat. Luise ja, doch Martha?« Georg schüttelte den Kopf. »Das können wir ausschließen, denke ich.«

»Und Frederike?«, schlug Vera nun vor.

»Ihr schon eher. Allerdings passt das nicht dazu, dass Frederike mich an Weihnachten gefragt hat, ob ich etwas von Elsa gehört hätte und wann diese denn wieder nach Hause käme. Sie war überrascht, dass Elsa nicht zum Fest heimgekehrt war.«

»Hm«, überlegte Vera. »Und Richard? Also, ich glaube zwar nicht, dass Elsa vor ihrer Abreise mit ihm gesprochen hat. Aber müssten wir ihn nicht informieren? Immerhin ist sie noch immer seine Frau und Marie seine Tochter.«

Georg wiegte skeptisch den Kopf. »Bei jedem anderen gäbe ich dir recht. Doch so, wie Richard sich benommen hat, hat er es nicht verdient.«

»Aber er ist doch Maries Vater«, hielt Vera dagegen.

»Das schon. Aber meiner Meinung nach hat er das Recht, an ihrem und Elsas Leben teilhaben zu dürfen, verwirkt. Und stell dir nur vor, wenn Elsa in ein paar Tagen wieder vor der Tür steht und wir ihr dann gestehen müssen, Richard über ihre Abwesenheit informiert zu haben. Sie hätte doch gewiss das Gefühl, uns nie wieder vertrauen zu können.«

»Das stimmt nun auch wieder«, gab Vera ihrem Ehemann recht. »Aber wir müssen doch irgendetwas tun!«

»Im Augenblick können wir meiner Meinung nach nur abwarten, bis Robert sich meldet und wir Näheres von Luise wissen. Alles andere bringt überhaupt nichts.«

»Ach, Georg.« Vera sah ihn aus geröteten Augen an. »Irgendwie ist einfach nichts mehr so, wie es war. Es ist, als wäre unser ganzes Leben in den letzten Monaten zerbrochen. Ich weiß überhaupt nicht mehr, wie es weitergehen soll.«

»Ich würde dir gern sagen, dass das schon wieder wird. Doch zurzeit weiß ich mir selbst fast keinen Rat mehr.« Sofort bereute Georg seine Bemerkung, als er die Bestürzung im Blick seiner Ehefrau sah. »Doch es ist nicht das erste Mal, und es wird, so bedauerlich ich es auch finde, auch nicht das letzte Mal sein, Vera«, fügte er eilig hinzu. »Und wir haben noch immer alles zusammen bewältigt. Also werden wir es auch dieses Mal schaffen.«

Veras Haltung entspannte sich etwas, und sie legte die Hand auf die Brust. »Gerade hast du mir richtig Angst gemacht, Georg. Denn wenn auch du keinen Rat mehr weißt, ist da nur noch Hoffnungslosigkeit für mich.«

»Na, na.« Georg stand erneut auf und ging zu seiner Frau. Dieses Mal beugte er sich zu ihr herab und gab ihr einen Kuss auf die Stirn. »Wir dürfen niemals den Mut verlieren, Vera. Das stünde uns nicht zu Gesicht.«

Es klopfte laut an der Vordertür, sodass Georg sich abrupt

aufrichtete und lauschte. Anna, die Haushälterin der Hansens, beeilte sich und öffnete.

»Guten Tag, die gnädigen Herrschaften«, sagte sie, und im nächsten Moment sah Georg Martha und Ludwig mit ihrem Sohn Eduard eintreten.

»Guten Tag, Anna. Sind mein Onkel und meine Tante da?«

»Wir sind hier im Wohnzimmer, Martha«, rief Georg und reichte Vera die Hand, damit sie sich aus ihrem Sessel erhob.

Martha und Ludwig gaben Anna ihre Mäntel, während Eduard, ohne seine Jacke auszuziehen, ins Wohnzimmer stürmte. Vera breitete die Arme aus, und kurz war dem fast Fünfjährigen die Überraschung anzusehen, denn die Großtante hatte ihn sonst oft eher links liegen lassen und ihm wenig Aufmerksamkeit geschenkt. Nun jedoch drückte sie ihn so fest an sich, dass er das Gefühl hatte, kaum Luft zu bekommen.

»Was für eine wunderbare Überraschung!«, rief Vera begeistert. »Euch schickt der Himmel.«

Auch Martha und Ludwig tauschten einen kurzen Blick, eine derartige Euphorie waren sie bei Vera gar nicht gewohnt. Doch sie behielten ihre Verblüffung für sich und begrüßten Vera und Georg.

»Kommt«, bat Vera. »Setzt euch doch. Was können wir euch anbieten? Einen Wein vielleicht?«

Georg warf seiner Frau einen vielsagenden Blick zu. Schon vor Monaten hatte Luise jedes Familienmitglied gebeten, Martha keinen Alkohol anzubieten und in ihrer Gegenwart auch keinen zu sich zu nehmen. Sofort schlug Vera erschrocken die Hand vor den Mund.

»Ich hätte gern eine heiße Schokolade«, erwiderte Martha, als hätte sie es nicht bemerkt. »Es ist wirklich kalt dort draußen.«

»Damit sollten wir euch wohl bewirten können«, sagte Georg freundlich und überspielte so die kleine Peinlichkeit. »Und du, Ludwig?«

»Ich nehme gern einen Kaffee.«

»Und du, Eduard? Auch eine heiße Schokolade?«

»Darf ich in den Garten?«, fragte Eduard, ohne auf Georgs Frage einzugehen.

»Auf keinen Fall. Es ist viel zu kalt, um draußen zu spielen«, befand Martha. »Lauf nach oben und hol dir etwas von Maries Spielsachen.« Sie sah zu Vera. »Das ist doch in Ordnung, oder nicht?«

»Selbstverständlich«, stimmte ihre Tante sogleich zu.

»Aber das sind nur Mädchensachen«, maulte Eduard.

»Dann setz dich dort in den Sessel, und gib Ruhe«, sagte nun Ludwig und sah seinen Sohn mahnend an.

»Ich gehe oben nachsehen, ob ich etwas zum Spielen finde«, lenkte Eduard rasch ein und war auch sofort aus dem Wohnzimmer verschwunden.

»Es ist im Moment ein bisschen schwierig mit ihm«, stellte Ludwig fest. »Er muss lernen, dass sich nicht alles auf dieser Welt um ihn dreht.«

»Er ist kein bisschen anders als sonst«, widersprach Martha ihrem Mann. »Eduard war schon immer ein überaus anstrengendes Kind, es ist dir nur früher nicht so aufgefallen.«

»Er ist genau wie Robert, Karl und auch ich in dem Alter waren«, stellte nun Georg klar. »Meiner Erfahrung nach brauchen Kinder gerade in dem Alter vor allem Liebe, Geduld und natürlich gewisse Grenzen.«

»Für Letzteres dürftest du Ludwig nicht begeistern können«, bemerkte Martha schnippisch.

»Anna«, sagte Vera nun zur Haushälterin, die hereingekommen war. »Wir hätten gern drei Tassen heiße Schokolade und einen Kaffee. Ach nein, bring vier Tassen Schokolade. Eduard wird ja irgendwann wieder herunterkommen, und zu heiß sollte das Getränk für ihn nicht sein.«

Vera und Georg hatten auf dem einen Sofa Platz genommen, Martha und Ludwig auf dem gegenüberstehenden.

»Es ist wirklich eine angenehme Überraschung, dass ihr gekommen seid«, sagte Georg, um die kleine Pause, die eingetreten war, zu überbrücken.

»Offen gesagt, wollten wir uns erkundigen, ob ihr schon etwas von Luise gehört habt«, erklärte Martha. »Also natürlich nicht von ihr selbst, sondern nur, dass sie sicher angekommen ist.«

»Bisher nicht«, sagte Georg. »Doch das Schiff soll ja auch erst heute dort anlegen. Ich gebe zu, dass ich ebenfalls gehofft habe, dass es womöglich früher ankommt und ich heute schon Nachricht erhalte. Doch da war wohl eher der Wunsch der Vater des Gedankens.«

Martha seufzte. »Hoffentlich ist ihr nichts passiert.«

»Aber nein, Luise doch nicht«, entgegnete nun Vera in einem aufmunternden Tonfall, was auch ihren Ehemann überraschte. Er hätte von ihr eher eine mürrische Äußerung erwartet.

»Und wenn ihr mich fragt, bereut sie es bereits, überhaupt auf dieses Schiff gegangen zu sein, und wird schon bald wieder hier in Hamburg landen«, fügte Vera noch hinzu.

»Denkst du das wirklich?«, fragte Martha verwundert.

»Aber selbstverständlich. Ich verstehe ja, dass sie alles hinter sich lassen wollte«, erklärte Vera. »Wer könnte es ihr verdenken, nach allem, was geschehen ist. Doch dieser überhastete Aufbruch passt meiner Meinung nach überhaupt nicht zu Luise. Ich denke, sie hatte einen schwachen Moment, für den wohl jeder von uns größtes Verständnis hat. Doch bestimmt hat sie ihren Entschluss schon wenige Tage nach der Abfahrt bereut und wird bald zurückkommen.«

»Ich wünschte wirklich, es wäre so«, sagte Martha.

Anna betrat mit einem Tablett in den Händen das Zimmer und stellte die gefüllten Tassen mit der dampfenden Schokolade ab.

»Ach, Anna, könntest du bitte nach oben gehen und dich ein wenig mit Eduard beschäftigen?«, bat Vera.

»Sehr wohl, gnädige Frau.« Der Miene der Haushälterin war nicht anzusehen, ob sie sich über diesen Auftrag freute oder eher das Gegenteil der Fall war. Doch das wäre Vera auch einerlei gewesen. Schließlich hatte Anna in letzter Zeit, seit das Haus nur noch von Georg und ihr bewohnt wurde, ohnehin so gut wie gar nichts mehr zu tun. Vera überlegte bereits, eines der Dienstmädchen zu entlassen, die Anna zur Hand gingen. Andererseits hegte sie die stille Hoffnung, dass Elsa mit Marie bald heimkäme und es dann wieder mehr Arbeit gäbe. Dann womöglich in aller Eile wieder geeignetes Personal finden zu müssen, war Vera ein Graus. Also beließ sie es einstweilen bei der jetzigen Regelung.

»Ich möchte euch gern bei einer anderen Sache ins Vertrauen ziehen«, kündigte nun Georg an. »Vera und ich haben gerade vorhin darüber gesprochen. Es geht um Elsa und Marie.«

»Gut, dass du es ansprichst. Wir wollten auch noch darauf zu sprechen kommen«, meinte Ludwig. »Wie lange wollen die beiden denn noch in Heidelberg bleiben?«

»Darum geht es«, erwiderte Georg und warf Vera einen kurzen Blick zu. »Ich, also genau genommen wir haben uns Sorgen gemacht, sodass ich unseren Kontorangestellten Meier damit beauftragt habe, nach Heidelberg zu fahren und Elsa bei ihren Eltern aufzusuchen.«

»Hattest du denn die Anschrift?«, fragte Martha überrascht.

»Nein, doch tatsächlich stellte das kein Problem dar«, erklärte Georg und berichtete dann, was Meier in Heidelberg erfahren hatte und wieso er schließlich unverrichteter Dinge zurückgekommen war.

»Ich war ebenso überrascht wie ihr jetzt«, endete Georg. »Elsa hat uns alle ganz offensichtlich belogen. Ob Luise davon wusste oder ebenfalls getäuscht wurde, kann ich nicht sagen.«

»Wie bitte?«, empörte sich Martha. »Sie hat uns angelogen und ist dann auf und davon? Was bildet die sich denn ein?«

»Bitte, Martha, du wirst laut«, versuchte Ludwig, seine Frau zu mäßigen.

»Und das aus gutem Grund. Ich hatte ja immer schon Bedenken, was Elsa angeht. Aber ihr alle wart ja so begeistert von ihr.«

»Martha, bitte!« Ludwigs Stimme wurde zornig.

»Was heißt hier: *Martha, bitte!* Bitte *was?* Dass ich ehrlich bin und meine Meinung sage, ganz im Gegensatz zu Elsa? Willst du mir das vorwerfen?«

»Ich möchte nur, dass du die Contenance wahrst.«

»Contenance, Contenance«, wiederholte Martha gereizt. »Immer soll ich die Contenance wahren und meine Beherrschung nicht verlieren, weil ich dich ja schließlich schon einmal, aber nein, verzeih: mehrfach blamierte und mich gehen ließ. Willst du mir das jetzt bis ans Ende meines Lebens vorwerfen?«

»Aber ich habe doch gar nicht …«

»Du bevormundest mich, Ludwig. Und das ist geradezu heuchlerisch, weil du ja mehr als einmal erwähnt hast, wie sehr du meine Schwester für ihre Art, klar und zielstrebig ihre Meinung zu vertreten, bewunderst. Ja, Luise bewunderst du, aber ich bin nur die ehemalige Trinkerin, die am besten den Mund halten soll.«

»Bitte, Martha, das hat Ludwig doch nun wirklich nicht gemeint«, versuchte Vera zu beschwichtigen.

»Doch, Tante, glaub mir, das hat er so gemeint. Weil er es nämlich den ganzen Tag denkt. Ich bin nicht gut und auch nicht schlau genug. Ich bin nicht schlank genug, bin keine gute Mutter und auch ansonsten nur ein lästiges Anhängsel. Ganz anders als Luise, die wunderschön und überschlau ist und noch dazu eine perfekte Geschäftsfrau, die in der Männerwelt sogar respektiert wird.«

»Aber um Luise geht es hier doch gar nicht«, hielt Ludwig nun dagegen.

Georg und Vera tauschten einen Blick. Sie hatten sich schon einige Male darüber unterhalten, wie angespannt die Stimmung oft war, wenn sie auf Ludwig und Martha trafen. Georg fand es überaus anstrengend, weil er stets das Gefühl hatte, in Ehestreitigkeiten hineingezogen zu werden, aus denen er sich partout heraushalten wollte.

»Eines sage ich euch: Wenn Luise von Elsas Betrug an uns allen gewusst hat, dann wird sie sich was von mir anhören können. Schließlich hätte sie es ja zumindest mir anvertrauen können.«

»Ausgerechnet dir?«, gab Ludwig spöttisch zurück.

»Was meinst du damit?« Martha funkelte ihn wütend an.

»Na, dass ihr nicht gerade das beste Vertrauensverhältnis zueinander habt und du, davon mal abgesehen, durchaus zum Tratschen neigst, wenn du denn die Gelegenheit dazu bekommst.«

»Ludwig!«, empörte sich Vera. »Das dürfte wohl genügen. Du solltest dringend deine Wortwahl überdenken.«

Ludwig atmete geräuschvoll aus. »Du hast recht, Vera. Ich bitte um Entschuldigung.«

Martha zog ihr Taschentuch hervor und tupfte sich die Augen.

»Lass ihn nur. Ich bin ja fast dankbar, dass ihr mitbe-kommt, wie ich behandelt werde. Und auch wenn es keine Entschuldigung zu geben scheint, habt ihr einen guten Eindruck, weshalb ich mich seinerzeit in den Alkohol geflüch-tet habe.«

Ludwig erwiderte nichts und senkte nur den Blick.

»Haltet ihr es für klug, so miteinander umzugehen?«, fragte Georg, worauf sowohl Martha als auch Ludwig ihn ansahen.

»Ich meine es ernst. Ihr macht euch das Leben gegenseitig schwer und dass es auch für Eduard kein Vergnügen sein kann, seine Eltern so zu erleben, dürfte sich von selbst verstehen.«

Einen Moment saßen alle schweigend da. Dann sagte Ludwig: »Ich denke, wir sollten jetzt gehen«, und erhob sich auch sogleich.

»Ja«, stimmte Martha zu und stand ebenfalls auf, worauf Vera und Georg es ihnen gleichtaten.

»Ich melde mich bei euch, sobald ich eine Nachricht wegen Luise erhalten habe«, kündigte Georg an, als sie das Wohnzimmer verließen.

Martha trat an die Treppe. »Eduard! Komm bitte herunter. Wir wollen fahren.«

Es dauerte nicht lange, bis oben eilige Schritte zu hören waren und Eduard kurz darauf die Treppe heruntergelaufen kam.

»Nicht so schnell, sonst fällst du noch«, mahnte Ludwig.

»Die Jacke!«, rief nun Anna von oben und eilte mit dem Kleidungsstück in der Hand die Treppe herunter. Sie reichte es Martha, ging dann zum Schrank und holte die Mäntel von Martha und Ludwig.

»Auf Wiedersehen und habt noch einen schönen Sonntag«, sagte Vera und winkte, als die drei in die Kutsche stiegen. Auch Georg hob grüßend den Arm, dann ging er mit seiner Frau wieder hinein und schloss die Tür.

»Brauchen Sie mich, oder kann ich das Abendessen dann vorbereiten?«, fragte Anna.

»Danke, Anna. Mach das«, sagte Georg. Dann legte er in einer liebevollen Geste den Arm um Veras Schultern und ging mit ihr zurück ins Wohnzimmer.

Anna folgte den beiden und räumte noch eilig die Tassen

wieder ab. Dann schloss sie von außen die Tür, während Vera und Georg wieder in den Sesseln bei der Terrassentür Platz nahmen.

»So feindselig waren wir beide in unseren schlimmsten Zeiten nicht«, stellte Vera fest und sah ihren Mann an.

»Genau das habe ich eben auch gedacht. Meine Güte, ich war erleichtert, als Ludwig sagte, dass sie aufbrechen.«

»Ja, ich auch.«

Georg schmunzelte. »Und? Ist es dir immer noch zu ruhig im Haus, oder bist du womöglich ein kleines bisschen froh, dass zumindest Martha und Ludwig nicht hier wohnen?«

»Wenn die beiden die Alternative darstellen, ziehe ich eindeutig die Einsamkeit vor«, stellte Vera fest, worauf Georg kurz auflachte.

»Ja«, sagte er dann, »ich auch.«

# 3. Kapitel

*Wien, Sonntag, 17. Januar 1897*

»Da bist du ja«, stellte Robert erfreut fest, als seine Frau in diesem Moment das Haus betrat.

»Ich bin vollkommen erledigt«, sagte Therese, ging zu ihm und gab ihm einen Kuss. »Wo sind die Kinder?«, fragte sie, während sie sich von ihm aus dem Mantel helfen ließ, den er dann an die Garderobe hängte.

»Oben. Liesel ist bei ihnen. Wir sind auch gerade erst nach Hause gekommen.«

»Jetzt erst?«, wunderte sie sich.

»Was soll ich sagen? Friedrich ist ein wirklich ausgezeichneter Schachspieler, und ich hatte meine liebe Not mit ihm.«

»Also geht es meinem Vater gut?«

»Ausgezeichnet sogar.«

Sie sah ihren Mann an. »Er genießt es eben, uns und seine Enkel hier bei sich zu haben. Wer könnte es ihm verdenken?«

Robert erwiderte ihren Blick. Er spürte, worauf Therese hinauswollte. Sie hatten in letzter Zeit mehr als nur einmal darüber gesprochen, dass sie Bedenken hatte, Wien erneut den Rücken zu kehren und nach Kamerun zurückzugehen. Kurz überlegte er, auf die Bemerkung einzugehen, dann ließ er es aber doch lieber sein. Er wollte nicht schon wieder darüber sprechen. Außerdem waren sie sich einig gewesen, dass sie lediglich alles Nötige in Wien klären und dann nach Kamerun zurückreisen wollten. Er konnte zwar die Vorbehalte seiner Ehefrau verstehen, die sich vor allem ihrem Vater verpflichtet fühlte. Doch ihr Bruder Florentinus war schließlich auch noch da, und Friedrich lebte sogar in dessen Haus. Die beiden kamen mit der Unterstützung des Personals, das Florentinus eingestellt hatte, bestens zurecht. Es war das schlechte Gewissen, das Therese plagte: dass sie beim Tod der Mutter nicht bei ihr gewesen war und durch die lange Rückreise nicht einmal bei ihrer Beerdigung dabei sein konnte. Hier half auch das gute Zureden ihres Bruders nicht, der immer wieder an sie appellierte, diese bedrückenden Gedanken ein für alle Mal abzulegen.

»Hast du Hunger?«, fragte Robert.

»Nein, ich habe im Kaffeehaus gegessen, wie vereinbart. Hattet ihr etwa noch nichts?«

»Doch, doch, keine Sorge. Wir haben zusammen mit Friedrich gegessen. Du kennst doch Minna.« Er lachte.

»Dann gehe ich kurz die Kinder begrüßen und mich etwas frisch machen. Ich bin gleich zurück.«

»Möchtest du ein Glas Wein?«

»Gern.« Sie gab ihm noch einen Kuss und ging dann die Stufen hinauf. Robert sah ihr kurz nach. Sie wirkte müde und erschöpft. Die letzten Monate hatten seiner Frau zugesetzt. Und nicht nur ihr. Seit sie im vergangenen Oktober vom Tod Margarete Loisings erfahren und überstürzt aus Kamerun hierher zurückgekommen waren, hatten sich die Ereignisse in der Familie überschlagen. Es kam ihm fast unwirklich vor, was in dem letzten Vierteljahr alles geschehen war und wie grundlegend sich ihr Leben seither verändert hatte. Er hoffte inständig, dass sie in Kürze alles so weit geregelt hätten, dass sie zurück nach Kamerun fahren könnten. Er sah auf die Uhr, es war fast sieben. Heute würde bestimmt kein Telegramm mehr eintreffen. Er konnte nur hoffen, dass sein Freund Erich Heemsen sich alsbald melden und ihm mitteilen würde, dass Luise sicher in Kamerun angekommen war. Eine andere Möglichkeit mochte Robert gar nicht in Betracht ziehen. Er unterbrach sein Grübeln und ging in die Küche, um dort den Wein zu öffnen. Kurz darauf hörte er Schritte auf der Treppe, und im nächsten Moment erschien Liesel im Türrahmen.

»Ich habe die Kinder bereits bettfertig gemacht«, erklärte sie. »Die beiden sind total erschöpft.«

»Kein Wunder, so viel wie sie heute Nachmittag getobt haben«, schmunzelte Robert.

Das Kindermädchen lächelte. »Ihre Frau bittet Sie nach oben zu kommen, um ihnen noch kurz gute Nacht zu sagen.«

»Ich gehe gleich hinauf«, erwiderte Robert.

»Wenn das dann alles ist, mache ich mich auch auf den Heimweg.«

»Ja, Liesel. Mach das. Einen guten Abend und bis morgen.«

»Bis morgen, Herr Hansen.« Sie lächelte ihm zu und verließ dann das Haus. Die junge Frau war ein Segen für Therese und Robert, denn sie lebte mit ihrer Familie fast um die Ecke und war auch außerhalb der geregelten Arbeitszeit stets bereit, sich um Helene und Franz zu kümmern. Sie würde den Kindern fehlen, wenn die Familie nach Kamerun zurückkehrte.

Robert ging nach oben. Therese saß an Helenes Bettchen und strich der Tochter zärtlich übers Haar. Sie konnte die Augen kaum mehr offen halten. Die Narbe über der Augenbraue, die sie bei den tragischen Geschehnissen an Frederikes Hochzeitstag davongetragen hatte, verblasste täglich mehr. Robert hatte schon befürchtet, dass weit mehr zurückbliebe. Doch selbst wenn – was war schon eine kleine Narbe gemessen daran, dass seine Enkelin an diesem Tag ums Leben gekommen war?

Therese und er sprachen noch zusammen mit Helene ein Gebet, dann zog Therese die Decke der Tochter noch ein wenig höher, und diese kuschelte sich sofort ein. Sie hatten den Raum noch nicht verlassen, da wurde ihr Atem bereits gleichmäßiger und ein letzter Blick auf die Kleine verriet Robert, dass sie schon auf dem Weg ins Reich der Träume war.

Zusammen gingen sie hinüber zu Franz' Zimmer, der ebenfalls bereits im Bett lag. Allerdings war ihm anzumerken, dass er im Gegensatz zu seiner Schwester noch gegen den Schlaf anzukämpfen versuchte.

»Ich muss dir noch ganz viel erzählen«, kündigte er Therese an.

»Das freut mich, mein Schatz. Doch das machen wir alles morgen.«

»Aber ich will es jetzt erzählen!«, empörte sich der Sechsjährige.

»Franz«, tadelte Robert und sah ihn an. »Deine Mutter hat den ganzen Tag gearbeitet, während wir uns bei deinem Großvater eine schöne Zeit gemacht haben und ihr mit Liesel gespielt habt. Für heute ist es genug, du kannst morgen alles erzählen, in Ordnung?«

Franz seufzte, nickte aber dann. »Ja, Vati.«

»Gut. Du bist ein sehr braver großer Junge.«

Sie beteten mit ihm, dann gab Therese ihrem Sohn einen Kuss auf die Stirn, was dieser mit einem widerwilligen Murren quittierte. Er fand sich einfach schon viel zu groß, um derartige Zärtlichkeiten zuzulassen. Und dass er es in Wahrheit doch genoss, wenn seine Mutter ihn an sich zog und herzte, würde er keinesfalls zugeben.

Therese und Robert erhoben sich und gingen zur Tür. Dort drehte sie sich noch einmal um und warf ihrem Sohn einen Luftkuss zu, worauf dieser lächelte, sich in seine Decke kuschelte und schon kurz darauf in den Schlaf sank.

Während Therese schon ins Wohnzimmer ging, holte Robert noch den Wein aus der Küche, bevor er sich ihr anschloss. Er hatte vorhin, als er nach Hause gekommen war, als Erstes den Kamin angeheizt und legte nun zwei Holzscheite nach, worauf das Feuer kurz danach aufloderte.

»Es ist so schön«, sagte Therese, während sie ins Feuer blickte und ihr Glas gegen das ihres Ehemannes klingen ließ.

»Ja, nicht wahr?« Er nahm sie in den Arm und zog sie auf dem Sofa noch näher zu sich heran.

Eine Weile sagte keiner von ihnen etwas. Sie genossen einfach das Zusammensein.

»Du hast noch gar nicht von dem Vorstellungsgespräch erzählt«, sagte Robert dann. »Verlief es gut?«

»Ja, ich denke schon.«

»Was meinst du damit? Ist sie geeignet oder nicht?«

»Ach, Robert, das kann ich doch nach nur einem Gespräch und einem Probearbeitstag gar nicht beurteilen.« Es klang ungehalten.

»Was hast du denn, Therese?«

»Nichts. Aber ich spüre doch, dass du mich zu einer Entscheidung drängen willst. Und wie du weißt, habe ich genügend schlechte Erfahrungen mit Mitarbeitern gemacht.«

»Da hast du natürlich recht. Und mir fällt es auch nicht ganz leicht, einem neuen Angestellten gleich zu vertrauen, das gebe ich ja zu. Doch bisher macht sich Johann wirklich gut, und ich denke, das könnte tatsächlich etwas werden mit ihm.«

»Das ist aber auch etwas anderes.«

»Wieso ist das etwas anderes?«

»Es ist ein Unterschied, ob jemand ein Kontor führt und es seine Aufgabe ist, Kaffee- und Kakaobohnen zu verkaufen, oder einen Gast über einen gewissen Zeitraum so zu bedienen, dass er sich wohl im Kaffeehaus fühlt.«

Robert lockerte seine Umarmung und sah seine Frau an.

»Was meinst du denn bitte damit?«

»Na, man kommt ins Kontor, möchte nur rasch seine Kaffee- oder Kakaobohnen kaufen, von denen man weiß, dass die Qualität und auch der Preis stimmen, und ist dann wieder verschwunden. Natürlich ist es besser, einen freundlichen und zuvorkommenden Mitarbeiter hinter dem Verkaufstresen zu haben. Doch wenn nicht, denkt man sich seinen Teil, bezahlt und ist schon wieder zur Tür hinaus. Im Kaffeehaus jedoch verweilt man: Man gönnt sich einen Kaffee, Tee oder eine heiße Schokolade, genießt ein Stück Torte und nimmt sich Zeit. Wenn hier eine bissige, unhöfliche Kellnerin mit einem mürrischen Gesicht bedient, hat man das Gefühl, dass man besser dran wäre, wenn man es sich zu Hause schön macht.«

Zwar gefiel es Robert nicht, wie Therese über das Kontor sprach und welche Vergleiche sie zog, doch er wusste, was sie meinte. Zudem wollte er einem möglichen Streitgespräch aus dem Wege gehen. Sie hatten sich wegen der ganzen Anforderungen und Belastungen in letzter Zeit ohnehin nicht besonders gut verstanden. Während sie in Kamerun noch in schönster Harmonie miteinander gelebt hatten, standen sie seit nunmehr drei Monaten unter einer dauernden Anspannung. Robert wollte keinesfalls riskieren, dass sie sich weiter voneinander entfernten.

»Ich verstehe, wie du es meinst«, erklärte er deshalb diplomatisch. »Doch dir muss auch klar sein, dass niemand das Kaffeehaus jemals so führen wird wie du.« Er stellte sein Glas auf dem kleinen Tisch ab. »Ganz einfach, weil niemand so herzlich mit den Menschen umgeht.« Er nahm ihr Gesicht in seine Hände und gab ihr einen zärtlichen Kuss, den sie erwiderte. Dann stellte auch sie ihr Glas ab, setzte sich gerade hin und nahm seine Hände in ihre.

»Das ist es ja«, begann sie. »Ich fürchte, genau das ist mir auch bewusst geworden.«

»Siehst du? Und deshalb wirst du bei der Auswahl des Personals auch Abstriche machen müssen.«

»Oder mich selbst der Aufgabe widmen.« Sie sah ihrem Mann fest in die Augen.

»Was willst du damit sagen?«

»Dass es womöglich ein Fehler war, nach Kamerun zu gehen«, sprach sie aus, was sie nun schon seit Wochen beschäftigte.

»Das ist hoffentlich nicht dein Ernst?«

»Es ist mein Ernst, Robert.«

»Aber wir waren uns einig«, hielt er dagegen. »Du hast die Zeit in Kamerun genauso genossen wie ich. Und frag mal Franz, wie gern er zurückmöchte.«

»Franz ist ebenfalls einer der Gründe, weshalb ich mir wieder und wieder die Frage stelle, was das Richtige ist.«

»Und weshalb das?«

»Wegen der Schulbildung.«

»Aber Franz ist doch auch in Kamerun zur Schule gegangen«, entgegnete Robert.

»Das schon. Doch denkst du wirklich, dass der Ausbildungsanspruch dort der gleiche ist wie hier?«

»Nein, ich denke, er ist höher«, stellte Robert fest. »Während nämlich hier viele Kinder zusammen in einen Raum gepfercht werden und ein oftmals nicht besonders motivierter Lehrer ihnen etwas herunterleiert, gibt es dort nicht einmal ein Dutzend Schüler in einer Klasse, und der Lehrer kann ganz gezielt auf jedes einzelne Kind eingehen. Franz kann jetzt schon ein wenig lesen und ist damit anderen Schülern seines Alters weit voraus.«

»Bitte, Robert, versuche doch auch mich zu verstehen. Ich war nicht da, als meine Mutter starb. Und nur der Herr allein weiß, wie viele Jahre meinem Vater noch bleiben. Ich möchte diese Zeit nicht verrinnen lassen in dem Bewusstsein, womöglich keine Gelegenheit mehr zu haben, mit ihm zusammen zu sein.«

Robert seufzte und senkte den Blick. Dann sah er auf. »Hattest du von Anfang an die Absicht, hierzubleiben?«

»Nein«, stellte sie klar. »So war es nicht. Erst als ich sah, wie viel dadurch, dass wir nicht vor Ort waren, schiefgelaufen ist, wurde mir klar, dass ich es nicht mit meinem Gewissen vereinbaren könnte, erneut meine Zelte hier abzubrechen. Und außerdem bitte ich dich zu respektieren, dass das Kaffeehaus ebenso mein Unternehmen ist wie das Kontor deines ist, ich habe es gegen viele Widerstände, vor allem vonseiten meiner Eltern, gegründet und mit eigenen Händen zum Erfolg gemacht. Ich habe so viel Arbeit und Herzblut hineingesteckt.«

»Du sprichst immer nur von dir, weißt du das?«

»Wie bitte?«

»*Dir* wurde klar …, *du* kannst es nicht mit *deinem* Gewissen vereinbaren …, *deine* Zelte …, *du* hast gegründet …, *du* hast viel Arbeit und Herzblut hineingesteckt …« Er sah sie traurig an. »Hast du auch nur einen Moment daran gedacht, was es für die Kinder und auch für mich bedeutet? Hast du auch an uns beide gedacht, an dich und mich?«

»Bitte mach es mir doch nicht so schwer, und zerlege nicht jeden meiner Sätze.«

»Ich höre dir nur aufmerksam zu, Therese. Das ist alles.« Wieder senkte er kurz den Blick. »War dein Enthusiasmus überhaupt echt? Ich meine, das Leben in Kamerun betreffend und was es uns bedeutet hat? War das echt, oder hast du mir die ganze Zeit etwas vorgemacht?«

»Darauf werde ich dir gewiss nicht antworten, Robert.«

Robert griff nach seinem Glas und trank den Wein in wenigen Zügen, als wäre er Wasser.

»Wir sind eine Familie, Therese. Es geht nicht danach, was du willst oder ich. Wir müssen zusammen Entscheidungen treffen.« Er stellte das Glas wieder auf dem Tisch ab, so fest, dass Therese fürchtete, es könnte zerbrechen.

Therese nahm seine Hände in ihre. »Ja, Robert. Wir sind eine Familie. Und wir müssen entscheiden, zu unserem Wohl und zum Wohl unserer Kinder. Wir haben hier das Kontor *und* das Kaffeehaus. Mein Vater und mein Bruder leben hier. Noch haben die Kinder wenigstens einen Großvater. Doch wie lange noch? Ich sage ja gar nicht, dass wir unser ganzes zukünftiges Leben hier verbringen sollen und nie mehr nach Kamerun zurückkehren. Aber nicht jetzt, weißt du? Bitte sag mir, dass du mich verstehst, Robert. Bitte!«

Robert seufzte, strich dann zärtlich mit dem Daumen über ihre Finger. »Ich verstehe dich, Therese. Das macht es ja so schwer. Wenn deine Argumente unsinnig wären, könnte ich sie abtun. Doch so …« Er sah sie an. »Aber die Plantage braucht einen Verwalter. Ich kann die Hilfe der deutschen Truppen unter Erichs Leitung nicht noch länger in Anspruch nehmen. Und Hamza kann als Schwarzer allein die Plantage nicht führen, auch wenn er der beste Mann dafür ist. Und einen wie Heinrich Begemann findet man eben nicht an der nächsten Ecke.«

»Ich weiß.« Sie sah ihn bedauernd an. »Ich weiß, dass es schwierig wird. Doch wir werden eine Lösung finden, ja?«

Robert bemühte sich um ein Lächeln. »Natürlich werden wir das.« Er beugte sich vor und gab ihr einen Kuss.

»Und wie gesagt, es ist ja nicht für immer. So können wir ganz in Ruhe Mitarbeiter finden, die im Kontor und Kaffeehaus gut und eigenverantwortlich arbeiten. Und eines Tages, wenn das Unausweichliche geschieht und mein Vater nicht mehr ist, beurteilen wir die Situation neu, einverstanden, Robert?«

Er nickte. Ihm wollten keine Worte über die Lippen kommen. Bei dem Gedanken, sein Leben oder zumindest die nächsten Jahre hier in Wien verbringen zu müssen, wurde ihm schwer ums Herz. Für ihn war Kamerun, als er zum ersten Mal seinen Fuß an Land gesetzt hatte, zur Heimat geworden. Es war ein Gefühl gewesen, das er nicht hatte in Worte fassen können.

Er war einfach überwältigt von der Schönheit des Landes gewesen und ja, auch von der Mentalität und Herzenswärme der Menschen. Ganz anders als so viele andere Deutsche hatte er vom ersten Moment an den Eindruck gehabt, von den Einheimischen so unglaublich viel mehr lernen zu können als sie von ihm. Ihre Integrität, ihre moralischen Werte und auch die Art, mit welcher Selbstverständlichkeit sie sich verbunden fühlten und füreinander einstanden, ganz gleich, ob sie nun direkte Familienmitglieder waren oder nicht, hatten ihm vom ersten Augenblick an imponiert. Hinzu kam, dass zumindest die Duala, mit denen er dort zu tun hatte, die Dinge wesentlich einfacher, ja selbstverständlicher angingen und an jeder Tätigkeit Freude zu haben schienen – ganz anders als seine deutschen Landsleute, die oftmals nichts anderes taten, als sich den lieben langen Tag zu beklagen.

In Kamerun, so schien es Robert, war das Leben leichter, auch wenn die Arbeit härter war. Aber es war eben eine Frage der Einstellung. Und von dieser Einstellung konnten die Deutschen noch viel lernen, fand Robert, auch wenn sie gern so taten, als wären sie den Kamerunern weit überlegen.

»Was denkst du?«, fragte Therese und holte ihn aus seinen Gedanken.

»Ach, nichts.« Robert sah sie an. »Ich überlege nur, wie ich es jetzt mit der Plantage mache. Und auch wegen Luise.«

»Wie meinst du – wegen Luise?«

»Nun ja, zwar warte ich noch auf Erichs Telegramm, doch ich bin sicher, dass Luise wohlbehalten in Kamerun eingetroffen ist. Es kann gar nicht anders sein«, fügte er noch eilig hinzu, als wollte er sich selbst damit beruhigen. »Ich dachte mir, wenn wir in Kürze auch zurückreisen würden, könnte ich ihr dort beistehen und versuchen, ihr wieder zu seelischem Gleichgewicht zu verhelfen.«

»Es ist wirklich furchtbar, was sie alles durchmachen muss«, sagte Therese betroffen.

»Ja, das ist es. Und ich kann nur ahnen, wie sie sich fühlen muss. Ihr ganzes Leben ist innerhalb weniger Wochen zum Trümmerhaufen geworden.«

»Du machst dir große Sorgen um sie, nicht wahr?«

»Ja, das tue ich.« Robert nickte. »Luise ist wirklich einer der stärksten Menschen, die ich kenne. Sie scheint mit allem fertigzuwerden, was das Leben ihr auferlegt. Doch Viktorias Tod …« Er ließ den Satz unvollendet.

»Ich glaube, keine Mutter auf dieser Welt wäre in der Lage, ein solches Unglück zu verwinden. Es wird Zeit vergehen müssen, und der Schmerz wird nachlassen. Und womöglich wird sie sogar eines Tages wieder so etwas wie Glück empfinden. Doch die Lücke in ihrem Leben wird für immer da sein. Daran kann nichts und niemand etwas ändern.«

»Ich fürchte, du hast recht.« Er nahm Thereses Hand. »Und doch will ich versuchen, ihr zu helfen.«

»Und zu ihr nach Kamerun reisen?«, vollendete Therese seinen Gedanken, worauf Robert nickte.

»Kannst du mich verstehen?«

»Ich weiß nicht, ob ich dich so lieben könnte, wie ich es tue, wenn du nicht so denken und handeln würdest«, antwortete sie liebevoll. »Doch …« Sie schluckte schwer, und ihr kamen die Tränen.

»Doch was?«, fragte Robert.

»Ich habe furchtbare Angst, dass du vielleicht für immer dort bleibst.« Therese presste die Lippen zusammen.

»Aber Therese, das ist doch …« Weiter kam er nicht, weil es in diesem Moment laut an der Tür klopfte. Erschrocken fuhren die beiden zusammen.

»Wer kann das um diese Zeit noch sein?« Robert stand auf und ging zur Tür. Therese folgte ihm und blieb im Türrahmen des Wohnzimmers stehen.

»Ja?«

Ein junger Mann, vermutlich sechzehn oder siebzehn Jahre alt, stand vor der Tür.

»Herr Robert Hansen?«

»Ja?«

»Dieses Telegramm ist für Sie. Es soll zu jeder Zeit zugestellt werden, rund um die Uhr. So lautet der Auftrag.«

Robert wurde ein wenig nervös. Schickte Erich das Telegramm so eilig, weil etwas geschehen war?

»Danke.« Robert holte einige Münzen aus seiner Hosentasche und gab sie dem Laufburschen. Dann nahm er das Telegramm und ging zurück ins Haus. Sofort öffnete er das Kuvert.

»Und? Alles in Ordnung?« Beklommenheit lag in Thereses Stimme.

Sie entspannte sich, als sie Roberts Gesichtsausdruck sah.

»Alles in Ordnung«, stellte er erleichtert fest. »Luise ist sicher in Kamerun angekommen.«

»Gott sei Dank!«, stöhnte Therese. »Und schreibt er, wie es ihr geht?«

»Nein. Nur dass sie da ist. Doch das reicht mir. Ich werde gleich morgen früh Georg telegrafieren, dass sie sicher eingetroffen ist.«

»Ja, tu das. Ich muss gestehen, dass ich zutiefst erleichtert bin. Eigentlich unsinnig, ich weiß. Doch irgendwie kann ja immer einmal etwas passieren.«

Robert ging zu seiner Frau und schloss sie in die Arme. »Ja, das stimmt. Doch es ist nichts geschehen. Luise geht es so weit gut.« Es war, als sprach er mehr zu sich selbst.

Eine Weile standen sie so da, dann fragte Therese: »Wann wirst du nach Kamerun aufbrechen?«

Robert überlegte kurz. »Johann macht sich gut im Kontor. Und da du und vor allem auch Florentinus hier seid, werde ich bereits das nächste Schiff nehmen, das von Hamburg ausläuft. Ich werde mich gleich morgen erkundigen.«

Therese musste die aufsteigenden Tränen unterdrücken. Allein der Gedanke, für mehrere Monate ohne Robert zu sein, bewirkte, dass ihr Herz sich verkrampfte.

»Doch du versprichst mir, dass du zurückkommst, ja?«

»Aber Therese …«

»Versprich es mir!«, forderte sie.

Robert löste die Umarmung, um ihr in die Augen sehen zu können. »Therese Hansen, bei allem, was mir heilig ist, verspreche ich dir, sobald wie möglich hierher zurückzukommen.«

»Gut«, befand sie. »Sonst komme ich und hole dich, dass du's nur weißt.«

»Führ mich nicht in Versuchung«, scherzte er, worauf sie ihm einen liebevollen Schlag gegen die Brust versetzte. »Du bist unmöglich, Robert Hansen.«

»Ja, ich weiß. Aber du liebst mich.«

Sie lächelte. »Allerdings. Und nun komm. Lass uns noch einen Schluck Wein trinken und die Zweisamkeit genießen, solange wir es noch können.« Sie nahm seine Hand und warf ihm einen vielsagenden Blick zu. Robert schmunzelte. Mein Gott, wie sehr er diese Frau doch liebte.

# 4. Kapitel

Florentinus war trotz des freien Tages in die Firma gefahren, und es war bereits Abend, als er heimkehrte.

»Da bist du ja endlich. Du hast Robert und die Kinder verpasst«, begrüßte ihn sein Vater, als er das Wohnzimmer betrat.

»Guten Abend, Vater. Entschuldige. Ich wollte eigentlich gar nicht lange bleiben, doch das Geschäft mit der Eisenbahngesellschaft lässt mir keine Ruhe mehr. Sie machen gehörigen Druck, damit wir die Preise senken. Sonst, so drohen sie, werden sie mit den Loisings keine weiteren Verträge schließen und bei der Konkurrenz unterschreiben. Damit würde einer unserer wichtigsten, ach, was sag ich, *der* wichtigste Kunde wegfallen.«

»Und du bist sicher, dass sie bei der Konkurrenz günstiger kaufen können?«

»Bei Gruber, ja. Er würde alles tun, um uns aus dem Geschäft zu drängen.«

»Und was willst du tun?«

»Ich werde wohl darauf eingehen müssen.«

»Begibst du dich damit nicht zu sehr in die Hände eines einzelnen Abnehmers?«

»Ja, doch mir bleibt keine Wahl. Wir haben keine neuen Produkte auf dem Markt, mit denen wir uns an die Spitze setzen und Gruber und dessen Leute hinter uns lassen könnten. Es ist ein reiner Preiskampf geworden.«

»Ich mag es nicht, wie heute Geschäfte gemacht werden. Mir fehlt die Ehre dabei«, befand sein Vater. »Minna hat dir übrigens in der Küche Essen bereitgestellt. Sie ist in ihrem Zimmer, wenn du sie brauchst.«

»Danke. Ich hole es mir hierher. Dann können wir uns noch ein wenig unterhalten.«

»Und ich genehmige mir noch einen Wein.« Friedrich deutete auf das leere Glas vor sich. »Du auch?«

»Gern. Warte, ich hole dir die Flasche herüber.«

»Nein.«

Florentinus verharrte in der Bewegung und sah seinen Vater fragend an. Der alte Loising stemmte sich so fest er konnte auf die Lehnen seines Rollstuhls und brauchte zwei Versuche. Dann schaffte er es, sich auf die Füße zu stellen.

»Donnerwetter!«, entfuhr es Florentinus. »Ich wusste zwar, dass du versuchen würdest, wieder zu gehen. Doch damit hatte ich nicht gerechnet.«

»Das liegt an Franz«, erklärte Friedrich und machte die wenigen Schritte bis zu dem Tischchen, auf dem die Weinflasche stand. Er griff sie, suchte sein Gleichgewicht, machte kehrt, ging langsam wieder zurück und ließ sich schwer in seinen Rollstuhl fallen. Florentinus verfolgte seine Anstrengungen mit größtem Erstaunen. Einen solchen Fortschritt hatte sein Vater in den gesamten vergangenen Jahren nicht gemacht.

»Ich ziehe wirklich den Hut vor dir, Vater«, sprach Florentinus ihm Anerkennung aus. »Aber was hat Franz damit zu tun?«

»Wie Kinder eben so sind«, schmunzelte Friedrich. »Er hat mich gefragt, ob ich gar nicht mehr aufstehen kann, und ich sagte ihm, dass ich es nicht weiß, weil ich es schon lange nicht mehr versucht habe. Darauf fragte er, warum nicht, worauf ich keine Antwort wusste. Und dann erzählte er, dass er immer alles ausprobiert, und zwar so lange, bis es klappt. Also bin ich seinem Rat gefolgt – und du siehst hier das Ergebnis.«

»Wie unglaublich simpel, nicht wahr?«, stellte Florentinus fest.

»Allerdings. Ich glaube ja, wir sollten die Welt viel öfter durch Kinderaugen sehen. Dann wären wir schlauer.«

Florentinus schüttelte den Kopf. »Ich hole mir jetzt mein Essen aus der Küche. Schenkst du mir auch einen Wein ein?«

»Reichst du mir ein Glas herüber?«, bat Friedrich.

Florentinus sah zu dem Schrank hinüber, auf dem die Gläser standen. »Kannst du mir nicht einfach eines holen?«, forderte er seinen Vater dann mit einem Augenzwinkern heraus und verließ das Wohnzimmer. Als er mit seinem Teller in der Hand zurückkam, stand neben dem Glas seines Vaters ein weiteres, das bis zur Hälfte gefüllt war. Florentinus und Friedrich tauschten einen Blick. In diesem Moment waren zwischen ihnen eine tiefe Verbundenheit und Lebensmut spürbar.

Es wurde einer jener angenehmen Abende, von denen es schon viele gegeben hatte, seit Friedrich in Florentinus' Haus lebte. Florentinus genoss die Gespräche mit seinem Vater, dessen klugen Verstand und die philosophischen Gedanken, die sie austauschten. Sie redeten tatsächlich über Gott und die Welt und waren so vertraut, dass es nicht nötig war, irgendwelche Themen auszusparen. Seit Friedrich seinem Sohn gestanden hatte, über dessen Homosexualität Bescheid zu wissen und ihn nicht dafür zu verurteilen, war bei Florentinus ein Knoten geplatzt. Es war im wahrsten Sinn des Wortes eine Befreiung für ihn gewesen, und seither hatte er zum ersten Mal in seinem

Leben das Gefühl, nicht allein mit seinem Problem dazustehen, sondern Hilfe und Unterstützung von einem Mann zu genießen, dem er eine solche Toleranz niemals zugetraut hätte.

Es war bereits nach zehn, als Florentinus Hedwig, der Pflegerin, Bescheid gab, dass sein Vater nun zu Bett gehen wolle. Dann wünschten sich die beiden Männer eine gute Nacht.

»Dann wollen wir mal, Herr Loising«, sagte die Pflegerin und schob ihren Arbeitgeber über den Flur im Erdgeschoss, an dessen Ende sich sein Schlafzimmer befand.

Ein paar weitere Worte wurden gewechselt, die Florentinus nicht mehr verstand. Schließlich hörte er noch, wie die Zimmertür am Ende des Flurs geschlossen wurde.

Florentinus blieb noch eine Weile sitzen und blickte ins Kaminfeuer. Er war dankbar, dass sein Vater bei ihm lebte. Hatte er sich zuvor gehen lassen und sich selbst Schaden zugefügt, so führte er nun das, was man wohl ein geregeltes Leben nannte. Wenn er trank, dann einen guten Wein. Für den Genuss, und nicht, um sich wie früher volllaufen zu lassen, bis er nichts mehr spürte. Ja, er fühlte sich stabil und seelisch gesund. Und tatsächlich überlegte er zum ersten Mal in seinem Leben, sich um eine Frau zu bemühen. Zwar hatte er noch keine bestimmte im Auge, doch er war erstmals tatsächlich bereit dazu, einen Schlussstrich unter sein bisheriges Leben zu ziehen und sich auf seine Pflichten als einziger Sohn der Familie zu konzentrieren. Er wusste jetzt, dass er stark genug war, alle Probleme, die er hatte, in den Griff zu bekommen. Und diese Gewissheit verlieh ihm eine unglaubliche Kraft.

Seine Gedanken kreisten, während er weiter in das Feuer starrte. Er griff sich die Weinflasche und füllte sein Glas nochmals auf, nicht zu viel jedoch, um einen klaren Kopf zu bewahren. Dann fasste er einen Entschluss, und tatsächlich fühlte es sich so gut an, dass er es selbst kaum glauben konnte. Er bückte sich zum Feuer hinunter und legte noch zwei Holzscheite nach.

Die Flammen loderten auf. Und in diesem Moment wusste er genau, dass die Entscheidung, die er getroffen hatte, die richtige war.

Er stellte sein Weinglas ab und ging zu dem Gemälde mit dem Reiter hinüber, hinter dem sich der Tresor befand, zog seinen Schlüsselbund hervor und schloss ihn auf. Dann nahm er das Kuvert mit dem Brief heraus und setzte sich wieder in seinen Sessel direkt vor dem Kamin. Einen Moment hielt er das Kuvert nur in den Händen, dann zog er den Briefbogen hervor und entfaltete ihn. Wie viele Male hatte er ihn schon gelesen? Florentinus wusste es nicht. Er nahm das Lodern der Flammen im Kamin wahr, spürte, dass der richtige Augenblick gekommen war, es zu tun. Nur einmal noch wollte er den Brief lesen, nur einmal noch in seinen Gedanken Karls Stimme hören, die er immer wahrzunehmen glaubte, wenn er den Brief las. Im Mai jährte sich Karls Todestag zum dritten Mal. Ja, es war an der Zeit, Abschied zu nehmen und Karl gehen zu lassen, um selbst nach vorn blicken und ein neues Leben führen zu können. Er atmete tief durch, bevor er zu lesen begann.

> *Mein geliebter Florentinus!*
> *Wenn Du diese Zeilen liest, werde ich gegangen sein. Und das, was uns verbindet, werde ich mit mir nehmen dorthin, von wo es kein Zurück mehr gibt.*
> *Du bist der einzige Mensch auf Erden, der alles von mir weiß und mein wahres Wesen kennt. Und darum möchte ich Dich auch nicht im Unklaren darüber lassen, dass ich, wenn Du diesen Brief in Händen hältst, als Mörder aus freien Stücken diese Welt verlassen habe.*
> *Weißt Du, es gibt da einen Mann, der Dich und mich beobachtet hat und nun Geld fordert,*

damit er sein Wissen für sich behält. Ich ahne, was Du jetzt denkst. Fast höre ich Dich rufen, ich solle ihm doch einfach das Geld geben, das er fordert. Das ganze verdammte Geld, es hat doch keinen Wert. Doch ich weiß, es wird nie aufhören. Ich habe es in seinen Augen lesen können, als ich mit ihm sprach. Er wird fortan immer da sein, bereit, unser Leben zu zerstören. Unseres und Thereses und das der Kinder gleich mit. Und das werde ich nicht zulassen.

Du und ich, wir haben gesündigt. Doch ist es wirklich Sünde, wenn es Liebe ist? Ich weiß diese Frage nicht zu beantworten. Ich weiß nur, dass meine Gefühle echt waren. Ich bin aus Hamburg hierhergekommen und habe in Dir und Deiner Schwester die Menschen gefunden, die ich mehr als alles auf der Welt liebe. So ist es, und ich kann es nicht ändern. Und jetzt, während ich diese letzten Zeilen an Dich richte und darüber nachdenke, kommt mir die Erkenntnis, es auch gar nicht ändern zu wollen. Eigenartig, nicht wahr? Wie oft habe ich gebetet und mir gewünscht, nicht so zu sein, wie ich bin. Ich habe Gott angefleht, diese Last von mir zu nehmen und mich endlich einen normalen, richtigen Mann sein zu lassen. Doch jetzt, wo ich weiß, dass mein irdisches Dasein dem Ende entgegengeht, habe ich das Gefühl, dass es richtig war. Die Liebe zu Dir hat mein Leben vervollständigt und mich erfüllt. Nun, wo mir nur noch wenig Zeit bleibt, erkenne ich endlich, dass alles so richtig war. Es war richtig und vorherbestimmt, und ich gehe in dem Bewusstsein, dass es bei all den Fehlern, die ich gemacht habe, doch mein Weg war, den ich gewählt habe und bis zum Ende gegangen bin. Meiner und nicht der eines anderen. Und dafür bin ich zutiefst dankbar.

Ich werde Dich nicht bitten, Therese und den Kindern beizustehen, weil ich ohnehin weiß, dass Du stets für sie da sein wirst. Einzig bitte ich Dich darum, das schlechte Gewissen ihr gegenüber abzulegen, das wohl ebenso Dein Begleiter ist wie meiner. Geliebter, ich bitte Dich, verzeihe Dir selbst! Denn mir ist bewusst geworden, dass auch ich meinen Frieden mit mir und mit dem gemacht habe, was mir von Natur aus auferlegt wurde. Und auch für diese Erkenntnis bin ich nun dankbar: Ich glaube nicht, dass es Deine oder meine Schuld ist, wie wir sind. Vielmehr denke ich, dass wir schon so auf die Welt gekommen sind. Einzig dass wir Therese betrogen haben, ist unverzeihlich. Und doch bitte ich Dich eben genau darum: Verzeih Dir selbst, dass Du nicht widerstanden hast. Und verzeih auch mir, dass ich getan habe, was ich für richtig hielt – nein, was richtig war.

Mein geliebter Florentinus, es gäbe noch so viel zu sagen – und doch ist bereits alles gesagt. In aller Liebe und Ergebenheit bitte ich Dich zu respektieren, dass ich nun gehen muss. Ich spüre den Widerwillen, den Füller sinken zu lassen und zum Ende zu finden. Doch es muss sein.

Mein Geliebter, wenn es auch nicht so lange war, wie es hätte sein können, so kann ich doch sagen, dass ich ein wunderschönes Leben hatte. Eines Tages muss jeder von uns gehen, meine Zeit *ist nun gekommen. Und ich weiß nicht, ob es Last oder Segen ist, den Zeitpunkt zu kennen. Denn ich hatte Gelegenheit, mich in Würde und voller Liebe von den Menschen zu verabschieden, die mein Leben bereicherten. Und ich denke, wer dies von sich behaupten kann, geht in Dankbarkeit. So zumindest fühlt es sich für mich an.*

*Und nun ende ich, so schwer es mir fällt. Wenn Du an mich denkst, so bitte ich Dich, lächle, mein Geliebter. Denn auch ich werde dieses Lächeln mit mir nehmen dorthin, wo ich jetzt gehe. Und wenn ich einen letzten Wunsch äußern darf, so lies diese Zeilen und vernichte sie dann. Du brauchst den Brief nicht, um Dich an mich zu erinnern. Ich weiß, ich bin in Deinem Herzen wie Du in meinem bist. Also lächle, Florentinus, und geh mit erhobenem Haupt in diese Welt hinaus, in der Erkenntnis, dass alles so richtig war. Führe ein Leben, das Dich erfüllt, und werde glücklich. Denn nur das ist es, was wir am Ende mitnehmen können. Das Glück, zu lieben und geliebt zu werden.*

*In tief ergebener Liebe*
*Dein Karl*


Florentinus nahm das Rotweinglas und setzte es an seine Lippen. »Auf dich, Karl«, sagte er leise.

»Gnädiger Herr! Gnädiger Herr! Kommen Sie! Ihr Vater!«

Florentinus sprang augenblicklich auf, stellte das Glas hastig auf den Tisch und ließ den Brief achtlos zu Boden fallen.

Hedwig, die Pflegerin seines Vaters, war im Türrahmen erschienen. Ihr Gesicht war rot vor Aufregung.

»Was ist geschehen?« Florentinus eilte zu ihr hinüber.

»Kommen Sie!«

Florentinus folgte ihr im Laufschritt den Flur entlang. Als er das Zimmer seines Vaters betrat, stockte er kurz. Friedrich lag am Boden.

»Ich war nur kurz noch mal draußen«, beeilte sich Hedwig zu versichern. »Und als ich zurückkam, lag er so da.«

»Vater!« Florentinus stürzte zu ihm. Mit Erleichterung nahm er ein leises Stöhnen Friedrichs wahr.

»Vater, kannst du mich hören?«

»Florentinus«, stöhnte dieser schwach. »Was ist geschehen?«

»Der Arzt muss kommen! Sofort! Weißt du, wo er wohnt?«, wandte sich Florentinus an die Pflegerin.

»Ja, gnädiger Herr. Ich laufe sofort los.« Hedwig eilte hinaus und rannte dabei fast Minna um, die, von dem Krach alarmiert, aus ihrem Zimmer gekommen war. »Um Himmels willen! Was ist geschehen?«

»Gib meiner Schwester Bescheid«, ordnete Florentinus an. »Unser Vater ist gestürzt.«

»Jawohl, gnädiger Herr.« Minna eilte zum Telefonapparat auf dem Flur.

»Vater, kannst du mich hören?«, wiederholte Florentinus seine Frage noch einmal. Florentinus griff nach der Bettdecke und legte sie über Friedrichs Körper. »Tut dir etwas weh?«

Friedrich stöhnte leise. Florentinus stand kurz auf, griff sich nun auch noch ein Kissen und legte es unter Friedrichs Kopf. Kurz erwog er, ihn einfach hochzuheben und ins Bett zu legen, damit er nicht weiter auf dem kalten Boden ausharren musste. Doch er hatte Angst, seinen Zustand zu verschlimmern. Wann kam denn nur endlich dieser Arzt? Er setzte sich neben Friedrich auf den Fußboden und legte seine Hand auf ihn, damit er die Nähe spürte. Florentinus war nicht sicher, ob Friedrich es mitbekam, doch er wollte ihm das Gefühl geben, nicht allein zu sein. Die Angst kroch eiskalt in ihm herauf. Sein Vater durfte nicht sterben. Noch nicht. Seine Zeit war noch nicht gekommen. Gerade erst hatten sie sich wirklich gefunden, sprachen viel miteinander und genossen die gemeinsame Zeit. Alles fühlte sich gut und richtig an. Er durfte jetzt nicht sterben, er durfte es einfach nicht.

»Ihre Schwester und Ihr Schwager kommen gleich. Kann ich irgendetwas tun?«

»Nein, Minna, nichts. Oder doch. Setz Wasser auf für einen Tee.« Florentinus hatte keine Ahnung, wie er jetzt darauf kam, dass sein Vater einen Tee trinken wollte. Doch er sah ihn vor sich, nach dem kurzen Schrecken in seinem Bett sitzend, mit einer Tasse dampfenden Tees in der Hand. Er wusste, dass es absurd war. Doch er wollte dieses Bild Wirklichkeit werden lassen.

»Jawohl, gnädiger Herr.«

Die Minuten vergingen, und das Ticken des Zeigers der Wanduhr schien Florentinus dröhnend laut. Dann endlich hörte er, wie die Eingangstür geöffnet wurde.

»Bitte hier entlang, Herr Doktor«, vernahm er Hedwigs Stimme und dann rasche Schritte über den Korridorboden.

Florentinus blieb am Boden sitzen und sah nur zum Arzt auf. Er wollte seinem Vater nicht von der Seite weichen.

»Guten Abend. Was ist geschehen?« Der Arzt kniete sich sogleich neben Friedrich.

»Wir wissen es nicht genau. Er ist vermutlich aus dem Bett gefallen. Ich habe nicht gewagt, ihn hochzuheben.« Florentinus fühlte, wie sich die Erleichterung darüber, dass der Arzt nun da war, und die bange Angst, ob sein Vater sterben würde, abwechselten.

»Das war richtig«, befand der Arzt. »Herr Loising«, sagte er dann an Friedrich gewandt. »Herr Loising, können Sie mich hören?« Der Arzt berührte Friedrichs Schulter, hob dann erst das rechte, dann das linke Augenlid. Er schlug die Decke zur Seite und begann, Friedrichs Körper abzutasten.

Florentinus nahm es mit gemischten Gefühlen wahr. Er fand die Situation für Friedrich entwürdigend, so dazuliegen und auf seinen zerbrechlich wirkenden Körper reduziert zu sein.

»Ich kann keine offensichtlichen Verletzungen feststellen«, sagte der Arzt nach einer Weile.

Es klopfte an der Haustür, und Minna rannte, um zu öffnen. Kurz darauf stürmten Therese und Robert herein.

»Um Gottes willen, Vater!«, entfuhr es Therese. Florentinus und sie tauschten einen besorgten Blick, dann sagte der Arzt: »Kommen Sie. Heben wir ihn in sein Bett.«

Robert zog Therese ein wenig beiseite, um ebenfalls mit anfassen zu können, während Florentinus aufstand.

»Auf drei«, befahl der Arzt und zählte dann: »Eins, zwei, drei.« Mit einem kurzen Ruck hoben sie Friedrichs Körper an und legten ihn ins Bett. Robert eilte um das Bett herum, um ihn noch ein Stück weiter in die Mitte zu rücken.

»Ich würde den Patienten jetzt gern in Ruhe untersuchen«, kündigte der Arzt an. »Können Sie mir helfen, Ihren Vater zu entkleiden, Herr Loising?«

»Natürlich«, antwortete Florentinus, während Hedwig, die eigentlich derartige Aufgaben übernahm, kurz die Hand hob, als wollte sie ihre Hilfe anbieten. Eilig nahm sie sie wieder herunter, unsicher, wie sie sich verhalten sollte.

»Wir warten im Wohnzimmer«, erklärte Robert und führte Therese hinaus, gefolgt von Minna und Hedwig, die leise die Tür hinter sich ins Schloss zog.

Der Arzt knöpfte Friedrichs Schlafanzugjacke auf, und Florentinus bemühte sich, diese so sanft wie nur möglich auszuziehen. Friedrich wirkte so zart und gebrechlich, was

Florentinus, der seinen Vater nur im Anzug kannte, zuvor nie wahrgenommen hatte. Ganz vorsichtig streiften sie auch die Hose ab, sodass er nur noch in Unterwäsche dalag.

Der Arzt untersuchte Friedrich gründlich. Und noch während er dies tat, schien es Florentinus, als käme der Vater wieder langsam zu Bewusstsein.

»Vater«, sprach er ihn schließlich an, als Friedrich sich bemühte, die Augen zu öffnen. Erst noch zitternd, dann, mit einem tiefen Atemzug, hob er die Lider.

»Florentinus.«

»Ja, Vater, ich bin hier.«

»Sie sind gestürzt, Herr Loising. Wissen Sie, was geschehen ist?«, fragte der Arzt nun.

»Ich wollte hinüber zum Fenster. Es war so stickig hier drin«, gab Friedrich schwach Auskunft.

»Du wolltest hinüber zum Fenster?« In Florentinus kämpfte die Wut über das Verhalten seines Vaters mit der Erleichterung, dass der alte Herr mehr und mehr zur Besinnung kam. »Warum hast du nicht einfach gerufen?«

Friedrich sah seinen Sohn an, dann lächelte er. »Weil ich doch wieder viel mehr kann. Ich habe es wohl übertrieben.«

»Haben Sie irgendwo Schmerzen, Herr Loising?«, fragte nun der Arzt.

»Meine Würde hat einen Schlag abbekommen«, erwiderte Friedrich schmunzelnd. »Und mein Kopf schmerzt ein wenig. Ich glaube, ich bin gegen den Nachttisch gestoßen.«

»Sie waren bewusstlos, Herr Loising. Damit ist nicht zu scherzen«, mahnte der Arzt. »Ich würde sie gern noch untersuchen, um eine Gehirnerschütterung auszuschließen.«

»Tun Sie das, junger Mann.«

Florentinus spürte die Erleichterung und atmete geräuschvoll aus. »Du verstehst es aber gut, einem in den Abendstunden einen Schreck zu versetzen.«

»Dann bin ich also auch in meinen hohen Jahren noch für Überraschungen gut.« Friedrich hob die Hand und berührte kurz Florentinus' Arm. »Ich wollte dir keine Sorgen bereiten, mein Sohn.«

Florentinus schüttelte den Kopf. »Erlaub dir in Zukunft lieber andere Scherze mit mir, ja?«

»In Ordnung.«

»Möchtest du einen Tee?«, fragte Florentinus nun und musste lächeln, weil das Wunschbild von vorhin sich nun offenbar genau so bewahrheitete.

»Gern, mein Sohn. Ich danke dir.«

Florentinus erhob sich von dem Bett. »Für Sie auch etwas, Herr Doktor?«

»Nein, haben Sie vielen Dank.«

Florentinus ging zur Tür und warf noch einen Blick auf seinen Vater, der nun schon wieder recht munter wirkte. Dann lief er zum Wohnzimmer hinüber. Therese saß in dem Sessel, in dem vorhin noch er selbst gesessen hatte, und Robert stand neben ihr und hatte seine Hand auf ihren Rücken gelegt. Siedend heiß packte Florentinus die Erkenntnis, dass er den Brief vorhin einfach irgendwo hier zurückgelassen hatte. Mit klopfendem Herzen trat er ins Zimmer.

»Und?« Therese sah ihn ängstlich an.

»Alles in Ordnung, wie es aussieht. Er ist wohl nur gestürzt und hat sich den Kopf angeschlagen.«

Florentinus schluckte schwer, ging noch näher an Therese heran. Er versuchte zu erkennen, ob der Brief unter dem Sessel lag.

»Muss er ins Spital?«, fragte Therese nun.

»Was? Äh, nein, so wie es aussieht nicht«, gab Florentinus zerstreut Auskunft, während er weiter nach dem Brief Ausschau hielt.

»Was machst du denn da?«, fragte Therese gereizt.

»Nichts. Gar nichts.« Er sah sie wieder an. »Ich dachte nur … aber nein, nichts.« Noch einmal suchte er mit Blicken den Boden ab und bemühte sich zu erinnern, wohin der Brief gefallen sein könnte.

»Na, dann ist es ja hoffentlich noch mal gut gegangen«, befand Robert. »Ich werde kurz austreten«, kündigte er an und verließ den Raum.

Therese stand ebenfalls auf. »Kann ich zu ihm?«

»Er wird noch untersucht«, wiederholte Florentinus tonlos. Wo war nur dieser verdammte Brief? Er sah Therese an, versuchte in ihren Augen zu lesen, ob sie ihn womöglich gefunden hatte. Aber nein, dann hätte sie bestimmt nicht so gleichmütig mit ihm gesprochen. Er bückte sich.

»Was suchst du denn da bloß?«

»Ich … ich habe wohl vorhin meinen Manschettenknopf verloren«, erwiderte Florentinus. Auf dem Fußboden lag nichts, und auch auf dem Tisch war kein Brief zu entdecken.

»Dein Hemd hat Knöpfe, Tino.« Sie schüttelte den Kopf, dann machte sie einen Schritt auf ihn zu und nahm ihn in den Arm. »Du bist ja vollkommen durcheinander, du Armer.« Sie drückte ihn an sich.

»Kann ich Ihnen etwas bringen?«, fragte nun Minna zögerlich, als die Geschwister sich aus der Umarmung lösten.

»Der Tee!« Florentinus fasste sich an den Kopf. »Mein Vater hätte gern eine Tasse Tee.«

»Und Sie, gnädige Frau?«

»Ich nehme ebenfalls eine«, sagte Therese und wandte sich dann wieder Florentinus zu. »Liesel ist sofort gekommen und passt auf die Kinder auf. Wir müssen also nicht gleich zurück nach Hause.«

»Für Sie auch einen Tee, gnädiger Herr?«

»Ich glaube, ich brauche jetzt was Stärkeres«, entgegnete Florentinus und ging zum Bartischchen hinüber. Dort schenkte er sich einen Obstbrand ein, kippte ihn in einem Zug und schenkte nach.

»Ich nehme auch einen«, sagte Robert, der soeben wieder den Raum betreten hatte, worauf Florentinus bereitwillig ein weiteres Glas füllte, das er dem Schwager reichte. »Trinken wir auf Vaters Gesundheit.«

Sie stießen miteinander an. »Auf Friedrichs Gesundheit«, sagte auch Robert.

Florentinus schenkte abermals nach, und sie prosteten erneut auf Friedrich. Schließlich stellten sie alle ihre Gläser beiseite.

Kurz darauf waren Schritte zu hören, und der Arzt kam herein.

»Wie geht es ihm, Herr Doktor?«, fragte Therese.

»Soweit ich es im Moment beurteilen kann, war der Schreck wohl größer als alles andere. Er hat eine kleine Beule am Kopf, wo er gegen den Nachttisch gestoßen ist. Doch das scheint auch schon alles zu sein.«

»Na, Gott sei Dank.« Florentinus zog seine Brieftasche hervor, nahm ein paar Scheine heraus, ging zu dem Arzt und gab sie ihm. »Passt das so?«

»Es ist eigentlich ein bisschen viel.«

»Dann passt es«, stellte Florentinus klar. »Vielen Dank, dass Sie so schnell gekommen sind.«

»Ich werde morgen noch mal vorbeikommen und nach ihm sehen.«

»Danke.«

»Dann noch einen guten Abend nach dem Schrecken, die Herrschaften«, sagte der Arzt. Florentinus brachte ihn noch zur Tür.

In diesem Augenblick kam Minna mit dem Tee.

»Ich werde ihn meinem Vater bringen«, entschied Therese und nahm sich die für ihn bestimmte Tasse.

»Jawohl, gnädige Frau«, sagte Minna. »Soll ich Ihren Tee warm stellen?«

»Nein, stell ihn einfach auf den Tisch im Wohnzimmer.«

»Sehr wohl, gnädige Frau.«

Während Therese mit der Teetasse zum Zimmer des Vaters ging, begaben sich Minna, Florentinus und Robert wieder ins Wohnzimmer.

»Wo ist Hedwig eigentlich?«, fragte Florentinus.

»Sie sitzt in der Küche und weint sich die Augen aus, wenn der gnädige Herr mir die Bemerkung verzeihen mag. Sie macht sich schreckliche Vorwürfe.«

»Sag ihr, dass sie nichts dafür konnte. Mein Vater hat nun einmal seinen eigenen Kopf. Sie trifft keine Schuld.«

»Danke, gnädiger Herr.« Minna knickste. »Ich werde es ihr ausrichten.« Ihr Blick fiel auf den Kamin. »Soll ich das Feuer noch einmal anfachen? Es soll später kühl werden.«

»Ich mache das schon. Danke, Minna.«

Florentinus nahm das Kaminbesteck und stocherte ein wenig in der Glut. Dann griff er einige kleine Hölzer aus dem Korb daneben, wartete, bis sie sich entzündeten, und legte zwei Scheite nach.

»Hier.« Robert war an die Seite des Schwagers getreten und hielt ihm den Brief von Karl hin. »Nimm das zum Anzünden.«

# 5. Kapitel

*Hamburg, Montag, 18. Januar 1897*

Frederike saß am Fenster und sah hinaus. Der Garten der Familie Steffensen war längst nicht so prachtvoll wie der bei der Villa Hansen. Und auch das Gebäude selbst war um einiges kleiner. Das jedoch hätte ihr nicht das Geringste ausgemacht. Doch tatsächlich hatte sie in diesem Haus noch nicht einen einzigen glücklichen Tag verbracht.

Da bereits am Tag vor ihrer Hochzeit ihre Sachen hierhergebracht worden waren, war sie nach ihrer Entlassung aus dem Krankenhaus, in dem sie sicherheitshalber nach dem Angriff der Hafenarbeiter untersucht worden war, direkt zu ihrem neuen Heim gefahren worden. Eigentlich hätte an diesem Tag ein wunderbares Leben für sie beginnen sollen. Doch das, was am 20. November letzten Jahres geschehen war, hatte den Tag, der der schönste ihres Lebens hätte werden sollen, für sie zum Beginn eines nicht enden wollenden Albtraums gemacht. Auch nach fast zwei Monaten fühlte sie sich, als würde sie neben sich stehen und sich selbst dabei zusehen, wie sie ihre Tage bestritt. Sie tat im Grunde nichts, als die ganze Zeit dazusitzen, ein- und wieder auszuatmen und darauf zu warten, dass die Stunden verstrichen. Nie zuvor in ihrem Leben hatte sie sich derart niedergeschlagen, ja unendlich verzweifelt gefühlt. Wäre ihre Hochzeit nicht gewesen, wäre Viktoria gewiss noch am Leben. Warum nur hatte sie in diesen schwierigen Zeiten unbedingt heiraten müssen? Weshalb in ihrem prachtvollen Kleid mit der feinen Hamburger Gesellschaft aus dieser Kirche treten müssen, wo sie die Blicke und den Neid der einfachen Hafenarbeiter auf sich zog, unter denen die Stimmung mehr als nur gereizt war. Doch was hatten die Arbeiter überhaupt so weit in der Innenstadt und vom Hafen entfernt zu suchen gehabt? Hätte sie doch nur nie der übereilten Heirat zugestimmt, damit Alma, Julius' Mutter, die schon seit Langem schwer krank war, der geplanten Feierlichkeit noch beiwohnen konnte. Inzwischen war auch Alma gestorben, nur zwei Wochen nach der Hochzeit. So hatte sie tatsächlich alles noch miterlebt, noch miterleben müssen, wie man im Nachhinein wohl resümieren musste. Frederike fühlte eine schreckliche Leere in sich. Wegen ihrer Entscheidung, Julius an dem Tag das Jawort zu geben, war die Tochter ihrer Cousine nun tot, nur kurze Zeit nach ihrem zweiten Geburtstag. Alles, wirklich alles war zerbrochen und ein einziger Scherbenhaufen.

Schon wieder kamen ihr die Tränen. Ihre Augen schwollen inzwischen gar nicht mehr ab, so viel, wie sie weinte. Sie bot einen jämmerlichen Anblick, wenn sie in den Spiegel schaute. Außerdem hatte sie so viel abgenommen, dass ihr sämtliche Kleider zu groß waren. Dabei war sie auch vorher schon alles andere als rundlich gewesen.

Und nun saß sie tagaus, tagein nur mit einer Haushälterin, einem Dienstmädchen und einem Chauffeur in diesem Haus, während Julius und ihr Schwiegervater Hubertus in der Schrauben- und Werkzeugfabrik die Geschäfte führten. Wenn Julius am Abend heimkam, versuchte er möglichst beiläufig aus der Firma zu berichten, um Frederike auf andere Gedanken zu bringen. Es rührte sie, dass er sich so sehr um sie bemühte. Doch das konnte das Unglück, das mit ihrer Hochzeit über sie hereingebrochen war, nicht ungeschehen machen. Manchmal hatte sie schon daran gedacht, einfach ihre Koffer packen zu lassen und zurück in die Villa Hansen zu ziehen. Immerhin hatten sie die Ehe noch nicht vollzogen. Genau genommen, hatten sie sich seit jenem Unglückstag so gut wie gar nicht mehr berührt. Zwar hatte Julius manchmal Versuche gemacht, sich ihr zu nähern. Doch ein Blick in ihre traurigen Augen hatte wohl genügt, um bei ihm den Wunsch, ihr nahe zu sein, im Keim zu ersticken.

Frederike musste an Luise denken. Ob sie wohl sicher in Kamerun angekommen war? Ihre Cousine hatte mehr als jeder andere verloren. Erst ihre Ehe, dann auch noch ihr Kind. Frederike konnte nicht einmal erahnen, wie sie sich fühlen musste. Es wäre in Frederikes Augen kein Wunder, wenn Luise keinen Lebensmut mehr aufbringen könnte, um weiterzumachen – so stark ihre Cousine auch sein mochte. Das Paket, das sie zu tragen hatte, wog mehr als ein Bergmassiv. Darunter zu zerbrechen, wäre nur allzu verständlich.

Es klopfte zaghaft, und auf Frederikes Aufforderung hin wurde zögerlich geöffnet. »Hier oben bist du also wieder.«

»Natürlich. Wo soll ich sonst schon sein?« Frederike bemühte sich nicht einmal mehr, so zu tun, als freute sie sich, ihren Mann zu sehen. Es war auch nicht so, dass sie sich an seiner Gesellschaft störte. Es war ihr einfach gleichgültig, so wie ihr alles in ihrem Leben gleichgültig geworden war.

»Bist du gar nicht überrascht, dass ich so früh nach Hause komme?«

Sie zuckte die Schultern.

Julius seufzte und unterdrückte seine Enttäuschung. »Ich bin deshalb so früh nach Hause gekommen, weil ich wirklich gute Nachrichten habe. Ich habe einen Anruf von deinem

Vater erhalten. Wir müssen endlich auch hier im Haus einen Telefonapparat einbauen lassen«, meinte Julius. »Denn dann hätte er dir gleich selbst sagen können, dass ihn heute ein Telegramm deines Onkels aus Wien erreicht hat. Deine Cousine ist sicher in Kamerun angekommen. Ist das nicht wunderbar?« Er ging auf Frederike zu, zog sie aus dem Sessel zu sich heran und umarmte sie. »Endlich ein Lichtblick, Frederike.« Er lächelte sie herzlich an.

Frederike nickte, doch so etwas wie Freude wollte sich nicht bei ihr einstellen. »Da bin ich erleichtert«, sagte sie.

»Dann lass doch dieses Gefühl auch zu«, bat Julius eindringlich. »Frederike, ganz gleich, was geschieht: Die kleine Viktoria wird nicht wieder lebendig, ebenso wenig wie die anderen, die bei unserer Hochzeit ihr Leben verloren haben. Das können wir nicht mehr ändern. Wir können nur versuchen, damit zu leben.«

»Und genau das kann ich nicht«, entgegnete sie.

»Doch, Frederike, das kannst und musst du. Schließlich kann es so nicht weitergehen.«

»Wie?«

»Na so.« Er deutete auf den Sessel. »Du sitzt den ganzen Tag nur dort und starrst aus dem Fenster. Außerdem isst du kaum etwas und wirst von Tag zu Tag dünner. Es ist, als würdest du dich für das bestrafen, was geschehen ist.«

»Wen denn auch sonst?«

Er packte sie an den Schultern. »Frederike, komm endlich ins Leben zurück. Wir sind nicht schuld an dem, was geschehen ist. Niemand konnte das voraussehen. Niemand. Und unsere Heirat war nicht der Anlass dessen, sondern unglückliche Umstände, die zusammenkamen.«

»Du tust mir weh.«

Er lockerte seinen Griff. »Entschuldige bitte, das war nicht meine Absicht. Doch ich weiß nicht mehr, was ich noch tun soll.«

»Vielleicht sollten wir unsere Eheschließung aufheben lassen«, sagte sie mit leiser Stimme und gesenktem Blick.

Einen Moment war Julius regelrecht erstarrt und nicht in der Lage, ein Wort zu erwidern. Dann legte er vorsichtig seinen Zeigefinger unter ihr Kinn und hob ihren Kopf an, sodass sie ihn ansehen musste.

»Was sagst du da?«

Frederike sog ihre Oberlippe ein und kaute darauf, wie sie es immer tat, wenn sie nervös war. Sie räusperte sich, war aber dennoch nicht sicher, ob ihre Stimme ihr gehorchen würde.

»Wir haben die Ehe nie vollzogen. Ich habe davon gehört, dass man dann einfach alles rückgängig machen kann, ganz so, als wären wir nie verheiratet gewesen.«

Julius tat einen Schritt rückwärts. »Das ist es also, was du willst? Du willst nicht mehr mit mir verheiratet sein? Aber das macht doch nichts, gar nichts von dem, was passiert ist, ungeschehen!«

»Ich bringe sowieso jedem nur Unglück, und dann wärst du mich los, ohne einen dunklen Fleck auf der Weste. Und wenn man es doch so einfach annullieren kann.« Wieder zuckte sie die Schultern.

»Ach ja?« Etwas in Julius' Blick veränderte sich. Er sah auf einmal zornig aus, ja seine Wut schien sich von einem Moment auf den anderen noch zu steigern. »Na gut. Dann eben so.« Er fingerte an seiner Hose herum.

»Was machst du da?«, fragte Frederike irritiert.

»Ganz einfach. Wir werden jetzt die Ehe vollziehen. Und dann ist Schluss mit diesem Gerede.«

»Wie bitte?« Sie schüttelte heftig den Kopf. »Das werde ich jetzt ganz sicher nicht tun«, stellte sie fest.

»Ach nein?« Er machte einen Schritt auf sie zu. »Du bist meine Frau, und ich habe das Recht dazu.« Er zerrte an ihrem Kleid. »Also runter damit, oder ich zerreiße es.«

»Nein!«, schrie sie ihn an. »Wage es ja nicht …«, wütete sie zurück.

»Und ob ich es wage.« Er packte ihre Schultern, worauf sie ihn wegstieß und ihm eine schallende Ohrfeige verpasste. Dann griff sie nach dem Kerzenständer. »Komm noch einen Schritt näher, und ich schwöre dir, ich schlage zu.«

Julius blieb stehen. Seine eben noch aggressive Haltung veränderte sich. Und auch sein Blick entsprach wieder dem Julius, den sie kannte. »Gott sei Dank«, sagte er und lächelte sie an. »Siehst du? Du kannst noch fühlen. Dir ist nicht alles gleichgültig. Da ist noch Leben in dir. Das eben war die Frederike Hansen, die ich kennen- und lieben gelernt habe. Nimm dieses Gefühl und spür ihm nach, spüre, wie gut es doch tut, zu leben, Frederike.« Er trat etwas zaghaft einen Schritt auf sie zu, berührte zärtlich ihre Wange. »Ich würde nie die Hand gegen dich erheben und etwas gegen deinen Willen erzwingen. Doch ich musste dich wachrütteln. Bitte verzeih mir.«

Sie hielt den Kerzenständer noch immer wie eine Keule in der Hand, ließ ihn nun aber sinken und schließlich zu Boden fallen. Dann ging sie auf Julius zu und fiel ihm um den Hals. Er hielt sie in seinen Armen, während sie herzzerreißend schluchzte und sich gar nicht mehr beruhigen konnte. Zärtlich küsste er ihr Haar und streichelte ihren Rücken, während sie nur so dastand, keine Spannung mehr in ihrem Körper zu haben schien und weinte, bis keine Tränen mehr kommen wollten.

»Ich liebe dich, Frederike. Bitte lass uns versuchen, glücklich zu werden.«

Frederike wischte die Tränen mit dem Handrücken von ihren Wangen und nickte. »Ja«, sagte sie schließlich. »Das und nichts anderes habe ich immer gewollt. Ich weiß nur nicht, ob ich es kann.«

»Du kannst. *Wir* können«, korrigierte er eilig. »Wir werden niemals vergessen, was an jenem Tag geschehen ist. Doch wir werden lernen, damit zu leben und dennoch unseren Weg finden.«

»Weißt du, was mir am meisten zu schaffen macht?«

»Viktorias Tod«, antwortete Julius, weil es ihm logisch erschien.

»Ja, natürlich«, gab sie ihrem Mann recht. »Doch ich weiß ja, dass ich daran nichts mehr ändern kann. Aber ich fürchte so sehr, dass Luise mich hasst, weil es meine Hochzeit war, die zu all dem Unglück geführt hat.«

»Zum einen«, berichtigte er, »war es *unsere* Hochzeit und nicht nur deine.« Er suchte ihren Blick, als sie die Augen wieder senken wollte. »Und zum anderen«, fuhr er fort, als er erneut seinen Zeigefinger unter ihr Kinn legte, »hat nicht die Hochzeit dazu geführt, dass diese Männer uns angegriffen haben. Ob wir es nun waren oder andere Menschen, die zu willkürlichen Opfern wurden, das war diesen Leuten doch egal. Es richtete sich nicht gegen uns persönlich, sondern nur gegen das, was wir darstellen. Glaub mir, Frederike, so wie ich deine Cousine kennengelernt habe, hat sie nicht einen einzigen negativen Gedanken in Bezug auf dich. Und eines Tages, wenn ihr euch wiederseht, werdet ihr voreinander stehen und euch in die Arme fallen.«

»Denkst du wirklich?«

»Aber ja. Ich habe eine Idee. Warum schreibst du ihr nicht einen Brief?«

»Einen Brief?«

Julius nickte. »Ja. Einen Brief, in dem du deine Gefühle für sie zum Ausdruck bringst und dein tiefes Bedauern zu ihrem Verlust.«

»Ich hätte Angst, dass sie mir nicht antwortet.«

»Aber Frederike, du kennst diese Frau dein ganzes Leben lang. Ihr seid im gleichen Alter.«

»Sie ist zwei Jahre jünger als ich«, stellte Frederike klar.

»Dann seid ihr eben fast im gleichen Alter. In jedem Fall kennt ihr euch schon, so lange ihr denken könnt, oder nicht? Ich kann gar nicht verstehen, wie du sie so sehen kannst. Ich habe sie erst vor ein paar Monaten kennengelernt, doch ich glaube sie gut genug einschätzen zu können, um zu sagen, dass sie gewiss kein Mensch ist, der haltlose Schuldzuweisungen vornimmt.«

»Aber ihr Kind ist gestorben«, erwiderte Frederike. »Sie hat ihre geliebte Viktoria verloren.«

»Ja, und das ist entsetzlich. Doch es ist nicht deine Schuld.«

Frederike atmete tief durch. »Du denkst also wirklich, sie macht nicht mich dafür verantwortlich?«

»Genau das denke ich.«

»Und ich sollte ihr einen Brief schreiben?«

»Ja.«

»Und wenn du doch unrecht hast und sie mir niemals antwortet?«

»Dann sehen wir weiter. Doch für den Moment glaube ich, dass es das Beste wäre, um endlich wieder das Leben anzugehen. Außerdem wirst du nie herausfinden, ob sie dir antwortet, wenn du ihr nicht schreibst.«

»Nun gut«, befand Frederike nach kurzem Zögern. »Ich werde ihr schreiben.«

»Wunderbar.« Er fasste ihre Schultern und gab ihr einen Kuss auf die Stirn. »Und jetzt gehen wir ein wenig spazieren, um wieder einen klaren Kopf zu bekommen.«

»Aber ist es nicht furchtbar kalt draußen?«

»Ja, ist es. Und deshalb werden wir auch nicht ohne Mäntel gehen. Doch wir werden gehen«, machte er deutlich, offenbar mit der Gegenwehr seiner Frau rechnend.

»Wie du meinst«, stimmte diese jedoch zu Julius' Überraschung zu.

Fast konnte er nicht glauben, dass er sie wirklich überzeugt hatte. Frederike hatte seit ihrem Einzug das Haus nur ein einziges

Mal verlassen, und zwar an dem Tag, als seine Mutter Alma zu Grabe getragen wurde. Gleich danach hatte sie sich mit der Kutsche zurückfahren lassen und war dann nicht mehr ins Freie gegangen. Julius' Vater Hubertus hatte ihm sogar schon geraten, nach dem Arzt zu schicken, da ein solches Verhalten nicht mehr als gesund zu bezeichnen war. Frederike litt unter weit mehr als dem, was man gemeinhin Melancholie nannte. Und Hubertus hatte auch Andeutungen darüber gemacht, dass schlimmstenfalls sogar zu befürchten stand, dass Geisteskrankheiten oder zumindest die labile Neigung dazu womöglich in der Familie Hansen lagen. Schließlich hatte jeder von den Aussetzern von Martha Ahrendsens, Frederikes Cousine, gehört. Zwar schien sie sich in den Griff bekommen zu haben, und Hubertus selbst hatte auch nie persönlich etwas mitbekommen, wie er seinem Sohn gegenüber eingestanden hatte. Er war jedoch schließlich auch nur ein Zugezogener und tat gut daran, sich die Geschichten, die als Tuschelthema noch immer gern herumgingen, auch anzuhören, um so die Hintergründe der Hamburger Kaufmannsfamilien zu durchblicken. Julius hatte die Reden seines Vaters kopfschüttelnd abgetan. Er für seinen Teil wusste ganz genau, was für einen wunderbaren Menschen er mit Frederike geheiratet hatte und war keinesfalls gewillt, das Leben, das er mit ihr führen wollte, einfach so aufzugeben.

Frederike zögerte kurz, als Julius ihr unten in den Mantel half, und einen Wimpernschlag lang dachte er schon, sie würde doch noch kneifen. Dann jedoch schien sie sich einen Ruck zu geben, denn sie schlüpfte mit Schwung in die Ärmel ihres Mantels und knöpfte ihn dann zu.

»Von mir aus können wir«, kündigte sie an.

»Ja«, sagte er fröhlich, während er sich ebenfalls seinen Mantel überzog. »Gehen wir.«

Sie verließen die Villa und liefen einige Meter, dann blieb Frederike stehen und drehte sich um.

»Was ist?«

Sie schüttelte den Kopf. »Ich betrachte die Villa, in der ich lebe«, stellte sie fest. »Das ist kein Scherz. Ich hätte dir nicht einmal sagen können, in welcher Farbe die Fassade gestrichen ist.«

Julius legte den Arm um ihre Schultern. »Ich habe viel zu lange zugelassen, dass du dich eingeigelt hast. Doch damit ist jetzt ein für alle Mal Schluss.«

Sie blieben noch einen Moment stehen, dann löste Frederike ihren Blick, und sie gingen weiter den Weg entlang bis zum Ende der Einfahrt. Bevor sie auf die Straße traten, nahm Julius jedoch die Hand seiner Frau und führte sie nach rechts auf einen kleinen Pfad, der, wenn man ihn nicht kannte, vom Weg aus so gut wie gar nicht zu erkennen war.

»Bist du schon öfter hier gewesen?«

»Eigentlich nicht. Ich habe den Pfad durch Zufall entdeckt, als ich mal spazieren war, um nachzudenken.«

»Du magst das, nicht wahr? Ich meine, einfach rauszugehen und irgendwo entlangzuschlendern?«

»Tatsächlich, ja. Das stimmt. Im Schwarzwald, wo ich geboren wurde und wo wir noch bis vor vier Jahren gelebt haben, ist es viel grüner als hier in Hamburg. Die Wälder sind dichter und höher. Und eigentlich ist es fast egal, wo man sich dort aufhält: Man braucht nur wenige Schritte und ist im Grünen. Ich mochte das immer sehr. Wenn ich Sorgen hatte, half es mir.«

»Sorgen? Was denn für Sorgen?«

»Ach, eigentlich nichts Schlimmes. Wenn ich beispielsweise fürchten musste, in der Schule zu versagen, habe ich mir unseren Hund genommen und bin mit ihm in den Wald gegangen. Ich brauchte ihm nur eine Weile beim Tollen zusehen oder mit welcher Begeisterung er überall geschnüffelt hat und dazu die würzige Waldluft einatmen, dann war ich wieder ganz ruhig und konnte alles konzentriert angehen und meistern.«

»Du hast einen Hund?«

»Hatte. Er ist vor fast fünf Jahren gestorben. Es war furchtbar für mich. So als hätte ich meinen besten Freund verloren.«

»Das tut mir wirklich leid. Wie hieß er denn?«

»Falk.«

»Falk?«

»Ja.«

»Ein ungewöhnlicher Name. Was bedeutet er?«

Julius überlegte. »Hm, ehrlich gesagt, habe ich nicht die geringste Ahnung. Ich glaube, ich fand ihn damals einfach schön.«

»Und was war Falk für eine Rasse?«

»Er war ein schwarzer Labrador. Weißt du, wie die aussehen?«

»Ich glaube schon. Sie sind recht groß, nicht wahr?«

»Schon, ja. Aber es sind wirklich schöne Tiere.« Er sah zu ihr hinüber. »Hattest du mal Haustiere?«

»Wir hatten früher mal Kaninchen. Unser Großvater hat meinem Bruder und mir und auch meinen beiden Cousinen eines geschenkt. Doch das ist viele Jahre her.«

»Wo du gerade deinen Bruder erwähnst, ihr habt überhaupt keinen Kontakt mehr, oder?«

Frederike schüttelte den Kopf. »Nein. Und das ist auch gut so. Er ist kein guter Mensch.«

»Wieso? Was hat er getan?«

»Was hat er nicht getan, müsste die Frage eher lauten. Richard hat so ziemlich alles gemacht, um meiner Familie zu schaden. Er arbeitet und lebt jetzt bei meiner Tante Elisabeth, der geschiedenen Frau meines Onkels Robert.«

Julius schmunzelte. »Ihr seid eine ziemlich interessante Familie«, stellte er fest.

Frederike spürte, wie gut ihr die frische Luft tat. Julius hatte völlig recht daran getan, sie sanft zu ihrem Glück zu zwingen. »Mag sein«, antwortete sie dann. »Obwohl ich eigentlich immer dachte, wir wären ganz normal wie alle anderen Familien auch.«

Julius schüttelte den Kopf. »Das würde ich nun wirklich nicht sagen. Aber wie dem auch sei, ich weiß genau, dass ich das Glück habe, mit der Besten des gesamten Hansen-Clans verheiratet zu sein.«

Frederike blieb stehen, worauf Julius ebenfalls nicht weiterging, sondern sich zu ihr umdrehte.

»Was ist?«

»Denkst du das wirklich? Ich meine, dass ich gut genug für dich bin?«

Er machte einen Schritt zu ihr zurück. »Um Himmels willen, Frederike, das fragst du mich doch nicht wirklich?« Er nahm ihre Hände. »Ich finde, dass du die schönste und wunderbarste Frau bist, der ich je begegnet bin, und ich bin glücklich und dankbar, dass du mich genommen hast. Womöglich bin ich nicht gut genug für dich.«

»Das war sehr lieb von dir. Danke schön.« Sie stellte sich auf die Zehenspitzen und gab ihm einen zärtlichen Kuss. Nachdem sie wieder auf den Füßen stand, beugte sich Julius zu ihr herunter, nahm ihren Kopf zärtlich in seine Hände und küsste sie. Frederike schloss die Augen. Nie zuvor hatte sie einen Kuss ihres Mannes so leidenschaftlich erlebt. Und fast stolperte sie, weil sie glaubte, der Boden unter ihr würde nachgeben. Sofort fasste Julius ihre Schultern und gab ihr sicheren Halt. Sie lächelte ihn an, herzlich und voller Liebe. Es war, als hätte jemand den Nebel, der sie wochenlang umgeben hatte, beiseitegeschoben, und sie könnte das erste Mal nach so langer Zeit wieder einen klaren Blick auf die Dinge werfen. Vor allem aber war ihr, als erkenne sie Julius in diesem Augenblick ganz neu. Er war der Mann, den sie geheiratet hatte. Und ja – sie hatte sich in ihn verliebt, und das gleich am ersten Tag, als sie sich kennengelernt hatten. Die Zeit danach, in der sie zusammen viel unternommen hatten, war für sie unbeschwert und glücklich gewesen. Alles hatte sich leicht und vollkommen richtig angefühlt. Doch dann, als diese schrecklichen Ereignisse über sie hereingebrochen waren, hatte sie, wie es ihr nun schien, einfach aufgehört, zu fühlen. Sie hatte in Julius nicht mehr den Mann gesehen, in den sie sich verliebt hatte. Ihr war, als wäre sie selbst an ihrem Hochzeitstag gestorben, auch wenn ihre Hülle noch immer auf Erden wandelte. Nun jedoch, so ganz nah bei Julius und den Duft seiner Haut wahrnehmend, war der Nebelschleier fort, ganz einfach, so als hätte er sich aufgelöst.

Sie wusste nicht, wie lange sie so dagestanden und sich tief in die Augen geblickt hatten. Und fast kam es ihr albern vor, dass sie das Gefühl hatte, dieser eine Spaziergang, diese wenigen Berührungen und Gespräche hätten gerade alles verscheucht, was die letzten Wochen ihr gesamtes Fühlen und Denken in Schach gehalten hatte. Doch es war so, und Frederike wusste nur eines: Sie wollte leben. Sie wollte wieder leben und fühlen, und das mit Julius.

Sie gab ihm noch einen Kuss, dann hakte sie sich bei ihrem Mann ein, und sie gingen weiter. Die Kälte, die eben noch durch ihren Mantel an ihre Haut gedrungen war, spürte sie nicht mehr. Und um keinen Preis hätte sie jetzt schon zurückkehren wollen.

So vergingen mehr als zwei Stunden, die sie trotz der Kälte spazieren gingen, miteinander plauderten und einfach die Nähe des anderen genossen. Und am Abend, nachdem sie mit Hubertus gegessen hatten und es das erste Mal, seit Frederike in die Villa der Steffensens eingezogen war, bei Tisch eine wirkliche Unterhaltung gegeben hatte, gingen Frederike und Julius in ihr Schlafzimmer und vollzogen die Ehe. Nicht, weil es endlich geschehen musste oder um die Ehe nicht mehr so einfach lösen zu können. Nein, sondern weil es sich richtig anfühlte und beide es wollten. Und Frederike spürte, dass sie an diesem Tag den Schritt zurück ins Leben getan hatte.

# 6. Kapitel

*Kamerun, Dienstag, 19. Januar 1897*

Hamza gehörte gewiss nicht zu den Menschen, die übermäßig viel über sich nachdachten. Dafür hatte er auch gar keine Zeit. Er hatte alle Hände voll damit zu tun, sich um alles auf der Farm zu kümmern und die Plantage so zu führen, dass die Kakaopflanzen den bestmöglichen Ertrag brachten. Seit er auf der Plantage der Hansens arbeitete, hatte es nicht ein einziges schlechtes Jahr gegeben. Auch vorher schon nicht, als alles noch Johann Meyerdierks gehört hatte. Und dafür war Hamza dankbar. Er war der Plantage und auch der Farm so verbunden, dass er manchmal das Gefühl hatte, alles würde nicht nur von ihm verwaltet, sondern ihm selbst gehören. Doch das war natürlich Unsinn.

Seit vorgestern nun war er jedoch abgelenkt und konnte sich kaum auf seine vielen Aufgaben konzentrieren. Luise war wieder da. Luise, die er geliebt und von der er geglaubt hatte, sie nie mehr wiederzusehen. Es war ein eigenartiges Gefühl gewesen, sie zu begrüßen, so fremd und doch vertraut war sie ihm erschienen. In ihren Augen hatte er lesen können, dass sie nicht mehr dieselbe war wie die, die er vor über zwei Jahren in

Hamburg das letzte Mal gesehen hatte. Damals, als beide noch glaubten, dass das Kind, das sie erwartete, von ihm sei, und sie ihre gemeinsame Flucht geplant hatten. Heute kam es ihm vor, als sei das nur eine Geschichte, die er einmal irgendwo gehört hätte und mit der ihn selbst nichts verband. Es war nicht nur der lange Zeitraum, der dazwischenlag. Beide hatten sie seither in unterschiedlichen Welten gelebt und es war so viel geschehen, dass die Erinnerung an damals verblasste. Er fragte sich, was er für die Frau empfinden sollte, die sich nun nach dem Tod ihrer einzigen Tochter hierher geflüchtet hatte. So tief die Gefühle auch früher gewesen sein mochten, so spürte er jetzt doch nichts mehr davon. Als er ihr gegenübergestanden hatte, war da nichts als Mitleid für einen Menschen gewesen, von dem er wusste, dass er ein gutes Herz besaß, das nun jedoch gebrochen war. Und das tat ihm unendlich leid.

Inzwischen war jedoch dieses Gefühl der tiefen Sorge gewichen, ob es möglich war, an gebrochenem Herzen zu sterben, denn Luise war seit ihrem Zusammenbruch bei der Ankunft nicht mehr bei klarem Bewusstsein gewesen. War sie hierhergekommen, um zu sterben?

Oberleutnant Heemsen war heute in der Früh vorbeigekommen, um nach ihr zu sehen, und hatte sich erschrocken gezeigt, dass Luise das Bewusstsein noch nicht wiedererlangt hatte. Er hatte laut überlegt, ob es vonnöten wäre, Luises Vater darüber zu informieren. Doch Hamzas Vater hatte mit einer Überzeugung, von der Hamza nicht wusste, woher er sie nahm, Oberleutnant Heemsen gesagt, dass es keinen Grund dafür gebe. Malambuku war der Meinung, dass Luise einfach so lange schlafen würde, bis ihr Körper wieder kräftig genug war. Damit war das Thema für ihn auch schon wieder erledigt gewesen, und Hamza hatte wie schon so oft in seinem Leben seinen Vater um dessen feste Überzeugungen und den Gleichmut beneidet. Woher er diese Sicherheit nahm, wusste Hamza nicht zu sagen.

Nur dass sein Vater stets freundlich war, für beinahe alles und jeden Verständnis aufbrachte und nur höchst selten Aufregung zuließ. Damit war er der beste Ratgeber, den man sich nur wünschen konnte. Doch das, was Hamza umtrieb, konnte er mit Malambuku nicht besprechen. Was hätte er auch sagen sollen? Dass er die Frau, die damals noch eine ganze andere gewesen war, geliebt hatte? Eine Weiße, die so ganz anders war als die Frauen des Stammes? Dass er vorgehabt hatte, ein Kind mit ihr zu bekommen und irgendwo für ihre kleine Familie ein Leben aufzubauen, und dass er nun nicht mehr wusste, was er denken und fühlen sollte, jetzt, wo sie hier war? Nein, das hätte sein Vater niemals verstanden.

Er ging von der Plantage zurück zur Farm. Als er um die Hausecke bog, blieb er überrascht stehen, denn dort saß Luise trotz der Wärme mit einer Decke um die Schultern und hielt eine Tasse in den Händen. Sie blickte ihn an und hob leicht die Mundwinkel.

»Guten Tag, Hamza.«

»Du bist ja wach«, gab er überrascht zurück.

»Ja, seit etwa einer Stunde. Dein Vater sagt, ich hätte fast zwei Tage geschlafen.« Sie nahm einen Schluck aus der Tasse.

Hamza zog sich einen der Rattanstühle heran und setzte sich neben sie. »Geht es dir jetzt besser?«

Sie sah ihn an, schien zu überlegen. »Ich weiß es nicht. Wirklich, ich kann es nicht sagen.« Sie nahm noch einen Schluck und blickte an Hamza vorbei in Richtung Plantage, dann sah sie ihn wieder an. »Und wie geht es dir?«

»Gut. Ich habe ja auch nichts Schreckliches erleben müssen.«

»Bis auf das, was ich dir angetan habe«, sagte sie tonlos und ließ ihren Blick erneut zur Plantage schweifen.

»Du hast mir nichts angetan, Luise.« Er senkte die Stimme. »Oder hast du mich damals absichtlich getäuscht?«

Sie sah ihn fast erschrocken an. »Nein! Natürlich habe ich das nicht. Ich war der festen Überzeugung, dass es unser Kind ist.«

Hamza bedeutete ihr mit einer Handbewegung, nicht so laut zu sprechen.

»Weißt du, anfangs war ich enttäuscht«, erklärte er dann leise. »Ich war enttäuscht von dir und fühlte mich hintergangen. Doch das war nur der Schmerz, mit dem ich erst fertigwerden musste. Dann, nach einer Weile, als ich schon wieder hier in Kamerun war, begriff ich, dass du niemals alles so geplant und vorbereitet hättest, wenn du auch nur geahnt hättest, dass es nicht mein Kind sein würde.«

»Das stimmt. Ich bin nicht einmal auf die Idee gekommen, dass Hans der Vater sein könnte. Ich musste mich ihm von Zeit zu Zeit hingeben, weil wir verheiratet waren. Doch das war so selten, dass ich nie gedacht hätte …« Sie brach ab. »Ach, es ist ja auch unwichtig. Viktoria ist tot, und niemand kann sie mir zurückbringen.«

»Es tut mir unendlich leid für dich.«

Luise nickte. »Schon eigenartig, nicht wahr? Ich meine, dass wir jetzt hier so sitzen und miteinander sprechen. Noch vor wenigen Monaten hätte ich nicht gedacht, dass ich dich je im Leben wiedersehe.«

»Warum bist du gekommen?«, fragte Hamza.

»Ich bin nicht gekommen«, stellte sie klar. »Ich bin fortgegangen, weil ich es in Hamburg nicht mehr ausgehalten habe und einfach nicht wusste, wohin.«

Die Bemerkung versetzte Hamza einen kleinen Stich. Fast fühlte er sich zurückgewiesen, machte Luise doch mit ihrer Aussage deutlich, dass sie im Grunde gar nicht hier sein wollte. Wahrscheinlich war es ihr vollkommen gleichgültig, ob sie nun hier bei ihm saß oder an irgendeinem anderen Ort auf der Welt.

»Jambo, Nyango.« Malambuku trat mit einem Teller in der Hand aus dem Haus. »Nyango essen, wieder Kraft.« Er hielt Luise den Teller hin.

»Danke, Malambuku. Aber ich habe keinen Hunger.«

»Malambuku wissen, Nyango nicht wollen.« Er kam mit dem Teller noch ein Stück näher. »Doch Malambuku für Nyango gekocht. Müssen essen.«

Luise zögerte, während er sie auffordernd anlächelte. Schließlich nahm sie den Teller entgegen und aß ein paar Happen. »Das schmeckt sehr gut. Danke, Malambuku.«

Malambuku strahlte sie an und blieb noch einen Moment stehen, um sich zu vergewissern, dass sie auch wirklich weiteraß. Dann sagte er zu Hamza: »Du bleiben, bis Nyango alles gegessen.«

»Ja, Vater. Natürlich«, stimmte Hamza zu, worauf Malambuku nickte und wieder ins Haus zurückging.

Kaum war er außer Sicht, stellte Luise den Teller auf dem Tisch ab.

»Iss es lieber. Sonst schimpft er später mit uns beiden«, versuchte Hamza, die Stimmung ein wenig aufzulockern. Doch Luise griff nicht noch einmal zu. Sie hatte Mühe gehabt, die wenigen Bissen hinunterzubekommen.

»Bitte, Luise«, sagte Hamza nun ernst, »lass dir alle Zeit, doch iss auf. Du bist wirklich nur noch Haut und Knochen, du musst wieder zu Kräften kommen.«

»Offen gesagt, bin ich gar nicht daran interessiert, dass es mir wieder besser geht. Schockiert es dich, dass ich es so offen ausspreche?«

»Zumindest wundert es mich nicht.« Er musterte sie eindringlich. »Darf ich dich etwas fragen?«

»Sicher.«

»Warum bist du nicht in Hamburg bei deinem Mann geblieben, damit ihr diese Zeit gemeinsam durchsteht?«

Luise sah ihn überrascht an. »Ich verstehe. Das weißt du offenbar noch nicht. Ich habe mich von Hans getrennt.«

»Wie meinst du – getrennt?«

»Ich lebe nicht mehr mit ihm«, erklärte Luise.

»Aber das kann nicht sein. Ihr habt doch geheiratet.«

»Ja, aber er hat mich betrogen.«

»Was bedeutet das?«

»Er war mit einer anderen Frau zusammen und hat sie geliebt, während wir schon verheiratet waren.«

»So wie du mit mir zusammen warst?«

Luise lächelte. »Ja, genau so. Ich bin eine Heuchlerin, nicht wahr?« Es klang bitter.

Hamza suchte ihren Blick. Er hatte den Eindruck, Luise mit seinen Worten getroffen zu haben, doch das war nicht seine Absicht gewesen. Und tatsächlich wusste er auch nicht, was er Falsches gesagt hatte, denn genau so war es doch gewesen, und sie beide waren sich darüber im Klaren. Und doch hatte er das Gefühl, einen Fehler gemacht zu haben.

»Habe ich etwas Dummes gesagt?«, fragte er etwas verunsichert.

»Nein.« Sie schüttelte den Kopf. »Durchaus nicht. Du hast ja recht. Ich war mit dir zusammen, während ich bereits mit Hans verheiratet war. Doch damals …« Sie suchte nach den richtigen Worten. »Damals waren Hans und ich zwar verheiratet, doch ein Paar waren wir nicht. Wir sind die Ehe eingegangen, weil es im Interesse unserer Familien war. Aber dann …«, wieder zögerte sie. Sie wollte Hamza nicht gestehen, dass sie sich später tatsächlich in ihren Ehemann verliebt hatte. »Ach«, sagte sie schließlich, »du hast einfach recht, weißt du? Es ist nur nicht besonders angenehm, es sich einzugestehen.«

Hamza sah sie nur an, nicht wissend, wie er darauf reagieren sollte. Was wollte Luise von ihm hören? Oder war es ihr einfach gleichgültig, was er ihr zu sagen hatte? Er betrachtete sie genau. Sie war nicht mehr die Luise, die er kannte.

»Du hast dich sehr verändert in der Zeit, die wir uns nicht gesehen haben«, meinte er schließlich.

»Ich weiß«, gab sie ruhig zurück. »Ich bin nicht mehr die, die ich einmal war. Und werde es wohl auch nie wieder sein.«

»Warum sagst du das?«

Sie sah ihn an. »Weil es stimmt. Das ist mir auf dem Weg hierher klar geworden. Ich war keine gute Mutter und habe nun niemals die Gelegenheit, meinen Fehler wiedergutzumachen.«

»Warum meinst du, dass du keine gute Mutter warst?«

»Ich war zu wenig für Viktoria da. Die meiste Zeit habe ich im Kontor verbracht, statt mich um sie zu kümmern.«

»War das tatsächlich so?«

»Ja, ich habe die meiste Zeit gearbeitet.«

»War Viktoria deshalb traurig?«

Luise überlegte. »Nein«, erkannte sie dann und schüttelte nachdenklich den Kopf. »Sie war ein sehr glückliches Kind.«

»Und weshalb hättest du dann nicht ins Kontor gehen sollen?«

»Na, um bei ihr zu sein.«

»Hast du sie denn ganz allein gelassen?«

»Natürlich nicht. Frau Regener, unsere Kinderfrau, hat sich um sie gekümmert.«

Hamza überlegte kurz. »Dann verstehe ich es nicht. Du sagst selbst, dass sie glücklich war. Und wenn du dann zu Hause warst, wirst du ja mit ihr zusammen gewesen sein.«

»Ich habe einfach das Gefühl, mich nicht genug um sie gekümmert zu haben. Und jetzt ist sie tot.«

»Es tut mir wirklich sehr leid für dich.« Zaghaft legte er seine Hand auf ihre, zog sie aber dann rasch wieder zurück. »Willst du mir erzählen, wie sie war?«

»Viktoria?«

»Ja, Viktoria. Deine Tochter.«

Luise lehnte sich auf dem Rattanstuhl zurück. Ein Lächeln huschte über ihr Gesicht. »Sie hatte blonde Locken und Sommersprossen auf der Nase. Ihre Augen waren blau, genauso blau wie die meiner Großmutter. Viktoria spielte am liebsten mit Bällen, und ihr Lieblingsplüschtier war ein kleiner Hase. Sie hat viel gelacht und wirkte immer fröhlich. Es gab fast nichts, das ihr keine Freude bereitet hat. Nur Haarspangen konnte sie nicht leiden. Und ich konnte sie noch so oft am Tag umkleiden, ihr Kleidchen war trotzdem immer ein wenig schmutzig.«

»So wie bei dir als Kind«, sagte Hamza und lächelte.

»Wie bei mir als Kind?«, echote sie.

Hamza nickte. »Das hast du mir damals erzählt, als du mit deinem Vater hier gelebt hast. Erinnerst du dich nicht? Du sagtest, dass du froh wärst, hier zu sein, weil du hier keine Kleider tragen müsstest, sondern Hosen anziehen konntest und es einerlei war, ob du dich schmutzig machtest oder nicht. Und dass es das war, was du als Kind in Hamburg nicht mochtest: die Kleider, die immer sauber zu sein hatten. Weißt du das nicht mehr?«

»Du hast recht«, erkannte Luise, und ein warmes Gefühl stieg in ihr auf, als sie sich an die Zeit, die sie mit ihrem Vater auf der Plantage verbracht hatte, erinnerte. »Eigenartig. Damals habe ich alles hier noch ganz anders wahrgenommen.«

»Das ist die Trauer«, stellte Hamza ruhig fest. »Sie macht, dass du die Schönheit derzeit nicht sehen kannst. Doch das wird wiederkommen.«

»Nein. Nein, das wird es nicht«, widersprach Luise.

»Ich weiß noch, wie es damals war, als meine Schwester Nila gestorben ist. Da ging es mir genauso. Doch es wird besser mit der Zeit.«

»Viktoria ist und bleibt tot. Und ich habe das Gefühl, dass etwas in mir zusammen mit ihr gestorben ist.«

»Die Farm wird dir helfen«, sagte Hamza und blickte zur Plantage hinüber.

»Wie meinst du das?«

»Die Bäume, die Farben des Himmels, der große Berg Fako, wenn er im Morgenlicht zu uns herüberblickt. Auch wenn du sagst, dass du gar nicht hierherkommen wolltest, sondern nur aus Hamburg weg, so weiß ich doch, dass dir all das hier helfen wird, deine Trauer zu überwinden.« Er zögerte. »Und ich werde dir auch helfen.«

Luise schluckte. »Du bist netter zu mir, als ich es verdiene.«

»Wir sind doch immer noch Freunde, oder nicht?« Hamza legte erneut seine Hand auf ihre.

»Ich wünsche es mir, doch ich hätte es nicht zu hoffen gewagt.«

Er drückte kurz ihre Hand. »Dann sind wir Freunde«, entschied er.

Einen Moment saßen sie so da. Dann sagte Luise: »Ich denke, ich werde mich noch einmal hinlegen. Ich bin todmüde.«

»Iss das erst noch auf. Sonst wird mein Vater mir Vorwürfe machen.« Er deutete auf den Teller, der noch immer zu mehr als der Hälfte gefüllt war.

»Ich möchte wirklich nicht mehr«, erklärte sie mit einem entschuldigenden Lächeln. »Ich gebe zu, dass ich die letzten Wochen kaum etwas gegessen habe. Wahrscheinlich muss ich mich erst wieder daran gewöhnen.«

»Es ist dir anzusehen«, stellte er fest. »Du bist furchtbar dünn.«

Luise erwiderte nichts. Sie ahnte sehr genau, welchen Eindruck sie machen musste. Vorhin, als sie sich angekleidet hatte und an die alte Truhe gegangen war, in der sich die Kleidung befand, die sie damals hier getragen hatte, passte sie in die Hosen, die sie als Vierzehnjährige getragen hatte. Genau genommen, waren sie ihr sogar ein wenig zu weit.

»Ich werde wieder mehr essen. Doch gib mir ein wenig Zeit, ja?«

»Natürlich.«

Beide standen auf, und kurz war Hamza in Versuchung, Luise zu umarmen. Es stimmte, was er gesagt hatte, sie waren immer noch Freunde. Doch das Gefühl, das er früher für sie gehabt hatte, war nicht mehr da. Damals hatte er die Frau in ihr gesehen, hatte ihr nahe sein und sie berühren wollen. Nun jedoch spürte er, dass er einfach nur wollte, dass sie ins Leben zurückfand, ganz langsam, Schritt für Schritt. Und irgendwann würde der Tag kommen, an dem sie aus dem Haus trat und wieder die Schönheit erkannte, die Kamerun ihr zu bieten hatte. Und er würde ihr dabei helfen.

»Geh dich ausruhen«, sagte er mit sanfter Stimme. »Und wenn Oberleutnant Heemsen kommt, um nach dir zu sehen, werde ich mit ihm sprechen und ihm erklären, dass du Ruhe brauchst.«

»Danke, Hamza.« Sie berührte mit der flachen Hand seine Brust. »Und ich danke dir auch dafür, dass du mich nicht verurteilst.«

»Das würde ich nie tun«, entgegnete er, wobei er sich fragte, weshalb und wofür er sich denn überhaupt hätte anmaßen können, über sie zu urteilen. Sie war verzweifelt und vollkommen am Boden. Alles, was er wollte, war, sie zu beschützen und ihr Beistand zu leisten, so gut es eben ging.

»Ich weiß. Und ich bin dankbar, dass du mein Freund bist.« Damit machte sie kehrt und ging ins Haus. Hamza sah ihr kurz nach, wandte sich dann ebenfalls um und blickte zur Plantage. Er überlegte, ob er dort wieder an die Arbeit gehen oder lieber hierbleiben sollte, für den Fall, dass es etwas zu klären gab und Luise womöglich gestört würde. Er entschied sich für Letzteres, schon um sein Versprechen einzulösen, sollte Oberleutnant Heemsen, wovon Hamza fest ausging, im Laufe der nächsten Stunden noch vorbeikommen. Also zog er sich seinen Stuhl so zurecht, dass er auf die Plantage blicken konnte, nahm sich eine der Teigtaschen, die Luise liegen gelassen hatte, und aß sie auf. In Gedanken war er bei Luise, ihrer Trauer und dem unendlichen Verlust, den sie erlitten hatte. Und er dachte auch über ihr Gespräch nach. Sie lebte also nicht mehr mit ihrem Mann zusammen. Ein Umstand, den Hamza als eigenartig empfand. Schließlich hatten sie sich vermählt. Wenn ein Stammesmitglied sich mit einem anderen zusammentat, waren sie ein Leben lang verbunden. Und irgendwie war Hamza davon ausgegangen, dass zumindest das bei den Weißen genauso war. Vor allem aber fragte er sich, warum Luise mit ihm, wenn es doch bei den Weißen die Möglichkeit gab, nicht verheiratet zu bleiben, nie darüber gesprochen hatte, es zu beenden, als er nach Hamburg gekommen war. Er hatte immer geglaubt, dass Luise der Ehe nicht hatte entfliehen können. Nun etwas anderes von ihr zu hören, verblüffte ihn. War es womöglich so, dass sie damals diese Möglichkeit nur deshalb nicht in Betracht gezogen hatte, weil sie es gar nicht wirklich wollte? Er verscheuchte den Gedanken. Nein, so wollte er nicht denken. Sie hatten sich geliebt. Nicht nur er hatte Luise geliebt, sondern sie auch ihn. Das hatte er gespürt, als sie sich damals heimlich in dem Zimmer getroffen hatten, das ihm vom Kontor bereitgestellt worden war. Und keinesfalls wollte er sich nun etwas anderes einreden. Er würde Luise danach fragen, warum sie damals nicht ihren Ehemann verlassen hatte, wenn es doch möglich gewesen wäre. Vielleicht. Wenn es sich ergab. Doch er wollte nicht, dass sie sich schlecht fühlte und sich womöglich auch noch weitere Selbstvorwürfe machte wegen dem, was damals geschehen war. Es war ja ohnehin nicht mehr zu ändern. Ganz abgesehen davon, weshalb hätte sie sich überhaupt von ihrem Ehemann trennen sollen? Aus welchem Grund? Um mit ihm, Hamza, zu leben? Das war doch nun wirklich ausgeschlossen. Eine weiße Frau, die Erbin eines Handelskontors, und er, der Schwarze aus dem fernen

Afrika, der dort in Hamburg in die Lehre gegangen war. Was für ein Unsinn! Hamza griff sich auch noch die letzte Teigtasche und biss herzhaft hinein. Nein, er würde Luise nicht darauf ansprechen. Nicht jetzt und auch nicht später, ganz gleich, wie lange sie hier in Kamerun blieb. Er würde die Vergangenheit ruhen lassen, und das ein für alle Mal. Und das bedeutete auch, mit der Liebe, die sie füreinander empfunden hatten, abzuschließen. Würde es ihm schwerfallen? Das wusste er so genau nicht zu beantworten. Er hatte so lange nicht mehr über Luise nachgedacht. Manchmal, ja, da kamen all die Erinnerungen an die Zeit wieder hoch, in der sie sich geliebt hatten. In der sie so erfüllt von einem Miteinander gewesen waren, das doch niemals hätte sein dürfen. Und doch hatte es sich so gut und so richtig angefühlt. Ja, er hatte Luise geliebt. Und wenn er nun an sie dachte, wusste er, dass er nie aufhören würde, sie zu lieben, nur eben auf eine andere Weise als früher. Er wollte ihr der Freund sein, den sie brauchte, um ins Leben zurückzufinden. Das würde seine Aufgabe sein. Und die würde er erfüllen, so gut er nur eben konnte.

»Ah, Nyango alles gegessen.« Malambuku war aus dem Haus getreten und deutete auf den leeren Teller.

Hamza nickte. »Ja, das hat sie.«

»Nyango nur noch Knochen. Hamza machen, Nyango wieder essen und trinken und gesund.«

»Ja, ich werde mich um sie kümmern, Vater«, versicherte Hamza.

Malambuku trat an seinen Stuhl und legte dem Sohn die Hand auf die Schulter. »Hamza glücklich, Nyango wieder da?«

»Ja, doch ich wünschte, es wäre aus einem anderen Grund. Sie trauert furchtbar um ihre Tochter.«

»Hier richtiger Ort, damit Nyango werden wieder ganz gesund. Und dann gehen zurück und wieder bekommen Kind.«

Hamza sah weiter auf die Kakaopflanzen der Plantage. »Ja, so wird es vermutlich kommen«, stimmte er zu, auch wenn er nicht die geringste Ahnung hatte, ob es das war, was Luise wollte. Nach dem Gespräch mit ihr glaubte er nicht daran, schließlich lebte sie nicht mehr mit ihrem Mann. Doch wie sollte es dann dort überhaupt weitergehen? Würde Luise sich einem neuen Mann zuwenden? Der Gedanke versetzte ihm einen kleinen Stich.

Das Geräusch eines herangaloppierenden Pferdes war zu hören, und Hamza stand auf. Oberleutnant Heemsen näherte sich zusammen mit zwei anderen Deutschen. Hamza und Malambuku tauschten einen kurzen Blick, dann ging Hamza den Deutschen entgegen. Heemsen und seine Begleiter zügelten ihre Pferde.

»Guten Tag, Hamza. Ich bin wegen Luise hier. Wie geht es ihr?«

»Besser. Sie ist kurz aufgestanden und hat etwas gegessen. Doch sie ist erschöpft und hat sich wieder hingelegt, um noch etwas zu schlafen.«

»Sie ist völlig entkräftet«, stellte der Oberleutnant fest. »Ich weiß ja nicht, ob sie schon immer so dünn war, aber als sie hier ankam, war sie wirklich nur noch Haut und Knochen.«

Malambuku trat ebenfalls hinzu.

»Malambuku kochen für Nyango. Nyango wieder Kraft.«

»Ich weiß, dass sie hier in den besten Händen ist. Dann werde ich sie auch nicht stören. Könntet ihr ihr nur etwas ausrichten, wenn sie wach ist?«

»Sicher«, versprach Hamza.

»Ihr Vater Robert hat mir telegrafiert. Er wird so bald wie möglich nach Kamerun kommen.«

»Sango kommen nach Hause?« Malambuku stieß Hamza in die Seite. »Sango wieder hier und alles gut.« Malambuku wusste um die Sorgen, die seinen Sohn umtrieben, seit er die Verwaltung der Farm und der Plantage übernommen hatte. Zwar hatte Robert Hansen alles unter den Schutz der deutschen Truppen unter der Aufsicht Oberleutnant Heemsens stellen lassen, doch es war noch immer ein Unterschied, ob der weiße Sango anwesend war oder nicht.

»Wir freuen uns sehr, dass Herr Hansen heimkommt«, erklärte Hamza, dem die Erleichterung über die Nachricht anzusehen war.

»Dann werden wir uns mal auf den Rückweg machen. Bis Robert wieder hier ist, lasse ich die Farm und die Plantage noch weiter unter dem Truppenschutz.«

»Danke, Oberleutnant. Das wird das Beste sein«, erwiderte Hamza.

Dieser nickte. »Ich werde Robert nach seiner Rückkehr mitteilen, wie vorbildlich ihr beide euch um alles gekümmert habt. Er kann von Glück sagen, euch zu haben. Richtet bitte Luise meine Grüße aus. Ich werde in den nächsten Tagen wieder vorbeikommen.«

»Wir werden es ausrichten«, versicherte Hamza. »Vielen Dank, Oberleutnant.«

»Jambo!«, sagte Malambuku, für den die Unterhaltung damit offenbar beendet war, denn er drehte sich augenblicklich um und ging zurück zum Haus.

»Jambo«, grüßte nun auch Heemsen und wendete sein Pferd.

»Jambo!« Hamza hob die Hand und wartete, bis der Oberleutnant mit seinen Begleitern die Pferde antrieb. Er sah ihnen noch nach, dann ging auch er zurück zum Haus. Robert Hansen würde heimkehren. Er freute sich aufrichtig. Seine Zuversicht, dass alles gut werden würde, wuchs. Er nahm wieder auf dem Rattanstuhl auf der Veranda Platz, während sein Vater bereits wieder im Haus seiner Arbeit nachging. Ja, hier würde er sitzen bleiben, bis Luise wieder wach war. Auf ihn konnte sie sich verlassen.

# 7. Kapitel

## Hamburg, Freitag, 22. Januar 1897

»Aber wie kann ich Frau Petersen denn erreichen?«, hörte Georg jemanden Fräulein Schreiber fragen, als er an diesem Freitagmorgen das Kontor betrat und gerade die Treppe zum ersten Stock heraufkam.

Georg nahm die letzte Stufe und ging auf den Schreibtisch der Sekretärin zu.

»Herr Dr. Kramer, welch angenehme Überraschung«, sagte Georg, der den Rechtsanwalt der Familie schon von hinten erkannte.

Der Jurist drehte sich um. »Herr Hansen, guten Morgen«, grüßte er und streckte die Rechte aus, die Georg ergriff.

»Möchten Sie zu mir?«

»Nein, Herr Hansen. Offen gesagt, möchte ich zu Ihrer Nichte, Frau Petersen. Doch Ihre Sekretärin hat mir soeben mitgeteilt, dass sie gar nicht da ist.«

»Nein. Sie ist außer Landes«, bestätigte Georg. »Kann ich Ihnen vielleicht helfen?«

Der Rechtsanwalt schien zu überlegen. »Ich fürchte nicht,

da ich an die Schweigepflicht gebunden bin«, erklärte Leonhard Kramer schließlich. »Andererseits laufen gewisse Fristen, und wenn die verstreichen, würde es Sie ebenfalls betreffen.«

»Kommen Sie doch erst einmal in mein Büro. Kann ich Ihnen einen Kaffee anbieten?«

»Ja, gern. Mit Milch und Zucker«, erwiderte der Anwalt, worauf Georg Fräulein Schreiber ein Zeichen gab. Die Sekretärin nickte und stand sofort auf, um den Kaffee zu holen.

»Bitte.« Georg deutete auf seine Bürotür, ging dann einige Schritte voraus und öffnete dem Besucher, der auch gleich eintrat. Statt auf den Schreibtisch wies Georg auf die beiden sich gegenüberstehenden Sofas. »Nehmen wir doch dort Platz«, bot er an. »Darf ich Ihnen den Mantel abnehmen, Herr Dr. Kramer?«

Der Rechtsanwalt zog ihn aus und reichte ihn Georg. »Danke.« Dann nahm er auf dem rechten Sofa Platz und wartete, bis Georg diesen und seinen eigenen Mantel aufgehängt hatte und schließlich zu ihm herüberkam und sich ebenfalls setzte.

»Haben Sie schon gehört?«, begann Georg das Gespräch. »Die Arbeiter dürfen das Hafengelände nicht mehr betreten. Wollen wir doch mal sehen, ob sie jetzt zur Vernunft kommen.«

»Ja, ich hörte davon. Ich hoffe, dass die Maßnahmen Wirkung zeigen.«

»Es wird auch wirklich Zeit.«

»Offen gesagt, hatte ich es bisher so verstanden, dass die Familie Hansen gegen eine gewaltsame Niederschlagung der Streiks war.«

»Ja, das war auch so.« Georg nahm eine gerade Sitzhaltung an. »Doch seit dieses Pack daran beteiligt war, meine Großnichte zu ermorden, sehe ich die Sache ein bisschen anders.« Die Wut, die aus Georg sprach, war deutlich herauszuhören.

Der Rechtsanwalt ging nicht auf die Bemerkung ein. In diesem Moment klopfte es, und Fräulein Schreiber betrat mit einem Tablett in Händen den Raum. Sie kam herüber und stellte alles auf dem Tischchen, das zwischen den Sofas stand, ab.

»Bitte sehr, die Herren.«

»Vielen Dank, Fräulein Schreiber«, sagte Georg und nickte ihr zu. Dann verließ sie wieder den Raum.

»Nun, Herr Dr. Kramer, wie kann ich Ihnen helfen?«

»Wie gesagt, ich unterliege der Schweigepflicht. Daher befinde ich mich in einer schwierigen Situation.«

»Wenn Sie mir einen Anhaltspunkt geben, könnte ich Ihnen sagen, ob ich ohnehin darüber Bescheid weiß.«

»Es geht um die Ehe Ihrer Nichte«, erklärte der Anwalt.

»Die diese aufzulösen beabsichtigt, wie ich weiß«, gab Georg zurück.

Dem Rechtsanwalt war eine gewisse Erleichterung anzumerken.

»Gut, Sie sind also im Bilde. Das erleichtert die Angelegenheit sehr.«

»Meine Nichte und ich haben Seite an Seite hier im Kontor gearbeitet, und ich vertraue ihr vorbehaltlos. Und ich denke behaupten zu können, dass Luise mir ebenfalls vertraut. Ich weiß, wie es zur Trennung von Hans Petersen kam und was sie bewogen hat, die Scheidung zu fordern.« Georg überlegte kurz. »Und ich bin ebenfalls darüber informiert, welche Verträge seinerzeit vor der Heirat geschlossen wurden und dass nunmehr die Rückabwicklung dieser Vereinbarung zu erfolgen hat.«

»Gut. Sehr gut«, befand der Jurist. »Das ist tatsächlich der Kern der Schwierigkeiten, die sich auftun, und worüber ich dringend mit Frau Petersen sprechen muss.«

»Ich fürchte, dann müssen Sie dies schriftlich tun. Denn ich weiß nicht, wann und ob sie überhaupt wieder zurückkommt.«

»Das ist es ja, Herr Hansen. Das geht nicht. Es laufen Fristen.«

»Welche Fristen?«

»Nun, ich habe den Auftrag von Frau Petersen erhalten, die Scheidung durchzuführen und auch alles andere in die Wege zu leiten. Jedoch wehrt sich Herr Petersen gegen dieses Verfahren.«

»Wie bitte?«

»Ganz recht. Er möchte nicht von Ihrer Nichte geschieden werden und stellt sich auch ganz entschieden gegen eine Rückübertragung der Kontoranteile an Ihren Bruder.« Erst jetzt schien dem Rechtsanwalt Robert in den Sinn zu kommen. »Sagen Sie bitte, Ihr Herr Bruder ist wohl auch nicht zugegen, nein?«

»Nein, ich bedaure. Er leitet das Kontor in Wien.«

»Ich verstehe.« Dr. Kramer nahm einen Schluck Kaffee und stellte die Tasse dann wieder auf den Tisch.

»In jedem Fall müssen wir jedoch schon in Kürze reagieren, da das Gericht die Scheidungsklage ansonsten abweisen würde.«

»Das darf natürlich nicht geschehen«, erwiderte Georg. »Was können wir tun, Herr Dr. Kramer?«

»Nun, ich könnte einen Schriftsatz vorbereiten und die Behauptungen der Gegenseite zurückweisen. Doch letztendlich verschafft uns das nur ein wenig Zeit. Um es ganz deutlich zu machen: Das Gericht wird die Klage auf Ehescheidung abweisen, wenn Ihre Nichte nicht selbst vor Gericht erscheint.«

»Ich verstehe«, sagte Georg. »Doch allein die Rückreise wird mindestens einen Monat dauern, selbst wenn ich ihr sofort telegrafiere und sie überzeuge, zurückzukommen.« Er schüttelte den Kopf. »Doch genau daran glaube ich nicht.« Er sah den Rechtsanwalt an. »Sie wissen ja, welch schrecklichen Verlust meine Nichte erlitten hat. Luise ist gewiss kein Mensch, der allzu schnell aufgibt oder sich aus einer Verantwortung stiehlt. Dass sie einfach auf dieses Schiff gegangen ist und Hamburg und dem Kontor den Rücken zugekehrt hat, zeugt von ihrer tiefen Verzweiflung. Ich glaube nicht, dass sie die Kraft für eine weitere Reise, geschweige denn für einen Gerichtstermin haben wird.«

»Ich will ganz offen sein, Herr Hansen. Wenn Ihre Nichte sich dem Scheidungsverfahren nicht stellt und es abgewiesen wird, hat Hans Petersen das Recht, seinen Platz in diesem Kontor einzunehmen. Ihm gehören die Anteile, nicht Ihrer Nichte, und er könnte auf die Vorlage sämtlicher Kontorpapiere bestehen. Ja, er könnte sogar im Namen des Kontors Hansen Geschäfte machen.«

»Aber Hans hatte nie das Geringste mit dem Kontor zu tun«, widersprach Georg. »Sie wissen doch selbst, dass diese Verträge nur aus dem einen Grund geschlossen wurden: weil Luise als Frau keine Geschäfte tätigen darf.«

»Ja, deshalb sind wir ja seinerzeit auf die Lösung mit den Verträgen im Falle einer Scheidung gekommen. Nur sind wir nicht davon ausgegangen, dass die Gegenseite sich gegen dieses Verfahren sperren würde.«

»Hat Hans denn nicht mehr das geringste Ehrgefühl im Leib?«, empörte sich Georg.

Der Rechtsanwalt zuckte die Schultern. »Sie wären überrascht, wie tief die Würde eines Menschen sinken kann, wenn es um Geld geht.«

»Aber das hat er doch gar nicht nötig. Sein Onkel, dessen Alleinerbe Hans ist und in dessen Firma er arbeitet, besitzt eine ganz Reihe von Kaffeehäusern, die allesamt guten Umsatz bringen. Sie werden doch davon gehört haben?«

»Selbstverständlich kenne ich die Familie Petersen und die finanziellen Verhältnisse. Doch offenbar ist das dem Ehemann Ihrer Nichte nicht genug.«

Georg ballte die Hand zur Faust. »Wenn Sie das Verfahren hinauszögern und wir Luise zur Verhandlung rechtzeitig herbeischaffen, wird man Hans dann zur Scheidung zwingen können?«

»Nun, dass die Schuldfrage geklärt und allgemeinhin bekannt ist, dürfte unstreitig sein, da diese Ida Kleinschmidt gar zu öffentlich über das Geschehen berichtet hat, wie mir zu Ohren kam. Hier sehe ich keine Schwierigkeiten, da sie sich mehr als deutlich dahingehend geäußert hat, die nächste Frau Petersen werden zu wollen.«

»Dann verstehe ich noch weniger, weshalb die Angelegenheit nicht auf diesem Wege geklärt werden kann.«

»Nun, ganz einfach: Das Gericht ist stets bestrebt, dass eine Versöhnung der Parteien stattfindet. Und Herr Petersen hat sich ausdrücklich dazu bereit erklärt.«

»Das kann ich mir vorstellen«, grummelte Georg. »Dieser Mistkerl sollte das besser keinem Hansen ins Gesicht sagen, wenn er kein blaues Auge riskieren will.« Kurz erinnerte er sich, dass er selbst Vera auf die gleiche Weise hintergangen hatte, und sie hatte ihm verziehen und ihm damit sein Leben zurückgegeben. Doch er schob den Gedanken schnell beiseite.

»Wie dem auch sei«, befand der Rechtsanwalt. »Ich habe mir alle Unterlagen noch einmal vorgenommen und die Sache ist eindeutig. Sollte die Scheidung scheitern, bleibt alles, wie es ist. Nur kann eben niemand sagen, was Herr Petersen im Hinblick auf das Hansen-Kontor plant. Vorher war es eine andere Situation. Da hat meine Mandantin die Geschäftsführung des Kontors innegehabt und es geleitet, wenngleich im Grunde nur im Namen ihres Mannes. Wenn nun diese Führung nicht mehr durch meine Mandantin ausgeübt wird, kann ich nur spekulieren, wie Herr Petersen sich verhalten wird.«

»Luise muss also unbedingt nach Hause kommen?«

»Ja, ich halte es für unabdingbar.«

»Wie lange haben wir Zeit?«

»Nun, ich werde zunächst um eine Fristverlängerung bitten, da meine Mandantin sich derzeit aus geschäftlichen Gründen außer Landes befindet. Ich werde nicht auf die wahren Gründe eingehen, da sich dies zu unseren Lasten auswirken könnte.«

»Sie meinen, das Gericht hätte für diese Ausnahmesituation kein Verständnis?«

»Nun, natürlich könnte es eine Strategie sein, sie als trauernde Mutter darzustellen, die den Erinnerungen an den Ort, an dem sie mit ihrer Tochter gelebt hat, entfliehen wollte. Denn das halte ich persönlich für den Grund ihrer Abreise.«

»Das ist richtig«, bestätigte Georg.

»Doch ich würde davon abraten«, erklärte der Jurist weiter. »Das Gericht wird einwenden, dass Herr Petersen ebenso seine Tochter verloren hat und auf die gleiche Weise trauert, ohne jedoch seinen Verpflichtungen hier entflohen zu sein.«

»Ziemlich herzlos«, stellte Georg fest.

»Hier geht es um die Rechtslage, nicht um Emotionen«, entgegnete Dr. Kramer. »Wenn wir es so darstellen, dass der einzige Grund, weshalb Ihre Nichte nach Kamerun gefahren ist, ein geschäftlicher ist, haben wir bessere Karten.«

»Dann machen Sie es so«, befand Georg.

»Dafür muss aber gewährleistet sein, dass sie auch zurückkommt.«

Georg nickte. »Ich verstehe. Doch was soll ich tun? Ich kann sie schließlich nicht zwingen.«

»Ich denke, wenn Sie Ihrer Nichte die Rechtslage erklären, wird sie einlenken.«

»Sie kann einen ziemlichen Dickkopf haben«, erwiderte Georg. Da fiel ihm ein, dass Robert ihm mitgeteilt hatte, am Sonntag aufbrechen zu wollen, um mit dem nächsten Schiff zu Luise nach Kamerun zu reisen. »Aber vielleicht gibt es eine andere Möglichkeit als einen Brief.« Er sah den Rechtsanwalt an. »Also, Herr Dr. Kramer, wie viel Zeit haben wir?«

»Eine Reise nach Kamerun beziehungsweise von dort zurück dauert einen Monat. Ihre Nichte ist erst vor Kurzem dort eingetroffen, um die *Geschäfte* zu betreiben. Ich kann also plausibel argumentieren, dass meiner Mandantin die Gelegenheit gegeben werden muss, in Kamerun alles zu erledigen, was gewiss einen Monat in Anspruch nehmen darf. Mit ein paar weiteren Erklärungen und wenn ich meine Arbeitsüberlastung zusätzlich ins Feld führe, die es mir unmöglich macht, sogleich auf alles zu reagieren, können wir vermutlich zehn Wochen herausholen. Doch mehr wird nicht möglich sein.«

»Zehn Wochen. Sie muss also gegen Ende März wieder hier sein?«

»Gern auch früher. Doch das wäre wirklich der späteste Zeitpunkt.«

»Gut.« Georg stand auf. »Dann sollten wir uns jetzt verabschieden, da ich dringend meinen Bruder in Wien erreichen muss.«

Der Rechtsanwalt erhob sich ebenfalls und reichte Georg die Hand. »Ich wünsche Ihnen viel Erfolg, Herr Hansen. In unser aller Interesse.« Sie schüttelten sich die Hand, dann ging Georg und holte den Mantel des Anwalts. Dr. Kramer legte ihn sich über den Arm und sah Georg noch einmal eindringlich an. »Ich hoffe sehr, dass Ihre Nichte rechtzeitig wieder hier ist. Ich habe seinerzeit die Verträge ausgearbeitet und nun versucht die Gegenseite, sie auszuhebeln. So etwas nehme ich persönlich«, erklärte Dr. Kramer.

»Und ich nehme persönlich, dass dieser Kerl sich an der harten Arbeit, die seine Frau geleistet hat, zu bereichern versucht«, gab Georg zurück.

»Auf Wiedersehen, Herr Hansen. Bitte halten Sie mich auf dem Laufenden.«

»Das werde ich, Herr Dr. Kramer. Sie haben mein Wort.«

Damit verließ der Rechtsanwalt Georgs Büro.

Einen Moment blieb Georg noch an der Tür stehen, unschlüssig, was er als Nächstes tun sollte. Verdammt noch mal! Alles wäre viel leichter, wenn das Telefonnetz schon so weit ausgebaut wäre, dass es eine Direktverbindung nach Wien gäbe. Dann eilte er zu Fräulein Schreiber hinüber.

»Ich brauche die nächste Zugverbindung nach Wien. Die schnellste, egal, was es kostet.«

»Ja, Herr Hansen, ich kümmere mich gleich darum.«

»Danke, Fräulein Schreiber«, sagte Georg und hastete zurück in sein Büro. Dort setzte er sich an seinen Schreibtisch, griff den Telefonhörer und rief in der Villa Hansen an. Es klingelte einige Male, dann nahm die Haushälterin das Gespräch an.

»Hier Villa Hansen.«

»Ich bin es, Anna. Ich möchte gern meine Frau sprechen.«

»Guten Tag, gnädiger Herr. Ihre Frau ist im Wohnzimmer. Ich bitte um einen kurzen Moment Geduld.«

»Beeil dich, Anna! Es ist wichtig.«

»Jawohl, gnädiger Herr.« Er hörte rasche Schritte, dann kam kurz darauf Vera ans Telefon. »Ja, hallo? Georg?«

»Vera, hör mir bitte zu. Ich muss sofort nach Wien reisen. Robert fährt am Sonntag nach Kamerun ab, und ich muss vorher unbedingt mit ihm sprechen.«

»Was? Weshalb das denn?«

»Ich habe jetzt keine Zeit, dir alles zu erklären, Vera. Lass Anna sofort einen Koffer mit den wichtigsten Sachen packen. Hugo wird ihn abholen.«

»Aber kannst du nicht einen Angestellten damit beauftragen?«

»Nein, Vera. Und ich werde das nicht diskutieren. Es geht um unser aller Existenz.«

Kurz stockte Vera, dann sagte sie: »Ich werde Anna anweisen, sich zu beeilen.«

»Danke, Vera. Ich schicke Hugo gleich los.« Georg legte den Hörer auf und blätterte dann eilig die Unterlagen auf seinem Schreibtisch durch. Das musste warten. Er ging zum Safe hinüber und nahm genügend Bargeld an sich, um nicht nur die Zugfahrkarten, sondern auch ein Hotelzimmer bezahlen zu können. Andererseits wäre es auch gewiss möglich, bei Robert und Therese unterzukommen oder bei Florentinus, mit dem er sich während seiner Zeit in Wien angefreundet hatte. Doch er wollte sicherheitshalber genug Geld mit sich führen. Man konnte ja nie wissen.

Er eilte die Stufen nach unten und trat vor das Kontor, wo Hugo, sein Kutscher, auf ihn wartete. Dem war anzusehen, dass er nicht damit gerechnet hatte, seinen Chef so rasch wiederzusehen.

»Hugo«, sprach Georg ihn an. »Du musst sofort zur Villa fahren und einen Koffer holen, der dort bereitsteht. Beeil dich!«

»Jawohl, Herr Hansen. Wird erledigt.« Sofort nahm der Kutscher die Zügel auf und trieb das Pferd an. Georg machte kehrt, ging zurück ins Gebäude und dann in die Lagerhalle, wo er nach Peter Friedrichs, dem Vorarbeiter, Ausschau hielt. Die Mitarbeiter, die ihn sahen, grüßten freundlich.

»Ich suche Peter Friedrichs«, sagte er zu Knut Müller, einem jungen Mann, der erst seit dem letzten Jahr im Kontor Hansen beschäftigt war.

»Der ist hinten bei den Gitterboxen, Herr Hansen«, erklärte Müller und wies mit dem Arm in die Richtung.

»Danke.« Georg machte sich auf den Weg, grüßte die Angestellten, die ihm entgegenkamen, und entdeckte schließlich Friedrichs bei den Gitterboxen der Firma Nehlsen, dem größten Kunden des Kontors.

»Herr Friedrichs, hätten Sie einen Moment?«, bat Georg, worauf der Vorarbeiter aufsah.

»Natürlich, Herr Hansen.« Er nahm die Listen, die er soeben kontrolliert hatte, in die linke Hand und ging auf seinen Chef zu. Die beiden reichten sich die Rechte.

»Ich muss dringend nach Wien zu meinem Bruder Robert«, kündigte Georg an. »Deshalb möchte ich Sie bitten, ein Auge auf alles zu haben. Ich weiß, das geht über Ihre Aufgaben hinaus, doch mir gehen langsam die Menschen aus, denen ich vertraue.«

»Auf mich können Sie zählen, Herr Hansen. Das wissen Sie doch.«

»Ja, ich weiß. Je nachdem, wie die Züge fahren, werde ich in wenigen Tagen zurück sein. Doch wenn irgendetwas sein sollte, verlasse ich mich darauf, dass Sie die Sache regeln.«

»Jawohl Herr Hansen. Das werde ich.«

»Danke.« Wieder schüttelten sie sich die Hände, dann machte Georg kehrt und ging in den ersten Stock in sein Büro zurück. Nur etwa zehn Minuten später klopfte es, und nach seiner Aufforderung trat Fräulein Schreiber ein, kam sofort zu seinem Schreibtisch herüber und reichte ihm einen Umschlag.

»Ich habe einen Zug für Sie gebucht, doch Sie haben nur noch eine Stunde, bis er abfährt.«

Georg blickte auf seine Uhr, es war Viertel nach neun. »Hoffentlich ist Hugo rechtzeitig zurück.« Kurz überlegte er, stellte dann aber fest, dass der Kutscher es unmöglich schaffen könnte, zur Villa Hansen und wieder zurück ins Kontor zu fahren und ihn dann noch rechtzeitig zum Bahnhof zu bringen.

»Fräulein Schreiber, wären Sie wohl so nett, bei mir zu Hause anzurufen? Hugo ist auf dem Weg dorthin, um meinen Koffer zu holen. Er soll damit bitte nicht hierher zurückkommen, sondern auf direktem Weg zum Bahnhof fahren. Ich warte vor dem Haupteingang auf ihn.«

»Ja, Herr Hansen. Natürlich. Kann ich sonst noch etwas für Sie tun?«

»Nein, Fräulein Schreiber, haben Sie vielen Dank. Ich werde so rasch wie möglich nach Hamburg zurückkehren. Sollte sich während meiner Abwesenheit etwas Unvorhergesehenes ereignen, so wenden Sie sich an Peter Friedrichs. Er hat mir zugesagt, sich nötigenfalls um alles zu kümmern.«

»Ja, Herr Hansen.«

Georg überlegte kurz, ob er noch etwas in die Wege zu leiten hätte, doch für den Moment fiel ihm nichts mehr ein. »Ich werde jetzt aufbrechen«, sagte er schließlich, verstaute das Geld, das er aus dem Safe genommen hatte, in seiner Brieftasche und steckte auch die Fahrscheine dazu. Dann verabschiedete er sich von Fräulein Schreiber und brach auf. Vor dem Kontor wandte er sich nach links und ging zu der Haltestelle, wo sich die Kutscher sammelten. Er wies den ersten in der Reihe an, ihn zum Bahnhof zu fahren, stieg ein und schloss kurz die Augen, als der Kutscher losfuhr. Georg war nicht der Mensch, der gut damit umzugehen wusste, wenn sich die Ereignisse überschlugen. Er fühlte sich wohler, wenn die Tage einem gleichmäßigen Rhythmus folgten und die Aufgaben, die vor ihm lagen, geplant werden konnten. Doch hier und heute war rasches Handeln gefragt. Und er konnte nur hoffen, seinen Bruder noch rechtzeitig zu erreichen, damit dieser in Kamerun mit Luise reden und sie hoffentlich dazu bewegen würde, nach Hause zu kommen. Denn selbst wenn Hans gar nichts Geschäftsschädigendes mit dem Kontor vorhatte, so wollte Georg diesen Kerl doch keinesfalls in der Firma sehen, nicht einen einzigen Tag.

Als die Kutsche vor dem Bahnhof zum Stehen kam, bezahlte Georg, stieg aus und positionierte sich gut sichtbar direkt vor dem Haupteingang. Er sah auf seine Taschenuhr, es war kurz vor zehn. Georg reckte den Hals, hielt nach Hugo Ausschau. Dieser war jedoch weit und breit nicht zu sehen. Nach einer Weile sah er wieder auf die Uhr. Kurz nach zehn, er musste sich beeilen, um zum Zug zu kommen. Noch einmal blickte er in alle Richtungen, machte dann kehrt und ging schnellen Schrittes zum Gleis. Der Zug stand schon zur Abfahrt bereit. Er holte seinen Fahrschein hervor: Abteil 3, 1. Klasse. Er musste noch ein Stück weiter nach vorn gehen, um das richtige Abteil zu erreichen. Wieder drehte er sich um, ob Hugo womöglich doch noch rechtzeitig eintraf. Dann eilte er weiter und wäre fast mit einem Schaffner zusammengestoßen.

»Verzeihung, der Herr«, sagte der Schaffner.

»Es war mein Fehler. Entschuldigung«, gab Georg zurück.

»In welchem Abteil sitzen der Herr?«,

»1. Klasse, Abteil 3«, antwortete Georg.

»Bitte.« Der Schaffner deutete auf die nächstgelegene Tür. »Sie können hier einsteigen und sich dann nach links wenden. Dann erreichen Sie Ihr Abteil.«

»Danke.« Georg sah noch ein letztes Mal in Richtung Treppe. Dann stieg er in den Zug. Er fand sein Abteil sofort.

»Alles einsteigen und die Türen schließen!«, schallte es nun von draußen herein.

Georg setzte sich auf den Platz am Fenster und sah hinaus. In diesem Augenblick sah er Hugo, der atemlos mit einem Koffer in der Hand an dem Zug entlanghetzte und versuchte, einen Blick in die Fenster zu werfen. Georg sah am Fenster hinauf. Verdammt noch mal! Es gab keine Möglichkeit, es zu öffnen. Eilig sprang er von seinem Sitz auf und lief in Richtung Tür, die jedoch bereits geschlossen war, und versuchte sie zu öffnen. Der Schaffner stand noch immer auf dem Bahnhof und wurde nun durch das heftige Klopfen auf Georg aufmerksam. Rasch öffnete er die Tür.

»Meine Güte, was für eine Hetzerei!«, schnaufte Hugo und reichte Georg am Schaffner vorbei den Koffer.

»Danke, Hugo!« Georg war erleichtert. In diesem Moment ertönte ein Pfiff, und der Schaffner bedeutete Georg, ihn ebenfalls einsteigen zu lassen. Georg wollte Hugo noch etwas zum Abschied zurufen, doch der stand gebeugt mit den Händen auf den Knien, den Blick zu Boden gerichtet und rang nach Atem.

»Vielen Dank für Ihre Hilfe«, sagte Georg, zog einige Münzen hervor und gab sie dem Schaffner, der sich bedankte. Dann ging Georg mit dem Koffer in sein Abteil und nahm seinen Platz ein. Er war erleichtert, dass es doch noch geklappt hatte. Aber Hugo hatte schon recht: Was für eine Hetzerei!

# 8. Kapitel

## Hamburg, Freitag, 22. Januar 1897

»Guten Tag, Mutter.«

Vera wollte ihren Augen kaum trauen, als sie Richard tatsächlich vor der Tür der Villa stehen sah. Anna hatte sie geholt, da Richard nach Elsa gefragt hatte, hier aber die gleiche Antwort wie schon seit Monaten erhielt, nämlich dass diese gerade nicht zugegen sei.

»Was willst du hier?«, fragte Vera.

»Wäre es nicht höflich, mich hineinzubitten?«, entgegnete Richard schnippisch.

»Gewiss wäre es das.« Sie hob das Kinn. Nach alledem, was er sich geleistet hatte, wollte sie nichts mehr mit ihrem Sohn zu tun haben. Oder besser, sie wusste genau, dass Georg es keinesfalls dulden würde, wenn sie weich würde. Schließlich hatte Richard sich mit Elisabeth verbündet und eine Zeit lang alles daran gesetzt, die Hansens zu vernichten. Vera wusste bis heute nicht, wie es ihrem Ehemann, Robert und Luise gelungen war, den Schaden vom Kontor abzuwenden. Doch sie war sich sicher, dass es gewiss nicht daran lag, dass Richard sein Unrecht eingesehen hatte. Nein, sie machte sich in Bezug auf ihren Sohn nicht das Geringste vor. Er war schon immer ein Egoist gewesen und außerdem nicht gerade der Eifrigste. Ja, man konnte ihn tatsächlich schon als faul bezeichnen. Und er hatte es immer verstanden, sich in jeder Lebenslage die Rosinen herauszupicken, und ein geradezu untrügliches Gespür dafür entwickelt, wie er aus jeder Situation seinen Vorteil ziehen konnte, ganz gleich, welche Folgen dies für andere haben mochte. Und doch konnte sie sich des Gefühls nicht erwehren, dass sie in diesem Moment nichts lieber getan hätte, als ihn hereinzubitten und eine Weile mit ihm zu plaudern. Er war immerhin ihr Sohn, und sosehr sie gegen das Gefühl anzukämpfen versuchte, fehlte er ihr dennoch.

»Ich bin wegen Elsa hier«, erklärte Richard, nachdem seine Mutter deutlich gemacht hatte, ihn nicht in die Villa lassen zu wollen. »Schon wieder, wie ich hinzufügen möchte. Und ich erhalte immer die gleiche Antwort, nämlich dass sie nicht zugegen ist. Ich möchte meine Tochter sehen, Mutter. Und dazu habe ich auch das Recht, ebenso wie meine Frau. Wir sind immerhin verheiratet.«

»Ich entnehme deinen Worten, dass du glaubst, belogen zu werden?«

»Ganz recht.«

»Nun, ich kann dir versichern, dass Elsa nicht hier ist.« Er wollte gerade etwas erwidern, doch sie hob die Hand.

»Und das ist sie tatsächlich seit Wochen nicht mehr. Kurz gesagt: Elsa und Marie leben nicht mehr hier.«

Richard entglitten die Gesichtszüge. »Das sagst du nur, weil sie dich darum gebeten hat.«

»Sieh mir in die Augen, Richard. Ich lüge nicht«, stellte sie klar. »Und nun entschuldige mich bitte.«

»Halt!« Er fasste hektisch an die Tür, um zu verhindern, dass Vera sie einfach schloss. »Wenn sie nicht mehr hier wohnt, wo dann?«

»Das weiß ich nicht. Und auch das ist keine Lüge. Allerdings sage ich dir ganz offen: Selbst wenn ich es wüsste, würde ich es dir nicht erzählen.«

»Mutter!«

»Hör gefälligst auf, den Entrüsteten zu spielen nach allem, was du uns antun wolltest«, schimpfte sie. »Ich schäme mich für dich und dafür, was aus dir geworden ist, Richard Hansen.«

»Ich auch.« Er senkte den Blick.

Vera, die schon zurück in die Villa gehen wollte, sah ihn überrascht an.

»Ja, Mutter. Ich meine es so. Ich schäme mich für mein Verhalten. Bist du zufrieden, dass ich es endlich zugegeben habe?«

»Eher verblüfft«, stellte Vera fest. Sie musterte ihn. »Hat Elisabeth dich womöglich fallen lassen, und nun brauchst du wieder den Anschluss an die Familie, um jemanden zu haben, der dich durchfüttert und dir die Arbeit vom Leib hält?«

»Ich habe es verdient, dass du so von mir denkst«, gab Richard seiner Mutter kleinlaut recht. »Und ich weiß, dass es keinen Sinn hat, dich, Vater, Luise oder gar Elsa um Verzeihung zu bitten.«

»Ich würde sagen, dass du mit deiner Einschätzung voll und ganz richtigliegst«, entgegnete sie unbeeindruckt.

»Es tut mir sehr leid, was mit Luises Tochter passiert ist.«

»Viktoria«, klärte Vera auf. »Die Tochter deiner Cousine hieß Viktoria, und ja, wir alle sind fassungslos über das, was geschehen ist.«

»Würdest du Luise ausrichten, dass ich ihren Verlust bedaure?«

Vera überlegte kurz, hielt es dann aber für falsch, Richard darauf hinzuweisen, dass Luise sich gar nicht in Hamburg befand. Zwar war es ohnehin Stadtgespräch, doch bis zu ihm schien es noch nicht vorgedrungen zu sein, und Vera wollte gewiss nicht diejenige sein, die ihn aufklärte. »Ich denke, auf dein Beileid kann Luise gut verzichten.«

»Ja, das stimmt wohl.« Er trat von einem Fuß auf den anderen. »Niemand in dieser Familie will mich noch sehen, das hast du und haben auch alle anderen mehr als deutlich gemacht«, setzte er erneut an. »Doch auch wenn ich unerwünscht bin, so bin ich dennoch Maries Vater und möchte sie zumindest von Zeit zu Zeit zu Gesicht bekommen.«

»Wie gesagt, sie ist nicht da.«

»Sie wird euch doch eine Anschrift hinterlassen haben, unter der ihr sie erreichen könnt.«

»Denk darüber, was du willst, Richard. Doch weder Elsa noch Marie sind hier, und ich weiß nicht, ob sie je wiederkommen werden.« Bei dem Gedanken musste Vera schlucken.

»Aber …«

»Und nun entschuldige mich bitte, Richard. Ich habe zu tun.«

Er wollte noch etwas erwidern, besann sich dann aber und trat einen Schritt zurück. »Auf Wiedersehen, Mutter. Ich hoffe, dass wir eines Tages doch noch wieder zusammentreffen und ein ganz normales Gespräch führen können.«

»Es liegt nicht an mir, dass es so weit gekommen ist. Leb wohl.« Sie wollte gerade die Tür schließen, als eine Kutsche vorfuhr. Richard drehte sich um, und auch Vera versuchte zu erkennen, wer da kam. Seit sie vorhin Hugo den gepackten Koffer ihres Mannes so hastig in die Hand gedrückt hatte und von Georg nur wusste, dass er eiligst nach Wien gefahren war, erwartete sie niemanden mehr. Schließlich gab es außer Georg, ihr selbst und dem Personal keinen mehr, der hier lebte.

Die Kutsche hielt, und der Kutscher öffnete den Verschlag. Erst half er Frederike heraus, dann Julius.

Richard war eine gewisse Nervosität anzumerken, die letzte Begegnung mit seiner Schwester war immerhin eine ganze Weile her.

Frederike hakte sich bei Julius unter und hob den Kopf. Ihr

war anzusehen, dass sie auf das Wiedersehen mit ihrem Bruder liebend gern verzichtet hätte.

»Richard, das nenne ich eine Überraschung. Was willst du denn hier?«

»Guten Tag, Frederike«, antwortete er und sah dann zu ihrem Mann. Kurz zögerte er, dann streckte er die Rechte vor. »Richard Hansen, Frederikes Bruder. Wir hatten noch nicht das Vergnügen.«

Julius schüttelte ihm die Hand. »Julius Steffensen.«

»Freut mich«, gab Richard zurück.

»Wollen wir dann reingehen?«, bat Frederike und schob Julius ein Stück vor. »Mir ist kalt.«

»Aber natürlich, ja.« Julius war eine gewisse Verunsicherung anzumerken, sich derart unhöflich gegenüber dem Bruder seiner Frau zu verhalten. »Dann noch einen guten Tag, Richard.«

»Guten Tag«, erwiderte dieser und nickte dem Schwager zu. Er wollte noch etwas zu Frederike sagen, doch die würdigte ihn keines weiteren Blickes, als sie an ihm vorbei und in die Villa ging.

»Was für eine schöne Überraschung!«, freute sich Vera, als ihr die Tochter zur Begrüßung einen Kuss auf die Wange gab und sie auch Julius begrüßte. »Mit euch hätte ich wirklich nicht gerechnet.« Sie wollte es nicht wie einen Vorwurf klingen lassen, obwohl sie sich in letzter Zeit des Öfteren darüber geärgert hatte, dass Frederike sich seit Wochen nicht hatte blicken lassen. Dann machte sie einen Schritt rückwärts und ließ laut die Tür ins Schloss fallen, ohne noch ein weiteres Wort an Richard zu richten. So genau sie auch wusste, was er alles getan hatte, so schwer fiel es ihr doch, sich derart kaltherzig zu verhalten.

»Geht schon ins Wohnzimmer«, bat Vera. »Ich komme sofort nach.« Sie behielt ihr starres Lächeln bei, drehte sich dann noch einmal um und schob die Gardine zur Seite, die das Fenster neben der Tür verhängte. Richard drehte sich in diesem Moment um und ging mit hängenden Schultern davon. Eilig zog Vera ein Taschentuch hervor und presste es sich vor den Mund. Es fiel ihr unendlich schwer, ihrem einzigen Sohn die Tür vor der Nase zuzuschlagen, während sie sich nichts sehnlicher gewünscht hätte, als ein kurzes Gespräch bei einer Tasse Kaffee oder Tee mit ihm zu führen. Vera tupfte sich die Tränen aus den Augenwinkeln und atmete tief durch. Dann ging sie ins Wohnzimmer. Anna kam gerade aus der Küche und folgte der Hausherrin.

»Oh, ich habe gar nicht mitbekommen, dass die Herrschaften zu Gast sind«, bemerkte die Haushälterin und eilte zu Frederike hinüber, um ihr den Mantel abzunehmen.

»Guten Tag, Anna. Geht es dir gut?«

»Mir geht es doch immer gut, gnädige Frau«, gab sie zurück und ließ sich dann auch von Julius den Mantel reichen. »Was darf ich den Herrschaften anbieten?«, fragte sie dann.

»Ich würde eine Limonade nehmen«, sagte Frederike.

»Und du, Julius? Ein Bier?«, fragte Vera. »Oder habt ihr Zeit für ein Glas Wein?«

»Ein frühes Glas Wein«, bemerkte Frederike, lächelte dann aber. »Ja, sehr gern, Mutter.«

Julius nickte. »Für mich auch. Ich bin kein großer Biertrinker.«

»Anna, bring uns bitte einen Weißwein«, bat Vera.

»Sehr wohl, gnädige Frau.« Sie knickste und ging dann mit den Mänteln aus dem Wohnzimmer.

Frederike und Julius nahmen auf dem einen, Vera auf dem anderen, gegenüberstehenden Sofa Platz.

»Was wollte Richard denn hier?«, fragte Frederike.

»Er bat darum, Elsa und Marie zu sehen. Doch die beiden sind ja nicht da.«

»Habt ihr eigentlich mal etwas von Elsa gehört?« Frederike schüttelte den Kopf. »Ich finde, dass dieses Verhalten eigentlich gar nicht zu ihr passt.«

»Ich muss euch etwas sagen«, kündigte Vera an und erzählte dann, was sie von Georg erfahren hatte.

»Er hat nach Elsa forschen lassen?«, fragte Frederike.

»Ja, allerdings. Doch wie gesagt, sie war offenbar nie in Heidelberg, und es war wohl auch nie so gedacht. Darüber hinaus hätten die Eltern sie auch gar nicht bei sich haben wollen.«

»Das ist wirklich mehr als eigenartig«, fand Frederike und sah Julius an. »Wieso sollte sie uns alle belügen?«

Julius zuckte die Schultern. »Das kann ich dir wirklich nicht beantworten.«

Frederike zog die Stirn in Falten. »Und was wollen wir jetzt tun? Ich meine, ihr könnte ja auch etwas geschehen sein.«

»Dein Vater meint, wir sollten erst einmal nichts weiter unternehmen. Denn wenn sie wirklich von hier fortwollte, muss sie einen Grund gehabt haben.«

»Auch wenn ich Elsa kaum kennengelernt habe, könnte ich mir einen Grund für ihr Verhalten nun doch vorstellen«, warf Julius ein.

»Ach ja?« Frederike war überrascht. »Und welchen?«

Julius deutete zur Tür. »Na, wegen Richard. Wenn sie ihn wirklich nicht sehen wollte und er es aber immer wieder versucht, ist ihr Motiv doch naheliegend.«

»Da könnte etwas dran sein«, stellte Vera fest. »Wieso bin ich nicht selbst darauf gekommen?« Sie schüttelte den Kopf.

»Aber hat Luise nicht seinerzeit gesagt, dass Elsa sich bei ihr gemeldet und mitgeteilt hätte, sicher in Heidelberg angekommen zu sein?«, meinte sich Frederike zu erinnern.

»Haben die beiden sich gut verstanden?«, fragte Julius.

»Ja, sie waren fast wie beste Freundinnen«, antwortete Vera.

»Dann werden sie gemeinsam einen Plan ausgeheckt haben, und Luise hat Elsa geholfen, von hier fortzukommen und spurlos zu verschwinden«, konstatierte Julius. »Das würde doch Sinn ergeben.«

Frederike und Vera tauschten einen Blick. »Und weshalb haben sie uns dann nicht eingeweiht?«, empörte sich Vera. »Sie hätten uns doch vertrauen können. Wir hätten Richard gewiss nichts gesagt.«

»Aus Rücksicht, damit keine von euch lügen muss«, mutmaßte Julius. Zwar war er sich da nicht ganz so sicher, doch er fand es besser, die beiden Frauen in dem Glauben zu lassen, dass Luise und Elsa nicht aus Misstrauen, sondern aus Rücksichtnahme so gehandelt hatten.

Anna betrat mit einem Tablett mit Gläsern und einer Flasche Wein den Raum.

»So, die Herrschaften.« Sie verteilte die Gläser und schenkte den Wein ein. »Darf ich noch eine Kleinigkeit zu essen reichen?«

»Nein, Anna. Danke schön. Wir werden zum Abendessen zu Hause erwartet«, lehnte Frederike ab.

»Ach, schade«, bemerkte Vera mit einem Seufzer. »Ich bin allein und hätte mich über eure Gesellschaft sehr gefreut.«

»Weshalb bist du denn allein?«, fragte Frederike verblüfft. »Kommt Vater denn nicht nach Hause?« Fast fürchtete Frederike die Antwort, schließlich hatte sie schon mehr als eine Ehekrise der Eltern miterlebt.

»Er ist in Wien«, erklärte Vera.

»In Wien?«, echote Frederike. »Was macht er denn da?«

»Er ist heute Morgen erst gefahren. Und ich kann dir nicht einmal Auskunft geben, warum. Er hat nur angerufen und gesagt, dass Anna seinen Koffer packen soll und er noch heute den nächsten Zug nach Wien nimmt. Irgendeine dringende Angelegenheit, wegen der er mit Robert sprechen muss.« Sie zuckte die Schultern. »Ach, was weiß ich.«

»Dann muss es wirklich wichtig sein«, befand Frederike und wandte sich dann an Julius. »Du musst wissen, dass mein Vater zu den Menschen gehört, die eigentlich immer alles genau planen. Er hat für alles feste Abläufe und weicht nur äußerst ungern davon ab.«

»Eigenartig. Darüber habe ich so eigentlich noch nie nachgedacht«, wunderte sich Vera. »Doch jetzt, wo du es ansprichst, muss ich dir recht geben. Dein Vater ist wirklich kein sehr spontaner Mensch.« Vera wirkte nun das erste Mal doch etwas beunruhigt. »Hoffentlich ist es nichts Schlimmes«, merkte sie an.

»Es wird irgendetwas Geschäftliches sein, das keinen Aufschub duldet«, meinte Julius. »Womöglich hängt es ja mit den Hafenarbeiterstreiks zusammen. Vielleicht konnte eine Ladung nicht gelöscht werden, die dringend der Auslieferung bedarf«, fuhr Julius fort. »Es würde mich nicht wundern. Im Hafen war heute einiges los.«

»Ach ja? Ich bekomme hier in der Villa so gut wie nichts mit, und der Empfang bei den Brockmanns, wo darüber gesprochen wurde, ist auch schon fast wieder zwei Wochen her.«

»Der Senat und die Arbeitgeber greifen hart durch«, klärte Julius auf. »Soweit man hört, haben sie den Arbeitern den Zugang zum Hafen verwehrt. Es dürfen auch keine Plakate mehr aufgehängt oder verteilt werden. Die Polizei hat jetzt Anweisung, sämtliche Versammlungen zu sprengen. Spendensammlungen für die Sache der Hafenarbeiter sind bei Strafe verboten, Streikgelder wurden beschlagnahmt und Streikende festgenommen.«

»Aber war das vor Weihnachten nicht auch schon so?«

»Ja, doch der Druck wurde nun nochmals verschärft. Und die Polizei geht nicht gerade zimperlich vor.«

»Von mir aus können sie alle totprügeln«, stieß Frederike bitter hervor.

»Frederike!« Vera sah die Tochter entsetzt an.

»Ist doch wahr. Sollen sie sie doch so lange prügeln, bis sie tot am Boden liegen. Nichts anderes haben diese

Kerle schließlich mit Viktoria und vier weiteren unserer Hochzeitsgäste gemacht.«

»Das war eine kleine, aufgebrachte Gruppe«, versuchte Julius seine Ehefrau zu besänftigen. »Man kann aber doch nicht alle Arbeiter über einen Kamm scheren.«

»Bitte, Julius, du weißt, wie ich darüber denke, und ich möchte wirklich nicht mit dir streiten.«

»Aber sag bitte, Julius«, bemühte sich Vera, wieder zum Kern des Ganzen zurückzukommen. »Wenn nun die Arbeiter den Hafen gar nicht mehr betreten dürfen, wie soll die Situation dann wieder bereinigt werden? Und wer soll die Ladungen löschen?«

»Die Arbeitgeber und Firmeninhaber sind dazu übergegangen, ihre eigenen Leute zu schicken. Nur wer sich als Mitarbeiter eines Kontors ausweisen kann, wird von der Polizei durchgelassen. Die anderen werden zurückgedrängt.«

»Um Himmels willen. Das sind ja Zustände.« Vera schlug erschrocken die Hand vor den Mund. Dann griff sie eilig ihr Weinglas und hielt es den beiden entgegen. »Trinken wir am besten erst einmal einen Schluck. Prost, ihr zwei, es ist schön, dass ihr gekommen seid.«

»Auf dein Wohl, Mutter«, sagte Frederike, während Julius der Schwiegermutter, mit der er bisher nur etwa ein Dutzend Mal gesprochen hatte, nur zunickte.

»Sag bitte, Julius, wäre es sehr schlimm, wenn wir heute doch hier essen würden? Wäre dein Vater sehr enttäuscht?«

»Ach was. Mein Vater ist nun wirklich kein empfindlicher Mensch. Und wir essen ja sonst jeden Abend mit ihm.« Er sah Vera an. »Es ist wirklich schön hier bei dir. Wenn es dir also nichts ausmacht?«

Vera strahlte die beiden regelrecht an und stand sofort auf. »Ich sage gleich Anna Bescheid. Ach Kinder, nun macht ihr mir aber wirklich eine Freude.« Sie klatschte einmal in die Hände, um ihrer Begeisterung Ausdruck zu verleihen. Dann eilte sie hinaus.

»Danke«, sagte Frederike. »Das ist wirklich sehr nett von dir. Ich habe das Gefühl, meine Mutter ist recht einsam.«

»Ich ehrlich gesagt auch. Wir sollten wirklich öfter herkommen und uns um sie kümmern.«

»Ja, das machen wir künftig.«

Vera kam zurück. »Anna freut sich sehr. Endlich hat sie mal wieder für mehr Leute zu kochen.« Vera setzte sich wieder und nippte an ihrem Glas.

»Es muss dir recht ruhig vorkommen, jetzt, wo Elsa, Marie und vor allem auch Luise nicht mehr da sind«, bemerkte Frederike und ließ Viktorias Namen bewusst unerwähnt.

»Dich nicht zu vergessen«, fügte Vera hinzu. »Ja, du hast recht. Du glaubst nicht, wie groß einem dieses Haus vorkommen kann. Wenn ich da an früher denke.« Sie sah zu Julius. »Damals haben hier meine Schwiegereltern, mein Schwager mit seiner Frau und ihren zwei Töchtern, mein anderer Schwager, mein Mann und ich und natürlich unsere beiden Kinder gewohnt, und dennoch war genug Platz.«

»Da gab es hier bestimmt nicht viel Ruhe«, meinte Julius freundlich. »Ich hoffe, dass Frederike und ich auch viele Kinder bekommen, die ordentlich Leben ins Haus bringen.«

»Oh ja. Das Leben mit Kindern ist wirklich herrlich.« Vera blickte etwas versonnen an Julius vorbei, drehte dann das Glas in ihren Händen. »Ich glaube, damals war die schönste Zeit meines Lebens.«

»Bis jetzt«, sagte Frederike eilig, die gar nicht erst zulassen wollte, dass ihre Mutter allzu sehr in die Vergangenheit abtauchte und womöglich melancholisch wurde. Sie kannte Vera gut genug, um zu wissen, dass dies nur allzu leicht geschehen konnte. »Schließlich ist dein Leben längst nicht zu Ende, und wer weiß, was noch für Überraschungen auf dich warten.«

»Ach«, seufzte Vera, »ich habe mir immer Enkelkinder gewünscht, die mir den letzten Nerv rauben.« Sie lachte hellauf, und Frederike fand, dass sie in diesem Moment etwas unwiderstehlich Warmherziges an sich hatte.

»Meine Schwägerin Elisabeth war immer eher diejenige von uns, die meinte, zu Höherem bestimmt zu sein. Doch ich kann nur sagen, dass das größte Glück stets meine Kinder waren. Nun sind wir mit Richard zerstritten, und ihr wohnt im Hause deines Schwiegervaters.« Sie zuckte die Schultern.

»Wenn wir eines Tages Kinder haben sollten, werde ich oft mit ihnen hierherkommen«, versprach Frederike.

»*Wenn?*«, wiederholte Julius. »Und wie wir Kinder haben werden! Mindestens ein halbes Dutzend.«

»Aber ohne mich«, wehrte sich Frederike. »Zwei, vielleicht auch drei, doch mehr auf keinen Fall. Ich habe oft genug auf Marie aufgepasst und auch immer mal wieder auf Viktoria. So ein Kind kann einen ganz schön fordern.«

»Ach, bring sie einfach mir vorbei, wenn du mal deine Ruhe willst. Ich kümmere mich gern darum.« Vera trank den letzten Schluck und stellte das Glas dann auf dem Tisch ab.

So plauderten die drei noch eine Weile, bis Anna sie alle zum Essen ins Nachbarzimmer bat. Es wurde ein heiterer, unbeschwerter Abend, und Vera fühlte sich das erste Mal seit langer Zeit wieder wirklich wohl. Sie vergaß darüber sogar, sich Sorgen zu machen, ob Georg auch sicher in Wien angekommen war. Als Frederike und Julius schließlich nach Hause fuhren, war es bereits fast zehn Uhr am Abend. Vera sagte nur noch Anna gute Nacht und ging dann direkt in ihr Schlafzimmer, machte sich nachtfertig und legte sich ins Bett. Sie war sogar zu müde, noch etwas zu lesen, was sie sonst immer tat. Der letzte Gedanke, bevor sie einschlief, galt dem Entschluss, ihrem Leben endlich wieder einen Sinn und mehr Inhalt zu geben. Sie wollte wieder mit Menschen zusammen sein, wollte Neuigkeiten erfahren und einfach nur ein wenig plaudern. Vielleicht sollte sie, sobald Georg aus Wien zurück war, einen kleinen Empfang geben. Irgendein Anlass würde sich schon finden lassen. Mit diesem Gedanken schlief sie ein, und als sie am Morgen erwachte, fühlte sie sich frisch und ausgeruht und – ja: endlich einmal wieder richtig glücklich.

# 9. Kapitel

*Wien, Freitag, 22. Januar 1897*

Es war bereits Viertel vor zwölf Uhr nachts, als Georgs Zug im Bahnhof einfuhr. Die Bahnhofshalle war um diese Zeit wie leer gefegt. Mit ihm zusammen stiegen nur noch wenige Menschen aus dem Zug. Er fasste seinen Koffer etwas fester und durchquerte mit eiligen Schritten die Halle und trat schließlich auf den Bahnhofsvorplatz, wo er kurz stehen blieb, um sich zu orientieren. Er hatte lange genug in Wien gelebt, um sich gut auszukennen. Doch hier am Bahnhof war er nicht allzu oft gewesen, lediglich bei der An- und Abreise. So brauchte er einen Moment, bevor er sich in Bewegung setzte. Dann jedoch war es, als würden seine Beine wie von selbst den richtigen Weg finden.

Therese und Robert lebten jetzt in dem Haus, das Therese damals mit Karl gekauft hatte. Georg fragte sich zum ersten Mal, ob es für Robert nicht ein eigenartiges Gefühl sein musste, quasi Frau, Kinder und sogar das Haus vom Bruder übernommen zu haben und nun im Grunde dessen Leben zu führen. Ausgesprochen hätte er den Gedanken natürlich nie, und er hatte auch bisher nicht darüber nachgedacht. Doch jetzt fiel ihm das erste Mal auf, dass es für Robert womöglich auch nicht immer einfach war, sich in die Witwe des Bruders verliebt zu haben.

Es dauerte nicht lange, bis er die Wien erreichte, die in der Nähe des Hauses der Hansens einen kleinen Bogen machte. Er ging den Weg am Fluss entlang, bis er schließlich vor dem großen weißen Haus stand, in dem sein Bruder mit der Familie lebte. Er konnte nur hoffen, dass sie nicht schon zu Bett gegangen waren. Doch selbst wenn – er konnte es nicht ändern.

Entschlossen stieg er die Stufen hinauf und klopfte an die Tür. Zu laut wollte er nicht sein. Denn dass die Kinder bereits schliefen, war ziemlich sicher.

Rascher als gedacht wurde die Tür geöffnet, und Therese stand im Morgenmantel wie angewurzelt da. »Georg?« Sie glaubte ihren Augen nicht zu trauen.

Hinter ihr erschien Robert, dessen Miene zunächst eine gewisse Besorgnis, dann jedoch Freude widerspiegelte. »Georg!«, stieß auch er hervor. »Na, das nenne ich mal eine Überraschung. Komm rein!«.

Erst jetzt löste Therese sich aus ihrer Erstarrung und machte einen Schritt auf den Schwager zu, um ihn zu umarmen. »Entschuldige bitte. Ich hatte Sorge, dass etwas mit meinem Vater sein könnte.« Sie drückte ihn herzlich. »Komm herein.«

»Guten Abend. Es tut mir leid, dass ich so spät hier auftauche.«

Robert und Georg umarmten sich und klopften sich mit der flachen Hand auf den Rücken.

»Mensch Georg, was freue ich mich, dich zu sehen. Gib mir deinen Mantel!«, forderte Robert, nahm ihm dann zunächst den Koffer ab, um ihn beiseitezustellen, und schließlich auch den Mantel.

»Komm, komm herein!«, forderte er abermals und deutete zum Wohnzimmer hinüber. »Wein, Bier oder lieber was Härteres?«

»Ein Glas Wein wäre gut.«

»Setz dich«, bat nun Therese. »Ist alles in Ordnung? Es ist doch hoffentlich nichts Schlimmes geschehen?«

»Es ist niemand krank oder gar tot, falls du das meinst«, erwiderte Georg. »Doch ich wäre nicht hier, wenn ich nicht einen guten Grund hätte.«

»Das denke ich mir«, sagte Robert und reichte Georg ein Glas Rotwein. »Du auch ein Glas, Therese?«

»Ja, gern. Schließlich kommt dein Bruder ja nicht allzu oft zu uns.«

Robert schenkte seiner Frau und sich ebenfalls ein, dann setzten sich alle drei.

»Warum auch immer du gekommen bist, wir freuen uns, dass du da bist. Prost!« Robert hob das Glas, und sie stießen an.

»Ich hoffe, ich habe dich eben nicht zu sehr erschreckt, Therese«, entschuldigte sich Georg, der sehr wohl den ängstlichen Gesichtsausdruck seiner Schwägerin bemerkt hatte, als sie die Tür geöffnet hatte.

»Ach, weißt du, mein Vater hatte vor wenigen Tagen einen Schwächeanfall und ist gestürzt. Und da war es auch bereits Abend, als Florentinus nach uns schicken ließ.«

»Ich hoffe, es war weiter nichts Ernstes?«

»Nein, zum Glück nicht. Aber deshalb bin ich ein wenig dünnhäutig, sobald am Abend noch jemand an der Tür ist.«

»Was nur allzu verständlich ist«, befand Georg. »Ich hätte ja auch einen anderen Zug genommen, sodass ich nicht erst so spät am Abend hier eingetroffen wäre. Doch ich hatte die Befürchtung, dass ich dich dann verpassen könnte, Robert.«

»Was ist denn los?«

»Rechtsanwalt Dr. Kramer war heute Morgen bei mir im Büro. Er wollte eigentlich zu Luise.«

»Und weshalb?«, fragte Robert.

»Die Scheidung. Hans will nicht einwilligen, sodass die

Sache vor Gericht ausgetragen werden muss. Luise hat bei dem Termin unbedingt anwesend zu sein. Sonst wird die Ehe nicht geschieden.«

Robert seufzte. »Kann dieser Kerl nicht wenigstens jetzt noch so viel Anstand haben, alles nicht unnötig kompliziert zu machen?«

»Wäre es denn so schlimm, wenn die Ehe weiter fortbesteht? Letztendlich kann es Luise doch egal sein, ob sie auf dem Papier noch zu Hans gehört oder nicht. Sie wird ihn ohnehin nie wieder in ihr Haus lassen«, meinte Therese.

Georg wollte gerade zu erklären beginnen, als Robert langsam sein Glas auf dem Tisch abstellte. »Oh nein!«, entfuhr es ihm. »Ich hoffe sehr, dass du nicht auf das hinauswillst, was ich gerade denke?«

Georg nickte. »Vermutlich doch. Die Verträge.«

»Verdammter Mist!«

»Könnt ihr mir bitte erklären, wovon ihr sprecht?« Therese sah von einem Bruder zum anderen.

»Rein rechtlich durfte Luise das Kontor niemals führen, weil sie eine Frau ist. Deshalb laufen Luises sämtliche Firmenanteile auf Hans' Namen. Wir haben damals vorsichtshalber Verträge aufsetzen lassen für den Fall, dass eine Situation eintritt wie die, mit der wir es jetzt zu tun haben. Bei einer Scheidung sollten die gesamten Anteile auf mich übertragen werden, damit Hans im Streitfall keinen Zugriff auf das Kontor nehmen kann.«

»Und nun will er nicht in die Scheidung einwilligen«, resümierte Therese. Wieder sah sie zwischen den Brüdern hin und her. »Und was bedeutet das konkret für das Kontor?«

»Solange die beiden nicht geschieden sind, kann Hans sich in die Geschäftsführung einmischen«, erklärte nun Georg. »Und so wie Dr. Kramer den Rechtsanwalt, der Hans vertritt, verstanden hat, hat er wohl auch genau das vor.«

»Dieser Mistkerl!«, entfuhr es Robert.

»Aber wenn die Scheidung durch ist, dann hat er die Möglichkeit nicht mehr?«, vergewisserte sich Therese, den Sachverhalt richtig verstanden zu haben.

»Ganz genau. Im Falle der Scheidung erfolgt die Rückübertragung auf mich, sodass alles in der Familie bleibt«, bestätigte ihr Ehemann.

»Und weshalb kann die Ehe nicht in Luises Abwesenheit geschieden werden?«, begehrte sie nun zu erfahren.

»So wie ich es verstanden habe, müssen beide Parteien mit der Scheidung einverstanden sein, oder es muss eben aufgrund des Verschuldens einer Partei klar sein, dass die Ehe so zerrüttet ist, dass es kein Zurück mehr gibt«, erklärte Georg. »Luise hat durch Dr. Kramer Mitte Oktober die Scheidung einreichen lassen. Es scheint wohl immer ein bisschen zu dauern, bis das Verfahren Fortgang findet. Damals konnte sie ja auch unmöglich wissen, was alles geschehen und dass sie Hals über Kopf nach Kamerun aufbrechen würde. Und nun soll ein Termin stattfinden, bei dem Luise unbedingt anwesend sein muss. Sonst wird die Scheidungsklage abgewiesen, wie Dr. Kramer sagte, und damit wären Hans im Kontor Tür und Tor geöffnet.«

»Ich muss also Luise überzeugen, nach Deutschland zurückzukehren«, fasste Robert zusammen.

»Genau. Deshalb bin ich hier. Dr. Kramer drängte, dass sie so schnell wie nur möglich nach Hamburg zurückmuss. Er wird versuchen, die Sache ein bisschen hinauszuzögern. Und Luise soll auch nicht zugeben, dass sie einfach so nach Kamerun aufgebrochen ist, sondern geschäftlich dorthin fahren musste, damit ihr daraus in der Verhandlung kein Strick gedreht werden kann.«

»Wie das?«

Georg überlegte, doch die Erklärung des Rechtsanwalts wollte ihm nicht mehr recht einfallen. Zu abgelenkt war Georg während des Gesprächs mit Dr. Kramer schon gewesen, weil er fieberhaft überlegt hatte, was zu tun war. »Es geht, glaube ich, darum, Luise nicht als verantwortungslos hinzustellen, als eine Person, die leichtfertig übereilte Entscheidungen trifft«, versuchte er, so gut es ging, sich der Erklärung des Rechtsanwalts zu erinnern.

»Ich verstehe.« Robert seufzte. »Eigentlich wollte ich nach Kamerun, um Luise in der Trauer beizustehen«, sagte Robert nun. »Und ich kenne meine Tochter. Wenn sie den Entschluss gefasst hat, erst einmal dort zu bleiben, wird es schwierig werden, sie vom Gegenteil zu überzeugen.«

»Sie muss einsehen, dass es um mehr als ihre persönlichen Gefühle geht«, meinte Georg.

»Das sagst du so leicht. Sie wurde betrogen und hat gerade mal einen Monat später auch noch ihre Tochter verloren. Luises gesamtes Leben liegt in Trümmern.«

»Wenn ich an ihrer Stelle wäre, würde ich mich wahrscheinlich verkriechen und nie wieder auftauchen«, sagte Therese. Sie sah Robert an. »Nein, wirklich. Allein der Vertrauensbruch würde mich vollkommen aus der Bahn werfen. Und dann auch noch das Kind.« Sie schüttelte den Kopf, als wollte sie verhindern, dass sich der Gedanke in ihr festsetzen konnte.

Robert musste kurz an den Brief denken, den er vergangenen Sonntag bei Florentinus im Wohnzimmer auf dem Boden hatte liegen sehen und den er sogleich aufgehoben hatte, noch bevor Therese ebenfalls den Raum betreten hatte. Er hatte die Handschrift seines Bruders sofort erkannt und instinktiv den Brief in seiner Jacketttasche verschwinden lassen. Im Nachhinein war er unglaublich froh, so rasch reagiert zu haben. Denn wenn Therese den Inhalt gelesen hätte, wäre für sie eine Welt zusammengebrochen.

»Ja, sie hat wirklich das Schlimmste durchgemacht«, gab Georg der Schwägerin recht und holte Robert damit aus seinen Gedanken zurück. »Doch ihr kann deshalb unmöglich gleichgültig sein, was aus dem Kontor wird. Sie hat schließlich einen gewaltigen Anteil an dem Erfolg, den das Kontor heute verzeichnet. Wahrscheinlich weit mehr als Robert und ich.«

»Was denkst du, Robert, sollte ich dich dann doch lieber begleiten? Ich meine nicht, damit wir dort bleiben, sondern nur, um dich bei Luise zu unterstützen?«, schlug Therese vor.

»Ein verlockendes Angebot«, fand Robert. »Doch den Kindern die weite Reise zuzumuten, nur um dann sofort wieder weiterzureisen nach Hamburg und danach schließlich hierher zurück – nein, das möchte ich wirklich nicht.«

»Wieso Hamburg?«, fragte Therese überrascht.

»Ich werde versuchen, Luise von der Notwendigkeit ihrer Rückkehr zu überzeugen, und sie dann nach Hamburg begleiten, bis die Sache mit Hans ausgestanden ist. Ich kann nicht einschätzen, in welchem Zustand sie sich befindet, doch ich weiß, dass sie alle Unterstützung brauchen wird, die sie kriegen kann.«

»Du hast recht. Das hatte ich nicht bedacht.« Therese war noch immer unsicher, ob sie ihre Pläne ändern und doch mitfahren sollte oder nicht. Ihr Ehemann schien ihr den inneren Kampf anzusehen, denn er nahm ihre Hand und sagte: »Ich möchte, dass du hierbleibst, dich um die Kinder, deinen Vater, das Kaffeehaus und auch das Kontor kümmerst. Du hast also mehr als genug zu tun.«

Therese lächelte. Sie wusste, dass ihr Mann die Entscheidung nur deshalb so klar aussprach, um ihr die Gewissensbisse zu nehmen.

»Ja«, sagte sie dann. »So ist es bestimmt besser.«

»Habt ihr denn inzwischen jemanden für das Kontor gefunden? Schließlich kann sich Therese nicht zerteilen.« Georg sah Robert an.

»Ja, und ich denke, er ist eine gute Wahl. Sein Name ist Johann Huber. Er hat vorher im Kontor seines Vaters gearbeitet, doch der hat ihn wohl nicht allzu viel mitreden lassen. So kam es zum Streit, und der junge Huber hatte davon gehört, dass wir einen Geschäftsführer für unser Kontor suchen. Also hat er sich vorgestellt, und bisher, das muss ich sagen, gibt es nicht das Geringste auszusetzen.«

»Gut. Es ist ja wirklich eine schwierige Entscheidung, jemandem die Geschäfte anzuvertrauen.«

»Wem sagst du das?« Therese seufzte. »In der Zeit, die wir in Kamerun waren, hat das Kaffeehaus gewaltig gelitten. Immer weniger Gäste kamen, ohne dass ich sagen könnte, woran es gelegen hat.«

»Ist Judith denn nicht mehr bei dir?«

»Doch, ist sie. Aber ich glaube fast, ihr ist das alles zu viel geworden.«

Georg sah die beiden an. »Ich wollte eben schon fragen, als ihr euch darüber unterhalten habt. Bisher hatte ich gedacht, ihr würdet auf lange Sicht zusammen nach Kamerun zurückgehen.«

»Das war auch der ursprüngliche Plan«, antwortete Robert und musste sich zusammennehmen, um sich die Enttäuschung über die geänderte Lage nicht anmerken zu lassen. »Doch dann haben wir festgestellt, dass wir hier dringender gebraucht werden, und uns entschieden, zu bleiben. Ich wäre in der nächsten Zeit nur noch einmal nach Kamerun gereist, um die Verwaltung der Plantage langfristig zu klären.«

»Aber geht das denn? Ich meine, mit der Plantage?«

»Derzeit noch, ja. Hamza kümmert sich um alles und ihm können wir auch blind vertrauen. Zudem hat mein Freund Erich Heemsen einige Männer aus den deutschen Truppen dort stationiert, damit niemand auf dumme Gedanken kommt.«

»Wie meinst du das? Hattest du nicht immer gesagt, dass mit den Menschen dort ein gutes Einvernehmen herrscht?«

»Ich spreche nicht von den Einheimischen, sondern von den anderen Deutschen. Sie wollen nicht akzeptieren, dass ein Schwarzer die Farm und die Plantage führt. Ihrer Meinung nach ist das ausschließlich eine Aufgabe für einen Weißen.«

»Ich verstehe«, sagte Georg nur, ohne sich anmerken zu lassen, was er davon hielt.

»Und wie soll es dann weitergehen?«

»Offen gestanden, haben wir bisher noch keine Lösung gefunden. Am besten wäre es, dort einen Verwalter zu finden. Doch es ist genau wie hier, vielleicht sogar noch schlimmer. Denn ich möchte die Verantwortung ganz sicher nicht an jemanden übertragen, der in den Einheimischen nur dumme Menschen sieht, die es nicht wert sind, respektvoll behandelt zu werden.«

»Was hat Mutter früher immer gesagt?«, versuchte Georg, sich zu erinnern. »*Menschen, die andere schlecht behandeln, können sich in Wahrheit selbst nicht leiden.*«

Robert lächelte bei der Erinnerung an diese Worte. »Ja, stimmt. Das hat sie gesagt.«

»Ich hätte diese Frau sehr gemocht«, meinte Therese.

»Ja, ganz bestimmt sogar.« Robert beugte sich zu Therese hinüber und gab ihr einen Kuss auf die Wange.

»Wisst ihr was, ihr zwei?« Therese stand auf. »Ich werde jetzt oben das Gästezimmer fertig machen. Du musst doch hundemüde sein, Georg.«

»Ich bin tatsächlich ziemlich geschafft. Doch ich will keine Umstände bereiten.«

»Umstände?« Robert lachte auf. »Bescheiden wie eh und je. Da springst du in den nächsten Zug, um mich noch rechtzeitig zu erreichen, weil unser Kontor in Gefahr ist, und sprichst davon, keine Umstände bereiten zu wollen.« Er schüttelte den Kopf. »Du bist wirklich ein Original, Georg Hansen.«

»Es dauert nicht lange«, sagte Therese und eilte dann zur Tür. Dort drehte sie sich noch einmal um. »Ich finde es wirklich schön, dass du hier bist, Georg. Auch wenn der Anlass ein ernster ist.« Ohne eine Antwort des Schwagers abzuwarten, lief Therese hinaus.

»Sie ist ein Schatz, nicht wahr?«, stellte Robert fest und sah ihr noch nach.

»Ihr wirkt noch immer sehr verliebt.«

»Das sind wir.«

»Und dass ihr unterschiedlicher Meinung seid, belastet euch nicht?«

»Unterschiedlicher Meinung?« Robert sah Georg fragend an.

»Ich kenne dich schon dein ganzes Leben lang, Robert. Und ich merke, wenn du etwas nicht sagen willst, das dich beschäftigt. Du bist enttäuscht, dass ihr nicht zusammen zurück nach Kamerun geht, nicht wahr?«

»Du warst schon immer ein guter Beobachter.« Robert senkte die Stimme. »Wir wollten nur wegen des Todes ihrer Mutter herreisen und weil ja Felix im Kontor ausgefallen ist. Es ging nur darum, alles zu regeln und dann möglichst rasch zurückzureisen.«

»Und nun will sie nicht?«

»Nein.« Robert schüttelte den Kopf. »Und ich kann sie sogar verstehen. Der Tod ihrer Mutter hat sie völlig überraschend getroffen. Sie hatte nicht mehr die Gelegenheit, sich mit ihr auszusprechen und sich von ihr zu verabschieden, wir kamen zu spät und konnten noch nicht einmal an der Beerdigung teilnehmen. Jetzt hat sie die Befürchtung, dass es ihr mit ihrem Vater genauso ergehen könnte. Sie plagt das schlechte Gewissen, auch Florentinus gegenüber. Und dann ist da eben auch die Tatsache, dass ihr Kaffeehaus tatsächlich nicht mehr gut läuft.« Robert trank einen Schluck Wein. »Sie hat das alles allein aufgebaut, weißt du? Sie hatte keine Hilfe von ihren Eltern, sondern hat sich alles selbst erarbeitet. Ich kann verstehen, dass sie nicht tatenlos zusehen kann, wie das Kaffeehaus vor die Hunde geht.«

»Ich auch. Es ist wirklich keine einfache Situation. Es müsste zwei oder drei von dir und Therese geben, um alles unter einen Hut zu bekommen.«

»Ja, so sieht es wohl leider aus.«

»Und was wollt ihr jetzt tun?«

»Erst einmal hierbleiben. Also, auf lange Sicht, nachdem ich aus Kamerun zurück bin, meine ich.«

»Und kannst du damit auch leben?«

»Natürlich, mir bleibt ja keine andere Wahl.«

»Das ist ein gefährlicher Pfad, auf dem du dich bewegst. Glaub mir, ich weiß, wovon ich rede.«

»Wie meinst du das?«

»Wenn ihr euch darauf verständigt, hierzubleiben, dann tut es. Und wenn nicht, dann musst du gehen, so schwer es dir auch fallen mag. Doch versuch nicht, das Leben eines anderen zu führen. Du wirst sonst unweigerlich irgendwann unzufrieden, dann ungerecht, und schließlich würde es zum Zerwürfnis zwischen euch kommen, glaub mir.«

»Hast du denn je das Gefühl gehabt, ein Leben zu führen, das nicht deines ist?«

»Ja.« Er sah den Bruder an. »Damals, als ich den Fehler mit Elisabeth begangen habe. In dieser Zeit hatte ich das Gefühl, ausbrechen zu wollen. Alles war mir nach Vaters Tod zu viel geworden. Die bittere Wahrheit, dass das Kontor vor der Pleite stand, die Tatsache, dass Vater sich hat übertölpeln lassen, und zu guter Letzt das Gefühl, dass ich als Ältester in der Verantwortung stand, alles in Ordnung bringen zu müssen. Ich habe in den vergangenen Jahren viel darüber nachgedacht. Ich glaube, ich habe mich nur deshalb auf Elisabeth eingelassen, weil ich all dem entfliehen wollte.«

»Doch es war der falsche Weg.«

»Allerdings. Manchmal wirken die Dinge auf den ersten Blick weit schillernder und aufregender, als sie in Wirklichkeit sind.«

»Und was rätst du mir in Bezug auf Therese?«

»Liebst du sie?«

»Von ganzem Herzen.«

»Und die Kinder?«

»Als wären sie mein eigen Fleisch und Blut.«

»Dann verstehe ich deine Frage nicht. Doch du hast jetzt eine gute Gelegenheit, die Wahrheit für dich herauszufinden. Wenn du in Kamerun bist, dann stell dir vor, du würdest dortbleiben und fortan auf Therese und die Kinder verzichten.«

Robert schmunzelte. »Dafür muss ich nicht einmal einen Fuß vor die Tür setzen, um zu wissen, dass ich ohne die drei nie mehr im Leben glücklich werden kann.«

»Dann gib die Schwärmerei für Kamerun auf, und konzentrier dich auf das Leben, das dir hier geschenkt wurde.«

Robert dachte einen Moment nach. Die Worte seines Bruders hallten in ihm nach. So klar hatte er die Sache nie zuvor betrachtet. Und jetzt, wo Georg es aussprach, fiel es ihm wie Schuppen von den Augen. Ganz gleich, wo er auch war auf der Welt, er wollte nicht einen Tag dort sein, wenn er es ohne Therese sein müsste.

»Ich danke dir, Georg. Wirklich. Es ist eigenartig, dass du mit nur wenigen Sätzen all meine Zweifel wegwischen konntest.«

»Dafür sind doch große Brüder da, oder nicht?«

»Wofür sind große Brüder da?« Therese war wieder ins Wohnzimmer getreten. »Dein Bett ist fertig, Georg.«

Georg erhob sich. »Große Brüder sind dafür da, jetzt todmüde ins Bett zu fallen. Vielen Dank, ihr zwei. So anstrengend die Fahrt auch war, bin ich doch froh, dass ich gekommen bin.«

»Schlaf dich erst mal aus. Ich werde erst am Sonntag abreisen«, erklärte Robert. »Dann haben wir morgen noch den ganzen Tag zusammen. Oder musst du sofort wieder zurück?«

»Einen Tag wird Vera es ohne mich aushalten«, erwiderte Georg lächelnd. »Gute Nacht, ihr beiden.«

»Gute Nacht, Georg.« Therese berührte kurz seinen Arm. »Schlaf gut, und erhol dich ein bisschen.«

»Danke.«

»Gute Nacht«, sagte auch Robert, als Georg bereits im Türrahmen stand. Sein Gang und sein Aussehen erinnerten Robert immer mehr an ihren Vater. In ein paar Jahren würden sie vermutlich gleich aussehen.

»Gehen wir auch ins Bett?«, fragte er nun Therese und stand ebenfalls auf.

»Ja, bitte. Der kleine Schreck in der Abendstunde hat mir für heute den Rest gegeben. Aber es ist wirklich schön, dass Georg da ist.«

»Ja, das finde ich auch.«

»Manchmal bedaure ich, dass Wien so weit von Hamburg entfernt ist. Es wäre schön, ihn und Vera etwas näher bei uns zu haben.«

Robert legte den Arm um ihre Schultern. »Wenigstens haben wir hier deinen Vater und Florentinus.«

»Ja«, sagte Therese. »Ein Glück. So ein bisschen Familie ist doch etwas Schönes.«

Zusammen gingen sie die Stufen hinauf ins Schlafzimmer. Georgs Zimmer war direkt nebenan, doch von dort war bereits kein Laut mehr zu hören. Therese gab ihrem Mann, nachdem sie sich ausgezogen und ins Bett gelegt hatte, noch einen Kuss. Dann drehte sie sich auf die Seite und schlief schon kurze Zeit später ein. Robert hingegen hatte die Arme im Nacken verschränkt und starrte in die Dunkelheit. Er musste an Luise denken, an Hans, die Verträge, die sie seinerzeit geschlossen hatten, und schließlich auch an Therese und die Kinder. Georg hatte vollkommen recht. Er hatte sich nur kurz vor Augen führen müssen, wie ein Leben ohne Therese und die beiden Kleinen sich anfühlen würde, um den Gedanken nur allzu rasch beiseitezuschieben. Zwar war ihm noch nicht klar, wie er die Angelegenheit mit einem Verwalter in Kamerun regeln sollte, doch wenigstens wusste er jetzt eines: Sie würden in Wien bleiben, solange seine Frau hier glücklich war. Das war ihm wichtiger als alles andere auf der Welt, selbst wenn es am Ende des Weges bedeuten mochte, die Plantage und die Farm womöglich verkaufen zu müssen.

# 10. Kapitel

*Kamerun, Sonnabend, 23. Januar 1897*

Luise atmete tief durch, als sie auf die Veranda trat. Morgen war sie genau eine Woche hier, und auch wenn sie es gar nicht beabsichtigt hatte, so spürte sie doch, dass sie von Tag zu Tag etwas kräftiger wurde. Heute war sie in aller Frühe aufgestanden und zu dem Baumstamm hinübergegangen, auf dem sie früher so oft mit Hamza gesessen hatte. Dann hatte sie von dort den Sonnenaufgang beobachtet, genau wie damals als junges Mädchen. Es war ein vertrautes Gefühl gewesen, und die Farben des Morgens hatten sie in eine Zeit ihres Lebens zurückgeführt, in der sie glücklich gewesen war. Ja, damals hatte sie noch Träume gehabt, wenngleich sie heute nicht mehr sagen konnte, welche dies konkret gewesen waren. Sie wusste noch, dass sie oft dafür gebetet hatte, dass es ihrem Vater und ihren Onkeln gelingen möge, das Kontor der Familie vor dem Ruin zu bewahren. Damals hatte sie noch keinen Gedanken daran verschwendet, sich selbst dort einbringen zu wollen. Das hatte sich einfach so ergeben, und im Grunde wusste Luise nicht einmal mehr zu sagen, wie es eigentlich dazu gekommen war.

Heute erschien es ihr vollkommen sinnlos, wie viel Zeit sie darauf verschwendet hatte, Lagerlisten zu prüfen, Telefonate zu führen, Handelsvereinbarungen zu schließen und Mitarbeiter anzuweisen, nur um immer mehr Geld zu verdienen und das Kontor gut dastehen zu lassen. Sie hatte in beruflicher Hinsicht alles erreicht, was man nur erreichen konnte. Und das als Frau und gegen alle Widerstände. Doch nun saß sie hier und fragte sich, wofür. Wofür hatte sie sich jahrelang aufgerieben und teilweise zwölf oder vierzehn Stunden am Tag gearbeitet? Des Geldes wegen? Des Erfolges wegen, um es allen zu zeigen? Und wem überhaupt? Wen interessierte es denn schon, wer Luise war und was sie erreicht hatte?

Sie setzte sich auf den Rattanstuhl und reckte ihr Gesicht der Sonne entgegen. Die wärmenden Strahlen taten so gut. Sie schloss die Augen, und sogleich sah sie das lachende Gesicht ihrer Tochter vor sich. Luise lächelte. Sie war froh, nicht mehr sofort in Tränen auszubrechen, sobald sie nur an Viktoria dachte. Nun war sie schon über zwei Monate tot, und in ganz schrecklichen Momenten sah sie nicht das Bild des lachenden Kindes vor sich, sondern den Körper ihrer kleinen Tochter im Sarg, umgeben von Dunkelheit und Zerfall. Nun jedoch war Viktoria in ihren Gedanken und lachte sie an. Luise wagte nicht zu hoffen, dass es fortan mehr solcher Augenblicke geben könnte, in denen die Trauer der Hoffnung und der Liebe wich.

»Darf ich mich zu dir setzen?«

Luise zuckte zusammen, als sie Hamzas Stimme hörte. Sie hatte gar nicht bemerkt, dass er zu ihr auf die Veranda getreten war.

»Natürlich, bitte.« Sie beschattete mit der Rechten ihre Augen und deutete dann auf den Stuhl neben sich.

»Du siehst viel besser aus«, stellte Hamza fest, nachdem er sich gesetzt hatte.

»Danke. So fühle ich mich auch.« Sie lächelte ihn an. »Das Essen deines Vaters zeigt Wirkung.«

»Es wird ihn freuen, das zu hören.« Hamza betrachtete sie. Luise hatte sich in den wenigen Tagen tatsächlich erholt. Doch das Leid und die Kraftlosigkeit standen ihr noch immer ins Gesicht geschrieben. Es würde dauern, bis sie wieder so gesund war, wie er sie kennengelernt hatte.

»Das Dorf hat sich sehr über deinen gestrigen Besuch gefreut«, begann er ein Gespräch. »Die Duala lieben die hübsche Nyango, weißt du?«

»Und ich liebe die Duala. Jeden Einzelnen von ihnen.« Luise lächelte erneut, diesmal in Erinnerung an den gestrigen Tag. Sie hatte es als unfreundlich empfunden, dass sie die Menschen, die sie so sehr ins Herz geschlossen hatte, seit ihrer Rückkehr nach Kamerun noch nicht besucht hatte. Also hatte sie sich gestern eines der Pferde genommen und war zusammen mit Hamza ins Dorf geritten. Sie wusste nicht, ob Hamza seinem Volk gesagt hatte, dass sie wieder in Kamerun war und weshalb. Wenn die Duala es wussten, so hatten sie sich zumindest nichts anmerken lassen, sondern Luise mit einer so selbstverständlichen Herzlichkeit begrüßt und bewirtet, als wäre sie nie fort gewesen. Einzig Sanula, eine Frau, die etwa in ihrem Alter war, hatte Luise kritisch beäugt, wie sie meinte. Womöglich hatte sie es sich auch nur eingebildet, doch irgendwie hatte sie das Gefühl gehabt, Sanula werfe ihr böse Blicke zu.

»Sanula …«, begann Luise und sah Hamza an.

»Was ist mit ihr?«

»Ich hatte das Gefühl, als hätte sie etwas gegen mich.«

»Sanula? Weshalb sollte sie?«

»Ich weiß nicht. Früher haben wir uns gut verstanden. Ist sie inzwischen eigentlich an einen Mann vergeben?«

»Ja. An Biyan. Er ist ein guter Mann.« Hamza versuchte, sich nicht anmerken zu lassen, wie sehr es ihn schmerzte, dass die beiden ein Paar waren. Auch wenn er wusste, dass er kein Recht dazu hatte, so hatte es ihn doch getroffen, davon zu erfahren. Er war in Sanula verliebt gewesen und hegte auch heute noch Gefühle für sie. Doch für sie beide hatte es einfach keine Zukunft gegeben. Sanula wollte keinesfalls aus der Dorfgemeinschaft heraus und zu ihm ins Haus ziehen. Und für Hamza gab es keinen Weg zurück in die Hütten, in denen die Duala lebten. Er war eben zu dem Swat Sango geworden, wie seine Brüder ihn nannten, was so viel bedeutete wie *der schwarze weiße Herr*. Im Grunde drückte das sehr gut aus, was Hamza von sich selbst dachte: nämlich dass er weder richtig zu den Duala noch zu den Weißen gehörte. Er war irgendetwas dazwischen, und manchmal machte es ihm schwer zu schaffen, seine eigene Identität nicht mehr wirklich zu kennen.

»Womöglich habe ich mich ja auch getäuscht«, holte Luise ihn wieder aus seinen Gedanken. »Doch ich hatte das Gefühl, dass es Sanula nicht recht war, mich im Dorf zu sehen.«

»Das bildest du dir bestimmt nur ein«, tat Hamza ihre Bedenken ab, obwohl er sich in diesem Moment fragte, ob Sanula womöglich wusste oder zumindest ahnte, was Luise und er einander einmal bedeutet hatten.

»Ja, wahrscheinlich«, stimmte Luise ihm zu.

Man hörte das Geräusch sich nähernder Pferdehufe, und Hamza stand auf, um zu schauen, wer es war. Er hatte den Mann schon einmal gesehen, brauchte aber einen Moment, sich zu erinnern, wer er war. Dieses schwarze Oberteil mit dem kleinen weißen Einsatz am Kragen. War das der Mann, der Therese und Robert Hansen getraut hatte?

»Guten Tag!«, rief dieser nun und zügelte dann sein Pferd. »Hamza, nicht wahr?«

Hamza ergriff den Zügel, und der Mann stieg vom Pferd. Dann reichte er Hamza die Hand. »Ich bin Pastor Nienstädt, wir sind uns schon mal begegnet.«

»Ich erinnere mich«, stellte Hamza fest.

»Ich habe gehört, dass Luise Hansen in Kamerun sein soll. Kann ich sie sprechen?«

»Bitte, kommen Sie.« Hamza deutete zur Veranda hinüber. Als sie um die Hausecke traten, saß Luise noch immer auf dem Rattanstuhl.

»Frau Hansen, ich freue mich, Sie zu sehen. Es ist lange her.« Er ging auf sie zu, worauf sie kurz aufstand, um ihm die Hand zu reichen.

»Vater Jan. Es ist mir eine Freude.«

»Oh Verzeihung, Sie heißen ja gar nicht mehr Hansen, sondern Petersen, nicht wahr?«

»Mir ist Hansen lieber«, bemerkte sie. »Ich werde den Namen ohnehin wieder annehmen.«

Dem Pastor lag eine Frage auf der Zunge, doch er schluckte sie herunter.

»Bitte, Vater Jan, setzen Sie sich doch. Kann ich Ihnen etwas zu trinken anbieten?«

»Ja, gern.«

»Malambuku macht eine köstliche Limonade«, erklärte Luise.

»Ich hole sie«, bot Hamza an und ging sofort ins Haus. Als er wiederkam, brachte er zwei gefüllte Gläser mit, die er vor Luise und dem Pastor abstellte.

»Hier, bitte. Ich werde dann jetzt wieder zur Plantage gehen.«

»Danke schön, Hamza«, sagte Luise, und Vater Jan verabschiedete sich von ihm. Dann ging er in Richtung der Kakaobäume davon.

»Ich hörte, Sie sind bereits seit einigen Tagen wieder hier?«, begann Pastor Jan das Gespräch.

»Ja, seit Sonntag.«

»Und geht es Ihnen besser?«

»Sie haben von Oberleutnant Heemsen erfahren, was geschehen ist, nehme ich an?«

Der Pastor nickte und sah sie bedauernd an. »Wirklich furchtbar. Unser aller Mitgefühl gehört Ihnen, Frau Hansen.«

»Nennen Sie mich bitte Luise, so wie früher.«

»Natürlich, gern.« Er trank einen Schluck. »Ich wollte nach Ihnen sehen und Ihnen Hilfe anbieten, sofern Sie welche benötigen«, erklärte der Pastor.

»Vielen Dank. Aber ich habe hier alles, was ich brauche.«

»Ja, Ihr Vorarbeiter scheint wirklich unbezahlbar zu sein.«

»Er ist vor allem ein Freund«, erwiderte Luise, ohne genau zu wissen, weshalb sie auf die Hervorhebung Wert legte.

»Ohne Frage. Sie kennen sich ja auch schon sehr lange, nicht wahr?«

»Allerdings. Ich vertraue ihm und seinem Vater Malambuku blind.«

»Es ist schön, solche Menschen um sich zu haben«, befand der Pastor. »Dennoch wäre es ebenso schön, wenn Sie auch wieder in die Gemeinschaft der Deutschen hier in Kamerun zurückkehren würden. Oder bleiben Sie gar nicht lange?«

»Ich habe nicht vor, jemals nach Deutschland zurückzukehren«, kündigte Luise an.

»Oh!«, entfuhr es dem Pastor. »Damit habe ich tatsächlich nicht gerechnet. Ich ging davon aus, Sie wären gekommen, um sich zu erholen und dann Ihr Leben in Hamburg weiterzuführen.«

Luise schüttelte den Kopf. »Es gibt in Hamburg kein Leben mehr, das ich weiterführen könnte, wissen Sie?«

»Und Ihr Ehemann? Wird er Ihnen bald hierher folgen?«

Fast wollte Luise ihm entgegenschleudern, dass ihn das nicht das Geringste anging, doch sie hielt sich zurück. Alles, was Hans betraf, war ihr einfach zu gleichgültig geworden, um sich aufzuregen.

»Mein Mann und ich leben in Trennung. Deshalb sagte ich auch vorhin, dass ich bald wieder Hansen heißen werde.«

»Sie lassen sich scheiden?« Dem Pastor war das Missfallen deutlich anzumerken.

»Ja, ich habe die Scheidung eingereicht. Das machen Frauen heutzutage so, wenn sie nicht bereit sind, die Untreue ihrer Ehemänner einfach hinzunehmen.«

»Oh!«, war alles, was der Pastor dazu sagte.

Luise fand es geradezu amüsant, wie bedacht der Pastor darauf war, sich seine Entrüstung nicht anmerken zu lassen.

»Und denken Sie denn, dass wir morgen beim Gottesdienst auf Ihre Anwesenheit hoffen dürfen?«, wechselte er dann das Thema.

»Nein, wohl nicht.« Luise legte den Kopf schräg. »Wissen Sie, Gott und ich sind uns nicht mehr besonders wohlgesonnen. Er hat mir gezeigt, dass er mit nur einem Handstreich alles zu zerstören vermag, das mir etwas bedeutet hat. Und ich verzichte nun meinerseits darauf, mich noch an ihn zu wenden. Wir gehen sozusagen getrennte Wege.«

Nun konnte der Pastor sein Entsetzen nicht länger verbergen. »Aber Frau Hansen, ich bitte Sie! Sie können sich doch wegen der Tragödie, die Ihnen widerfahren ist, nicht von Gott abwenden.«

»Meiner Ansicht nach war er es, der sich zuerst abgewendet hat«, stellte sie ohne jede Bitterkeit in der Stimme fest. »Insofern meine ich, dass ich ihm nicht besonders fehlen werde, wenn ich nun das Gleiche tue.«

»Sie begeben sich da auf einen gefährlichen Pfad, Frau Hansen.«

»Ach ja? Was kann er mir noch nehmen? Mein Leben?« Sie zuckte die Schultern. »Wenn es ihm gefällt, bitte sehr, hier bin ich.«

»Das ist nichts weniger als Blasphemie.« Der Pastor war erbleicht.

»Mag sein. Doch lieber bin ich blasphemisch als eine Heuchlerin.« Sie lächelte ihn an und stand auf. »Wenn Sie mich jetzt entschuldigen wollen, Pastor Nienstädt?«

Er erhob sich ebenfalls und reichte ihr die Hand. »Ich hoffe dennoch, dass Sie in die Gemeinschaft zurückkehren werden, wenn der Schmerz, dem Ihre Worte entspringen, abgeklungen ist.«

»Einen guten Tag, Herr Pastor.« Luise sah ihm noch nach, wie er mit hängenden Schultern zu seinem Pferd ging und davonritt. Dann kehrte sie zur Veranda zurück und wollte sich gerade wieder auf den Rattanstuhl setzen, besann sich dann aber und ging ins Haus.

»Malambuku?«

»Ja, Nyango?« Er trat aus der Küche und rieb seine Hände an einem Geschirrtuch trocken.

»Ich werde zur Plantage hinübergehen. Nur falls du mich suchst.«

»Gut, Nyango. Hamza gehen mit?«

»Hamza ist schon drüben«, erklärte sie. »Ich werde nicht lange bleiben.«

»Gut«, meinte Malambuku und ging ohne ein weiteres Wort zurück in die Küche.

Luise trat aus dem Haus und machte sich auf den Weg zu den Kakaobohnen, die ihrer Familie in den letzten Jahren so großen Wohlstand beschert hatten. Ganz langsam tat sie jeden Schritt, genoss es, alles achtsam wahrzunehmen. Ihr war, als erkenne sie jetzt erst wieder nach und nach die Schönheit, die sie hier in Kamerun umgab. Es war wie das erneute Aufschlagen eines Buches, das sie schon viele Male gelesen hatte, dessen Inhalt ihr vertraut war und sie in eine andere Welt entführte. Alles hier wirkte so harmonisch auf sie, so ruhig und friedlich.

Sie grüßte die Duala, denen sie auf der Plantage begegnete

und ging schließlich zu dem Unterstand, wo die Bohnen gelagert und verarbeitet wurden.

»Luise?« Hamza hatte sie schon von Weitem kommen sehen. »Ist dein Gast gegangen?«

»Eher geflohen, würde ich sagen.« Ihre Bemerkung brachte sie selbst zum Lachen.

Hamza verstand nicht, was sie meinte, wollte aber auch nicht nachfragen. »Möchtest du mit mir über die Plantage gehen? Es wird wieder eine reiche Ernte für euer Kontor geben.«

»Ja, sehr gern.« Ganz selbstverständlich hakte sie sich bei ihm unter, zog dann jedoch eilig den Arm wieder weg. »Entschuldige, es war wohl alte Gewohnheit.«

Hamza nahm ihre Hand und hakte ihren Arm wieder bei sich ein. »Gehen wir.«

Zusammen machten sie sich auf den Weg und schlenderten den Pfad nahe den Kakaobäumen entlang.

»Siehst du, dort drüben: Wir haben sie neu gepflanzt, und in etwa zwei Jahren werden sie das erste Mal abgeerntet werden können.«

»Und auch diesen Bereich dort gab es, als ich zuletzt hier war, noch nicht.« Luise deutete mit dem ausgestreckten Arm auf mehrere Reihen junger Kakaobäume, die bereits Früchte ansetzten.

»Wir haben sie vor drei Jahren neu angelegt«, erklärte er. »Im letzten Jahr haben sie das erste Mal Kakaobohnen getragen. Sie sind kräftig und hängen voll.«

»Die Plantage ist noch um einiges größer, als ich sie in Erinnerung hatte. Schaffen die Duala die ganze Arbeit überhaupt noch?«

»Aber ja. Manchmal müssen auch die Frauen mithelfen, doch es ist zu bewältigen. Dein Vater bezahlt uns wirklich sehr gut.«

»Ja?«

»Ja«, bestätigte er. »Ich weiß, wie viel die Arbeiter auf den anderen Plantagen verdienen. Das ist um etliches weniger. Und ich habe deinem Vater, als er noch hier war, auch schon gesagt, dass es gar nicht so viel sein müsste. Doch er meinte, dass es seine Überzeugung ist, die Menschen, die ihm zu seinem Wohlstand verhelfen, auch gut zu entlohnen.«

»Ja, das entspricht seinem Denken. Und meinem auch. Das haben wir von meinem Großvater. Der hatte damals auch schon den Ruf, seinen Leuten im Kontor die besten Gehälter zu bezahlen.«

»Aber warum? Die Arbeit würde auch für weniger Geld erledigt werden.«

Luise zuckte die Schultern. »Weil es richtig so ist. Und mit welchen Menschen würdest du dich lieber umgeben? Mit denen, die glücklich sind und über genug Geld verfügen, um ihren Familien ein gutes Leben bieten zu können, oder mit solchen, die neidisch und unzufrieden sind und womöglich sogar Hass auf ihren Arbeitgeber haben?«

»Die Antwort liegt wohl auf der Hand«, befand Hamza und gab damit die Redewendung wieder, die ihm aus seiner Zeit in Hamburg noch besonders in Erinnerung geblieben war.

»Was ist das dort?« Luise deutete auf ein Gestell, das sie nicht genau erkennen konnte.

»Das stammt von unserem Bewässerungssystem«, erklärte Hamza. »Komm. Ich zeige es dir.«

»Mein Vater hatte mir davon erzählt. Das war dein Einfall, nicht wahr?«

»Wir mussten die Befeuchtung der Pflanzen sicherstellen.«

Sie gingen zusammen hinüber.

»Wir haben diese Holzrohre hier in mehreren Metern Höhe aufgestellt und miteinander verbunden. Dann haben wir das Wasser eingeleitet und die Pflanzen mit Stoff bedeckt. So waren die Kakaobäume die ganze Zeit feucht, und die Spinnmilben starben und fielen ab.«

»Wirklich genial.« Luise berührte kurz die Holzstämme, die als Rohre gedient hatten. Die Einfachheit, mit der Hamza die Lösung eines Problems herbeigeführt hatte, das die gesamte Existenz der Plantage hätte bedrohen können, beeindruckte sie. Seine simple, aber effektive Erfindung spiegelte im Grunde die ganze Art des Lebens in Kamerun wider.

Langsam gingen sie weiter. »Ich nehme das alles hier ganz anders wahr als früher«, sagte Luise nach einer Weile.

»Wie denn?«

»Nun, damals fand ich es einfach wunderschön hier, doch es schwebte auch das Gefühl der Hoffnung mit, dass diese Kakaopflanzen unsere Existenz in Deutschland sichern und uns besserstellen sollten.«

»Und das ist heute nicht mehr so?«

»Nein«, stellte Luise ohne jede Emotion fest. »Denn mir ist das alles nicht mehr wichtig.«

»Und was ist dir heute wichtig?«

»Nichts. Das ist ja das Problem.« Sie sah ihn von der Seite an, bemühte sich um ein Lächeln. »Und du? Was ist dir heute wichtig?«

Hamza überlegte einen Moment. »Die Kakaopflanzen, der Ertrag der Plantage, das Wohl der Duala.«

»Das sind alles Dinge, die im Grunde anderen zum Vorteil dienen. Doch du? Was ist mit dir? Welche Hoffnungen, Wünsche und Träume hast du?«

Wieder überlegte Hamza, dieses Mal länger. »Ich fürchte, das kann ich dir nicht beantworten.«

»Eigenartig, nicht wahr? Damals waren wir beide so voller Träume von einem Leben, das wir uns wünschten. Doch nun ist nichts mehr davon da.«

»Darf ich ganz offen sein?«, fragte Hamza.

»Natürlich.«

»Ich denke, das liegt daran, dass wir damals noch keine echten Enttäuschungen und Verluste erlebt haben. Ich habe mir früher immer gewünscht, nach Deutschland gehen zu können und dort alles über das Leben und die Arbeit in einem richtigen Kontor lernen zu dürfen. Diesen Wunsch hat dein Vater mir erfüllt. Doch das, was ich mir davon erwartet habe, leider nicht.«

»Was hattest du dir denn davon erwartet?«

»Ich dachte immer, wenn es mir gelänge, von Kamerun wegzukommen und all dem hier zu entfliehen, könnte ich mit dem Wissen, das ich hier und in Deutschland erworben habe, überall als freier Mann leben und Geschäfte machen. Es gibt Kontinente da draußen, auf denen dies auch einem schwarzen Mann erlaubt ist.«

»Siehst du. Da hast du es besser als ich. Frauen werden eigentlich nirgendwo ernst genommen, zumindest nicht im geschäftlichen Bereich.«

»Weil man euch dort, wo du herkommst, nichts zutraut. Hier bei uns wissen wir, wie wichtig die Frauen sind.«

»Damit seid ihr den Weißen weit voraus«, meinte Luise.

Wieder gingen sie schweigend nebeneinander her. »Warum hast du dir keine Frau genommen?«, fragte Luise dann unvermittelt.

»Weil mich keine wollte«, antwortete er und musste selbst schmunzeln.

»Unsinn«, befand Luise.

»Nein, wirklich. Ich habe es bei allen versucht. Doch nicht einmal Elani ließ sich erweichen.«

Luise blieb stehen und schlug Hamza spielerisch gegen die Brust. »Elani ist wahrscheinlich gerade einmal zehn Jahre alt.«

»Siehst du? Und selbst sie hat abgelehnt.«

Luise lachte hell auf, und in dem Augenblick wurde ihr bewusst, dass sie tatsächlich seit Monaten nicht mehr gelacht hatte. Nicht erst seit Viktoria gestorben war, sondern schon früher, viel früher sogar. Genau genommen, konnte sie sich überhaupt nicht mehr erinnern, wann es zuletzt geschehen war.

Hamza strich eine Haarsträhne zurück, die ihr in die Stirn gefallen war. Einen Moment sahen sie sich tief in die Augen, und für den Hauch eines Wimpernschlags war da wieder dieses Gefühl, das sie beide früher miteinander verbunden hatte.

»Gehen wir weiter«, sagte Hamza schließlich, und Luise nickte und hakte sich wieder bei ihm unter.

»Nimmst du dir meinetwegen keine Frau, weil du nicht mehr vertrauen kannst?«, fragte Luise nach einer Weile.

»Nein, das ist nicht der Grund. Wir wurden beide enttäuscht.«

»Ja, aber du von mir.«

»Nein«, widersprach Hamza. »Wir beide von dem, was wir uns vorgestellt hatten. Damals in Hamburg habe ich viel gelernt, und doch konnte ich hier nichts daraus machen.«

»Das ist es aber nicht, was ich meine«, beharrte Luise. »Ich meine in Bezug auf uns. Weißt du noch, wir wollten zusammen weggehen, wollten gemeinsam fliehen. Doch dann kamst du nicht zum Treffen, und ich dachte, du hättest es dir anders überlegt.«

»Doch das stimmte nicht«, sagte Hamza.

»Nein, doch das wusste ich damals nicht. Und dann wollten wir wieder gemeinsam aufbrechen, und ich bekam Viktoria, wodurch uns wieder das gemeinsame Leben verwehrt blieb.«

»Ja, und ich war enttäuscht. Doch heute bin ich es nicht mehr.«

»Du denkst, es sollte alles so kommen, nicht wahr?«, versuchte Luise, seine Gedanken zu erahnen.

»Zumindest kann es einem so vorkommen. Doch das ist heute auch nicht mehr wichtig.«

»Nein, das ist es wohl nicht«, antwortete Luise. Sie konnte sich der Enttäuschung nicht erwehren, dass Hamza das, was sie beide verbunden hatte, abtat und offensichtlich nicht mehr darüber sprechen wollte.

»Und doch sind wir nun wieder zusammen hier«, sagte Hamza nachdenklich in die Stille hinein.

»Ja, das sind wir.«

»Als Freunde.«

»Ja, als Freunde.«

Hamza blieb stehen. »Und genau das sollten wir bleiben, Luise. Wir sind kein Liebespaar und können es niemals sein. Doch die Freundschaft kann uns niemand verbieten.«

Luise sah ihm in die Augen. Es fiel ihr schwer, seine Resignation zu teilen, doch sie wusste, dass er recht hatte. »Nein, Hamza, niemand.« Und obwohl alles in ihr warnend schrie, es nicht zu tun, stellte sie sich auf die Zehenspitzen und gab ihm einen zärtlichen Kuss. »Freunde«, sagte sie dann.

Er sah sie an, zog sie in seine Arme und küsste sie voller Leidenschaft. Als er von ihr abließ, wiederholte er: »Freunde.« Dann küsste er sie erneut.

# 11. Kapitel

»Georg?« Florentinus glaubte sich verhört zu haben, als Minna ihm gemeldet hatte, dass zusammen mit seiner Schwester und seinem Schwager auch Georg Hansen zu Besuch gekommen sei. Mit ausgebreiteten Armen ging Florentinus auf Georg zu.

»Florentinus!« Georg umarmte Thereses Bruder und klopfte ihm freundschaftlich auf die Schulter. »Es ist wirklich schön, dich zu sehen.«

Florentinus begrüßte auch seine Schwester und seinen Schwager, wobei er bei Letzterem einen Moment länger als üblich Blickkontakt hielt. Denn seit dem Zwischenfall am letzten Sonntag hatten sie noch keine Gelegenheit gehabt, sich auszusprechen. Florentinus war einmal zu Robert ins Kontor gegangen, um mit ihm zu reden. Sie hatten sich kaum gegenübergestanden, als die Glocke über dem Eingang schellte und eine Kundin das Geschäft betrat. Robert bediente sie und wünschte einen guten Tag. Noch bevor sie gegangen war, kamen bereits zwei weitere Kunden herein. Und Robert hatte gerade einen von ihnen bedient, da kam eine weitere Kundin. So ging es etwa eine halbe Stunde lang, sodass Florentinus sich schließlich resigniert verabschiedet hatte und Robert zum Abschied nur sagte, dass er ihn gern ungestört sprechen würde. Sein Schwager hatte nur genickt, und Florentinus hatte seine Miene nicht deuten können. Was dachte Robert über das, was er gelesen hatte? Denn dass er den Inhalt des Briefes kannte, hatte schon seine Bemerkung am Kamin deutlich gemacht, als Robert meinte, dass Florentinus den Brief am besten zum Anzünden des Feuers nehmen sollte. Kurz hatte Florentinus gezögert, der Aufforderung Folge zu leisten. Dann jedoch hatten sie gehört, wie die Schlafzimmertür von Friedrich am Ende des Flurs geschlossen wurde und Therese wieder zurückkam. Daraufhin hatte Florentinus den Brief in die Flammen geworfen und zugesehen, wie er sogleich aufloderte.

»Ich hatte keine Ahnung, dass du nach Wien kommen würdest«, sagte Florentinus nun zu Georg.

»Glaub mir, bis gestern Morgen wusste ich selbst noch nichts davon.«

»Ist denn etwas geschehen?«

»Ich musste noch rechtzeitig mit Robert sprechen, bevor er morgen nach Kamerun aufbricht.«

»Ihr fahrt zurück?«, fragte Florentinus seine Schwester und seinen Schwager.

»Nicht wir, nur ich«, stellte Robert klar. »Und auch nur so lange, wie es notwendig ist, um alles dort zu klären.«

»Wenn du während der Zeit Hilfe brauchst, dann gib mir Bescheid, Resi.«

Therese lächelte. So hatte ihr Bruder sie lange nicht mehr genannt, genau genommen war das zuletzt zu Kinderzeiten der Fall gewesen. Dass er sie nun so nannte, zeigte ihr, dass ihr Gefühl sie nicht trog: Ihr Verhältnis war seit ihrer Rückkehr aus Kamerun noch inniger geworden.

»Ich danke dir. Wenn etwas sein sollte, rufe ich um Hilfe.« Sie sah an ihm vorbei. »Liegt Vater noch im Bett?« Es war später Vormittag, und wenn Friedrich Loising zeit seines Lebens eines gehasst hatte, dann war es, wenn die Menschen zu spät aufstanden.

»Im Bett?« Florentinus lachte auf. »Unser Vater lässt sich von Thomas im Rollstuhl durch Wien schieben und genießt die frische Luft. Es ist nichts vom Sturz zurückgeblieben. Ganz im Gegenteil, er strotzt nur so vor Kraft und Lebensmut.«

Therese legte sich die Hand auf die Brust. »Na, Gott sei Dank.«

»Hör auf, dir Sorgen zu machen, Schwesterherz. Vater wird uns noch alle überleben, du wirst schon sehen.«

»Wir dachten, wir holen dich ab und gehen alle zusammen ins Kaffeehaus«, sagte Robert nun. »Also, wenn du nicht noch in deine Fabrik musst. Doch da Georg schon einmal da ist …« Er ließ den Satz unvollendet.

»Aber ja, gern. Ich gebe nur kurz Minna Bescheid, dass ich zum Mittagessen nicht da sein werde.«

»In Ordnung. Und hol dir bloß einen dicken Mantel. Es friert«, mahnte Therese.

»Selbstverständlich, Schwesterherz«, erwiderte Florentinus und deutete mit einem breiten Lächeln eine Verbeugung an. Er war froh, dass die drei vorbeigekommen waren. Zwar hatte er tatsächlich noch zu arbeiten, doch wenn Georg schon mal in der Stadt war, wollte er sich auch Zeit für ihn nehmen. Schließlich hatten die beiden sich während Georgs Aufenthalt in Wien, als er im Kontor eingesprungen war, nicht nur gut, sondern sogar sehr gut verstanden, und Florentinus bezeichnete den Schwager seiner Frau als echten Freund.

Er verließ das Wohnzimmer, sprach wie angekündigt mit Minna, ließ sich seinen Mantel geben, und kurz darauf brachen die vier auf.

Bis zu Thereses Kaffeehaus war es nicht weit, doch trotz der eisigen Kälte gingen sie gemächlich. Robert und Therese liefen voraus, Georg und Florentinus folgten und unterhielten sich angeregt. Robert machte ein paar eilige Schritte, um Therese und den anderen beiden die Tür aufzuhalten, dann traten sie ein.

»Einen Tisch für vier bitte«, sagte Georg schmunzelnd zu Judith, die ihn jedoch gar nicht zu erkennen schien, obwohl sie sich während seiner Zeit in Wien des Öfteren gesehen hatten.

»Setzen Sie sich irgendwohin, wo frei ist.« Damit ging sie einfach weiter in Richtung Küche, ohne die Gäste auch nur anzusehen. Georg hob überrascht die Augenbrauen und wollte etwas sagen, da drängte sich auch schon Therese, die von den drei Männern vor sich etwas verdeckt worden war, nach vorn und eilte hinter Judith her.

»Judith!«, rief sie zornig und schob die Angestellte etwas weiter nach hinten, die in diesem Moment starr vor Schreck zu sein schien. »So behandelst du also unsere Gäste?«

Judith war vollkommen perplex und wusste nicht, was sie sagen sollte.

»Ich … aber nein … ich habe nur viel zu tun.«

»Das ist keine Entschuldigung.«

Judith sah Therese einen Augenblick an, dann band sie ihre Schürze ab und drückte sie Therese in die Hand. »Da du ja ohnehin die Einzige bist, die das alles hier spielend in den Griff bekommt, kannst du das Kaffeehaus künftig ohne mich betreiben. Ich kündige.«

Therese starrte sie mit offenem Mund an. »Judith? Was ist denn nur in dich gefahren?«

»Was in mich gefahren ist? Alles habe ich von dir ferngehalten, damit du mit deinem Mann und deinen Kindern nach Afrika gehen und dir eine schöne Zeit machen kannst, während ich hier die nörgelnden Gäste zu bedienen hatte, die ständig nur nach dir gefragt haben. Ich bin für dich gerannt und habe geschuftet und alle Verantwortung getragen. Und das für immer weniger Geld.«

»Unsere Vereinbarung war, dass dein Einkommen an die Einnahmen geknüpft ist, die zu dem Zeitpunkt, als ich gegangen bin, prächtig waren, wie du weißt.«

»Ja, natürlich.« Judith wurde lauter. »Doch ich will dir mal etwas sagen, Therese. Die goldenen Zeiten sind vorbei. Und ich werde mich nicht weiter für einen Hungerlohn krumm machen und mir dann noch Vorhaltungen anhören, weil dir das, was ich und die anderen hier leisten, nie gut genug ist.«

Zwei weitere Serviererinnen waren herbeigeeilt, um die Unterredung, die recht lautstark geworden war, mitzubekommen.

»Du gibst also mir die Schuld, dass die Einnahmen geringer wurden, obwohl du selbst es in der Hand gehabt hättest?« Thereses Stimme überschlug sich. »Weil ja alle anderen schuld sind und nur du nicht, nicht wahr? Weißt du was, Judith, du kannst nachher zu mir kommen und dir deinen restlichen Lohn abholen.«

»Das werde ich. Und du kannst zusehen, wer die ganze Arbeit hier stemmt, wenn du in dein geliebtes Afrika zurückkehrst«, entgegnete Judith wütend.

»Das hatte ich gar nicht vor. Ganz im Gegenteil, ich werde das Kaffeehaus wieder zu dem machen, was es einmal war. Doch du, Judith, wirst keinen Anteil mehr daran haben und nicht davon profitieren.«

»Ach, fahr doch zur Hölle!« Judith machte die wenigen Schritte zur Garderobe, nahm ihren Mantel, warf ihn sich eilig über und schob sich an Florentinus, Robert und Georg vorbei, die noch immer im Eingangsbereich standen. Therese atmete einmal tief durch. Robert ging auf sie zu, doch sie signalisierte ihm, jetzt nicht umarmt werden zu wollen. Sie hob den Kopf, hängte ihren Mantel an die Personalgarderobe, nahm die Enden von Judiths Schürze und band sie sich um. »So, die Herren«, sagte sie dann und trat an ihnen vorbei in den Gästeraum. Sie machte eine ausholende Handbewegung. »Wo möchtet ihr denn sitzen, am Fenster vielleicht?«

Einige der anderen Gäste, die ausnahmslos alle die Auseinandersetzung verfolgt hatten, sahen Therese an. Dann stand Emil Loibelsberger, einer ihrer jahrelangen Stammgäste, auf und begann, in die Hände zu klatschen. »Bravo, Frau Hansen! Sie haben soeben einen Drachen erlegt.«

Allgemeines Gelächter war die Folge, und manche Gäste, die auch schon seit Jahren zu Therese ins Kaffeehaus kamen, stimmten sogar in den Applaus ein.

Therese, deren Herz nach dem Streit heftig geklopft hatte, beruhigte sich, und die Äußerung des alten Herrn Loibelsberger rang ihr sogar ein Lächeln ab. Sie ging zu ihm hinüber, legte ihm die Hand auf die Schulter, als er sich wieder setzte, und sagte dann leise: »Dann haben Sie ja jetzt eine neue Geschichte, die Sie meinem Franz erzählen können. Vom großen Sieg gegen den Drachen.« Sie zwinkerte ihm zu, und er berührte kurz ihre Hand.

»Ja, das wäre schon was. Der Franz sollte ruhig öfter mal wieder mitkommen und die kleine Helene auch. Sie können dann in Ruhe arbeiten. Ich kümmere mich schon um die beiden.«

»Ihr Gedeck geht heute aufs Haus, Herr Loibelsberger«, erklärte Therese lächelnd und ging dann wieder zu Georg, Robert und Florentinus hinüber.

»Dann wird es wohl nichts mit einem gemeinsamen Essen?«, stellte Robert fest.

»Nein, mein Herr. Sie müssen entschuldigen, doch die Pflicht ruft. Was kann ich Ihnen bringen?«

Robert berührte ihren Arm, sodass sie sich zu ihm herunterbeugte. »Ich verstehe jetzt, warum du auf keinen Fall von hier wegkannst«, sagte er dann, worauf sie ihm einen Kuss auf die Wange hauchte.

»Überlegt euch, was ihr möchtet, ihr drei. Ich gehe jetzt erst einmal in die Küche und spreche mit dem Personal. Ab heute weht hier wieder ein anderer Wind.« Damit machte sie sich auf den Weg und fing gleich zwei ihrer Serviererinnen ab, die soeben in den Gastraum wollten, um dort aufzutragen.

»Bringt das zu den Tischen, und dann kommt gleich wieder her. Ich möchte mit euch allen reden.« Die beiden nickten und beeilten sich, der Anweisung Folge zu leisten. Therese begrüßte derweil Hilda, die Köchin, die schon seit Jahren für sie arbeitete, und ebenso Max, den Bäcker, der von Beginn an dabei war. Adele und Ella, die Serviererinnen, kamen soeben zurück in die Küche.

»Hört mal bitte kurz zu. Ihr werdet ja die Auseinandersetzung mit Judith mitbekommen haben. Sie wird künftig nicht mehr hier tätig sein. Ich selbst werde wieder die Leitung übernehmen und genau wie früher jeden Tag hier sein.«

»Das wurde auch Zeit«, befand Max.

Therese sah ihn an. »Es ist mein Fehler«, fuhr sie nach dieser Bemerkung fort. »Ich dachte, wir hätten eine gute Vereinbarung getroffen, und ich wollte ihr die Aufgaben weiterhin lassen, auch wenn ich jetzt wieder in Wien bin. Doch ich habe die Situation wohl falsch eingeschätzt.« Sie sah Adele und Ella an. »Das Allerwichtigste hier im Kaffeehaus ist die Freundlichkeit. Ich möchte, dass jeder Gast, der hinausgeht, mit einem Lächeln auf den Lippen das Haus verlässt und das Gefühl hat, eine wunderbare, unbeschwerte kleine Abwechslung vom Alltag erlebt zu haben. Die Gäste liegen mir am Herzen, und das Gleiche sollte auch für euch gelten.«

Adele und Ella nickten, ohne etwas dazu zu sagen. »Und ich werde keinesfalls dulden, dass noch ein einziges Mal jemand unfreundlich behandelt wird«, machte Therese deutlich. »Wenn jemand, egal wer, hier meint, unfreundlich sein zu müssen, kann er jetzt sofort gehen. Ich habe am Anfang hier alles allein gestemmt und würde es auch jetzt wieder schaffen.« Sie sah von einem zum anderen, als erwarte sie Einwände. Als dies nicht der Fall war, fügte sie hinzu: »Ich habe dieses Kaffeehaus mit Enthusiasmus eröffnet und möchte dieses Gefühl auch in die Zukunft tragen. Wir alle können mit einem freundlichen Gesicht unsere Arbeit versehen – oder es uns und unseren Kollegen schwer machen. Letzteres ist nicht das, was ich will.« Wieder sah sie einen nach dem anderen an. »Also, wer jetzt gehen will, kann das tun. Und wer bleibt, von dem erwarte ich ein herzliches, gut gelauntes Miteinander.«

»Ich bleibe ganz bestimmt«, fand nun Max als Erster seine Sprache wieder. »Alles, was du soeben gesagt hast, Therese, ist ganz und gar in meinem Sinn. Ich war von Anfang an dabei und erinnere mich noch gut daran, als nur du und ich hier waren und alles allein gemacht haben. Wir waren oft vom vielen Lachen ganz erschöpft. Es ist gut, dass du wieder hier bist und die Fäden in die Hand nimmst. Das Kaffeehaus war nicht mehr dasselbe wie früher.«

»Danke, Max.« Therese sah zu ihrer Köchin. »Hilda, was ist mit dir?«

»Über mein Essen hat sich noch niemand beschwert, und ich möchte ebenfalls bleiben.«

Therese fand die Art der Köchin immer schon etwas spröde, doch im Grunde traf ihre Aussage den Kern. Sie kochte, und das sehr gut. Und sie sollte schließlich nicht servieren.

»Und du und Max, ihr versteht euch hier?«

Die beiden tauschten einen Blick. »Soweit es mich betrifft, gibt es zwischen uns keine Schwierigkeiten«, befand Hilda und warf Max einen fragenden Blick zu.

»Mal mögen wir uns, mal mögen wir uns nicht«, stellte Max lapidar fest. »Ist wie in einer guten Ehe.«

Die Bemerkung rang Therese ein Lächeln ab.

»Und ihr beide?«, wandte sie sich an die Serviererinnen.

»Ich möchte bleiben«, sagte Ella, und Adele nickte zustimmend.

»Gut. Dann gehen wir jetzt alle wieder an die Arbeit. Ich zähle auf euch.«

Die vier wandten sich ab, um sich wieder ihren Aufgaben zu widmen.

»Ella, was haben wir heute auf der Tageskarte?«, fragte Therese dann.

»Gar nichts«, gab die etwas überrascht zurück. »Wir bieten am Mittag immer nur noch das Gleiche an.«

Therese atmete geräuschvoll aus. Es musste sich dringend einiges wieder ändern. Sie ging zum Waschbecken, wusch sich die Hände. Dann strich sie die Schürze glatt, die sie von Judith übernommen hatte, und sah kurz an sich herab. Die Schürze wirkte schmuddelig und beileibe nicht so, als wäre sie heute Morgen frisch angelegt worden. Sofort zog Therese sie aus und warf sie in den Behälter für die Schmutzwäsche. Dann nahm sie eine neue Schürze aus dem Regal und band sie sich um.

»Schon viel besser«, sagte sie, mehr zu sich selbst. Sie trat vor den Spiegel, strich einige Haarsträhnen zurück und zog das Band in ihrem Haar etwas fester. Kurz betrachtete sie sich. Sie spürte, dass die Zeit für einen neuen Aufbruch gekommen war, und tatsächlich machte sich so etwas wie eine freudige Erwartung in ihr breit. Ja, sie würde die Dinge wieder selbst in die Hand nehmen. Und darauf freute sie sich aufrichtig.

Sie lächelte ihrem Spiegelbild zu, löste sich dann und verließ die Küche. Ella war gerade zu Florentinus, Georg und Robert an den Tisch getreten, um diese zu bedienen. Therese ging zu ihr. »Diesen Tisch hier werde ich selbst übernehmen«, kündigte Therese an, worauf Ella nur etwas schüchtern nickte und dann zwei Tische weiter abkassierte.

»Also, ihr drei. Was kann ich euch Gutes tun?«

»War alles in Ordnung da drin?«, fragte Robert so leise, dass nur die drei am Tisch, jedoch keine anderen Gäste ihn hören konnten.

Therese nickte. »Jetzt wieder, ja. Hier weht ab heute wieder ein anderer Wind.«

»Klingt sehr hanseatisch, wenn du mich fragst«, meinte Georg freundlich.

Die Männer bestellten, und Therese gab alle Wünsche an die Küche weiter. Danach ging sie bei den Gästen, die sie schon seit Jahren kannte, von Tisch zu Tisch und plauderte ein wenig. Ganz von selbst sprachen fast alle sie darauf an, dass die Stimmung im Kaffeehaus ohne Therese wirklich nicht mehr dieselbe gewesen war. Therese versicherte jedem Einzelnen, dass sich dies ab heute wieder ändern werde, und verbreitete mit ihrer freundlichen Art bei jedem das gute Gefühl, im Kaffeehaus wieder ein gern gesehener Gast zu sein, auf den man sich freute.

Robert, Georg und Florentinus blieben eine ganze Weile, dann verabschiedeten sie sich.

»Ich werde noch bis heute Abend hier sein«, erklärte Therese ihrem Mann. »Es tut mir leid. Ausgerechnet heute, wo du doch morgen schon abreist.«

»Ich verstehe das, Therese. Es ist an der Zeit, dass wir unsere Leben wieder dort führen, wo sie stattfinden. Wir sehen uns heute Abend.«

Therese verabschiedete sich noch von ihnen, dann musste sie auch schon weiterarbeiten. Florentinus, Georg und Robert verließen das Kaffeehaus und schlugen den Weg zum Haus von Therese und Robert ein.

»Es war wirklich schön, dich mal wieder zu sehen«, sagte Florentinus vor der Tür. »Ich hätte nichts dagegen, wenn du öfter mal nach Wien kommen müsstest.«

»Hamburg würde dir ebenso gefallen«, meinte Georg, dann umarmten die beiden sich zum Abschied.

»Ach, Robert, kann ich dich noch kurz sprechen?«, bat Florentinus, als dieser sich ebenfalls gerade verabschieden wollte.

»Natürlich.« Robert wandte sich an seinen Bruder. »Gehst du schon kurz rein zu den Kindern? Liesel kann dann auch gleich Feierabend machen, wenn wir beide ohnehin da sind.«

»Sicher. Ich sage es ihr.« Georg sah noch einmal zu Florentinus. »Mach's gut, und grüß Friedrich von mir.«

»Das werde ich.« Florentinus wartete noch, bis Georg die Stufen hinauf und ins Haus gegangen war. Dann sah er Robert an.

»Du kannst dir denken, worüber ich mit dir sprechen möchte.«

Robert, der eben noch freundlich mit Florentinus und Georg geplaudert hatte, wirkte nun vollkommen verändert.

»Vielleicht sollten wir das Gespräch ein andermal führen«, brachte Robert dann hervor. Ihm war deutlich anzusehen, dass er Mühe hatte, seine Wut im Zaum zu halten.

»Robert, bitte. Du kannst dir doch vorstellen, wie schwer es mir fällt, dich darauf anzusprechen.«

»Dann lass es.« Robert funkelte ihn wütend an. »Ich habe mir das Hirn zermartert, was der Grund für Karls Selbstmord gewesen sein könnte. Ja, ich wusste davon«, fügte er hinzu, als er Florentinus' überraschte Miene sah. »Er hat Therese und mir ebenfalls Abschiedsbriefe hinterlassen. Nur der Inhalt war ein anderer, wie du dir denken kannst.« Sein Gesicht lief rot an. Florentinus spürte, dass es ihn alle Kraft kostete, nicht die Beherrschung zu verlieren.

»Deine Schwester leidet seit Karls Tod wie ein Hund darunter, nicht zu wissen, weshalb er es getan hat. Und nun muss ich damit leben, sie immer dann, wenn sie mich danach fragt, zu belügen. Denn falls es das ist, was du mit mir klären willst, kann ich dich beruhigen. Ich werde deiner Schwester ganz bestimmt nichts von dem erzählen, was ihr getrieben habt.« Es klang verächtlich. »Denn das würde sie umbringen.«

»Wir wussten beide, dass es falsch war, doch ...«, versuchte Florentinus eine Erklärung, brach aber ab, als Robert ihn nun am Kragen packte.

»Halt deinen Mund! Halt gefälligst deinen Mund, ich will nichts davon hören.«

Kurz blieben sie so voreinander stehen, dann lockerte Robert den Griff und ließ Florentinus wieder los. Er brauchte einen Moment, um sich zu sammeln.

»Ich habe es gewusst«, sagte Robert dann schließlich. »Oder wohl besser, geahnt habe ich es.« Er ging zu den Stufen und setzte sich trotz der Eiseskälte darauf. Florentinus zögerte kurz, dann setzte er sich neben ihn.

»Du hast es gewusst?«

»Nicht das mit ihm und dir, doch dass Karl anders ist«, erklärte Robert dann. »Er war schon als Kind nicht so wie Georg und ich. Doch er war mein kleiner Bruder, und ich habe ihn geliebt. Wenn die anderen Jungs ihn angingen, weil sie merkten, dass er ...«, Robert suchte nach dem richtigen Begriff, »... anders, eben irgendwie weicher war und ihn deshalb ärgerten, haben sie meine Fäuste zu spüren bekommen.« Robert sah auf seine Hände, als könnte er noch immer die Wunden ausmachen, die ihm von den Prügeleien geblieben waren. »Meine Güte, was habe ich auf sie eingedroschen.« Er schüttelte den Kopf bei der Erinnerung. »Karl hat in seinem Abschiedsbrief an mich geschrieben, dass ich, wenn ich den Grund für seinen Freitod ahnen sollte, diesen in jedem Fall für mich behalten möge. Und das werde ich tun.« Robert sah Florentinus an. »Ich werde das Geheimnis mit ins Grab nehmen. Therese wird nie etwas davon erfahren.«

»Ich danke dir.«

»Das heißt nicht, dass ich billige, was ihr getan habt. Und verstehen kann ich es erst recht nicht.«

Florentinus wusste nicht, was er darauf erwidern sollte.

Eine Weile sagte keiner etwas, dann fragte Robert: »Aber für mich empfindest du nicht so, oder?« In seiner Stimme lag ein gewisser Abscheu.

Florentinus legte den Kopf schräg. Es waren genau solche Fragen und Vorurteile, die es Männern wie ihm unmöglich machten, sich jemals anders als krank zu fühlen. »Möchtest denn du jede Frau, die du siehst, in dein Bett zerren?«

Robert wollte harsch etwas entgegnen, besann sich dann aber. »Stimmt auch wieder«, gestand er dann ein.

»Ich kann dir nicht erklären, warum ich so bin«, sagte Florentinus mit erstickter Stimme. »Glaub mir, ich wünschte, es wäre nicht so.«

»Das glaube ich dir.«

»Hast du den ganzen Brief gelesen?«

»Ja. Als ich ihn dort liegen sah und Karls Schrift erkannte, habe ich ihn aus einem Impuls heraus an mich genommen. Ich habe ihn dann im Bad gelesen.«

»Dann weißt du also auch, was Karl vor seinem Tod getan hat.« Es war eine Feststellung.

»Ja. Und wenn ich diesen Kerl, der ihn erpresst hat, zwischen die Finger bekommen hätte, hätte ich das Gleiche getan.«

»Denkst du, dass wir künftig noch normal miteinander umgehen können?«, sprach Florentinus nun aus, was seit Sonntag seine größte Sorge war.

Robert sah den Schwager an. »Das können wir. Doch du musst mir versprechen, in keinem noch so schwachen Moment jemals dein Gewissen Therese gegenüber zu erleichtern. Dazu hast du nicht das Recht.«

»Nein«, versprach Florentinus. »Niemals.«

»Gut.«

Die Haustür ging auf, und Liesel trat heraus. Sofort standen Robert und Florentinus auf, um ihr Platz zu machen.

»Ihr Bruder sagte, dass ich gehen könnte«, erklärte Liesel.

»Ja, vielen Dank. Und morgen werden wir dich gar nicht brauchen, erst am Montag wieder.«

Das Kindermädchen kam die Stufen herunter. »Dann wünsche ich ein schönes Wochenende, die Herren.«

»Danke, dir auch, Liesel«, antwortete Robert, während Florentinus ihr nur zunickte.

»Ach, Liesel«, sagte Robert, als sie bereits auf die Straße getreten war.

Liesel hielt inne. »Ja?«

»Meine Frau wird dich in nächster Zeit wahrscheinlich noch mehr brauchen als sonst. Sie hat viel Arbeit im Kaffeehaus, und ich werde für eine Weile nicht da sein. Bitte hilf ihr nach Kräften.«

»Natürlich, Herr Hansen. Sie können sich auf mich verlassen.«

»Ja, das weiß ich. Danke, Liesel.«

»Auf Wiedersehen, Herr Hansen«, verabschiedete sie sich und eilte davon.

»Ich bin froh, dass wir miteinander sprechen konnten«, sagte Florentinus und reichte Robert die Hand zum Abschied, der sie ergriff und fest drückte. »Pass auf dich auf, Robert. Ich hoffe, dass du alles zu deiner Zufriedenheit klären kannst.«

»Meine größte Aufgabe wird darin bestehen, mich gegen den Dickkopf meiner Tochter durchzusetzen«, kündigte Robert an. »Mach's gut, Florentinus, und sei für deine Schwester da.«

»Sie kann auf mich zählen.«

Sie lösten ihre Hände, und Florentinus ging schließlich davon, während Robert froh war, als er das warme Haus betrat. Das kurze Sitzen auf den Stufen hatte seine Beine zu Eiszapfen gemacht. Was das anging, freute er sich schon jetzt darauf, wenn er endlich wieder afrikanischen Boden betrat. Da war es wenigstens schön warm.

# 12. Kapitel

## Hamburg, Montag, 25. Januar 1897

Während Georg gestern schon im Zug zurück nach Hamburg gesessen hatte, war sein jüngerer Bruder über die Calais-Route in Richtung Kamerun aufgebrochen. Georg hatte während der Fahrt genügend Zeit, in Ruhe über alles nachzudenken. Therese hatte ihn beeindruckt, wie entschlossen sie im Kaffeehaus durchgegriffen hatte. Er konnte verstehen, weshalb Robert und zuvor auch Karl sich in sie verliebt hatten. Und wenn er ehrlich war, hatte auch er selbst eine Weile für sie geschwärmt. Doch das hatte er weder ihr noch sonst jemandem jemals anvertraut. Genau genommen, hatte er es sich nicht einmal selbst so richtig eingestehen wollen.

Doch das gehörte ohnehin der Vergangenheit an. Inzwischen hatte er das Gefühl, endlich in seinem eigenen Leben angekommen zu sein, und als er gestern in die Villa heimgekehrt und von Vera begrüßt worden war, hatte er gespürt, dass er genau das und nichts anderes für sich wollte. Dafür, dass er eigentlich nie etwas anderes als der Hamburger Kaufmann mit harmonischer Familie hatte sein wollen, hatte es eine ganze Weile gedauert, sich wirklich bewusst zu machen, dass er alles besaß, was er sich immer gewünscht hatte.

Nun war er wieder im Kontor und hatte soeben nach Peter Friedrichs schicken lassen, wobei er gar nicht davon ausging, dass sich während seiner kurzen Abwesenheit im Kontor irgendetwas Besonderes ereignet hatte.

»Herein!«, rief Georg, als es nun klopfte und Peter Friedrichs eintrat.

Georg deutete auf den Besucherstuhl vor seinem Schreibtisch. »Guten Morgen, Herr Friedrichs. Bitte.«

»Guten Morgen, Herr Hansen.« Friedrichs nahm auf dem ihm angebotenen Stuhl Platz.

»Ich hoffe, es geht Ihnen gut? War etwas während meiner Abwesenheit?«

»Ja, allerdings.« Friedrichs verzog das Gesicht, worauf Georg sich aufrecht hinsetzte. Mit dieser Antwort hatte er nicht gerechnet.

»Ach ja? Was ist geschehen?«

»Hans Petersen. Er war hier und wollte Sie sprechen. Fräulein Schreiber sagte ihm, dass Sie nicht hier, sondern geschäftlich ein paar Tage unterwegs seien. Darauf forderte er Fräulein Schreiber auf, ihm das Büro Ihrer Nichte aufzuschließen, da er seine Frau während ihrer Abwesenheit hier im Kontor zu vertreten gedachte.«

»Bitte *was?*« Georg konnte kaum glauben, was er da hörte.

»Und? Sie hat ihm doch wohl nicht aufgeschlossen?« Er sah zur Tür. Fräulein Schreiber hatte wie stets am Montagmorgen die Besorgungen für das Kontor zu erledigen, sodass er sie heute noch gar nicht gesehen hatte.

Friedrichs schüttelte den Kopf. »Nein, sie hat mich gerufen, und ich habe Herrn Petersen hinausgeworfen.«

Georg atmete erleichtert aus. Genau diese pragmatische Art mochte er so sehr an Friedrichs, der für ihn ein Abbild des klassischen Hanseaten war. Ein bisschen rau in seiner Art, wortkarg, aber dafür verlässlich und zum Handeln bereit.

»Gut gemacht«, lobte Georg.

»Na ja.« Friedrichs wiegte den Kopf. »Er hat mir dann noch gesagt, dass ich entlassen bin. Immerhin würden ihm die Anteile am Kontor gehören, nicht seiner Frau.«

»Das hätte er gern. Doch wir werden es nicht so weit kommen lassen«, empörte sich Georg.

»Dachte ich mir. Deshalb bin ich auch heute ganz normal zur Arbeit gekommen.« Er zuckte die Schultern. »Hätte ja auch sein können, dass er das Recht hat, mich rauszuwerfen. Aber ich wollte es dann doch von Ihnen hören.«

»Natürlich sind Sie hier weiter in Anstellung, Herr Friedrichs. Sie haben sich genau richtig verhalten und hätten ihm meinetwegen auch gern noch einen Tritt in sein Hinterteil verpassen können.«

Friedrichs grinste schief. »Den Gedanken hatte ich auch, hab's dann aber doch lieber gelassen.«

Georg überlegte fieberhaft, was zu tun sei. Als Erstes würde er Dr. Kramer anrufen müssen. »Sie haben absolut korrekt gehandelt, Herr Friedrichs. Das ist jetzt nur noch eine Sache für die Anwälte. Ich kümmere mich sofort darum.«

Friedrichs stand auf. »Gut, Herr Hansen, dann gehe ich nun wieder an die Arbeit.« Er ging zur Tür, drehte sich dort aber noch einmal um. »Und wenn Sie doch möchten, dass ich Petersen einen Tritt verpasse, brauchen Sie's nur zu sagen. Das erledige ich gern.«

Georg schmunzelte. »Ich überlege es mir. Danke.«

Damit ging Friedrichs hinaus, hielt aber die Tür auf, weil im selben Moment Fräulein Schreiber das Büro betreten wollte.

»Guten Morgen«, begrüßte die Sekretärin, sichtlich nervös, sowohl Friedrichs als auch ihren Chef. Dann trat sie eilig an Georgs Schreibtisch.

»Sie haben also schon davon erfahren, was vorgestern hier los war?«

»Guten Morgen, Fräulein Schreiber. Ja, Herr Friedrichs hat mir alles erzählt. Sie beide haben sich vollkommen richtig verhalten.«

»Ich war so erschrocken, wissen Sie? Ich wusste gar nicht, was ich tun sollte.«

»Wie gesagt, Sie haben alles richtig gemacht. Hans ist längst nicht der Geschäftsmann, der sein Onkel ist, und wir werden dem jungen Mann wohl ein paar Manieren beibringen müssen.« Georg kam ein Gedanke. »Fräulein Schreiber, fertigen Sie doch bitte ein Schreiben an die Firma Petersen aus, zu Händen Herrn Wilhelm Petersen, in dem wir die Zusammenarbeit mit ihnen mit sofortiger Wirkung aufkündigen. Und wenn ich unterschrieben habe, lassen Sie das Schreiben sogleich per Boten an Wilhelm Petersen zustellen. Wollen wir doch mal sehen, wie weit Wilhelm über das Verhalten seines Neffen Bescheid weiß.«

»Jawohl, Herr Hansen. Sofort.« Sie schien noch kurz zu überlegen, dann machte sie kehrt und verließ ebenso eilig, wie sie hereingekommen war, Georgs Büro.

Er würde den Brief sorgfältig lesen müssen. So aufgeregt, wie Fräulein Schreiber schien, würden sich bestimmt einige Fehler darin finden.

Es dauerte nicht lange, bis seine Sekretärin mit einer Unterschriftenmappe zurückkam. Georg nahm das Schreiben heraus und las es sorgfältig, konnte jedoch nicht einen einzigen Fehler darin entdecken. Also unterzeichnete er und wies die Sekretärin an, dafür zu sorgen, dass der Bote sich beeilte. Dann nahm er sich die Tageszeitung, um die neuesten Nachrichten zu lesen. Die Korrespondenz, die sich auf seinem Schreibtisch stapelte, würde er später durchsehen. Trotz der Aufregung, die ihn gleich heute Morgen hier empfangen hatte, war er nicht bereit, seinen gewohnten Tagesablauf umzustellen. Ganz im Gegenteil: Hans Petersen würde nur eine minimale Aufmerksamkeit erfahren. Denn mehr hatte er keinesfalls verdient.

Es war kurz vor Mittag, als das Telefon klingelte und Georg die Lagerliste, die er soeben prüfte, sinken ließ.

»Ja?«

»Herr Wilhelm Petersen ist am Apparat und wünscht Sie zu sprechen, Herr Hansen. Darf ich durchstellen?«

»Bitte, Fräulein Schreiber, tun Sie das.« Ein Lächeln spielte um Georgs Lippen.

»Hansen?«, meldete er sich, als er das Klicken in der Leitung hörte.

»Georg, hier ist Wilhelm Petersen. Was fällt dir ein, mir dieses Schreiben zu schicken?«

Georg sah Wilhelm geradezu vor sich, wie der alte Herr rot anlief.

»Wie bitte? Nun, das liegt doch wohl auf der Hand nach all dem, was Hans sich erlaubt hat.«

»Das ist Monate her, und trotzdem haben wir immer noch gut zusammengearbeitet. Luise hatte auch nicht das geringste Problem damit, Privates und Geschäftliches zu trennen. Ganz im Gegenteil: Sie und ich haben uns trotzdem weiterhin gut verstanden. Deshalb begreife ich nicht, was dieses Schreiben von dir jetzt soll!«

»Nun, wie du wohl wissen dürftest, ist Luise nicht hier.«

»Ich habe davon gehört, ja. Doch was hat das mit unserer Geschäftsverbindung zu tun? Wenn jemand damit ein Problem gehabt haben könnte, dann doch wohl Luise. Wieso du dich jedoch so verhältst, ist mir ein absolutes Rätsel.«

Es war also so, wie Georg bereits vermutet hatte. Wilhelm hatte nicht die geringste Ahnung, was sein Neffe und Alleinerbe sich da gerade leistete. »Dann weißt du es etwa gar nicht?«

»Was weiß ich nicht?«

»Na, dass Hans am letzten Sonnabend hier vorstellig wurde und sich anmaßte, Luises Kontoranteile, die bekanntlich auf seinen Namen laufen, in Anspruch zu nehmen.«

»Wie bitte?«

»Du hast richtig gehört, Wilhelm. Hans will in der Geschäftsführung Luises Platz einnehmen, weil er meint, das Recht dazu zu haben. Dieser kleine Nichtsnutz hat gewartet, bis Luise weg war, weil er wohl zu viel Angst vor ihr hatte, und veranstaltet hier nun ein solches Theater.«

»Das wusste ich nicht, Georg.« Wilhelms Stimme tönte längst nicht mehr so selbstbewusst wie zu Beginn des Telefonats.

»Nun, ich hingegen musste annehmen, dass du eingeweiht bist. Schließlich arbeiten du und Hans ja Hand in Hand.«

Wilhelm Petersen blieb eine Antwort auf diese Bemerkung schuldig.

»Wilhelm, bist du noch dran?«

»Ja, ich bin hier.« Es klang fahrig. »Ich möchte mich im Namen der Familie Petersen bei dir entschuldigen, Georg. Ich regle das.«

»Gut, tu das. Und nichts für ungut, Wilhelm. Wenn du nichts davon wusstest, kannst du das Kündigungsschreiben natürlich zerreißen.«

»Ja, danke. Ich … ich muss jetzt Schluss machen. Auf Wiederhören, Georg.«

»Auf Wiederhören, Wilhelm.« Georg legte mit einem breiten Grinsen auf. Er würde jetzt nicht gern in der Haut von Hans Petersen stecken.


Georg ließ sich von Fräulein Schreiber lediglich etwas zu essen holen und blieb über Mittag im Kontor, um dem Arbeitsberg, der sich vor ihm auftürmte, Herr zu werden. Es war dann gegen fünfzehn Uhr, als es klopfte und Fräulein Schreiber erneut eintrat.

»Herr Hansen? Herr Hans Petersen wünscht Sie zu sprechen. Soll ich ihn abweisen?«

»Nein, Fräulein Schreiber. Er soll ruhig hereinkommen.«

»Sehr wohl.« Der Sekretärin stand die Unsicherheit ins Gesicht geschrieben. Sie machte kehrt, ließ die Tür aber einen Spalt geöffnet und trat schließlich zusammen mit Hans wieder ein. »Herr Petersen für Sie«, kündigte sie nochmals an und schloss dann, nachdem Hans eingetreten war, die Tür.

»Guten Tag, Georg.«

»Guten Tag, Hans.« Georg hatte sich von seinem Schreibtischstuhl erhoben. Normalerweise hätte er Hans den Platz in der Sitzecke angeboten. Doch unter den gegebenen Umständen fand er, dass Hans auf den nicht so bequemen Besucherstühlen vor dem Schreibtisch genau richtig platziert war. Sie reichten sich die Hände, und Georg deutete auf einen der Besucherstühle.

»Bitte, setz dich doch.«

»Danke.« Hans nahm Platz.

»Also, was kann ich für dich tun?«

»Mein Onkel schickt mich«, kündigte Hans widerwillig an.

»Das kann ich mir vorstellen«, gab Georg süffisant zurück.

»Ich möchte mich für mein Verhalten entschuldigen.«

»Aha. Und was sollte das bitte schön?«

Hans suchte nach Worten. »Ich weiß ja, dass es eine dumme Idee war. Doch ich bin verzweifelt, Georg.«

Mit einem solchen Ausbruch hatte Georg nicht gerechnet. »Und weil du verzweifelt bist, tauchst du hier auf und stellst unverschämte Forderungen und drohst auch noch meinem Personal?«

»Ich hatte getrunken und wusste nicht, was ich rede. Mein Rechtsanwalt hat mich darauf gebracht.«

»Dein Rechtsanwalt, soso. Und hat er auch die möglichen Folgen eines solchen Handelns bedacht?«

»Vermutlich nicht«, gab Hans kleinlaut zu.

»Nein, vermutlich nicht«, bekräftigte Georg und beugte sich dann vor. »Sag mal, Hans, bist du von allen guten Geistern verlassen? Was ist nur in dich gefahren? Wir haben uns bisher immer noch um ein gutes Auskommen mit dir bemüht. Aber du kannst dir doch vorstellen, wie das hier endet, wenn du dir solchen Unsinn einfallen lässt.«

»Ich weiß nicht mehr, was ich tun soll«, sagte Hans. »Ich will mein Leben zurück und dachte, wenn ich auf meinen Anwalt höre und Druck mache …«

»Dann was? Dass Luise aus Kamerun heimkehrt und dich in ihre Arme schließt? Im Ernst, Hans. Wenn Luise von diesem Vorfall hier erfahren sollte, dann ist das Donnerwetter, das du dir von Wilhelm anhören musstest, ein zartes Streicheln dagegen.«

Hans blickte Georg an. Ihm standen Tränen in den Augen. »Ich weiß einfach nicht mehr weiter, Georg. Mein ganzes Leben ist dahin. Viktoria ist tot, und Luise hat sich von mir abgewandt. Ich will einfach nur mein Leben zurück.« In seiner Stimme lag etwas Flehendes.

»Viktorias sinnloser Tod ist tragisch«, begann Georg. Hans tat ihm aufrichtig leid, wie er so dasaß, in sich zusammengesunken und offenbar vollkommen am Ende. »Niemand konnte etwas dafür.«

Hans sah auf. »Ich wollte anfangs glauben, dass Luise nicht genug auf sie achtgegeben hätte. Doch ich weiß, dass das nicht stimmt. Sie konnte nichts dafür, da bin ich sicher.«

»Es war ein einziger Tumult«, erinnerte sich Georg an die schlimmen Szenen vor der Kirche. »Luise wurde ebenso zu Boden getrampelt wie viele andere von uns. Sie hat massive Verletzungen erlitten und einen Monat lang im Krankenhaus gelegen.«

»Und ist dann direkt nach Kamerun gefahren?«

»Ganz genau.« Georg erinnerte sich an die Worte des Rechtsanwalts. Er wollte auf keinen Fall leichtfertig mit den Informationen gegenüber Hans umgehen, schließlich hatte dieser ein Interesse daran, Georg auszuhorchen, auch wenn er gerade einen jämmerlichen Eindruck machte. Doch Georg wollte nicht riskieren, womöglich getäuscht zu werden.

»Es gibt dort einiges hinsichtlich der Plantage zu klären, und Luise hätte ohnehin in Kürze dorthin reisen müssen. So hatte sie nun wohl das Gefühl, dass der richtige Zeitpunkt für den Aufbruch gekommen war.«

»Oh«, machte Hans, offenbar überrascht über das, was Georg ihm soeben berichtet hatte. »Ich dachte, sie wäre gefahren, um aus Hamburg zu fliehen.«

»Du kennst doch Luise«, erwiderte Georg. »Sie ist sich in jeder Lebenslage ihrer Verantwortung stets vollkommen bewusst.«

Hans schien kurz zu überlegen. »Wie kann ich sie zurückgewinnen, Georg?«

»Bestimmt nicht, indem du dem Kontor drohst«, gab dieser grimmig zurück.

»Ich sagte doch schon, dass das ein Fehler war und es mir leidtut. Es soll nicht wieder vorkommen.«

Georg sah Hans forschend an. War die Aufregung womöglich gar nicht nötig gewesen und Hans würde einfach klein beigeben? Noch konnte er es nicht recht glauben. Ganz abgesehen davon, war es ohnehin zu spät. Robert war bereits auf dem Weg nach Kamerun, um Luise nach Hamburg heimzuholen. Und die Scheidung musste ja auch vonstatten gehen. Selbst wenn Hans sich also friedlich verhielt, war ihr persönliches Erscheinen vor Gericht unabdingbar.

»Wenn du's sagst«, entgegnete Georg nur.

»Was kann ich tun, um sie wieder für mich zu gewinnen?«, wiederholte Hans eindringlich seine Frage.

Georg schüttelte den Kopf. »Gar nichts, Hans. Ich kenne meine Nichte, und du solltest deine Frau auch kennen. Du wirst Luise nicht umstimmen können, nicht nach dem, was du dir geleistet hast.«

»Wie wir beide wissen, hast du damals das Gleiche getan, und dir wurde verziehen.«

Georg versuchte sich den Stich, den ihm diese Bemerkung versetzte, nicht anmerken zu lassen. »Ja, das stimmt«, sagte er nur. »Doch ob die Menschen einem verzeihen oder nicht, liegt an ihnen selbst. Mir wollte man verzeihen, Hans. Aber ich denke nicht, dass Luise dir verzeihen will.«

»Aber sie muss. Sie ist schließlich meine Frau.«

»Und wenn du solche Reden ihr gegenüber schwingst, musst du dich nicht wundern, wenn du dafür eine schallende Ohrfeige erhältst.«

Wieder brach Hans förmlich in sich zusammen. »Ich weiß. Ich weiß ja, dass es so ist. Aber was soll ich denn bloß tun?«

»Mit den Folgen deines Handelns leben«, antwortete Georg. »Zwar kann ich nicht für Luise sprechen, doch ich glaube wirklich nicht, dass es für sie ein Zurück gibt.«

»Aber es hatte keinerlei Bedeutung. Ida ist … nun ja, sie hat es darauf angelegt.«

»Es gibt diese Sorte Frauen, ja. Die Kunst besteht darin, nicht auf sie hereinzufallen.«

»Ich würde diesen Fehler nie wieder begehen«, versicherte Hans. »Und mit Ida läuft nichts mehr. Ich habe ihr gesagt, dass ich sie nicht wiedersehen will.«

»Nun ja, wenn man den Gerüchten in Hamburg Glauben schenkt, ist diese Botschaft bei Fräulein Kleinschmidt aber nicht angekommen.«

»Was meinst du?«

»Soweit ich gehört habe, verbreitet sie überall, dass sie die nächste Frau Petersen wird, sobald du geschieden bist.«

»Unsinn!«, entfuhr es Hans. »Ich habe gewiss nicht vor, Ida zu heiraten.«

Georg zuckte die Schultern. »Das sagst du. Aber sie scheint es zu glauben. Wenn du also meinen Rat hören willst, kläre diese Angelegenheit.«

»Und du denkst, dass Luise dann zu mir zurückkommt?«

»Nein«, erwiderte Georg entschieden. »Das denke ich nicht.«

»Aber was soll ich denn sonst noch tun? Ich kann es nicht ungeschehen machen.«

»Und deshalb war auch vorhin mein Rat an dich, dass du versuchen musst, damit zu leben.« Georg spürte, dass sich das Gespräch im Kreis drehte. »Verhalte dich wie ein Ehrenmann, lass die Kontoranteile den Verträgen gemäß auf Robert zurückübertragen, und dann erscheine vor Gericht, sobald der Termin stattfindet, und willige in die Scheidung ein. Du wirst nicht ändern können, dass all das geschieht. Es ist nur die Frage, ob du dich danach noch im Spiegel anschauen magst oder nicht.«

Hans sah Georg einen Moment lang aus wässrigen Augen an, dann veränderte sich seine Miene. »In dieser Sache ist das letzte Wort noch nicht gesprochen. Wenn ihr Hansens Krieg haben wollt, könnt ihr ihn bekommen«, stieß er wütend hervor.

»Du scheinst nichts begriffen zu haben.«

»Du!« Hans sprang auf und warf dabei seinen Stuhl um, während er mit dem Zeigefinger auf Georg deutete. »Du bist derjenige, der nichts begreift. Ihr Hansens habt Feinde, mächtige Feinde. Und wenn ich schon alles verloren habe, dann kann ich das, was ich noch besitze, gleich auch noch hinterherwerfen. Denn noch laufen die Anteile auf meinen Namen.«

»Was willst du damit sagen?« Georg war ebenfalls aufgestanden und funkelte Hans wütend an.

»Mein Rechtsanwalt hat mich darauf aufmerksam gemacht. Es gibt ein Schlupfloch in dem feinen Vertrag, den ihr mir damals untergeschoben habt.«

»Wir haben dir gar nichts untergeschoben. Und ich weiß außerdem nicht, worauf du hinauswillst.«

»Ich werde nicht allein untergehen, Georg, das verspreche ich dir.«

Ohne ein weiteres Wort stürmte er zur Tür hinaus und schlug diese laut krachend ins Schloss. Nur einen Wimpernschlag später eilte Fräulein Schreiber herein.

»Alles in Ordnung, Herr Hansen?«

»Ja, alles in Ordnung«, bestätigte Georg geistesabwesend. Die Art, wie Hans soeben reagiert hatte, beunruhigte ihn. Dieser Kerl hatte irgendetwas in der Hand, doch Georg konnte sich beim besten Willen nicht vorstellen, was das sein könnte.

»Verbinden Sie mich mit Dr. Kramer, Fräulein Schreiber. Es eilt.«

»Ja, Herr Hansen.«

Georg ging um den Schreibtisch herum und hob den Stuhl auf. Das Telefon klingelte, und Fräulein Schreiber meldete, dass Rechtsanwalt Kramer jetzt in der Leitung sei.

»Herr Dr. Kramer, ja, Georg Hansen hier. Ich hatte eben ein Gespräch, das mich beunruhigt hat.« Er erzählte dem Anwalt, was sich soeben in seinem Büro zugetragen hatte.

»Ein Schlupfloch«, wiederholte der Rechtsanwalt nachdenklich. »Was genau hat er Ihnen in Bezug auf die Anteile gesagt? Ich meine den Wortlaut?«

»Er sagte, dass die Anteile ja bis zur Scheidung auf jeden Fall ihm gehörten und dass wir Hansens mächtige Feinde hätten …« Georg glaubte, dass sein Herz einen Moment lang aussetzte, denn nun, da er es ausgesprochen hatte, ahnte er, worauf Hans hinausgewollt hatte.

»Verdammt!«, sagte nun Dr. Kramer. »Er will die Geschäftsanteile an Ihre Konkurrenz verkaufen.«

Genau dieser Gedanke war Georg auch soeben gekommen.

»Was können wir dagegen tun?« Georgs Stimme klang rau. Er wusste, an wen Hans sich wegen eines möglichen Verkaufs wenden könnte, schließlich hatte er den Kleinkrieg, den die Familie seinerzeit gegen Elisabeth und Richard geführt hatte, hautnah mitbekommen.

»Ich muss noch mal die Unterlagen sichten«, erklärte Dr. Kramer. »Ich melde mich später wieder, Herr Hansen.«

Georg verabschiedete sich nicht mehr, sondern hängte einfach ein. Ihm war ganz schlecht bei dem Gedanken, dass Elisabeth und Richard am Ende doch noch bekommen könnten, was sie wollten.

# 13. Kapitel

## *Kamerun, Montag, 25. Januar 1897*

Am Mittag würde ein Schiff mit einer Ladung nach Deutschland ablegen, und neben den Kakaobohnen, die von hier aus ans Kontor geliefert werden sollten, wollte sie ihrem Onkel auch einen Brief als kleines Lebenszeichen senden.

Sie wusste nicht, ob Georg ihr zürnte, weil sie, ohne sich zu verabschieden, nach Kamerun gegangen war und ihn mit der ganzen Arbeit im Kontor alleingelassen hatte. Sie hätte es verstanden. Doch insgeheim hoffte sie, dass er nicht allzu böse auf sie war. Während ihrer gemeinsamen Tätigkeit im Kontor hatten sie sich auch immer wieder Zeit für Gespräche und einen Gedankenaustausch genommen, und nun fehlte ihr Georg.

So setzte sie sich hin, nahm Füller und Briefbogen zur Hand und begann zu schreiben.

> *Liebe Vera, lieber Georg!*
> *Zunächst hoffe ich inständig, dass es Euch allen*
> *gut geht und Ihr mir meine überstürzte Abreise*
> *nach Kamerun nicht übel nehmt. Ich wollte Euch*

*nicht im Stich lassen, habe es aber aufgrund der schrecklichen Ereignisse, deren Bilder mich immer wieder regelrecht überfallen und erdrückt haben, einfach nicht mehr ausgehalten und musste fort. Von Hamburg, vom Kontor, von der Villa und vor allem von den furchtbaren Erinnerungen an den grausamen Tod meiner geliebten kleinen Viktoria, die mich überall ereilten.*

*Doch selbst auf der Schiffspassage hierher wurde es nicht besser. Im Gegenteil: Ich habe immer weiter abgebaut und kam hier in einem äußerst bedenklichen körperlichen und geistigen Zustand an, sodass sich Oberleutnant Heemsen, Malambuku und Hamza größte Sorgen um mich machten. Und sogar hier in Kamerun auf unserer mir so vertrauten und geliebten Farm wollte es mir zunächst nicht gelingen, wieder Kraft und neuen Lebensmut zu schöpfen. Aber Malambuku und insbesondere Hamza haben mich immer wieder aufgerichtet und mir Zuspruch geschenkt. Daher befinde ich mich dank ihrer rührenden Bemühungen langsam auf dem Weg der – zumindest körperlichen – Besserung und nehme seit ein paar Tagen wieder etwas zu. Denn ich war, wie beide mehrfach bemerkten, nur noch Haut und Knochen, spüre aber jetzt, dass ich wieder zu Kräften komme. Doch so dankbar ich auch wahrnehme, dass die körperliche Genesung einsetzt, sosehr habe ich noch damit zu kämpfen, auch meine Seele wieder gesunden zu lassen. Denn ich gebe es zu: Am liebsten hätte ich einfach aufgegeben. Doch ich weiß, dass es meine Pflicht ist, das Andenken an meine geliebte Viktoria und*

*ihr viel zu kurzes Leben zu ehren! Das bin ich
ihr einfach schuldig – und mir selbst ebenfalls.*

*In diesem Sinne werde ich mich hier erholen,
doch fürchte ich, Euch die Mitteilung machen zu
müssen, dass ich nicht wieder nach Hamburg
zurückkehren werde. Ich werde mich hier um die
Farm und die Plantage kümmern, die Hamza
ganz hervorragend geführt hat, und auch durch
die harte Arbeit immer mehr gesunden.*

*Macht Euch also keine Gedanken!*

*Hier in Kamerun schwelt leider gerade wieder
einmal ein Konflikt mit den Einheimischen.
Wie mir berichtet wurde, ist Gouverneur von
Puttkamer schon am 26. Dezember 1896 zu
einer mehrmonatigen Expedition über Viktoria
nach Kribi aufgebrochen. Am Tage meiner
Ankunft ist er in Jaunde angekommen und hat
von dem dortigen Militärstationsleiter Leutnant
Hans Dominik erfahren, dass Ngilla, der
Herrscher des Volkes der Wute, sein Wort und den
mit ihm vereinbarten Frieden gebrochen hat. So
haben die Wute mehrere schöne und friedliche,
am Fluss Sanaga gelegene Dörfer überfallen,
in Schutt und Asche gelegt und viele Bewohner
als Sklaven genommen. Außerdem hat Ngilla
gedroht, den Sanaga überschreiten und sich
weitere Flächen und Dörfer aneignen zu wollen.
Und dies, obwohl Leutnant Dominik ihm erst
wenige Wochen zuvor persönlich erklärt hat,
dass der Sanaga die Grenze sei, bis zu der Ngilla
vorrücken dürfe. Deshalb hat der Gouverneur
Dominik befohlen, mit einer etwa siebzig Mann
starken Truppe Ngilla und die Wute anzugreifen,*

*um ihnen eine Lektion zu erteilen, welche Folgen es hat, wortbrüchig und gewalttätig zu werden. All dies hat sich gerade erst in den letzten Tagen zugetragen, sodass wir noch keine weiteren Nachrichten über die Strafexpedition haben. Ich hoffe nur, dass die Lage nicht eskaliert und wir nicht irgendwann darunter zu leiden haben. Ich werde dann in meinem nächsten Brief an Euch wieder berichten.*

*Nun grüße ich Euch alle von ganzem Herzen und wünsche Euch alles Gute! Ich hoffe, dass wir uns eines Tages wiedersehen, denn wenn ein paar Jahre vergangen sind, werde ich Euch gewiss einmal besuchen kommen.*

*In Liebe*
*Eure Luise*

Sie ließ den Füller sinken und las den Brief noch einmal durch. Kurz überlegte sie, ob er gar zu mutlos klang, denn das wollte sie auf jeden Fall vermeiden. Doch andererseits wollte sie auch nicht, dass die Tante und der Onkel sich Hoffnungen machten, sie werde wieder zurückkehren, um in Hamburg zu leben. Denn das schloss Luise aus. Alles das, was sie jahrelang aufgebaut hatte, war für sie jetzt ohne Bedeutung. Und sie glaubte auch nicht daran, dass es mit der Zeit besser würde. Diese Wunde konnte die Zeit nicht heilen, ganz gleich, wie viele Jahre auch vergingen.

Sie klebte den Brief zu und ging damit aus ihrer Schlafkammer. Als sie nach unten kam, lief ihr Malambuku über den Weg.

»Malambuku?«

»Ja, Nyango?«

»Würdest du dafür sorgen, dass dieser Brief mit nach Deutschland reist?«

»Malambuku gleich schicken.«

»Danke, Malambuku.« Sie reichte ihm den Brief.

»Nyango essen, Malambuku gekocht.«

»Ja, danke.«

»Malambuku holen, dann bringen Brief.« Damit verschwand er in der Küche, und Luise ging weiter in Richtung Veranda. Dort stand bereits ein Gedeck für sie bereit. Luise atmete tief durch. Ihre Haut hatte in der kurzen Zeit, die sie nun hier war, schon eine leichte Bräune bekommen und auch wenn sie gar nicht wirklich danach strebte, so fühlte sie sich doch von Tag zu Tag besser und auch kräftiger. Zwar war sie noch weit davon entfernt von sich zu behaupten, neuen Lebensmut gefasst zu haben. Doch tatsächlich hatte sich in den letzten Tagen eines verändert: Sie wollte nicht mehr sterben. Während ihrer Zeit im Krankenhaus hatte sie überlegt, einfach nicht mehr zu essen und so der Natur ihren Lauf zu lassen. Nachdem ihr jedoch die Krankenschwester gesagt hatte, dass sie es dem Doktor melden müsse, wenn Luise auch weiterhin nichts zu sich nahm, und sie dann vermutlich zwangsernährt wurde, hatte sie es sich anders überlegt. Einer solchen Tortur wollte sie sich keinesfalls aussetzen.

Auf der Überfahrt dann hatte sie einige Male an der Reling gestanden und sich gefragt, ob sie wohl gleich tot wäre, wenn sie jetzt hinüberklettern und sich fallen lassen würde. Einzig die Befürchtung, nicht gleich tot zu sein und womöglich von irgendwelchen großen Fischen attackiert zu werden, hatte sie davor zurückschrecken lassen. Denn sosehr sie den Blick über das Meer auch mochte, hatte sie schon immer ein Problem damit gehabt, was sich darin befand. Selbst in dem kleinen Teich hinter der Villa war sie nur widerwillig mit ihrer Schwester oder auch Frederike und Richard schwimmen gegangen, als sie noch Kinder waren. Während die anderen die Erfrischung genossen hatten und sich stundenlang im kühlen Nass zu vergnügen wussten, war Luise stets nur kurz hineingegangen und hatte den anderen lieber vom Ufer aus zugesehen. Allein die Vorstellung, dass um sie herum Fische waren und diese sie womöglich anknabbern wollten, hatte ihr eine solche Gänsehaut beschert, dass es ihr Abkühlung genug war. Im Nachhinein musste sie wohl feststellen, dass ihr die Abneigung vor dem, was sich im Wasser tummelte, auf der Überfahrt hierher das Leben gerettet hatte.

Sie nahm auf dem Rattanstuhl Platz, und nur einen Moment später kam Malambuku mit einem Tablett heraus. Während er Essen und Getränk auf dem Tisch abstellte, lächelte er sie an.

»Nyango sehen viel besser aus. Malambuku froh.«

»Danke, Malambuku. Ja, ich fühle mich auch besser.«

Pferdehufe waren zu hören, und Luise erhob sich beunruhigt. Kurz darauf betrat Sigmund Leffers die Veranda. Luise hob den Kopf und bemühte sich um ein Lächeln. Sie konnte diesen Kerl nicht ausstehen, doch er war eben einer der Deutschen hier in Kamerun, und so musste Luise wohl oder übel mit ihm auskommen.

»Da ist ja unsere Luise wieder.« Er kam mit ausgestreckter Hand auf sie zu. »Eine richtige Frau ist sie geworden.«

Luise lächelte. »Sigmund, das ist wirklich eine Überraschung. Bitte setz dich doch. Kann ich dir einen Kaffee, eine Limonade oder etwas anderes anbieten?«

»Ich nehme einen Kaffee und was Kurzes dazu.« Er sah Malambuku an. »Kaffee!«, wiederholte er dann lauter und mit der Hand zeigte er ein kleines Glas an. »Und etwas, das da reingehört. Und nun lauf.«

Luise straffte ihren Rücken. Wie sehr sie es hasste, wie manche ihrer Landsleute mit den Einheimischen umgingen.

»Malambuku, wärst du bitte so gut, eine Tasse Kaffee für unseren Gast und einen Obstbrand zu holen?«

Leffers lachte kehlig auf. »Dass die Hansens aber auch immer so nett zu den Negern sind. Das hast du von deinem Vater, Kind.«

Malambuku lächelte Luise freundlich an, als hätte er gar nicht bemerkt, wie geringschätzig er soeben behandelt worden war. Doch Luise wusste, dass er jedes einzelne Wort verstanden hatte und auch auf welche Art Leffers mit ihm gesprochen hatte. Doch das ließ er sich nicht anmerken. Entweder es machte ihm nichts aus, oder er stand tatsächlich darüber. Luise hätte gern ein wenig von Malambukus Gleichmut gehabt. Dann würde vieles in ihrem Leben leichter.

»Bitte.« Luise deutete auf den Stuhl ihr gegenüber. »Setz dich doch.«

»Ich wollte mal nach dir sehen, Kindchen. Wir alle haben dich gestern beim Gottesdienst vermisst. Wo ist eigentlich dein Mann? Ist er nicht mitgekommen?«

»Da du mich auf den Gottesdienst ansprichst, vermute ich, dass du diese Information längst von Vater Jan erhalten hast, oder täusche ich mich da?«, fragte Luise und bemühte sich um das gleiche Lächeln, das sie soeben bei Malambuku gesehen hatte. Wie hatte ihre Großmutter immer gesagt: *Ein Lächeln ist die beste Art, dem Gegner die Zähne zu zeigen.* Sie musste schmunzeln bei der Erinnerung daran.

»Nun gut, du hast mich erwischt«, gab Leffers zu. »Aber ich wollte nicht gleich mit der Tür ins Haus fallen.«

»Eigenartig. Genau das hast du doch getan, oder nicht?«

Malambuku kam mit dem Kaffee und einem gefüllten Schnapsglas und stellte beides vor Sigmund Leffers ab.

»Bitte, Sango«, sagte er höflich.

»Nur einen Schnaps? Bring lieber gleich die ganze Flasche raus.«

»Danke, Malambuku. Wir haben alles. Die Flasche wird nicht notwendig sein.«

»Na, das nenne ich aber eine unfreundliche Abfuhr«, polterte Leffers und trank sogleich den Schnaps aus. »Wo waren wir stehen geblieben?«

»Du hast mich gefragt, ob mein Mann nicht hier ist, und wir stellten fest, dass du diese Information bereits hast«, fasste Luise zusammen.

Leffers war anzusehen, dass er sich nicht ganz wohl in seiner Haut fühlte. Luises Art, dem Thema nicht auszuweichen, sondern sich offenbar einer Konfrontation stellen zu wollen, passte ihm gar nicht. Er hatte sie schon immer als aufsässig empfunden, schon damals, wenn sie in ihren langen Hosen hier herumgerannt war. Wäre sie seine Tochter, würde er ihr schon Benehmen beibringen, aber ihm hatte der Herrgott ja nur einen Sohn geschenkt, den er vor Jahren das letzte Mal gesehen hatte. Zunächst hatte er gedacht, Raimund wäre womöglich von den Einheimischen entführt worden oder etwas in der Art. Oder aber er hätte einen Unfall gehabt und sein toter Körper läge nun irgendwo im Urwald, wo niemand ihn je finden konnte. Doch dann hatte er eines Tages erfahren, dass sein Sohn angeblich in den englischen Kolonien gesehen wurde, wo er mit einer Einheimischen lebte. Allein die Vorstellung fand Sigmund Leffers so abstoßend, dass er sich seinen Sohn lieber tot vorstellte.

»Wir wollen doch alle hier gut befreundet sein«, sagte er nun in versöhnlichem Tonfall zu Luise. »Du musst doch verstehen, dass es eigenartig anmutet, wenn du ohne deinen Ehemann hierher nach Kamerun kommst und nicht einmal den Gottesdienst besuchst. Es ist schrecklich, was mit eurem Kind geschehen ist. Wir alle hier kennen die Geschichte. Aber das ist doch noch lange kein Grund, nichts mit uns anderen zu tun haben zu wollen.«

»Wenn das euer Eindruck ist, tut es mir leid«, erwiderte Luise. »Es ist nicht so, dass ich nichts mit den anderen

Deutschen zu tun haben will. Doch so oder so kann ich euch keinen Ehemann präsentieren, der nicht dabei ist.«

»Aber du kannst auch nicht allein hier als Frau auf der Farm leben«, klärte Leffers sie auf.

»Ich habe schon einmal für eine Weile hier gelebt, wie du weißt, und damals war ich noch um einiges jünger.«

»Das war, weil dein Vater fortmusste. Doch damals war klar, dass er wiederkommt. Jetzt jedoch ist Robert schon seit Monaten weg und überlässt den Negern hier einfach so die Farm. So geht das nicht.«

»Nun bin ja ich hier. Und ich bin doch wohl weiß genug, oder nicht?«

»Du bist eine Frau.«

»Und du hast nichts von deiner Scharfsinnigkeit eingebüßt, Sigmund. Ich gratuliere.« Ihre Bemerkung troff vor Spott.

»Luise, ich habe es freundlich versucht, doch dein aufsässiges Verhalten werden wir hier nicht dulden. Dein Vater hätte dir längst mal gehörig Bescheid geben müssen.«

»Und da er das in deinen Augen versäumt hat, nimmst du dich jetzt der Aufgabe an, oder wie soll ich das verstehen?«

»Was bist du nur für ein zynischer Mensch geworden?«

»Ja, nicht wahr? Geradezu peinlich. Eine Frau, die die Scheidung eingereicht hat, ganz allein hier lebt und auch noch Respekt vor den Einheimischen hat.« Sie schüttelte den Kopf. »Da könnt ihr doch wirklich froh sein, dass ich nicht vorhabe, euren Gottesdienst mit meiner Anwesenheit zu beschmutzen.« Sie stand auf. »Ich wünsche dir noch einen guten Tag, Sigmund.«

Leffers zögerte, dann stand er ebenfalls auf und griff ihre Rechte, die sie ihm entgegenstreckte. »Du tätest gut daran, es dir nicht mit jedem hier zu verscherzen.«

»Vielen Dank für den Ratschlag. Ich kann dich beruhigen, das habe ich nicht vor. Ich werde mich weiterhin mit den Menschen gut stellen, die mich hier umgeben.«

Leffers schäumte vor Wut. Offenbar fehlten ihm die Worte, denn er schüttelte nur den Kopf und stapfte dann mit harten Schritten von der Veranda. Luise folgte ihm noch, als er auf sein Pferd zuging, um sicher sein zu können, dass er auch wirklich verschwand. In diesem Augenblick kam Hamza um die Ecke, sodass er und Leffers zusammenstießen.

»Pass doch auf, du dummer Neger!«, schnauzte Leffers und tat, als müsste er sich den Schmutz von der Kleidung wischen.

»Verzeihung«, sagte Hamza. »Ich habe Sie nicht gesehen.«

»Dann solltest du mal lieber deine blöden Glubschaugen aufmachen.«

»Das reicht!« Luise war hinzugeeilt. »Verschwinde, Sigmund. Du bist hier nicht mehr erwünscht.«

Leffers drehte sich zu ihr. »Ach, ich bin hier nicht erwünscht, weil du deinen dreckigen Neger schützen willst?« Er machte einen Schritt auf Luise zu. »Dir wird es noch leidtun, dich auf die falsche Seite gestellt zu haben. Zu schade um so ein hübsches Ding.« Er packte Luises Kinn und hielt sie grob fest. Augenblicklich stieß Hamza ihn beiseite. »Fassen Sie sie nicht an!«

Leffers stolperte ein paar Schritte rückwärts. »Was bildest du dreckiger Neger dir ein, die Hand gegen einen weißen Herrn zu erheben?«, brüllte Leffers, griff die Peitsche, die er am Sattel seines Pferdes mit sich führte, holte damit aus und schlug in Hamzas Richtung. Dieser wich aus, fasste blitzschnell zu und hielt das Ende der Peitsche fest.

»Lass los, du verdammter Dreckskerl!«, schnauzte Leffers.

»Aufhören!«, brüllte Luise, packte nun selbst die Peitsche und riss sie beiden aus der Hand. »Verschwinde jetzt, Sigmund. Sonst wird der nächste Schlag mit dieser Peitsche dich treffen, und *ich* werde ihn ausgeführt haben.«

»Ich werde dich aufhängen lassen, Neger«, sagte er und bleckte die Zähne. »Und du kannst ihm dabei zusehen, wie er am Galgen baumelt und sich in die Hosen pisst.«

Luise hob die Peitsche. »Verschwinde sofort! Ich warne dich kein zweites Mal.«

Leffers spuckte auf den Boden, stieg dann auf sein Pferd und ließ es kurz tänzeln. »Meine Peitsche«, forderte er von Luise.

»Ich lasse sie dir auf deine Farm bringen. Und nun mach, dass du wegkommst.«

Leffers war anzusehen, dass er die beiden am liebsten umgeritten hätte. Kurz zögerte er noch, dann genügte eine kurze Handbewegung von Luise mit der Peitsche, um das Pferd zum Laufen zu bringen. So preschte Leffers endlich davon.

»Geht es dir gut?«, fragte Hamza.

»Ja, doch das hättest du nicht tun dürfen.«

»Er hat dir wehgetan«, verteidigte Hamza sein Einschreiten.

»Doch er ist ein Weißer, und wir beide wissen, dass er die Sache nicht auf sich beruhen lassen wird.«

Hamza wollte sich die Sorge um das, was ihm nun bevorstehen mochte, nicht anmerken lassen.

»Ich werde meinem Vater nach Wien telegrafieren«, sagte Luise. »Und wo sind überhaupt die Männer von Heemsen? Sie sollten eigentlich dafür sorgen, dass so etwas wie eben nicht geschehen kann.«

»Sie sind auf der Plantage und überwachen, dass das Verladen der Bohnen reibungslos verläuft«, sagte Hamza.

Luise nickte. Die Worte von Leffers, er wollte dafür sorgen, dass Hamza am Galgen landete, schwangen in ihren Gedanken nach. Auf keinen Fall würde sie dies zulassen. Sie hoffte nur, dass ihre Kraft ausreiche, um es zu verhindern. Vielleicht wäre es doch klüger, einige andere Deutsche auf ihre Seite zu ziehen. »Komm mit«, sagte sie deshalb nur und eilte zum Haus.

»Malambuku!«, rief sie.

»Ja, Nyango?« Hamzas Vater kam mit einem Geschirrtuch in der Hand heraus.

»Wir werden ein Fest geben. Ein Fest für die Deutschen hier in Kamerun. Wir brauchen einen Ochsen, der über dem Feuer gebraten wird, und so viel Alkohol, wie du besorgen kannst.«

Malambuku war kurz überrascht, lächelte dann aber wieder, wie er es immer tat. »Malambuku kümmern darum«, versprach er.

»Es muss schon dieses Wochenende sein«, erklärte sie weiter. »Sobald die Kakaobohnen verladen sind, brauchen wir alle Stammesmitglieder, um das Fest vorzubereiten.« Sie überlegte kurz. »Es wird am Freitag stattfinden. Lass überallhin Boten aussenden, die die Deutschen hierherbitten. Auch Sigmund Leffers. Doch ihm lässt du die Nachricht erst am Freitagmittag zukommen.« Luise wollte verhindern, dass Leffers die Möglichkeit hatte, die anderen Deutschen aufzuwiegeln und so das Fest zu sabotieren. Bestimmt wollte er gegen Hamza vorgehen. Doch gewiss würde er sich nicht die Mühe machen, vor dem Gottesdienst am Sonntag die anderen Deutschen zu informieren. So hatte Luise die Möglichkeit, ihm schon vorher den Wind aus den Segeln zu nehmen. »Ja«, sagte sie mehr zu sich selbst. »So machen wir es. Und ich muss ein Telegramm an meinen Vater senden. Kümmere dich darum, dass ich euren schnellsten Reiter bekomme.«

»Ja, Nyango«, bestätigte Malambuku nur und wartete ab, ob Luise noch weitere Anweisungen für ihn hatte.

»Danke, Malambuku«, sagte sie schließlich, worauf er lächelte, sich umdrehte und wieder ins Haus ging.

»Du glaubst nicht, dass Leffers die Sache von soeben einfach auf sich beruhen lassen wird, nicht wahr?«, fragte Hamza.

»Nein. Und darum brauchen wir so viele Verbündete, wie wir nur kriegen können«, erwiderte Luise entschlossen.

# 14. Kapitel

*Hamburg, Mittwoch, 27. Januar 1897*

»Aber irgendwo *müssen* sie doch sein«, meinte Elisabeth mit Verwunderung in der Stimme.

»Ich habe selbst alles versucht, und auch die Nachforschungen von deinem Herrn Heimbach haben nichts zutage gefördert. Die beiden sind wie vom Erdboden verschluckt.« Richard schüttelte den Kopf.

»Zumindest macht deine Ehefrau keine halben Sachen«, stellte Elisabeth fest.

»Das hilft mir leider überhaupt nicht weiter.«

»Nein, das wohl nicht. Doch vielleicht gibt es eine andere Möglichkeit, unsere liebe ehemalige Familie dazu zu bringen, dir Auskunft zu erteilen, vorausgesetzt natürlich, sie wissen, wo Elsa und Marie sich befinden.«

»Meine Mutter weiß es wohl wirklich nicht. Ich hätte ihr angemerkt, wenn sie mich belogen hätte. Doch dass sich Elsa tatsächlich niemandem anvertraut hat, glaube ich nicht.«

»Ich auch nicht. Wenn ich raten müsste, würde ich sagen, dass sie und Luise unter einer Decke stecken«, konstatierte Elisabeth.

»Genau das denke ich auch. Wenn ich Luise nur in die Finger bekäme. Doch die ist in Kamerun, und egal, was wir tun, an sie kommen wir nicht ran.«

»Nun, das würde ich nicht sagen. Denn wie ich erfahren habe, wird sie wohl oder übel schon bald wieder hier auftauchen müssen.«

»Und weshalb?«

»Wegen ihrer Scheidung. Bei einem solchen Verfahren muss man persönlich anwesend sein und kann sich nicht einfach durch einen Rechtsanwalt vertreten lassen. Vor allem dann nicht, wenn sich die Parteien über das Scheitern der Ehe uneinig sind.«

»Und woher weißt du so genau, dass sie sich scheiden lassen will?«

»Aus erster Hand, sozusagen.«

»Wie meinst du das?«

»Hans Petersen war gestern bei mir im Büro. Er wollte mir ein Geschäft vorschlagen, und ich gebe zu, ich denke darüber nach.«

»Was für ein Geschäft?«

»Nun, bis zur Scheidung gehören ihm offiziell Luises Anteile am Kontor. Sobald die Scheidung rechtsgültig ist, müssen diese an Robert zurückübertragen werden. Doch bis dahin kann Hans mit seinen Anteilen tun und lassen, was er will.«

»Elisabeth!« Richard glaubte, sich verhört zu haben. »Das ist ja fantastisch! Und Hans will dir die Anteile verkaufen?«

»Zumindest scheint er es in Erwägung zu ziehen. Ich weiß jedoch noch nicht, ob ich mich auf das Geschäft einlasse.«

»Aber damit hättest du sie in der Hand.« Richard war überrascht. »Offen gesagt, verstehe ich deine Zurückhaltung nicht. Du müsstest doch vollkommen begeistert sein. Schließlich hättest du sie damit endlich dort, wo du sie immer haben wolltest.«

»Nenn mich sentimental oder weniger charmant formuliert: einfach müde, doch ich sehe keinen Grund mehr, unsere frühere Familie zu bekämpfen.«

»Weil sie etwas gegen dich in der Hand haben.«

»Wie kommst du darauf?«

»Ich war dabei und habe dein Gesicht gesehen, als Robert den Namen nannte, diesen …«

Elisabeth hob die Hand und brachte ihn so zum Schweigen. »Schon gut. Ich weiß, was du meinst. Doch du irrst, das ist nicht der Grund. Es wäre ein Leichtes, sie mit den Firmenanteilen dazu zu bringen, diesen Namen ein für alle Mal zu vergessen.«

»Und warum tust du es dann nicht?«

Elisabeth drehte das Champagnerglas in ihren Händen. »Wozu? Was hätte ich davon? Reichtum, Macht?« Sie machte eine ausladende Handbewegung. »Davon habe ich mehr als genug. Doch die letzte Zeit hat mich zum Umdenken gebracht.«

»Ach ja? Und weshalb das?«

Elisabeth sah ihn nur an, senkte dann den Blick. »Das ist meine Privatsache. Aber ich kann dir so viel sagen, dass mir einiges, was noch vor einer Weile von großer Bedeutung für mich war, nicht mehr wichtig ist.«

»Du warst letztens beim Arzt«, kam Richard nun ein Gedanke. »Bist du etwa krank?«

»Du bist ganz sicher der Letzte, mit dem ich einen Besuch bei meinem Gynäkologen besprechen würde«, gab sie arrogant zurück. »Sag, Richard, weshalb willst du Elsa und Marie eigentlich unbedingt finden?«

»Na, weil sie meine Familie sind.«

»Wir beide wissen sehr genau, dass aus deinen Worten nicht die überschwängliche Liebe eines Familienvaters spricht. Wir brauchen uns also nicht die Mühe zu machen, einander etwas vorzuspielen. Also, weshalb?«

Richard überlegte, schien jedoch keine Antwort parat zu haben.

»Es ist die Zurückweisung, mit der du nicht umgehen kannst, nicht wahr?«

Wieder blieb er eine Antwort schuldig.

»Mir ging es genauso, weißt du? Es hat eine Weile gebraucht, bis ich mir darüber klar wurde, doch letztendlich hat mir nicht gepasst, dass Robert es gewagt hat, mir den kleinen Fehltritt mit deinem Vater nicht verzeihen zu wollen. Er hätte glücklich sein müssen, dass ich bereit war, zu ihm zurückzukehren. Doch für Robert war wohl das, was ich zu bieten hatte, nicht erstrebenswert genug.«

»Bei allem Respekt, Tante. Eine solche Erkenntnis hätte ich von dir nicht erwartet.«

»Weißt du, was besonders bitter daran ist?«, fuhr sie fort, ohne auf seine Bemerkung einzugehen. »Dass ich danach alles getan habe, ihn zu bekämpfen, weil ich wollte, dass er sein Handeln bereut. Doch das hat ihn im Grunde gar nicht interessiert. Er hat meine Angriffe abgewehrt, ist zur Tagesordnung übergegangen und hat sich sogar eine neue Frau genommen.« Sie kräuselte die Lippen. »Nicht gerade schmeichelhaft für mich, doch ich muss zugeben, dass mir sein Verhalten Respekt abgenötigt hat.«

»Du respektierst ihn dafür, dass du gescheitert bist?«

»Ich respektiere ihn dafür, dass er weiß, was er will, und nicht bereit ist, sich von seinen Zielen ablenken zu lassen. Hätte ich ihn zu einem späteren Zeitpunkt kennengelernt, als wir uns in monetärer Hinsicht bereits ebenbürtig waren, hätte ich mich in einen solchen Mann verlieben können.« Ihre Stimme klang fast versonnen. Sie sah durch Richard hindurch, setzte das Champagnerglas an und trank.

»So nachdenklich kenne ich dich gar nicht.«

»Irgendwann im Leben kommt wohl der Punkt, an dem man zum Nachdenken gezwungen ist.« Sie deutete mit der

Hand in den Raum. »Sieh dich hier um, Richard. Es gibt nichts, was ich mir nicht kaufen könnte, wenn ich wollte. Und tatsächlich war es für mich immer das Wichtigste in meinem Leben. Aber würde ich deshalb sagen, dass ich glücklich geworden bin?« Sie zuckte die Schultern und sah ihn dann wieder an. »Was willst du, Richard?«

»Was meinst du?«

»Im Moment bewegt dich, dass du deine Frau und deine Tochter wiederfinden willst. Davor war es das Glücksspiel, deine Herumhurerei und wer weiß was noch.«

»Nicht gerade charmant, wenn du es so formulierst.«

»Nicht charmant, aber wahr. Doch was willst du wirklich? Angenommen, du findest Elsa und Marie. Willst du dann Elsa überzeugen, es noch mal mit dir zu versuchen, oder willst du ihnen einfach nur kein eigenes Leben zugestehen?«

Richard sah die Tante nur an. »Sie sind meine Frau und mein Kind, und ich habe das Recht …«

Elisabeth hob die Hand und brachte ihn zum Schweigen. »Ich verstehe schon«, sagte sie dann. »Ich muss dir mitteilen, dass Herr Heimbach dir nicht weiter als Ermittler zur Verfügung steht.«

»Du bestrafst mich dafür, dass dir meine Motive nicht …«, er suchte nach dem richtigen Wort, »nicht ehrenwert genug erscheinen?«

»Du nimmst dich wie immer zu wichtig, Richard. Ich bestrafe dich durchaus nicht. Ich halte dein Vorgehen lediglich für sinnlos, weil ich aus eigener Erfahrung sagen kann, dass es dich rein gar nicht weiterbringen wird. Doch wenn es dir wirklich am Herzen liegt, die beiden ausfindig zu machen, wirst du Wege finden. Es ist immer eine Frage des Ansporns.« Elisabeth ging zu dem kleinen Tischchen hinüber, auf dem der Champagner kalt stand, und schenkte sich selbst nach – etwas, das sie sonst nie getan hatte. Doch sie hatte gar keine Lust, nach

Lotte zu rufen, damit sie das für sie erledigte. Das wäre ihr noch vor einigen Wochen wichtig gewesen, nun jedoch nicht mehr.

Richard bemerkte es. »Du bist heute wirklich eigenartig, Elisabeth. So nachdenklich.«

»Ich bin jetzt fünfundvierzig Jahre alt, Richard, und habe alles erreicht. Ich habe alles getan, um das zu haben, was ich heute meinen Besitz nennen kann. Ich bin wie ein Soldat ins Feld gezogen, habe für meine Sache gekämpft und mir all das erobert. Doch nun frage ich mich, welche Schlachten es noch zu gewinnen gibt.« Sie trank das Glas Champagner in wenigen Zügen leer und schenkte sich sogleich nach. Dann setzte sie sich in ihren Sessel und bedeutete Richard, ihr gegenüber Platz zu nehmen.

Er tat es, wenngleich er sie dabei weiter argwöhnisch beobachtete. Irgendetwas war mit Elisabeth, das war offensichtlich. Oder wollte sie ihn wirklich nur auf den richtigen Weg führen?

»Du arbeitest nun schon eine ganze Weile für mich, Richard. Was sind deine Ziele, was möchtest du erreichen, mal abgesehen von deiner Suche nach Elsa und Marie?«

Richard brauchte nicht lange zu überlegen. »Ich will eines Tages deine Firma übernehmen.«

»Und du denkst, dazu wärst du in der Lage?«

»Selbstverständlich.«

Elisabeth lächelte und zählte dann an den Fingern ab. »Ich habe drei Geschäftsführer, einen Kutscher, einen Sekretär, sechs Abteilungsleiter, ungefähr achtzig Mitarbeiter und dann natürlich noch mein privates Personal. Und seit Augusts Tod ist von den führenden Mitarbeitern nur noch einer dabei. Alle anderen habe ich im Laufe der Zeit ausgetauscht, dabei hatte ich ursprünglich nicht einmal vor, die Firma überhaupt zu behalten. Welchen Posten hättest du künftig gern?«

»Na, deinen.«

»Und was bist du bereit, dafür zu tun? In welchem Bereich liegt deine Stärke? Mit welchem meiner Handelszweige kennst du dich am besten aus?«

»Ich würde es genauso machen wie du. Die Leute wissen, was sie zu tun haben. Ich würde sie einfach weiter ihre Arbeit verrichten lassen.«

»Ich verstehe«, sagte Elisabeth nur. »Zwar kann ich nicht von mir behaupten, etwas zum Aufbau der Firma Frederiksen beigetragen zu haben. Doch ich habe mir den Respekt meiner Leute mit meinem Handeln verdient. Und ich fürchte, mit deiner Einstellung wäre diese Firma zur Pleite verurteilt.«

»Warum habe ich heute das Gefühl, dass du mich fortwährend auf die Probe stellst?«, fragte Richard deutlich ungehalten.

»Das war nicht meine Absicht«, erklärte Elisabeth und sah dann auf die Uhr. »Ich habe noch etwas zu erledigen und werde anschließend in die Firma fahren.«

»Du willst am Abend noch in die Firma fahren?«, fragte Richard überrascht.

»Ja. Allerdings. Ich weiß noch nicht, wie lange es dauern wird. Wenn du also ausgehen möchtest, nimm auf mich keine Rücksicht.«

»Vielleicht werde ich das wirklich noch machen«, meinte Richard, der sich durchaus vorstellen konnte, noch in die Kneipe zu gehen, in der sich die Frauen mancher Hafenarbeiter etwas dazuverdienten. Manche von ihnen sahen durchaus passabel aus, und Richard fand den Gedanken reizvoll, dass sie sich nur deshalb mit fremden Kerlen abgaben, weil ihre Männer nicht genug Geld nach Hause brachten. Wenn er sie dann gehabt hatte und sie daheim zu ihren Kerlen unter die Decke krochen, hatten sie noch den Duft von Richards teurem Rasierwasser an sich, und ihren Männern stieg damit der Geruch ihres eigenen Versagens in die Nase. Ja, diese Vorstellung gefiel Richard. Schließlich hatte er das Geld und musste sich nicht einmal besonders dafür anstrengen. Zwar ging ihm das Zusammenleben mit Elisabeth von Zeit zu Zeit schon sehr auf die Nerven, doch letztendlich war es bequem, und die Arbeit, die er in ihrer Firma tat, war im Grunde nicht der Rede wert. Er fragte sich, ob es ein Fehler gewesen war, ihr gerade eben so freimütig erklärt zu haben, eines schönen Tages ihren Platz in der Firma einnehmen zu wollen. Andererseits wussten sie beide, dass sie nicht gerade die Vorzeigemodelle guter Menschen waren und gaben sich einer solchen Illusion auch gar nicht hin.

Elisabeth trank ihr Champagnerglas leer und erhob sich.

»Dann sehen wir uns wohl erst morgen früh wieder. Hab einen schönen Abend, Richard.«

»Du auch, Elisabeth. Und denk unbedingt noch mal darüber nach, ob du nicht doch Hans Petersen überzeugst, dir die Anteile zu verkaufen. Damit hättest du diese verdammte Sippschaft in der Hand. Ich würde es sofort tun.«

»Ja, das glaube ich dir. Doch du verfügst nicht über die nötigen Mittel.«

»Ja, das lässt du mich auch nicht einen Tag lang vergessen.« Missfallen klang in seiner Bemerkung mit.

»Deinen trotzigen Zorn kannst du dir bei mir sparen, Richard.«

»Ich will ja nur nicht, dass du dich am Ende ärgerst, wenn dir jemand anderes die Anteile vor der Nase wegschnappt. Denn eines ist doch mal sicher: Wenn Hans Petersen wirklich verkaufen will, wird er es tun. Und wenn du dich nicht darum kümmerst, wird ein anderer Hamburger Geschäftsmann zuschlagen. Immerhin verdient man sich im Kontor Hansen eine goldene Nase.«

Elisabeth, die schon die wenigen Schritte bis zu Tür gemacht hatte, drehte sich noch einmal um. »Du hast recht«, sagte sie nun. »Wenn ich die Anteile nicht kaufe, macht es ein anderer, und es wäre nichts gewonnen.«

»Meine Rede«, brüstete sich Richard.

»Danke«, sagte Elisabeth. »Du hast mir gerade wirklich die Augen geöffnet.«

»Immer wieder gern.« Richard erhob sich ebenfalls. »Wenn du ohnehin noch in die Stadt fährst, könntest du mich mitnehmen?«

»Sicher«, stimmte Elisabeth zu. »Doch ich will nicht auf dich warten müssen.«

»Natürlich nicht.«

Die beiden gingen zusammen hinaus.

»Lotte!«, rief Elisabeth nach dem Dienstmädchen, das auch sogleich herbeigeeilt kam.

»Ja, gnädige Frau?«

»Sag Heinrich Bescheid, dass ich noch einmal fortwill.«

»Jawohl, gnädige Frau.« Lotte knickste.

»Ich mache mich noch kurz frisch. Er soll sofort anspannen, ich brauche nicht lange.«

»Jawohl, gnädige Frau.« Wieder knickste sie und sah Elisabeth dann abwartend an, ob sie noch weitere Befehle hatte.

»Na los, worauf wartest du?«

»Jawohl, gnädige Frau.« Ein weiterer Knicks, dann rannte sie los.

Richard schmunzelte, als Elisabeth über das Dienstmädchen den Kopf schüttelte und ihr noch kurz nachsah. Dann gingen sie zusammen die Stufen hinauf und jeder von ihnen in sein privates Zimmer, wo sie sich frisch machten. Richard erwartete seine Tante bereits, als sie wieder auf den Flur heraustrat.

»Du siehst wie immer fabelhaft aus, Tante.«

»Danke sehr, Richard. Und du riechst wie ein Zuchtbulle vor dem Sprung.« Sie lächelte ihn an. »Gehen wir?«

Heinrich hatte die Kutsche gerade vor die Villa gefahren, als Elisabeth und Richard heraustraten. Insgeheim verfluchte er seine Chefin, der es gefiel, ihn zu jeder Tages- und Nachtzeit aufzuscheuchen, wenn ihr gerade danach war, noch einmal irgendwohin zu fahren. Andererseits, das musste er ihr zugutehalten, hatte sie ihn beim Einstellungsgespräch genau darauf hingewiesen. Doch Heinrich hatte seinerzeit geglaubt, dass diese Ankündigung in der Realität kaum Bestand haben würde, da ja die gnädige Frau ebenfalls daran interessiert sein musste, irgendwann einmal Feierabend zu haben und sich in ihr Heim zurückzuziehen. Aber da hatte Heinrich sich leider getäuscht. Vor einigen Tagen war es sogar vorgekommen, dass die gnädige Frau ihn mitten in der Nacht aus dem Bett geholt hatte, damit er sie zur Villa der Familie Hansen fuhr, nur um dann dort aus einiger Entfernung das Gebäude anzustarren, eine Zeit lang zu verweilen und dann wieder zurückzufahren. Heinrich hatte natürlich nicht gewagt, etwas dagegen zu sagen. Seinen Vorgänger auf dem Posten hatte sie entlassen, weil er sich getraut hatte, zu murren. Außerdem musste man Elisabeth Frederiksen eines lassen: Sie bezahlte einem Kutscher und vermutlich auch dem restlichen Personal weit mehr, als andere Herrschaften es taten. Dies war jedoch gewiss nicht mit ihrem guten Herzen zu erklären, sondern vielmehr damit, dass sonst niemand freiwillig für einen Teufel wie sie gearbeitet hätte.

»Erst zum Spielbudenplatz und dann zum Kontor«, wies Elisabeth ihren Kutscher beim Einsteigen an. Richard folgte ihr und setzte sich ihr gegenüber. »Zumindest vermute ich, dass es dich in die Gegend um den Spielbudenplatz verschlägt, nicht wahr?«

»Du hast eine vortreffliche Einschätzung, Elisabeth.«

Während der Fahrt sprachen sie kein einziges Wort, und Richard war anzumerken, dass er ihr die Äußerung über sein Rasierwasser übel genommen hatte. Doch das war Elisabeth einerlei. Sie mochte bestimmt viele Fehler haben, doch man konnte ihr nicht nachsagen, dass sie das, was sie dachte, nicht aussprach – ob es den Menschen nun gefiel oder nicht.

Als Heinrich die Kutsche vor dem *Tivoli Concerthaus* zum Stehen brachte, verabschiedete Richard sich knapp und stieg dann aus. Elisabeth klopfte gegen die Kutschenwand, was für Heinrich das Zeichen war, weiterzufahren. Während der Fahrt zum Kontor Frederiksen sah Elisabeth trotz der Dunkelheit immer einmal wieder aus dem Fenster. Die beleuchteten Häuser zogen an ihr vorbei, und kaum, dass sie das Viertel verlassen hatten, waren nicht einmal mehr eine Handvoll Menschen auf den Straßen unterwegs. Für die einen begann der Tag eben erst mit der nahenden Nacht, für die anderen endete er. Elisabeth wusste nicht, was von beidem auf sie selbst zutraf.

Beim Kontor Frederiksen ließ sie sich von Heinrich aus der Kutsche helfen und gab ihm dann den Schlüssel in die Hand, damit sie nicht selbst die Tür aufschließen musste. Sie dankte ihm, befahl ihm, dass er warten solle, und ging hinein. Wie lange es dauern würde, das sagte sie nicht. Und sie fand es auch nicht notwendig. Es dauerte eben, solange es dauerte. Sie war Elisabeth Frederiksen – sie musste sich niemandem erklären, jetzt noch nicht.

# 15. Kapitel

*Kamerun, Freitag, 29. Januar 1897*

Die Furcht, dass womöglich niemand kommen würde, war
seit Tagen schon Luises Begleiter. Sie wusste nicht, mit wem
alles Sigmund Leffers bereits über den Vorfall mit Hamza
gesprochen hatte. Sie hoffte, ihn richtig einzuschätzen, dass
er das Gespräch mit den anderen Deutschen erst am Sonntag,
wenn alle nach dem Gottesdienst zusammenkamen, suchen
wollte. Die Boten, die Luise ausgeschickt hatte, um die-
jenigen Deutschen zum Fest einzuladen, die weniger als drei
Reitstunden entfernt lebten, hatten allesamt die Nachrichten
überbracht, dass man sich sehr über Luises Einladung
gefreut habe und in jedem Fall am Freitag beim Fest dabei
sein würde. Sigmund Leffers erhielt die Einladung erst am
Freitagnachmittag, sodass er nichts mehr würde unternehmen
können. Zudem war ihm mitgeteilt worden, dass die Feier ab
sieben Uhr am Abend beginnen würde, während alle anderen
Gäste schon ab sechs Uhr erwartet wurden. Mehr konnte
Luise nicht tun und nun nur hoffen, dass sie Leffers auf diese
Weise ausbremsen konnte.

Auf dem gesamten Farmgelände wimmelte es nur so von Menschen. Luise war aus dem Staunen nicht mehr herausgekommen, dass es den Duala unter Hamzas Leitung wirklich gelungen war, innerhalb weniger Tage ein Gerüst zu bauen und mit Planen zu überspannen, sodass eigens zum Fest ein großes Zelt vorhanden war. Der Stoff war derselbe, den sie seinerzeit schon für die Bewässerungsanlage verwendet und danach aufbewahrt hatten, für den Fall, dass es einen neuerlichen Spinnmilbenbefall geben sollte. Dass nun die Stofflagen einem ganz anderen Zwecke dienen konnten, fand Luise einen mehr als glücklichen Umstand.

Bereits am Morgen war der Ochse auf den Spieß geschoben und das Feuer entfacht worden, sodass es nun schon seit Stunden herrlich nach gebratenem Fleisch duftete. Hamza hatte schon vor zwei Tagen sämtliches Porzellan erworben, das es in Viktoria zu kaufen gab, und auch was die Getränke anging, würde sich niemand über das opulente Angebot beschweren können. Dieses Fest würde die Hansens ein kleines Vermögen kosten. Jedoch war es das Luise wert, wenn es bedeutete, dass Gras über die Sache wachsen und Leffers' Anschuldigungen gegen Hamza im Sande verlaufen könnten. Nun mussten nur noch die Deutschen eintreffen. Die Zahl derer, die aus der alten Heimat nach Kamerun übersiedelt waren, belief sich inzwischen auf fast dreihundert. Wenn ein Drittel davon käme, wovon Luise jedoch nicht ausging, sondern womöglich um die fünfzig Personen, dann wäre sie mehr als zufrieden. Dennoch musste sie fürchten, dass ihr Plan selbst dann noch scheitern konnte, wenn alles glattging. Denn wenn es Leffers gelänge, während des Festes Stimmung gegen sie zu machen, wäre alles umsonst gewesen. Aus diesem Grund hatte sie sogar überlegt, ihn gar nicht erst einzuladen. Andererseits hätte das seine Wut gewiss nur noch weiter befeuert, und er hätte im Nachhinein gegen sie intrigieren können. Und das galt es um jeden Preis zu vermeiden. Bei einer offenen Auseinandersetzung wäre sie ihm rhetorisch überlegen und könnte ihn gewiss dazu bringen, die Kontrolle zu verlieren. Außerdem hätte Luise dann die Gelegenheit, deutlich zu machen, dass Hamza sie lediglich zu beschützen versucht hatte.

Aber womöglich würde es ja gar nicht so weit kommen.

»Jambo, Nyango!«, rief Malambuku schon von Weitem, worauf Luise grüßend den Arm hob und auf ihn zuging.

»Malambuku, ich danke dir so sehr. Es ist einfach großartig, was du hier auf die Beine gestellt hast.«

»Auf die Beine gestellt?«, wiederholte Malambuku und sah an seinen eigenen Beinen herab.

»Was du alles vorbereitet hast«, erklärte Luise freundlich.

»Alle Sangos und Nyangos kommen und werden machen große Fest. Werden viel lachen und freuen.«

»Ja, Malambuku, das denke ich auch. Ich hoffe es«, fügte sie noch hinzu. Kurz überlegte sie, ob sie Malambuku von der Gefahr, in die Hamza sich gebracht hatte, erzählen sollte. Immerhin konnte es sein, dass Leffers alles daransetzen würde, Hamza bestrafen zu lassen. Doch sie entschied sich dagegen. Wenn Leffers gegen Hamza vorging, würde Malambuku daran gewiss nichts ändern können. Ihn nun damit zu konfrontieren und so in Sorge zu versetzen, erschien ihr nicht sinnvoll.

Malambuku sah sich um. »Nyango sagen, was noch fehlen.«

Luise folgte seinem Blick. »Soweit ich es beurteilen kann, nichts, Malambuku. Vielen Dank. Es ist wirklich wunderbar geworden. Wenn alles klappt, müssten die ersten Gäste schon bald hier eintreffen.«

»Malambuku gehen zurück. Noch vorbereiten Essen.«

»Ja, Malambuku, danke schön. Wirklich, ich danke dir für alles, was du für uns tust und schon immer getan hast.« Sie machte einen Schritt vor und wagte es zögernd, ihn zu umarmen. Es war ein eigenartiges Gefühl, denn so vertraut sie einander waren, hatte sie eine derart persönliche Geste doch sonst stets nur zur Begrüßung oder Verabschiedung gewagt.

»Nyango glücklich, Malambuku glücklich«, stellte er nur fest. Dann ging er zurück ins Haus.

Eine halbe Stunde verging, dann noch eine weitere. Luise wurde immer unruhiger. Konnte es sein, dass wirklich gar niemand kam? Sie wollte gerade zum Haus gehen, um auf die Uhr zu sehen, als sie in der Ferne eine größere Gruppe auf die Farm zuhalten sah. Kurz fuhr ihr der Schrecken in die Glieder, dass es statt irgendwelcher Gäste ebenso gut eine Abordnung Deutscher sein konnte, die gekommen war, um Hamza dingfest zu machen. Dann erkannte sie jedoch beim Näherkommen, dass es die Familie Denker war, die unweit der Hügel ebenfalls eine Farm unterhielt. Und sie kam nicht allein. Innerhalb kurzer Zeit näherten sich immer weitere Gruppen der Farm, und Luise gab Biyan, Sanulas Mann, das Zeichen, die Fackeln zu entzünden. Dieser rief etwas aus, dann wurden die Lichter wie von Zauberhand im Abstand von immer etwa fünf Metern entfacht und tauchten die Farm und auch das Zelt in ein wunderbar warmes Licht.

Gertrud Denker, die mit ihrem Mann und den vier Kindern gekommen war, ging auf Luise zu. »Was für eine Freude«, sagte sie und ergriff Luises Hände. »Wir alle sind so glücklich, dass du nach Kamerun zurückgekehrt bist, Luise. Wir bedauern deinen Verlust, doch mit dem heutigen Fest setzt du ein Zeichen der neuen Hoffnung. Ich bewundere dich.«

»Herzlich willkommen, Gertrud«, gab Luise herzlich zurück. »Wie schön, dass ihr meiner Einladung gefolgt seid.«

»Aber um keinen Preis der Welt hätten wir uns das entgehen lassen!«

Luise begrüßte auch Gertruds Mann Maximilian und die Kinder, dann bat sie die Denkers, doch zum Zelt hinüberzugehen, wo bereits Duala mit Getränken warteten. Kaum, dass sie gegangen waren, kamen die nächsten Deutschen an, sodass Luise gar nicht erst von ihrem Begrüßungsposten wegging. Und so ging es weiter, und wann immer Luise einen Blick zum Bereich außerhalb der Farm wagte, kamen noch mehr Menschen, die ihrer Einladung gefolgt waren. Luise wusste nachher nicht mehr, wie viele Hände sie geschüttelt hatte. Besonders entzückt war sie, auch Oberleutnant Heemsen und dessen Ehefrau Lieselotte als Gäste begrüßen zu dürfen.

»Ich bin die Ältere«, erklärte Frau Heemsen sogleich. »Nenn mich Lieselotte.«

»Sehr gern, Lieselotte. Mein Name ist Luise. Herzlich willkommen auf der Hansen-Farm.«

»Dann bin ich auch nicht mehr der Oberleutnant«, sagte nun ihr Ehemann, »sondern Erich.« Er schüttelte Luise die Hand.

»Das nehme ich sehr gern an.« Luise freute sich aufrichtig, wenngleich alle Deutschen hier sich duzten. Doch sie hatte vor allem deshalb, weil sie jünger war als die meisten anderen, immer Schwierigkeiten damit, so selbstverständlich zum Du überzugehen, wenn es ihr nicht ausdrücklich angeboten wurde.

Erich Heemsen beugte sich vor. »Ich müsste später noch einmal dienstlich mit dir sprechen«, kündigte er an. Seine Miene verhieß nichts Gutes.

»Aber sicher, gern«, sagte Luise und wollte sich ihre Besorgnis keinesfalls anmerken lassen. Dieser Widerling Leffers hatte also bei den Truppen Meldung gemacht. Sie hätte damit rechnen müssen. »Doch nun geht erst einmal ins Zelt und amüsiert euch«, bat sie dann und behielt ihr Lächeln bei, auch wenn es schwerfiel.

Luise blieb noch eine Weile dort vorn stehen, bis auch die letzten Deutschen eingetroffen waren. Sigmund Leffers und seine Frau Felicitas waren bisher nicht gekommen.

Sie ging zum Zelt und gab schon bald das Zeichen, den Ochsen anschneiden zu lassen. Malambuku übernahm diese Aufgabe persönlich und befüllte jeweils die ihm von Hamza angereichten Teller, der sie wiederum an die Gäste weitergab. Luise nahm sich nichts zu essen, hielt jedoch durchgehend ein Weinglas in Händen, um mit jedem ihrer Gäste anzustoßen und einen kleinen Plausch zu halten.

»Ein kluger Schachzug«, hörte sie dann die Stimme Sigmund Leffers' hinter sich, als sie sich gerade mit Ruth Weinbauer unterhielt, die zusammen mit ihrem Mann Kurt und den zwei Söhnen in der Nähe lebte, und drehte sich um.

»Sigmund, wie schön, dass ihr es einrichten konntet.« Sie gab erst ihm und dann Felicitas, die ein Stück hinter ihrem Mann stand, die Hand. Dann winkte sie einen der Duala heran, der mit einem Tablett in den Händen zu ihnen herüberkam, nahm zwei Gläser herunter und reichte jedem von ihnen eines. »Lasst uns miteinander anstoßen«, bat sie das Ehepaar Leffers. »Wir mögen nicht immer einer Meinung sein, doch am Ende sind wir schließlich doch eine große deutsche Familie, nicht wahr?«

»Das hast du schön gesagt«, lobte Felicitas und hob ihr Glas. »Darauf trinke ich.« Sie versetzte ihrem Ehemann einen kleinen Schubs, der darauf widerwillig ebenfalls das Glas erhob.

»Darf ich fragen, warum du letztes Mal, als ich da war, noch nichts von dieser Feier hier erwähnt hast? Oder hast du alles in großer Eile vorbereiten lassen, um bei den Deutschen hier gut Wetter zu machen?« Leffers bleckte die Zähne.

»Bitte, Sigmund, hör doch auf damit«, ermahnte Felicitas ihren Ehemann.

»Halt dich da raus. Du warst nicht dabei«, fuhr er sie an, was auch einige andere Gäste mitbekamen. Luise wollte sich die kleine Freude über diesen ersten Ausbruch nicht anmerken lassen. Es galt, Contenance zu wahren und sich souverän zu zeigen. Leffers selbst würde schon dafür sorgen, ein Bild von sich zu präsentieren, das ihren Interessen überaus gelegen kam.

»Ich wollte noch nichts sagen, weil ich fürchtete, wir könnten es nicht rechtzeitig schaffen, Sigmund«, erklärte Luise nun. »Und keinesfalls wollte ich ein Fest versprechen und das Versprechen dann nicht halten können.«

»Es ist ja auch furchtbar viel für eine solche Feier vorzubereiten«, gab Felicitas ihr recht. »Man unterschätzt das. Wenn es dann so weit ist, weiß man kaum, was man zuerst und zuletzt machen soll.«

»Die meiste Arbeit hat tatsächlich Malambuku erledigt. Er hat sich um alles gekümmert. Ich hätte gar nicht gewusst, was alles zu tun ist.«

»Ja, auf deine Neger hier kannst du dich verlassen, was?«, stieß Leffers in verächtlichem Tonfall hervor.

»Bitte, Sigmund«, ermahnte Felicitas ihren Mann abermals, sich zurückzuhalten.

»Mir machst du nichts vor, Luise. Du hast einen großen Aufwand betrieben, damit alle die nette Luise in dir sehen, eine gute Deutsche, eine von uns. Doch dein Plan wird nicht aufgehen. Ich habe längst Meldung über den Vorfall gemacht.«

»Über welchen Vorfall denn?« Luise blickte ihn fragend an.

»Dass dein dreckiger Neger mich zusammenschlagen wollte.«

»Wie bitte?« Luise lachte freudlos auf. »Wenn das eine witzige Albernheit sein soll, verstehe ich sie nicht, Sigmund.«

Einige andere Gäste wurden auf die Unterhaltung aufmerksam.

»Bitte, Sigmund, lass uns etwas zu essen holen. Komm, bitte.« Felicitas fasste den Arm ihres Mannes, der ihn grob ihrem Griff entzog, sodass sie ein paar Schritte rückwärts taumelte, bevor sie wieder ihr Gleichgewicht fand.

»Eine Albernheit? Hast du gerade Albernheit gesagt?«
Leffers trat noch näher an Luise heran. Er überragte sie um
Haupteslänge, doch sie wich nicht einen Zentimeter zurück.

»Ich denke, das reicht jetzt, Sigmund.« Oberleutnant
Heemsen war hinzugekommen.

»Bist du etwa auf ihrer Seite, Erich? Müssen wir Deutschen
hier uns alles gefallen lassen?«

»Ich werde der Sache nachgehen, Sigmund, genau wie
ich es dir versprochen habe. Doch jetzt ist nicht der richtige
Zeitpunkt.«

Luise konnte sehen, dass Leffers sich offenbar beruhigte,
was jedoch ganz und gar nicht in ihrem Sinne war. Sie musste
ihn so weit bringen, dass er die Fassung verlor und sich lächerlich machte, während sie sich der Unterstützung der anderen
Deutschen versichern wollte.

»Worum geht es denn hier überhaupt, Erich?«, fragte Luise
nun Heemsen. »Und was habe ich denn Falsches gesagt, dass
du so zornig auf mich bist, Sigmund? Wollen wir nicht einfach
feiern und eine gute Zeit miteinander haben?«

Leffers funkelte sie wütend an, bewahrte jedoch immer
noch die Haltung.

»Ist es, weil ich dich nicht gleich am Montag, als du hier
warst, eingeladen habe? Ich bitte dich. Du kannst alle anderen
Gäste fragen. Zu der Zeit war auch sonst noch niemand benach-
richtigt.« Es klang, als versuche sie, ihn zu beschwichtigen.

»Das glaube ich dir sogar«, sagte Leffers, sichtlich um
Beherrschung bemüht. »Weil du dieses ganze Theater nur aus
einem einzigen Grund veranstaltest: Um alle hier für dumm zu
verkaufen, damit deinem treuen Neger nichts passiert. Doch
damit wirst du nicht durchkommen, Mädchen.«

Luise hob den Kopf. »Mir war bewusst, dass wir in vielen
Ansichten nicht übereinstimmen, Sigmund«, entgegnete sie.
»Doch ich versuche, mit dir auszukommen, genau wie mein

Vater es tut und, ungeachtet deiner Art, auch all die anderen Freunde hier.« Sie machte eine Handbewegung, als beziehe sie sämtliche Gäste mit ein. »Aber ich bin nicht bereit, mir jetzt deine Reden anzuhören, von denen mir nicht einmal klar ist, was sie zu bedeuten haben.« Sämtliche Unterhaltungen verstummten, und alle Augen waren auf Luise und Sigmund gerichtet. »Jeder hier kennt meine Geschichte, und ich bin hier bei euch, um ins Leben zurückzufinden. Deshalb auch dieses Fest. Was auch immer du mir oder anderen hier auf der Farm unterstellen willst, ist nichts als ein Hirngespinst. Geh oder bleib, Sigmund. Doch meine Gäste möchten sich amüsieren. Und ich mich ebenso.«

Leffers ballte die Hand zur Faust, worauf Oberleutnant Heemsen vor Luise trat. »Ich denke, du solltest jetzt besser gehen, Sigmund.«

Leffers war anzusehen, dass er vor Wut aus der Haut hätte fahren mögen. Er schnaubte, versuchte, an Heemsen vorbei Luise drohend anzustarren, doch der Oberleutnant hatte sich schützend vor ihr aufgebaut. »Sigmund«, warnte er. »Tu lieber nichts, was du am Ende bereust.«

Kurz verharrte er noch, dann machte Leffers kehrt und fasste grob seine Frau am Arm. »Komm. Ich habe keine Lust, mir weiter dieses scheinheilige Gerede anzuhören.«

Felicitas Leffers stolperte hinter ihrem Mann her, und die Gäste traten so weit zurück, dass sie den beiden den Weg frei machten.

Oberleutnant Heemsen drehte sich zu Luise um. »Lass dir nicht den Abend verderben, Luise. Zwar muss ich noch mit dir über die Meldung sprechen, doch nicht mehr heute.«

»Danke, Erich«, sagte sie und sah dann die umstehenden Gäste an.

»Aber meine Lieben, wir haben so viel zu trinken und zu essen da, greift zu und amüsiert euch«, forderte sie dann, und tatsächlich nahmen die Gäste ihre Unterhaltungen wieder auf.

Luise erlebte den Rest des Abends wie in Trance, lächelte, trank, hielt freundliche Konversation. Doch sie sorgte sich darum, was auf sie beziehungsweise auf Hamza zukommen könnte. Zwar hatte Leffers selbst dafür gesorgt, dass jeder bezeugen würde, welch aufbrausenden Charakter er hatte. Und er war auch in der Vergangenheit schon mit so manchem Deutschen hier aneinandergeraten. Doch das, was Hamza getan hatte, war ein Angriff auf einen deutschen Kolonialherrn gewesen, so lächerlich es ihr auch erschien. Und das war nicht einfach so von der Hand zu weisen.

# 16. Kapitel

## *Hamburg, Montag, 1. Februar 1897*

»So sieht es leider aus, mein Sohn. Wir können nicht länger die Augen vor der Wahrheit verschließen.« Hubertus Steffensen schüttelte bedauernd den Kopf und zog die Unterlagen, die er Julius hatte lesen lassen, wieder zu sich heran.

»Aber wir waren doch so gut im Geschäft«, brachte Julius sein Unverständnis zum Ausdruck.

»Taubert hat offenbar einen neuen Zulieferer gefunden, der weit günstigere Preise macht. Der Preis, für den er verkauft, deckt gerade einmal unseren Einkauf, nicht jedoch die Produktionskosten. Jede Schraube, die wir zu den Preisen verkaufen müssten, um mit ihm konkurrieren zu können, wäre ein weiterer Nagel zu unserem Sarg.«

»Und was wollen wir jetzt tun?«

»Nun ja, ich fürchte, uns wird nichts anderes übrigbleiben, als unsere Fabrik hier zu schließen und uns auf unser Kerngeschäft zu Hause zu konzentrieren.«

»Du willst zurück in den Schwarzwald? Aber da hält doch Onkel Gerhard die Zügel in der Hand.«

»Die Firma gehört ihm und mir zu gleichen Teilen«, stellte Hubertus klar. »Und bevor wir hier weiter rote Zahlen schreiben, werden wir lieber unsere Kraft in die Fabrik dort investieren und das Geld, das wir beim Verkauf hier noch bekommen, in die Erweiterung der Produktion stecken.«

Julius wusste nicht recht, was er von diesem Gedanken halten sollte. Als sie vor etwas über drei Jahren die Werkzeugfabrik hier eröffnet hatten, war ein Großteil des Kapitals aus dem Stammsitz der Familie im Schwarzwald geflossen. Drei Jahre hatten sein Vater und er selbst wie die Wahnsinnigen gearbeitet, um etwas Großes aufzubauen. Dass dies nun wirklich gescheitert sein könnte, wollte Julius einfach nicht glauben.

»Aber unsere Auftragsbücher sind voll.« Er sah seinen Vater an.

»Für noch etwa zwei Monate, ja. Doch immer mehr Kunden wechseln zu Taubert und wollen keine weiteren Verträge mit uns schließen. Wenn ich nur wüsste, wie er es anstellt, so günstig an die Rohlinge zu kommen.« Hubertus Steffensen seufzte. »Ich habe dieses Gespräch hier lange hinausgezögert, Julius. Doch die Sache ist eindeutig. Wir werden unseren Standort hier schließen, bevor wir noch alles in den Abgrund reißen.«

Julius schluckte. »Aber was soll ich Frederike denn sagen?«

»Sie ist deine Frau, Julius. Sei ehrlich zu ihr. Gerade in den letzten Tagen fehlt mir deine Mutter noch mehr als sonst. Sie war mir immer eine gute Ratgeberin, und auf ihr Urteil habe ich mehr vertraut als auf das jedes anderen Menschen.« Er atmete schwer, und Julius konnte dem Vater ansehen, dass er mit den Tränen kämpfte. »Hamburg hat uns kein Glück gebracht, Julius. Das einzig Gute war, dass du hier deine Frau gefunden hast.« Er hob die Mundwinkel. »Ich mag deine Frederike. Sie ist ein feines Mädchen mit dem Herz am rechten Fleck. Sie wird die Lage verstehen, da bin ich sicher.«

»Und wenn nicht?«

»Was meinst du damit?«

Julius zuckte die Schultern. »Ihre Familie ist vermögend und scheint einen Erfolg an den anderen zu reihen. Ihr nun mein Versagen eingestehen zu müssen, fällt mir nicht leicht.«

»Wen nennst du hier einen Versager?« Hubertus wurde zornig. »Wenn du dich so nennst, dann ja auch mich, und ich weiß, dass das nicht wahr ist. Wir haben beide getan, was wir konnten, und uns abgearbeitet. Doch nicht immer reicht das aus, Julius. Und wenn du glaubst, dass deine Frau das nicht versteht, stellst du ihr damit ein Armutszeugnis aus.«

»Entschuldige bitte, Vater. So war es nicht gemeint.«

»Es ist immer schwer, ein Scheitern eingestehen zu müssen. Doch nur wer fällt, kann zeigen, wie kraftvoll er sich wieder zu erheben vermag.«

Julius wusste, dass es als Aufmunterung gemeint war, doch die Worte seines Vaters erreichten ihn nicht. Zu schwer lastete auf seiner Seele, dass er nicht die geringste Ahnung hatte, wie er es Frederike beibringen sollte. Sie würden aus Hamburg wegmüssen und in den Schwarzwald ziehen. Dabei wusste Julius sehr genau, wie fest verwurzelt seine Frau in dieser Stadt war. Ausgerechnet jetzt, wo es so gut zwischen ihnen lief und sie sich von Tag zu Tag besser zu verstehen schienen, musste so etwas passieren. Der Gedanke, in die alte Fabrik zurückzukehren und jeden Tag mit seinen Cousins zusammenarbeiten zu müssen, ließ bittere Galle in seiner Kehle aufsteigen. Ganz abgesehen davon, gefiel es Julius hier in Hamburg tausendmal besser als im Schwarzwald. Das Leben war hier völlig anders, so viel moderner und klarer strukturiert. Vor allem aber mochte er die Menschen hier. Nein, er konnte sich wirklich nicht vorstellen, wieder zurückzumüssen.

»Und wenn Frederike und ich hierblieben?«, hörte er sich zu seinem Vater sagen.

»Wie bitte?«

»Ich könnte mir eine Arbeit suchen und so unseren Unterhalt verdienen.«

»Julius, du redest Unsinn. Was willst du denn machen? Dich bei Taubert anstellen lassen?« Hubertus stand die Wut ins Gesicht geschrieben.

»Um Himmels willen, das würde ich nie tun«, versicherte Julius eilig. »Ich könnte in einem ganz anderen Bereich arbeiten. Du weißt, dass ich schon immer schnell gelernt habe.«

»Und wo willst du wohnen? Diese Villa hier werde ich verkaufen, das muss dir doch klar sein?«

»Frederike und ich brauchen bestimmt nicht viel Platz. Wir nehmen uns am Anfang eine kleine Wohnung. Solange noch keine Kinder da sind, wird es schon gehen.«

»Du willst Frederike Hansen, deren Familie eines der größten, nein, wohl eher *das* größte Handelskontor in ganz Hamburg betreibt, davon überzeugen, mit dir in einer kleinen Wohnung zu hausen und den Schimmel von den Wänden zu kratzen, damit ihr etwas zu essen habt?«

»Bitte Vater, du übertreibst.«

»Ach, Junge. Du hast doch gar keine Ahnung vom Leben. Du musstest dich noch nie beweisen. Hast immer nur das getan, was dir aufgetragen wurde, und keine Verantwortung getragen.«

»Und was ist mit der Arbeit, die ich in der Werkzeugfabrik geleistet habe? War das nichts?« Julius fühlte sich vor den Kopf gestoßen. Die ganzen Jahre hatte er alles getan, was sein Vater ihm aufgetragen hatte, um das Allerbeste aus der Werkzeugfabrik herauszuholen. Und stets hatte sein Vater sich mit seiner Leistung zufrieden gezeigt. Nun zu hören, welche Meinung er in Wahrheit von ihm hatte, verletzte ihn zutiefst. »Du glaubst nicht, wie sehr mich deine Worte treffen, Vater«, gab er tonlos von sich.

»Ach Junge, so habe ich es doch nicht gemeint.« Hubertus legte ihm die Hand auf den Unterarm. »Na, komm schon. Sei wieder gut.«

»Es geht nicht darum, einfach wieder gut zu sein«, stellte Julius klar und überlegte dann genau, was er seinem Vater erwidern wollte. Er brauchte einen Moment, dann sah er ihm in die Augen. »Auch wenn du es nicht so gemeint hast, so hast du es doch gesagt. Und ich weiß jetzt, wie du von mir denkst.«

»Julius, heute ist kein guter Tag, um so etwas noch zu besprechen. Wir reden ein anderes Mal darüber, ja?«

»Nein, Vater. Das ist nicht nötig. Ich kann dir auch hier und jetzt sagen, dass Frederike und ich hier in Hamburg bleiben werden.«

Hubertus sah ihn einen Moment an. »Du brauchst nicht zu glauben, dass du auch nur einen einzigen Pfennig von mir bekommst. Alles, was ich für die Fabrik und dieses verdammte Haus hier noch kriege, werde ich wieder mit in den Schwarzwald nehmen.«

»Keine Sorge, Vater, ich will auch nichts von dir.«

»Julius, wir sollten jetzt nichts mehr sagen, bevor wir es am Ende bereuen.«

»Gut, wie du willst. Doch meine Entscheidung steht.«

»Deine Entscheidung? Und was willst du deiner Frau sagen, hä? Dass ihr schon bald auf der Straße schlafen müsst, bis euch irgendjemand ein Zimmer vermietet?«

»Ich werde mit Frederike sprechen, und wir finden ganz sicher einen Weg.«

»Einen Weg wofür?« Frederike war von ihnen unbemerkt nach Hause gekommen und nun ins Esszimmer getreten, wo die beiden am Tisch saßen und sich stritten. Sie war den Nachmittag über bei Vera gewesen, um der Mutter Gesellschaft zu leisten. Zwar war Georg längst wieder aus Wien zurück, aber er hielt sich stets den ganzen Tag über im Kontor auf und kam oft erst spät am Abend nach Hause. Vera zeigte Verständnis, schließlich hatte ihr Mann, seit Luise nicht mehr im Kontor mitarbeitete, mehr als alle Hände voll zu tun.

Julius war aufgestanden und kam ihr entgegen.

»Ich muss etwas mit dir besprechen«, kündigte er an und gab ihr zur Begrüßung einen Kuss auf die Wange.

»Ist etwas nicht in Ordnung? Ist einer von euch krank?«

»Wir nicht, aber die Fabrik«, entgegnete Hubertus trocken, worauf sein Sohn ihn nur kopfschüttelnd ansah.

»Vielen Dank, Vater. Genau so wollte ich es Frederike beibringen.« Julius verdrehte ironisch die Augen.

Frederike trat näher heran. »Was soll das bedeuten?«

Hubertus wollte gerade etwas sagen, da brachte Julius ihn mit einer Handbewegung zum Schweigen. »Wenn du erlaubst, Vater?« Er warf ihm einen warnenden Blick zu.

»Komm, Frederike, setz dich«, bat Julius und zog ihr einen Stuhl heran. Dann nahm er neben ihr Platz und griff ihre Hände. »Es ist so«, begann er zögerlich. »Die Firma Taubert unterbietet unsere Preise, und unsere Umsätze sind eingebrochen. Hinzu kommt, dass wir keine neuen Aufträge an Land ziehen können, weil Taubert es irgendwie schafft, weit günstiger einzukaufen. Diesem Preiskampf können wir nicht standhalten.«

»Und was soll das bedeuten?«

»Wir müssen schließen«, sagte Julius. »Mein Vater wird die Firma verkaufen.« Er räusperte sich. »Und diese Villa hier auch.«

Frederike schlug erschrocken die Hand vor den Mund. »Und wie soll es dann weitergehen?«

Hubertus hatte sich gefangen und bedauerte inzwischen aufrichtig, wie grob er mit seinem einzigen Sohn umgegangen war. »Wir gehen zurück in den Schwarzwald. Dort ist der Familien- und Firmensitz. Und da laufen die Geschäfte nach wie vor gut.«

»In den Schwarzwald?«, echote Frederike und sah ihren Ehemann erschrocken an. Ganz langsam schüttelte sie den Kopf. »Aber ich will nicht …«

»Mein Vater hat sich nicht richtig ausgedrückt«, stellte Julius klar. »*Er* geht zurück in den Schwarzwald und wird dort in der Firma, die er und mein Onkel von meinem Großvater übernommen haben, weiterarbeiten. Du und ich, wir werden hier in Hamburg bleiben.«

»Gott sei Dank«, entfuhr es Frederike. »Für einen Moment dachte ich schon, du würdest erwarten, dass ich von hier fortziehe.« Sie sah Hubertus an. »Natürlich fände ich es schön, wenn du ebenfalls bleiben würdest«, fügte sie schnell hinzu.

Hubertus grummelte etwas Unverständliches. »Ich habe vorhin schon deinen Mann gefragt«, sagte er nun zu Frederike. »Wovon wollt ihr beide leben? Und da ich die Villa verkaufen werde, habt ihr nicht einmal ein Dach über dem Kopf. Wie stellt ihr euch das vor?«

»Mach dir um uns keine Sorgen«, gab Frederike leichthin zurück. »Wie du weißt, ist meine Familie vermögend, und ich bin sicher, dass meine Mutter überglücklich sein wird, wenn wir in die Villa Hansen ziehen.« Sie sah Julius an. »Das wäre dir doch recht, oder?«

»Aber natürlich. Ich hatte zwar daran gedacht, dass wir uns eine kleine Wohnung nehmen, weil mir der Gedanke gar nicht gekommen war. Doch ich könnte mir auch das gut vorstellen.«

Frederike drückte zärtlich seine Hand. »Wir können ja noch ausführlicher darüber sprechen. Lass es dir einfach durch den Kopf gehen. Vorher werde ich sicherheitshalber meiner Mutter noch nichts sagen, um sie nicht zu enttäuschen, wenn wir uns doch anders entscheiden sollten. Ob nun Villa oder kleine Wohnung, wie du es vorgeschlagen hast – Hauptsache, wir sind zusammen.«

»Ich hatte gehofft, dass du so reagierst.«

»Und wovon wollt ihr leben?« Hubertus wusste nicht, ob er sich für seinen Sohn freuen sollte, dass Frederike diese entscheidende Veränderung in ihrem Leben so einfach weg-zustecken vermochte, während er selbst den Trümmern seiner Existenz gegenüberstand.

»Wie ich dir vorhin sagte, Vater, traue ich mir absolut zu, eine Anstellung zu finden. Ich werde mich von ganz unten hocharbeiten und dafür sorgen, dass wir immer genug zu essen auf dem Tisch haben.«

»Außerdem kann ich ja ebenfalls arbeiten. Das habe ich während meiner Zeit in Wien auch gemacht, und ich hatte große Freude daran.« Wieder drückte sie zärtlich die Hand ihres Mannes. »Mach dir keine Gedanken. Es wird schon alles gut werden, du wirst sehen.«

»Na, dann.« Hubertus stemmte sich am Tisch hoch und erhob sich schwer von seinem Stuhl. »Dann werde ich jetzt nach oben und zu Bett gehen.«

»Jetzt schon? Du hast doch noch nicht einmal gegessen«, wandte Julius ein, und in seinen Worten schwang eine gewisse Sorge um den Vater mit.

»Ich habe keinen Hunger«, entgegnete Hubertus und ging mit schleppenden Schritten zur Tür. »Gute Nacht. Wir sehen uns morgen.«

»Gute Nacht, Schwiegervater«, sagte Frederike noch, doch er schlurfte einfach weiter und drehte sich nicht mehr um.

»Er sieht nicht gut aus«, stellte Frederike flüsternd fest, als Hubertus außer Hörweite war. »Müssen wir uns Sorgen um ihn machen?«

Julius seufzte. Nun tat es ihm schon wieder leid, dass es vorhin zum Streit gekommen war. »Ich möchte dich etwas fragen und dich bitten, absolut ehrlich zu mir zu sein.«

»Ich bin doch immer ehrlich zu dir«, meinte Frederike.

»Aber jetzt besonders«, beharrte Julius. »Frederike, bist du enttäuscht von mir?«

»Von dir? Weshalb sollte ich enttäuscht sein?«

»Weil ich in der Fabrik versagt habe. Es ist mir nicht gelungen, hier etwas Nachhaltiges aufzubauen, und der Verlust, den die Familie zu verkraften hat, ist immens.«

»Zum einen«, begann sie aufzuzählen, »ist es nicht nur dir nicht gelungen, sondern deinem Vater ebenfalls nicht, und der ist nun wahrlich ein erfahrener Geschäftsmann. Und zum anderen weiß ich aus meiner eigenen Familie, wie nahe gute und sogar beste Geschäfte und die vollkommene Pleite oft beieinanderliegen.«

»Ach ja? Weshalb?«

Frederike überlegte kurz, ob sie Julius das Familiengeheimnis anvertrauen sollte. Sie war schon einmal von einem Mann enttäuscht worden, und auch Luise hatte am Ende kein Glück erfahren. Wenn es nur um etwas gegangen wäre, was sie betraf, wäre es etwas anderes. Doch in der Familie herrschte unbedingtes Einvernehmen darüber, niemals nach außen hin zu erwähnen, dass der Großvater sich wegen der bevorstehenden Pleite des Kontors das Leben genommen hatte. Sie sah Julius an, der ihren Blick erwartungsvoll erwiderte. Frederike berührte kurz seine Wange. Sie hatte sich ehrlich und aufrichtig in diesen Mann verliebt. Aber nein, sie würde nicht dem Wunsch der Familie zuwiderhandeln.

»Also damals, kurz nach dem Tode meines Großvaters, stand auch das Kontor Hansen vor dem Ruin.«

»Wirklich?«, gab Julius überrascht von sich. »Ich hatte ja keine Ahnung. Ich dachte immer, dass deine Familie schon seit Generationen die reichste hier in Hamburg ist.«

»Nun, die reichste sind wir auch heute nicht«, korrigierte Frederike.

»Na ja, aber beinahe.«

»Jedenfalls war es damals so, dass wohl einige Geschäfte nicht so verlaufen waren, wie es hätte sein sollen.« Frederike vermied, nochmals ihren Großvater zu erwähnen, um Julius nicht mit der Nase auf die Wahrheit zu stoßen. »Damals handelten die Hansens noch ausschließlich mit Kaffeebohnen. Dann jedoch, als mein Vater, Onkel Robert und Onkel Karl übernahmen, hatten sie den Einfall, neben dem Kaffee auch Kakaobohnen zu vertreiben. Mein Onkel Robert hat dann von dem letzten Geld die Plantage in Kamerun gekauft, und von da an ging es stetig bergauf.«

»Unter anderen Bedingungen würde mir das jetzt unglaublichen Mut machen«, sagte Julius. »Doch unter diesen Umständen habe ich einfach nur das Gefühl, dass mein Vater zu früh aufgibt.«

Frederike zuckte die Schultern. »Das kann ich nun wirklich nicht beurteilen. Doch was ich vor allem damit ausdrücken wollte: Es hat nichts mit Versagen oder Unvermögen zu tun, etwas zu wagen und womöglich zu scheitern.« Sie lächelte. »Luise würde jetzt bestimmt unsere Großmutter zitieren und etwas sagen wie: Es ist immer noch besser, etwas zu wagen und zu scheitern, als es gar nicht erst zu versuchen.« Frederike hatte ihre Stimme verstellt und lachte nun.

»Weißt du, wie unglaublich gut es mir tut, dass du das bedrückende Gefühl von mir genommen hast?«

Frederike sah ihm tief in die Augen. »Ich liebe dich, Julius. Und ich werde immer zu dir halten, ganz gleich, was kommen mag. Vielleicht sind wir Hansens einfach so, doch ich weiß aus tiefstem Herzen, dass ich niemals aufhören würde, für uns beide zu kämpfen, solange du mich nur nicht hintergehst.«

»Das würde ich nie tun.«

»Und ich werde immer die Kraft finden, alles zu tun, was notwendig ist, um uns ein schönes Leben zu ermöglichen.« Sie lächelte ihn an und hob dann ihr Kleid an. »Ich brauche diese teuren Stoffe nicht, und ich brauche auch nicht jeden Tag einen Braten oder eine warme Mahlzeit. Mir würde auch ein Brot reichen, und wenn es zu kalt wäre, weil wir nicht das Geld hätten, den Ofen zu beheizen, dann würden wir eben unter die Decke kriechen und dort essen. Na und?« Wieder lächelte sie. »Unser Zusammenhalt ist mir wichtig. Alles andere sorgt mich nicht.«

Julius musste schlucken, so gerührt war er von ihren Worten. Er beugte sich zu ihr hinüber und küsste sie einige Male sanft, dann immer fordernder. Schließlich stand er auf, nahm ihre Hand und zog sie ebenfalls in die Höhe. »Komm«, sagte er nur.

»Wo willst du denn hin?«

Er grinste sie schelmisch an. »Seit du es eben erwähnt hast, will ich mit dir unter die Bettdecke schlüpfen. Nur essen werden wir darunter nicht.«

Frederike senkte etwas verschämt den Blick, dann folgte sie ihm. Und sie hatte ganz deutlich das Gefühl, dass an diesem Abend etwas Neues begann.

# 17. Kapitel

*Kamerun, Montag, 1. Februar 1897*

»Erich«, grüßte Luise den Oberleutnant, als dieser vom Pferd gestiegen war, und reichte ihm nun die Hand. »Welch angenehme Überraschung.«

»Du dürftest doch damit gerechnet haben, dass ich komme, oder nicht?«

»Ja, das stimmt. Wobei ich eigentlich dachte, dass du mich gleich gestern nach dem Gottesdienst ansprechen würdest.«

»Nein, der Zeitpunkt wäre nicht passend gewesen. Außerdem war doch gestern dort das einzige Thema, dass hier in Kamerun noch kein Deutscher ein so schönes und gelungenes Fest ausgerichtet hat wie du.«

»Ich hatte großen Spaß am Freitag.«

»Wie wir alle.«

Sie gingen zusammen zur Veranda, und Luise bot Erich einen der Rattanstühle an. »Setz dich doch. Was möchtest du trinken?«

»Malambuku hat für deinen Vater und Therese immer eine Limonade gemacht, die ich auch kosten durfte.«

»Die macht er auch heute noch. Einen kurzen Moment. Ich hole sie.«

»Ist er denn nicht da?«

»Er ist nur kurz weg, weil er etwas in seinem Dorf zu erledigen hat. Doch ich weiß, wo er die Limonade versteckt«, gab sie verschwörerisch zu. »Ich bin gleich zurück.«

Erich Heemsen streckte die Beine aus, während Luise ins Haus ging. Er war in der letzten Zeit oft Stunden nicht aus dem Sattel gekommen, und ihm tat jeder Knochen im Körper weh. Gouverneur von Puttkamer hatte ein Dekret erlassen, wonach die Truppen angewiesen wurden, sich anbahnende Aufstände schon im Keim zu ersticken, um eine solche Unverfrorenheit wie die von Ngilla, dem Herrscher des Volkes der Wute, gar nicht mehr aufkommen zu lassen. Entsprechend genau hatten die deutschen Truppen insoweit auf jeden noch so unwichtig erscheinenden Anflug eines Aufbegehrens zu achten und diesen auch zu ahnden, was die Situation, wegen der er heute hier war, erschwerte.

Erich kannte und schätzte Hamza, ganz im Gegensatz zu Sigmund Leffers, den er auf den Tod nicht ausstehen konnte. Doch die Befehle, die von ganz oben kamen, konnte er trotzdem keinesfalls ignorieren. Denn Sigmund Leffers hatte offiziell Anzeige gegen Hamza erstattet, und die würde nicht einfach so verschwinden, nur weil er Leffers für einen Widerling hielt. Zwar bezweifelte Erich, dass es sich auch nur annähernd so abgespielt hatte, wie Sigmund Leffers ihm wortreich beschrieben hatte. Doch wenn auch nur ein Fünkchen Wahrheit daran war und Hamza den Deutschen angegriffen hatte, dann sah es nicht gut für Hamza aus.

»So, die Limonade«, kündigte Luise an und trat mit einem Tablett an den Tisch. Erich nahm die beiden Gläser herunter, stellte sie auf dem Tisch ab und griff auch schließlich noch die Karaffe mit der Limonade. Luise legte nur noch das Tablett auf einem der Stühle ab, während Erich bereits die Gläser füllte.

»Wohl bekomm's«, sagte Luise, nahm eines der Gläser und prostete ihrem Gegenüber zu. Sie tranken und stellten die Gläser wieder ab.

»Ich will gleich zur Sache kommen«, erklärte Erich nun in dienstlichem Tonfall. »Sigmund Leffers hat Anzeige gegen Hamza erstattet.«

Luise setzte sich aufrecht hin. »Er hat bitte *was?* Und weshalb?«

»Verkauf mich nicht für dumm, Luise. Irgendetwas ist vorgefallen, und ich möchte, dass du mir die Wahrheit sagst. Hat Hamza Sigmund angegriffen und ihm nach dem Leben getrachtet?«

Luise lachte auf. »Sigmund Leffers ist nun wirklich einer der schrecklichsten Menschen, die ich kenne. Und ich wünsche mir von Herzen, dass tatsächlich mal jemand kommt und ihm Manieren beibringt, die er wohl leider bei seiner Abreise in Deutschland vergessen hat.«

Erich wollte etwas erwidern, doch Luise sprach direkt weiter.

»Aber zu behaupten, Hamza hätte ihm nach dem Leben getrachtet, ist eine so bodenlose, unverschämte Lüge, dass es selbst für Sigmunds Verhältnisse ungewöhnlich ist.«

»Und was ist dann geschehen?«

Luise überlegte, ob es klug war, Erich die Wahrheit zu sagen. Andererseits fürchtete sie, dass er womöglich schon mit Hamza gesprochen haben könnte und nun prüfen wollte, ob sie ihn belog. Und auch wenn sie Hamza eingetrichtert hatte, mit absolut niemandem auch nur ein Wort über diese Angelegenheit zu reden, konnte sie doch nicht sicher sein, ob er sich daran auch gehalten hatte. Sie spürte, dass Erich auf ihrer Seite war. Wenn sie ihm jetzt Lügen auftischte und dann die Wahrheit ans Licht käme, würde es schlechter für sie aussehen als zuvor.

»Sigmund hat mich beschimpft, weil ihm wohl meine Lebensführung nicht gefällt. Er war schon im Weggehen. Wahrscheinlich habe ich ihn mit einer unbedachten Bemerkung verärgert, was wirklich nicht klug von mir war. Auf jeden Fall machte er dann kehrt, hielt auf mich zu und packte mich am Kinn. Hamza stand neben mir. Ich strauchelte, und Hamza ist dazwischengegangen, um mich vor Sigmund zu beschützen.«

»Und wie ist er dazwischengegangen?«

»Er hat ihn wohl kurz am Arm berührt oder Ähnliches. Ich war ja froh, dass er mich nicht mehr festhielt, denn er hat einen sehr schmerzhaften Griff.«

»Ist Sigmund dabei gestürzt?«

»Aber nein. Nichts dergleichen.«

»Sigmund hat zur Anzeige gebracht, dass Hamza ihn grundlos angegriffen und auf ihn eingeschlagen hätte. Und erst als du ihm befohlen hast, aufzuhören, hätte er von ihm abgelassen.«

Wut stieg in Luise auf. »Erich, sieh mir in die Augen. Sigmund lügt, und zwar wie gedruckt. Hamza hat mich verteidigt, mehr nicht. Und er hat Sigmund so gut wie gar nicht angefasst. Weder hat er auf ihn eingeschlagen noch ist Sigmund zu irgendeiner Zeit zu Boden gegangen. Das ist gelogen.«

Der Oberleutnant betrachtete sie eine Weile. »Ich glaube dir«, sagte er, als er eine Bewegung wahrnahm und an Luise vorbeiblickte. Hamza kam von der Plantage direkt auf das Haus zu.

»Luise, ich werde gleich Hamza befragen, was sich ereignet hat. Und ich will dabei kein Wort von dir hören.« Er mahnte mit dem Zeigefinger. »Hast du verstanden?«

»Ja, Herr Oberleutnant«, entgegnete sie spöttisch, ersparte sich aber eine weitere Bemerkung. Hier ging es um zu viel, als dass sie es riskieren konnte, wegen einer leichtfertigen oder gar zynischen Äußerung, die ihr stets sehr schnell über die Lippen kam, alles zu gefährden.

»Hamza.« Erich stand auf und reichte ihm die Hand. »Komm zu uns. Ich möchte gern etwas mit dir besprechen.«

Luise sah zu Hamza auf, sagte aber nichts. Sie spürte den mahnenden Blick Erichs auf sich ruhen. »Möchtest du auch eine Limonade?«, fragte sie schließlich nur.

»Ja, gern.«

»Setz dich«, sagte Luise. »Ich hole dir ein Glas.« Damit stand sie auf, um auch Erich zu signalisieren, dass sie überhaupt nicht vorhatte, Hamza mit Zeichen oder Worten in irgendeiner Form zu warnen oder zum Schwindeln anzustiften.

Erich wandte sich Hamza zu, der neben ihm Platz genommen hatte. »Ich bin heute hier wegen des Vorfalls von letzter Woche. Weißt du, welchen ich meine?«

Hamza war anzusehen, dass er nicht wusste, was er hierauf antworten sollte. In diesem Moment kam Luise mit einem weiteren Glas heraus. Hamza sah sie fragend an.

»Wenn ich nur eines sagen darf: Erich möchte lediglich wissen, was geschehen ist. Bitte beantworte seine Fragen ganz und gar wahrheitsgetreu.«

Erich nickte Luise zu. »Also, Hamza, Sigmund Leffers hat einen Vorfall gemeldet, an dem du beteiligt gewesen sein sollst.«

Hamza wartete weiter ab.

»Willst du mir nicht antworten?«

»Sie haben keine Frage gestellt«, erklärte Hamza. »Oder was soll ich antworten?«

Erich schmunzelte. »Nun gut, also als Frage formuliert: Stimmt es, dass es einen Zwischenfall mit dir und Sigmund Leffers gegeben hat?«

»Ja, das stimmt.«

»Und kannst du mir mit deinen eigenen Worten sagen, was geschehen ist?«

»Ja. Gern. Also, ich kam zum Haus, und dort hinten an der Ecke bin ich fast mit Herrn Leffers zusammengestoßen. Er sagte dann, dass ich Neger gefälligst aufpassen soll.«

Luise überlegte kurz. Es stimmte, was Hamza sagte. Dass die beiden fast zusammengestoßen wären, hatte sie schon wieder völlig vergessen. Wäre es wichtig gewesen, das ebenfalls bei Erich zu erwähnen?

»Und das hat dich wütend gemacht?«, fragte Heemsen.

»Wütend? Nein. Weshalb?« Hamza sah ihn verständnislos an.

»Schon gut, offenbar nicht«, stellte Erich dann fest. »Und wie ging es weiter?«

»Ich bat um Verzeihung, dass ich unachtsam gewesen war, doch er war noch immer aufgebracht. Er sagte irgendetwas zu mir, irgendetwas Beleidigendes.«

»Und das hat dich dann wütend gemacht?«

»Nein«, sagte nun Luise. »Mich.«

Erich sah zu ihr hinüber.

»Jetzt, wo Hamza es sagt, fällt es mir überhaupt erst wieder ein. Ich weiß nicht mehr, was Sigmund gesagt hat. Es war eine seiner üblichen Beleidigungen, die im Grunde nicht weiter von Belang sind. Und da habe ich ihm mitgeteilt, dass er hier auf der Farm nicht länger erwünscht ist und gehen soll.«

»Stimmt das?«, fragte Heemsen, an Hamza gewandt.

»Ja«, sagte Hamza. »Und da wurde er dann richtig wütend. Er packte Luise und hielt sie so fest.« Er fasste sich selbst mit der Hand an den Kiefer. »Er tat ihr weh, das konnte ich sehen. Und da habe ich ihn beiseitegestoßen und ihm gesagt, dass er sie nicht anfassen soll.«

»Du hast ihn also gestoßen?«, versicherte sich Heemsen.

Luise wurde heiß und kalt.

»Ja. Ich habe ihn von Luise weggestoßen.«

»Und dadurch ist er zu Boden gefallen?«

Hamza sah den Oberleutnant verblüfft an. »Nein. Er ist nicht gefallen. Er ist ein paar Schritte rückwärtsgegangen und hat weitergeschimpft. Und dann griff er sich die Peitsche.«

»Was?«

»Die Peitsche«, wiederholte Hamza ganz selbstverständlich. »Er hat sie von seinem Pferdesattel genommen und damit nach mir geschlagen.« Hamza schüttelte den Kopf. »Aber er ist nicht gut darin und auch viel zu langsam. Ich habe das Ende der Peitsche festgehalten, sodass er es nicht noch mal versuchen konnte.«

Der Oberleutnant strich sich über die Augen und sah Luise an. »Die Peitsche hast du mit keinem Wort erwähnt.«

Luise zuckte die Schultern. »Ich weiß auch nicht, wie ich das vergessen konnte. Ich habe mich nur daran erinnert, wie er mein Kinn quetschte.«

»Du hast also die Peitsche festgehalten, Hamza, damit er dich nicht schlagen konnte. Und was ist dann geschehen? Hast du ihn vielleicht dann zu Boden geschlagen?«

»Nein.« Hamza war anzusehen, dass er die Frage nicht verstand. Warum sollte er jemanden schlagen? »Luise hat dann gesagt, dass wir aufhören sollen, und sich die Peitsche genommen. Dann hat sie ihn aufgefordert, die Farm zu verlassen.«

»Und was meinte Leffers dazu?«

»Er wollte die Peitsche wiederhaben. Doch Luise hat sie ihm nicht gegeben. Sie sagte, sie würde sie ihm auf seine Farm schicken lassen.« Hamza senkte den Blick. »Doch das ist bisher nicht geschehen.« Es wirkte, als schäme Hamza sich dafür, dass Luise nicht Wort gehalten hatte.

»Das stimmt«, stellte Luise nun fest, stand auf, ging ins Haus und kam kurz darauf mit der Peitsche in der Hand wieder heraus. »Hier«, sagte sie zu Erich und reichte sie ihm.

»Danke.« Heemsen legte die Peitsche neben sich auf den Boden. »Und was ist dann noch geschehen?«

Hamza überlegte. »Nichts mehr. Er hat noch weitergeschimpft, ist dann auf sein Pferd gestiegen und fortgeritten.
Und wir sind wieder zum Haus gegangen.«

Heemsen seufzte. »Ich habe keinen Zweifel, dass es sich
genau so abgespielt hat, wie du sagst, Hamza. Doch Sigmund
Leffers hat Anzeige gegen dich erstattet und behauptet, du hättest ihn geschlagen und in der Absicht, ihn zu töten, noch weiter auf ihn eingeprügelt, als er schon am Boden lag.«

Hamza sah ihn überrascht an. »Aber das stimmt nicht. Es
war so, wie ich es gerade sagte. Herr Leffers lag nicht am Boden.
Nicht, solange er hier war, sonst hätte ich ihm aufgeholfen.«

Luise musste wegen der letzten Bemerkung schmunzeln.
Das war ganz der Hamza, den sie kannte.

»Ja, vermutlich hättest du das«, stimmte Heemsen etwas
ratlos zu.

»Sie glauben ihm doch nicht, oder?«, fragte Hamza nun.

»Nein, das tue ich nicht.«

»Gut. Es kann ja auch gar nicht so sein, wie er sagte.«

»Und weshalb nicht?« Erich wurde hellhörig.

»Er sagte, ich habe ihn zu Boden geschlagen und dann
noch weiter und immer weiter?«, vergewisserte sich Hamza, den
Oberleutnant richtig verstanden zu haben.

»Ja, das behauptet er.«

Hamza öffnete sein Hemd und zog es an der linken Schulter
herunter. »Ich bin gestern über einen der Säcke gefallen. Es war
nicht schlimm, aber hier.« Er deutete auf seine Schulter. »Sie ist
blau geworden. Wenn man fällt oder geschlagen wird, hat man
solche Flecke.«

»Das stimmt«, sagte Luise nun, und endlich stellte sich die
Erleichterung ein, dass Sigmund Leffers der Lüge überführt
worden war. »Wenn Sigmund so schrecklich verprügelt worden
wäre, müsste er wohl irgendwelche Blessuren davongetragen
haben. Der Vorfall ist jetzt eine Woche her, doch man müsste

sie immer noch erkennen können.« Sie beugte sich vor. »Und du hast ihn doch am Freitag hier auch gesehen, Erich. Wenn er zu Boden geschlagen worden wäre, müsste man von den Schlägen mindestens auch etwas im Gesicht sehen, oder nicht? Von dem Rest seines Körpers ganz zu schweigen.«

Oberleutnant Heemsen dachte kurz nach. »Er war am Mittwoch bei mir, um die Sache anzuzeigen«, erinnerte sich Erich nun. »Und da war nicht die geringste Spur einer Verletzung zu bemerken.«

Hamza zog das Hemd wieder über seine Schulter und band es zu. »Ich verletze mich oft. Und die Flecke kommen immer, jedes Mal.«

»Gib mir mal deine Hände, Hamza«, bat Erich nun.

Hamza wirkte überrascht, tat dann aber, wie ihm geheißen, und streckte die Hände mit den Handflächen nach oben vor. Erich griff sie und drehte sie mehrfach, sodass er sowohl die Handflächen als auch die Handrücken begutachten konnte.

»Nichts«, stellte Heemsen mit einer gewissen Erleichterung in der Stimme fest. »Mach mal eine Faust.«

Hamza tat auch das und sah Erich dann an, als wartete er darauf, wozu dieser ihn als Nächstes auffordern würde.

Dieser ließ Hamzas Hände jedoch los und sagte dann: »Ich muss jetzt los und werde Sigmund Leffers einen Besuch abstatten. Ich denke, er hat mir da etwas zu erklären.«

»Nimm ihm seine Peitsche mit«, bat Luise. »Dann hat er keinen Grund mehr, die Hansen-Farm noch einmal zu betreten.«

Erich erhob sich, und auch Luise und Hamza standen auf.

»Ich werde euch Bescheid geben, was aus der Sache geworden ist.«

»Danke, Erich.« Luise reichte ihm die Hand.

»Auf Wiedersehen, Herr Heemsen«, verabschiedete sich Hamza, was der Oberleutnant erwiderte. Dann nahm er die Peitsche, ging zu seinem Pferd und ritt davon.

»Glaubst du, dass die Sache damit ausgestanden ist?«, fragte Hamza, als sie Erich noch nachsahen, wie er nun sein Pferd antrieb.

»Nein«, antwortete Luise. »Leider glaube ich das nicht. Aber ich hoffe darauf, dass Sigmund einsehen muss, mit seinen Lügen nicht durchzukommen.«

Hamza sagte nichts mehr dazu. Einen Moment blieben sie noch so stehen. Malambuku kam gerade wieder aus dem Dorf zurück. Als er auf der Veranda die drei Gläser stehen sah, fragte er: »Nyango haben Besuch?«

»Ja, Oberleutnant Heemsen war hier«, sagte sie. »Ich habe ihm etwas von deiner Limonade angeboten.«

Malambuku lächelte. »Sango Heemsen schon oft Limonade getrunken, wenn hier war.«

»Ja, er hat sogar ausdrücklich danach gefragt«, erklärte Luise und konnte sehen, dass sie Malambuku damit eine Freude machte.

Dann räumte Malambuku die Gläser ab und ging zurück ins Haus.

»Luise«, sprach Hamza sie an. »Wenn man nicht mir glauben sollte, sondern Sigmund Leffers, was geschieht dann mit mir?«

»Du hast doch Erichs Reaktion gesehen. Er glaubt dir.« Luise mochte nicht einen Augenblick darüber nachdenken, was Hamza erwartete, wenn dies nicht der Fall wäre.

»Weiße dürfen Schwarze töten, wenn die sie angreifen«, sprach er nun seinen Gedanken aus.

»Aber du hast niemanden angegriffen, sondern mich nur verteidigt. Und dass Sigmund Leffers keine blauen Flecke oder Blessuren hat, beweist, dass er lügt.« Sie berührte kurz seinen Arm. »Mach dir keine Sorgen, Hamza. Alles wird gut werden.«

Hamza nickte, doch es war ihm anzusehen, dass Luises Worte ihn keinesfalls überzeugten.

»Ich gehe dann jetzt wieder zur Plantage«, kündigte er an und machte auch sofort kehrt. Luise konnte nur ahnen, was jetzt in ihm vorgehen mochte. Sie setzte sich, stand aber gleich darauf wieder auf und ging ins Haus. Die Situation machte sie unruhig. Sie hatte gleich letzte Woche nach dem Vorfall ihrem Vater nach Wien telegrafiert und kurz geschildert, was sich ereignet hatte. Doch offenbar hatte der darauf keinen Kontakt zu Oberleutnant Heemsen aufgenommen, sonst hätte der es bestimmt vorhin erwähnt. Und auch sie selbst hatte noch keine Antwort erhalten, was ungewöhnlich war, da ihr Vater sich sonst stets so rasch wie möglich zurückmeldete.

Kurz überlegte sie, dann ging sie nach oben, um Robert einen Brief zu schreiben. Nicht nur wegen der Sache mit Hamza, sondern auch, um sich bei ihm und auch Therese zu melden. Sie spürte, dass sie sich von Tag zu Tag immer besser fühlte und so galt es nun, langsam ins Leben zurückzufinden, auch wenn sie das mit ihrer Reise hierher gar nicht beabsichtigt hatte. Doch die unendliche Verzweiflung, die sie noch bei ihrer Ankunft gespürt hatte, war inzwischen einem gerüttelt Maß Wut über das Verhalten Sigmund Leffers' gewichen. Vor allem aber spürte sie, dass ihre tiefe Trauer zwar nicht wich, aber doch von den Herausforderungen, vor die der Alltag sie stellte, überlagert wurde. Zwar dachte sie täglich an Viktoria, doch nicht nur in Verzweiflung und Trauer, sondern auch in dankbarer Erinnerung, wenngleich die Tatsache, dass sie die Kleine nie wieder würde in die Arme schließen können, ihr sofort die Tränen in die Augen trieb.

Der Tag verging ohne weitere Ereignisse, und irgendwann legte Luise sich schließlich schlafen. Nach dem Treffen mit Heemsen hatte sie Hamza nicht mehr zu Gesicht bekommen, und nun lag sie wach in ihrem Bett und dachte nach. Sie konnte nur vermuten, welche Sorgen Hamza wegen dem, was ihm bevorstehen könnte, plagen mussten. Sie drehte sich auf die Seite, dann wieder auf den Rücken, doch der Schlaf wollte einfach nicht kommen. Irgendwann musste sie kurz weggenickt sein. Doch als sie wieder wach wurde, war es draußen noch immer dunkel. Aber es war nicht mehr tiefe Nacht; man konnte spüren und sehen, dass schon bald das erste Licht des Tages hereinbrechen würde.

Luise stand auf, zog sich etwas über, schlüpfte in ihre Schuhe und ging schließlich nach draußen. Langsam schlenderte sie hinüber zum Baumstamm, auf dem sie früher so oft mit Hamza gesessen und das Licht des neuen Tages hatte aufgehen sehen. Ein sanftes Lächeln umspielte ihre Lippen, als sie schon auf die Entfernung die Umrisse Hamzas erkannte, der dort auf dem Baumstamm saß und in Richtung Fako blickte. Als er ihre Schritte wahrnahm, drehte er sich zu ihr um.

»Kannst du auch nicht schlafen?«, fragte Luise und setzte sich neben ihm auf den Stamm.

»Nein.« Hamza seufzte. »Mir geht die Sache mit Leffers nicht mehr aus dem Kopf.«

»Mir auch nicht.«

Eine Weile schwiegen sie, und Luise zog die Decke, die sie sich über die Schultern gelegt hatte, etwas fester.

»Ist dir kalt?«

»Ein bisschen, ja.«

Hamza legte den Arm um ihre Schultern. »Besser so?«

Sie lehnte ihren Kopf an. »Ja, viel besser. Danke.«

»Wie oft haben wir wohl schon so hier gesessen?«, fragte Luise dann nach einer Weile.

»Viele Male, ich weiß nicht genau«, antwortete Hamza.

»Weißt du, in diesen Momenten hier mit dir hatte ich immer das Gefühl, dass alles gut würde.«

»Ich weiß, was du meinst. Mir geht es genauso.«

Luise spürte, wie sehr sie seine Nähe genoss. Kurz war da der Impuls, ihn zu küssen, doch sie besann sich. Sie waren Freunde, nur Freunde. Und das würde sie respektieren.

# 18. Kapitel

## *Hamburg, Mittwoch, 3. Februar 1897*

»Frederike! Na, das nenne ich eine Überraschung.« Georg war aufgestanden und um seinen Schreibtisch herumgegangen, um seine Tochter, die soeben nach einem kurzen Klopfen sein Büro betreten hatte, zu begrüßen.

»Guten Morgen, Vater.« Sie umarmte ihn.

»Bitte, setz dich doch.« Er deutete zu den Sofas hinüber. »Was kann ich dir anbieten?«

»Gern einen Tee.«

»Oh, keinen Kaffee oder eine heiße Schokolade?«

»Derzeit habe ich den Tee für mich entdeckt«, sagte sie freundlich. »Und da das Kontor Hansen den ja inzwischen auch liefern kann …« Sie lächelte ihn an.

»Ich sage Fräulein Schreiber Bescheid.« Er ging zur Tür und trat kurz aus dem Büro, während Frederike auf einem der beiden Sofas Platz nahm. Dann kam er zurück und setzte sich ihr gegenüber.

»Ich hoffe, Fräulein Schreiber ist mir nicht böse? Sie wollte mich anmelden, doch ich bin einfach so hereinspaziert.«

»Ach, bestimmt nicht. Sie ist nur immer sehr korrekt. Doch sie weiß, wie sehr ich mich stets über deine Besuche freue.«

»Es ist schön, das zu hören.«

»Wie geht es dir, Frederike? Du siehst glücklich aus.«

»Ehrlich gesagt, bin ich das auch.«

»Deine Mutter hat mir erzählt, dass du und Julius letztens bei uns wart, als ich in Wien war.«

»Ja, wir wollten euch einfach mal wieder besuchen. Und am Montag war ich auch kurz bei ihr. Sie wirkt ein bisschen einsam, finde ich.«

»Das stimmt leider«, gab Georg ihr recht. »Doch ich fürchte, ich kann im Moment gar nichts dagegen tun.« Er deutete zu seinem Schreibtisch. »Du siehst es ja, ich habe weit mehr Arbeit, als ich bewältigen kann. Ich muss zugeben, dass ich keine Ahnung habe, wie Luise das alles geschafft hat.«

»Hast du was von ihr gehört?«

»Nein, bisher leider nicht. Aber wenn sie uns geschrieben haben sollte, kann der Brief ja auch noch nicht angekommen sein.«

»Nein, das ist wohl wahr.«

Es klopfte, und Fräulein Schreiber betrat mit einer Tasse Tee und einer Tasse Kaffee das Büro und stellte diese auf dem Couchtisch ab. »Bitte sehr.«

»Vielen Dank, Fräulein Schreiber«, sagten Frederike und Georg fast gleichzeitig.

»Aber sehr gern«, meinte sie freundlich und ging dann wieder hinaus.

»Was wolltest du eigentlich in Wien?«, fragte nun Frederike und hob den dampfenden Tee an ihre Lippen.

Georg schilderte ihr, was sich wegen Hans zugetragen hatte und weshalb es so dringend vonnöten war, dass Robert Luise wieder mit nach Deutschland brachte. Frederike sah ihn ein wenig erschrocken an und stellte dann ihre Tasse wieder ab.

»Ach, du meine Güte! Was ist denn nur in Hans gefahren? So war er doch sonst nicht.«

»Ohne ihn in Schutz nehmen zu wollen, denke ich, dass die blanke Verzweiflung aus ihm spricht. Egal, was er getan hat, dürfen wir doch nicht vergessen, dass Viktoria auch sein Kind war und er ebenso wie Luise alles verloren hat, was ihm etwas bedeutete. Es mag sein Fehler gewesen sein, der dazu führte, dass die Ehe gescheitert ist. Doch auch sein Leben ist zerbrochen, und das darf man nicht unterschätzen.«

»Bei allem Verständnis sehe ich darin noch lange keinen Grund, nun mit dem Verkauf der Anteile zu drohen, die ja Luise gehören und nicht ihm.«

»Rein rechtlich sind es seine.«

»Das ist mir egal«, befand Frederike. »Und das sage ich nicht, weil sie meine Cousine ist.« Sie zog die Stirn zornig in Falten. »Luise war diejenige, die hier gearbeitet und sich aufgerieben hat. Du hast es vorhin selbst gesagt: Sie hat so viel geschafft und für das Kontor getan, dass ihr niemand das Wasser reichen konnte. Und nur weil sie eine Frau ist, soll ihr und damit dem Kontor das weggenommen werden, wofür sie so hart gearbeitet hat?«

»Ich bin da ganz deiner Meinung«, pflichtete ihr Vater ihr bei. »Und ehrlich gesagt, ist ja auch das letzte Wort noch nicht gesprochen. Ich hoffe im Moment noch darauf, dass Hans sich fängt und wieder zur Besinnung kommt. Doch ich habe gerade gestern noch mal mit Rechtsanwalt Kramer telefoniert, und es soll Gerüchte geben, wonach Anteile am Kontor Hansen zum Verkauf stehen.«

»Um Gottes willen!« Frederike atmete tief durch. »Aber dagegen müssen wir doch etwas tun können.«

»Kramer prüft die Sache, doch es scheint so, als hätte es damals bei den Verträgen einen Formfehler gegeben. Keiner ist auf die Idee gekommen, dass Hans die Anteile im Falle einer Trennung noch vor der Scheidung verkaufen könnte.«

»Offen gesagt, verstehe ich gar nicht, dass du diesem Rechtsanwalt noch vertraust. Immerhin dürfte er daran schuld sein, dass die Verträge eben nicht hieb- und stichfest sind.«

»Schuldzuweisungen bringen uns in dieser Situation überhaupt nicht weiter. Wie gesagt, ich hoffe auf ein Einlenken von Hans. Ich habe mit seinem Onkel telefoniert, und der hat mir versichert, dass er auf Hans positiv einwirken wird. Und bisher hatte Wilhelm immer großen Einfluss auf seinen Neffen, schon in dessen eigenem Interesse. Ich könnte mir vorstellen, dass Hans es sich zweimal überlegt, die Anteile weiter anzubieten, wenn Wilhelm damit droht, ihn aus der Firma zu werfen.«

»Hat er das denn vor?«

»Er hat es nicht so deutlich gesagt, doch Wilhelm Petersen ist ein Ehrenmann und Hanseat durch und durch. Er und Robert haben damals die Ehe von Luise und Hans eingefädelt. Dass nun für eine der beiden Seiten ein Nachteil daraus erwachsen soll, wird keinem von ihnen schmecken.«

»Ich hoffe, dass deine Zuversicht gerechtfertigt ist«, sagte Frederike und überlegte kurz. »Aber nur mal angenommen, Hans verkauft. Was würde das dann konkret für das Kontor bedeuten?«

»Luise oder besser gesagt Hans hält Anteile von fünfunddreißig Prozent am Kontor, Robert ebenfalls und ich dreißig. Damit hätten Robert und ich immer noch die Mehrheit, doch der Haken daran ist die alleinige Vertretungsberechtigung.«

»Die alleinige Vertretungsberechtigung?«, wiederholte Frederike. »Könntest du mir das erklären?«

»Na ja, eigentlich ist das etwas Gutes. Jeder von uns kann allein entscheiden und Abschlüsse tätigen. Diese Entscheidungen sind auch für die anderen beiden Anteilseigner bindend.«

»Damit ihr nicht wegen jeder Kleinigkeit die Zustimmung der anderen braucht?«, resümierte Frederike.

»Ganz genau. Schon deshalb, weil wir ja so gut wie nie alle drei am selben Ort sind und den anderen dann die Hände gebunden wären.«

»Ich verstehe.«

»Doch in Bezug auf die jetzige Situation ist das eben ein Problem. Im Fall eines Verkaufs kann derjenige, der Luises beziehungsweise Hans' Anteile kauft, im Namen des Kontors schalten und walten.«

»Aber könnt ihr das nicht noch ändern, um es zu verhindern? Ich meine, eine Änderungsvereinbarung, dass nur dann Entscheidungen getroffen werden können, wenn eine Mehrheit besteht? Dann könnte auch ein neuer Eigentümer nichts machen, weil Robert und du nach wie vor mehr Anteile hättet.«

»Das ginge, ja. Doch dafür müssten alle Anteilsinhaber zustimmen. Und das wird Hans ganz sicher nicht tun, wie du dir vorstellen kannst.«

»Hm«, machte Frederike. »Und was wollt ihr jetzt unternehmen?«

»Wie gesagt, Dr. Kramer ist immer noch dran, um alle Hebel in Bewegung zu setzen, die Hans rein rechtlich am Verkauf hindern können. Eigentlich hatte er vor, den Scheidungstermin möglichst weit nach hinten zu schieben, da Luise anwesend sein muss und wir sie ja erst einmal zurück nach Deutschland holen müssen. Nun jedoch wäre es für uns von Vorteil, wenn der Termin so früh wie möglich stattfinden könnte. Denn je mehr Zeit Hans bekommt, desto schwieriger wird es, den Verkauf zu verhindern, sollte er sich dazu entschließen.«

»Ich würde Hans am liebsten mal gehörig den Kopf waschen«, entrüstete sich Frederike. »Ich habe ihn immer so gern gemocht, und nun das.« Sie sah ihren Vater an. »Sag bitte, könnte das womöglich die Pleite für das Kontor bedeuten?«

»Nun ja, im Grunde könnte ein neuer Anteilsinhaber die gesamte Ware zum halben Preis anbieten, wenn ihm danach wäre. Doch ebenso könnten Robert und ich auch jede Entscheidung wieder rückgängig machen. Ganz abgesehen davon, müsste es eigentlich im Interesse eines neuen Miteigentümers sein, gute Geschäfte zu machen, um so einen höheren Anteil aus dem Kontor zu ziehen. Zwar würden uns auch durch die möglichen hohen privaten Entnahmen Verluste entstehen, doch die könnten wir verkraften.« Er trank einen Schluck Kaffee. »Meine größere Sorge wäre eher die, dass durch die Unwägbarkeiten, die mit einer Eigentumsverschiebung auftreten würden, unsere permanente Wachsamkeit erforderlich wäre und uns so von der eigentlichen Arbeit ablenken würde.« Er trank noch den letzten Schluck Kaffee. »Aber lass uns nicht nur davon reden«, bat er dann. »Wir werden dieses Problem lösen.« Er lehnte sich zurück. »Du bist doch bestimmt auch noch aus einem anderen Grund gekommen als nur dem, dass du deinen alten Vater sehen wolltest.«

»Wie das klingt«, sagte sie. »Als würde ich nur dann kommen, wenn ich etwas von dir will.«

»Nicht nur dann. Aber nur dann kommst du zu mir ins Kontor«, bemerkte er, was ihr ein Lächeln abrang.

»Damit hast du wohl recht.« Sie setzte sich aufrecht hin. »Ich hoffe, ich überfalle dich damit nicht. Und ich wollte zuerst mit dir sprechen, weil ich Mutters Antwort ohnehin kenne.«

»Was hast du denn auf dem Herzen, Frederike?«

Sie spielte nervös mit den Fingern. »Julius und sein Vater ... also ... nun ja, sie haben Schwierigkeiten in der Werkzeugfabrik.«

»Sie haben Schwierigkeiten? Welcher Art?«

»Da ich nicht weiß, wie ich es elegant umschreiben soll, spreche ich es einfach aus: Sie sind pleite.«

»Oh«, sagte Georg. »Ich muss zugeben, dass mich das überrascht.« In diesem Moment bereute Georg, sich offenbar nicht gründlich genug nach den finanziellen Hintergründen der Steffensens erkundigt zu haben. Vera und er hatten damals gewollt, dass Frederike und Julius sich kennenlernten. Sie waren im gleichen Alter, und Julius war mit seinen Eltern vor ein paar Jahren aus dem Schwarzwald hergezogen, wo sie, soweit Georg wusste, gute Geschäfte machten. Und auch die Werkzeugfabrik hier stand in dem Ruf, profitabel zu sein. Doch womöglich hätte Georg sich etwas eingehender mit dem Thema beschäftigen sollen, wie er jetzt feststellen musste.

»Ich hatte auch keine Ahnung. Als ich am Montag nach Hause kam, überraschte ich Julius und Hubertus bei einem Gespräch darüber, und da hat Hubertus es mir gesagt. Er will den Schaden begrenzen und deshalb das, was noch da ist, so rasch wie möglich verkaufen.«

»Alles?«

»Ja. Ich weiß nichts Genaues, was die Fabrik angeht. Doch er hat bereits einige Leute angerufen, und so wie es aussieht, wird auch die Villa recht bald veräußert werden können.«

Georg sah seine Tochter ernst an. »Ich vermute, dass die Familie dann in den Schwarzwald zurückkehren will?« Die Erkenntnis traf ihn wie ein Schlag. Er hatte schon zu Richard keinen Kontakt mehr, wenn auch aus gutem Grund. Sein Bruder und dessen Familie waren in Wien, seine Nichte – zumindest zurzeit – in Kamerun. Und seine einzige Tochter stand offenbar im Begriff, in den Schwarzwald zu ziehen. Nicht nur, dass sie ihm furchtbar fehlen würde. Er mochte nicht einmal darüber nachdenken, was dies für seine Frau bedeutete.

»Nicht die Familie«, sagte dann Frederike. »Nur Hubertus. Julius und ich möchten hierbleiben.«

Georgs Miene hellte sich auf. »Na, Gott sei Dank!«, entfuhr es ihm erleichtert. »Gerade fürchtete ich schon, dass du und Julius ebenfalls fortgeht.«

»Nein.« Sie schüttelte den Kopf. »Aber wir haben eben noch keine Ahnung, wie es jetzt weitergeht und …«

»Na, ihr zieht natürlich zu uns in die Hansen-Villa«, erklärte Georg ganz selbstverständlich. »Also, ich meine, nur wenn ihr das wollt natürlich.«

Frederike nickte eifrig. »Genau deshalb bin ich hier, um dich zu fragen, ob es dir recht wäre.«

Georg sprang auf und breitete die Arme aus. »Ob es mir recht wäre?« Er zog sie schwungvoll in die Höhe und umarmte sie. »Frederike, ich freue mich von Herzen. Und ich möchte unbedingt dabei sein und ihr Gesicht sehen, wenn du es deiner Mutter sagst.«

»Ach, Vater.« Frederike erwiderte die Umarmung und drückte ihm einen Kuss auf die Wange. »Ich bin ja so erleichtert.«

Einen Moment blieben sie noch so stehen, dann nahmen sie wieder Platz. »Und was hat Julius jetzt beruflich vor?«

Frederike zuckte die Schultern. »Offen gesagt, wissen wir das noch nicht. Er wird sich irgendwo eine Stellung suchen und sich hocharbeiten müssen. Mein Julius ist ein schlauer Kopf und sich für keine Arbeit zu schade. Bestimmt wird er etwas finden, und wir brauchen ja auch nicht viel zum Leben, wenn wir bei euch unterkommen.«

Georg lächelte. »Also ihr habt ein gutes Dach über dem Kopf, es wird immer genug zu essen da sein, und auch sonst könnt ihr jederzeit auf Mutter und mich zählen«, versicherte er.

»Das weiß ich, Vater.«

Georg überlegte kurz. »Wäre es für Julius vielleicht eine Möglichkeit, eine Arbeit im Kontor anzunehmen? Wir brauchen gerade jetzt kräftige Männer, die die Schiffe entladen, und auch in den Lagerhallen könnten wir noch einen Mann wie ihn brauchen. Es wäre eine einfache Arbeit und nicht die eines Firmenerben, doch wie du sagst: Er könnte sich hocharbeiten.«

»Das ist wirklich lieb von dir, Vater. Vielen Dank. Ich glaube, Julius wird sich sehr über dein Angebot freuen.«

»Schlag es ihm vor. Und wenn es nichts für ihn ist, fasse ich es nicht als Zurückweisung auf. Er muss entscheiden und seinen Weg finden. Ich biete es nur an.«

»Du bist ein guter Mensch, weißt du das?« Frederike wurde nachdenklich. »Darf ich ganz offen sein?«

»Aber natürlich.«

»Noch vor einigen Jahren war ich so wütend auf dich, dass ich nicht einmal in der Lage war, auch nur über dich nachzudenken, ohne am liebsten aus der Haut zu fahren. Nun jedoch bin ich überglücklich, wie alles sich entwickelt hat, und ich hoffe aufrichtig, dass wir uns nie wieder entzweien werden.«

»Wenn, dann soll es nicht an mir liegen, Frederike. Das verspreche ich dir.« Georg sah nachdenklich durch sie hindurch. »Wo du es nun ansprichst, will ich dir sagen, dass das wohl auch einer der Gründe ist, weshalb ich für Hans mehr Mitleid als Zorn empfinde. Denn ich weiß noch sehr genau, wie es sich angefühlt hat, einen Fehler gemacht zu haben und deshalb alles zu verlieren. Ich bekam eine zweite Chance. Robert, Karl und auch deine Mutter, du und Luise, ihr habt mir den Weg zurück ermöglicht, und dafür bin ich dankbar. Ich weiß, dass ich keinen von euch je wieder enttäuschen würde. Doch ich weiß auch, wie schnell man in eine Situation geraten kann, aus der man sich aus eigener Kraft nicht mehr zu befreien vermag.« Er griff über den Tisch nach der Hand seiner Tochter und drückte sie. »Wir sind eine Familie, Frederike. Und ich werde dir und Julius helfen, so gut ich kann. Ihr müsst euch keine Gedanken machen.«

»Danke, Vater.«

Sie plauderten noch eine Weile über dies und das, dann vereinbarten sie, dass Julius und Frederike am Abend zum Essen kämen. Georg sagte zu, gleich in der Villa anzurufen und Anna

Bescheid zu geben, damit sie etwas Schönes kochte. Vera, so versprach er der Tochter, würde er noch nichts verraten. Vater und Tochter freuten sich wie die Kinder bei dem Gedanken, welch große Überraschung Vera später erleben sollte. Dann verabschiedeten sie sich voneinander und verharrten einen Moment in inniger Umarmung. Es war, als gäben sie sich das Versprechen, sich nie wieder loszulassen und füreinander da zu sein, ganz gleich, welche Herausforderungen das Leben für sie bereithielt. Es war ein gutes, ein warmes Gefühl. Und beide spürten die Vorfreude auf das, was auf sie zukommen würde.

# 19. Kapitel

*Wien, Sonntag, 7. Februar 1897*

Genau zwei Wochen war Robert jetzt von zu Hause fort, und Therese fühlte sich so einsam wie noch nie zuvor in ihrem Leben. Einzig die Stunden, in denen sie im Kaffeehaus ihre Arbeit verrichtete und dabei nicht zum Nachdenken kam, waren gerade noch erträglich. Doch sobald sie daheim war, Zeit mit den Kindern verbrachte oder sogar ganz allein war, hielt sie es kaum noch aus. Der Gedanke, dass Robert gerade einmal die Hälfte des Weges erst hinter sich gebracht hatte und noch einmal so lange brauchte, um Kamerun überhaupt erst zu erreichen, brachte sie schier zur Verzweiflung. Vor allem wusste sie nicht, ob es richtig gewesen war, hierzubleiben, statt ihn zu begleiten.

Die ersten Tage hatte Franz kaum ein Wort mit ihr gesprochen, weil er so zornig auf sie war. Er konnte überhaupt nicht verstehen, weshalb nicht wenigstens er den Vater begleiten durfte. Immerhin hatten Therese und Robert ihrem Franz beim Abschied von Kamerun fest versprochen, dass sie dorthin zurückkehren würden. Nun jedoch war nur Robert aufgebrochen, und zwar nicht, um alles vorzubereiten, damit sie alle wieder dorthin zurückkonnten, sondern wegen Luise.

Robert würde Kamerun erst zu Beginn der letzten Februarwoche erreichen. Und selbst wenn er Luise sofort überzeugen konnte und sie das erste Schiff zurück nach Deutschland nahmen, würden sie nicht vor Anfang März dort wieder aufbrechen und im April Hamburg erreichen. Dieser verdammte lange Weg!

Sie sah aus dem Fenster. Über Nacht hatte es so heftig geschneit, dass dort draußen alles mit einer dicken weißen Schicht überzogen war. Heute, am Sonntag, hatte sie sich für die Kinder im Kaffeehaus freigenommen und Ella und Adele gesagt, dass sie nach ihr schicken sollten, wenn sie dringend gebraucht würde. Doch tatsächlich rechnete Therese nicht damit. Die beiden hatten sich in letzter Zeit bewährt, und die Stimmung im Kaffeehaus kam der, die Therese früher dort gehabt hatte, wieder sehr viel näher. Noch lief nicht alles so reibungslos, wie sie es sich gewünscht hätte. Doch sie wusste, dass sie in der Lage sein würde, all das, was sie schon einmal geschafft hatte, erneut hinzubekommen. Denn auch wenn die Arbeit viel war und ihr manches abverlangte, so wusste Therese doch, dass sie genau das wollte. Sie führte heute ein Leben, wie es schöner nicht hätte sein können, obwohl sie es gar nicht so geplant hatte. Denn auch wenn sie nach Karls Tod, der sich am 8. Mai zum dritten Mal jährte, nie gedacht hatte, je wieder glücklich zu werden, so gestand sie sich ein, dass es ganz anders gekommen war. Wenngleich sie sich für diesen Gedanken fast schämte, so wusste sie doch, dass ihre Ehe mit Robert erfüllender und tiefer war, als es die mit Karl je gewesen war. Sie hatte Karl geliebt, keine Frage, sein ganzes Wesen als etwas Wunderbares empfunden. Doch da war auch immer das Gefühl gewesen, als wäre er manchmal traurig und nicht in der Lage, glücklich und unbeschwert zu sein, als würde ihn irgendetwas beschäftigen. Doch vermutlich war es einfach sein Charakter und das Besondere, das ihn mit ausgemacht hatte, dass er kein leichtfertiger Mensch gewesen war und sich so manche Dinge, die andere vermutlich nicht einmal bemerkt hätten, zu Herzen genommen hatte. Wann immer sie an ihren verstorbenen Ehemann dachte, war da noch heute ein Gefühl tiefer Verbundenheit. Doch es war anders als die Verbindung zu Robert. Karl war Thereses bester Freund gewesen, bei dem sie stets wusste, sich vollkommen auf ihn verlassen zu können. Das war bei Robert zweifellos auch so, doch bei ihm kam ein Gefühl des Begehrens hinzu, das sie bei Karl so nicht erlebt hatte.

Sie hätte früher nie darüber nachgedacht, schließlich hatte sie damals noch keinen Vergleich. Doch im Nachhinein wusste sie, dass sie heute die Ehe verbunden mit den Zärtlichkeiten, die Karl und sie getauscht hatten, nicht mehr erfüllen würde. Robert war genau der Mann, den sie wollte, den sie liebte, den sie begehrte. Und irgendwann im Laufe der Zeit hatte sie sogar das schlechte Gewissen ihrem verstorbenen Ehemann gegenüber ablegen können, dass es so und nicht anders war.

Nun jedoch, allein hier mit den Kindern im Haus und darauf wartend, dass diese ihren Mittagsschlaf beendeten und sie dann mit ihnen draußen im Schnee spielen konnte, kamen so viele Gedanken in ihr hoch, dass es ihr fast zu viel wurde. Sie liebte den Anblick der lautlos zu Boden fallenden Schneeflocken, doch gleichermaßen wünschte sie sich nichts sehnlicher, als jetzt zusammen mit den Kindern bei Robert auf dem Schiff zu sein und sich nach und nach den warmen Gefilden zu nähern.

Während ihr Blick starr auf die weißen Büsche im Garten gerichtet war, verschwammen die Details vor ihren Augen. Im Haus war alles ruhig, das einzige Geräusch war ihr eigener Atem. Der Garten verschwamm weiter vor ihren Augen, und ihre Gedanken wanderten erneut zu Robert zurück. Ob er ihr übel nahm, dass sie nicht wieder mit zurückwollte? Was, wenn er enttäuscht von ihr war und ihr eines Tages vorwarf, dass er nicht das Leben hatte führen dürfen, das er sich so sehr gewünscht hatte? Wie würde es wohl sein, wenn die Kinder größer würden und nach und nach ihre eigenen Wege gingen? Wären sie dann noch die Familie, die sie jetzt waren, und reichte es Robert dann noch, nur das Kontor zu führen, das einst sein Bruder hier aufgebaut hatte? Würde er es nicht bedauern, auf seine Plantage in Kamerun verzichtet zu haben? Ein düsteres, bedrückendes Gefühl stieg in ihr auf. Wie musste es wohl für Robert sein, alles das, was er geliebt und was sein Leben ausgemacht hatte, aufgegeben und vollständig die Rolle seines toten Bruders übernommen zu haben? Therese fragte sich, wie es sein konnte, dass sie nie zuvor darüber nachgedacht hatte. Hatte sie es einfach nicht sehen wollen, oder war sie zu ignorant, um sich Gedanken darüber zu machen, was so etwas für einen Menschen bedeuten mochte?

Robert und sie hatten sich verliebt, und sie war zusammen mit den Kindern nach Kamerun gefahren, zu ihm, um dort mit ihm zu leben. Und sie waren glücklich gewesen, überglücklich, doch dann hatten sich die Ereignisse überschlagen und sie hatte sich so unendlich schuldig gefühlt, weil sie nicht da gewesen war, als ihre Mutter gestorben war.

Sie verdrängte den Gedanken. Nein, nicht schon wieder. Sie wollte nicht erneut darüber grübeln, wollte nicht zulassen, dass die trüben Gedanken sie hinabzogen.

Der Schnee fiel gleichmäßig vom Himmel, und immer dichter wurde die weiße Decke, die sich über die Landschaft legte. Sie sah auf die Uhr, es war schon fast halb drei. Entschlossen stand sie auf und ging nach oben, um die Kinder zu wecken, sonst würden sie am Abend keine Ruhe finden. Zuerst ging sie zu Franz, dann zu Helene, und beide murrten, als sie wach werden sollten. Als Therese ihnen dann jedoch sagte, dass sie nach draußen und im Schnee spielen wollten, waren die Kinder mit einem Schlag munter.

»Und zu Großvater und Onkel Florentinus wollen wir auch noch!«, rief Therese ihnen im Weggehen zu. »Also hopp-hopp-hopp! Wer zu spät kommt, kriegt keine Kekse mehr.«

Das ließen sich die beiden nicht zweimal sagen, und Therese war überrascht, dass die viereinhalbjährige Helene sogar noch früher fertig war als ihr sechsjähriger Bruder, der sie dann jedoch auf der Treppe überholte.

»Ich hab gewonnen!«, rief Franz laut.

»Nur weil du das letzte Stück gesprungen bist«, beschwerte sich Helene. »Und wir dürfen gar nicht von der Treppe springen.«

»Wir dürfen auch nicht auf der Treppe laufen, und das hast du auch gemacht.«

»Ruhe!«, befahl Therese und reichte ihnen den Teller, den sie soeben aus der Küche geholt hatte. »Keiner hat gewonnen, keiner hat verloren, und hier sind eure Kekse.«

Franz wollte gerade den Mund aufmachen, um zu widersprechen, als Therese mahnend den Finger hob. »*Keiner*«, sie betonte das Wort, »hat verloren. Hast du mich verstanden, Franz?«

»Ja, Mutter.«

Die Kinder aßen hastig ein paar Kekse, dann half Therese ihnen, die Winterkleidung anzuziehen. Schließlich stiefelten sie alle drei dick eingepackt aus dem Haus, und noch bevor Therese die Tür hinter sich verschlossen hatte, traf sie schon der erste Schneeball ihres Sohnes im Genick.

»Na, warte! Du hast ja keine Ahnung, mit wem du dich anlegst.« Therese griff sich eine Handvoll Schnee und lief damit auf ihren Sohn zu, der kreischend das Weite suchte. Als er seinen Vorsprung vergrößerte, drehte Therese sich um und rannte nun auf Helene zu.

»Dann bist eben du dran.«

»Nein!«, schrie Helene und schaufelte eifrig mit beiden Händen Schnee auf Therese, die genau das Gleiche tat. Da kam Franz von hinten angesaust, und in kurzer Folge trafen zwei Schneebälle ihr Ziel. Therese lachte, formte eilig ein paar Schneebälle und warf damit, jedoch nicht besonders kräftig, aus Sorge, die Kinder zu fest zu treffen. So jedoch verfehlte sie die beiden immer wieder.

»Mama kann gar nicht werfen«, lachte Franz und griff schon wieder in den Schnee. So alberten sie eine Weile herum, bis Therese schließlich sagte, dass es nun genug sei und sie zu Florentinus gehen sollten, um sich dort von Minna eine heiße Schokolade zu erbitten.

Franz konnte es nicht ganz lassen, und noch auf dem Weg formte er wieder und wieder Schneebälle, um seine Mutter und Schwester damit zu bewerfen, bis Therese ihn schließlich ermahnte, dass es jetzt ein für alle Mal genug sei. Dann rannte er voraus, um als Erster das Haus seines Onkels zu erreichen, und klopfte, sodass Minna, als auch Therese und Helene dort anlangten, bereits geöffnet hatte und Franz schon im Innern des Hauses verschwunden war.

»Wie geht es dir heute, Vater?«, fragte Therese lächelnd, als sie auf ihn zuging.

»Gut, mein Kind. Sehr gut. Und jetzt noch besser, wo du mir meine Enkel bringst.« Er hob Helene auf seinen Schoß.

»Tja, dagegen können wir nicht gewinnen, Schwesterherz«, merkte Florentinus an, der nun ebenfalls das Wohnzimmer betrat.

»Enkel sind immer besser als die eigenen Kinder.«

»Guten Tag, Tino.« Sie beugte sich vor und gab ihrem Bruder einen Kuss auf die Wange. »Wie geht es dir?«

»Gut. Danke. Und dir? Hast du etwas von Robert gehört?«

»Nein, leider nicht. Er ist ja erst vor zwei Wochen aufgebrochen.«

»Komisch, es kommt mir fast länger vor, dass er unterwegs ist.«

»Glaub mir, mir auch. Ich zähle wirklich schon die Stunden, bis ich endlich ein Telegramm erwarten darf.«

»Ach, Schwesterherz.« Florentinus legte den Arm um ihre Schultern. »Du hast ja uns.«

»Ja, das ist wahr.«

»Dürfen wir in den Garten, Mutter? Bitte, bitte, bitte!« Franz sah Therese aus großen Augen an.

»Lass die beiden doch, Therese«, sagte Friedrich. »Sie sind ja ohnehin schon nass.«

»Aber ihr bringt keinen Schnee mit herein und werft auch keine Bälle gegen die Scheiben, habt ihr gehört?«

»Ja, Mutter«, antworteten die beiden wie aus einem Mund, und Helene kletterte von Friedrichs Schoß, während Franz schon an der Terrassentür herumfingerte, um sie zu öffnen.

»Sei nicht immer so ungestüm, Franz.« Therese ging hinüber und öffnete für ihn. Dann stürmten Helene und ihr Bruder hinaus und Therese schloss die Terrassentür wieder. »So«, sagte sie. »Wir sehen sie ja, wenn sie hereinwollen.«

»Komm«, bat Florentinus, »gib mir deinen Mantel. Wo ist denn Minna überhaupt hin?«

Therese reichte ihrem Bruder die nassen Sachen, als Minna mit einem Tablett und fünf Tassen darauf hereinkam.

»Guten Tag, gnädige Frau«, sagte sie zu Therese.

»Guten Tag, Minna.«

Das Dienstmädchen ging zum Tisch hinüber und verteilte dort die Tassen.

»Was ist denn das Gutes?«, fragte Friedrich.

Minna wirkte überrascht. »Na, die heiße Schokolade! Der kleine Franz sagte, dass Sie alle eine trinken möchten.«

»Wie bitte?«, fragte Therese stirnrunzelnd und verschränkte die Arme vor dem Körper.

Friedrich lachte herzlich »Der kleine Kerl ist wirklich unbezahlbar.«

Therese, Florentinus und Friedrich plauderten eine ganze Weile, bis Franz und Helene an die Terrassentür klopften und Einlass begehrten. Dann tranken die beiden ihre inzwischen erkaltete Schokolade.

Als es an der Zeit war, entschlossen sie sich, auch noch zusammen zu Abend zu essen, und erst danach kehrte Therese mit Helene und Franz wieder in ihr eigenes Heim zurück, und Florentinus kündigte dem Vater an, an diesem Abend auszugehen.

Dem Blick Friedrichs war anzusehen, dass ihm die Frage auf der Zunge lag, ob sein Sohn mit jemandem verabredet sei. Doch die Möglichkeit, dass es womöglich zu einem peinlichen Gespräch führen könnte, hielt Friedrich davon ab.

So brach Florentinus schließlich gegen neun Uhr am Abend auf und ließ sich von Thomas zum *Etablissement Ronacher* fahren, einem früheren Schauspielhaus, in dem heute vor allem Varietékunst dargeboten wurde.

»Danke, Thomas. Fahr zurück, und geh schlafen. Ich werde mir nachher eine Droschke nehmen.«

»Ach nein, Herr Florentinus, danke schön. Ich werde dort drüben stehen und auf Sie warten.«

»Nein, Thomas. Es ist wirklich kalt, und ich hätte ein gar zu schlechtes Gewissen.«

»Das ist mein Dienst, gnädiger Herr. Fast so lange wie Sie auf der Welt sind, habe ich immer dafür gesorgt, dass Sie sicher hcimgckommcn sind. Und das wird sich nicht ändern, solange ich noch auf diesem Kutschbock sitze.«

Florentinus seufzte. »Dann machen wir es wenigstens so, dass du mit hineinkommst und dich an einen der Tische setzt. Ich bezahle, was du trinkst.«

Darüber schien der alte Kutscher immerhin nachzudenken, sodass Florentinus nachsetzte: »Dann kannst du sicher sein, dass du mich im Blick behältst. Und wenn es Zeit zu gehen ist, holst du mich und fährst mich heim.«

»Und die Trude?«, fragte Thomas und deutete auf das Pferd.

»Wir werden nachfragen, ob man die Trude mit der Kutsche in einem geschützten Bereich abstellen kann. In Ordnung?«

»Wenn das möglich ist, machen wir es so. Sonst bleibe ich lieber hier bei der Trude.«

Florentinus schüttelte den Kopf. Was er aber auch alles unternehmen musste, um seinen Kutscher zu überzeugen! Er betrat das *Etablissement Ronacher* und fragte wegen eines Unterstands für das Pferd samt Kutsche nach. Kurz zögerte der Mann am Empfang, gab die ablehnende Haltung jedoch auf, als Florentinus einen Schein zückte und ihm zuschob.

»Theodor!«, rief er daraufhin, und sogleich kam ein junger Mann, vermutlich noch keine zwanzig, herbeigeeilt.

»Der Herr hier wünscht seine Kutsche unterzustellen. Geh mit ihm ums Haus, und sorg für einen guten Unterstand.«

»Jawohl«, erwiderte dieser in dienstbeflissenem Tonfall und begleitete dann Florentinus hinaus.

»Siehst du den mürrisch dreinblickenden Kutscher da hinten? Sein Name ist Thomas. Zeig ihm, wo er das Pferd unterstellen kann.« Wieder holte Florentinus einen Schein heraus und steckte ihn dem jungen Mann zu.

»Danke sehr, gnädiger Herr«, sagte er und lief sogleich zu Thomas hinüber, während Florentinus kehrtmachte und wieder ins *Ronacher* ging. Er setzte sich an seinen Stammplatz, den er seit geraumer Zeit schon dauerhaft für sich reserviert hatte, und sah auf die Uhr. Es war fast zehn, und gleich würde der Moment kommen, auf den er sich so freute.

»Und nun heißen Sie sie bitte willkommen: die einzigartige, umwerfende, wunderschöne Emilia, die Nachtigall von Wien. Gute Unterhaltung!«

Florentinus sah auf, als die schlanke Blondine im Frack die Bühne betrat. Das Publikum applaudierte frenetisch, und auch Florentinus klatschte Beifall. Dann hob sie den Kopf, als die Musik einsetzte, und begann zu singen.

Florentinus hielt den Blick unverwandt auf sie gerichtet und war nur einmal kurz abgelenkt, weil er eine wiederkehrende Bewegung wahrnahm. Als er hinübersah, erblickte er Thomas, der ihm winkte und anzeigte, an dem Tisch direkt beim Eingang Platz zu nehmen. Florentinus nickte nur, dann sah er wieder nach vorn.

Emilia sang drei Chansons, dann verbeugte sie sich und ging von der Bühne.

Das Publikum forderte eine Zugabe, doch Florentinus wusste, dass ihm dieser Wunsch nicht erfüllt wurde. Denn sie kam nie ein zweites Mal heraus. Und heute hoffte er, dass sie dazu auch gar keine Zeit hätte, denn er hatte sie zu sich an den Tisch gebeten, und das nicht zum ersten Mal. Genau genommen, hatte er nun zum dritten Mal um ihre Anwesenheit bitten lassen. Eine weitere Einladung würde es von seiner Seite nicht geben.

Florentinus bestellte sich noch einen Wein und trank langsam und genüsslich, dann sah er auf die Uhr. Er winkte den Ober heran und fragte, ob der Mann, der dort hinten nahe dem Eingang saß, bereits etwas bestellt hätte, was der Ober verneinte. Also wies Florentinus ihn an, nochmals bei Thomas nachzufragen, was er ihm bringen könnte und – für den Fall, dass der alte Herr ablehnte – ihm einfach den gleichen Wein zukommen zu lassen, den Florentinus selbst trank.

»Guten Abend«, hörte er nun eine Stimme neben sich und war überrascht, dass er gar nicht bemerkt hatte, wie Emilia, von der er nur den Vornamen kannte, an seinen Tisch getreten war. Eilig erhob er sich.

»Guten Abend.« Er gab ihr einen Handkuss. »Ich freue mich, dass Sie meiner Einladung gefolgt sind.«

»Auf ein Glas Champagner«, sagte sie. »Mehr jedoch nicht. Ich bin kein Nachtmensch.«

Florentinus bestellte beim Ober und wandte sich dann wieder seinem Gast zu. »Sie sind kein Nachtmensch? Erstaunlich dafür, dass Sie in einem solchen Etablissement arbeiten.«

»Da ich stets nach meinen Auftritten direkt nach Hause gehe, eigentlich nicht.«

»Dann machen Sie also gerade für mich eine Ausnahme? Ich fühle mich geehrt.« Er reichte ihr die Hand. »Mein Name ist Florentinus Loising.«

»Ich weiß, wer Sie sind. Sonst würde ich nicht hier sitzen.«

»Darf ich fragen, woher?«

»Woher ich weiß, wer Sie sind? Nun, meine Schwester arbeitet für Sie.«

»Ach ja? Und der Name Ihrer Schwester?«

»Katharine Braun. Sie ist die Sekretärin von Dr. Lehnhard, einem Ihrer Abteilungsleiter. Sie haben wohl nicht viel mit ihr zu tun, soweit ich weiß.«

»Katharine Braun, natürlich. Ich kenne sie.« Er sah die Sekretärin vage vor sich, die ihre Haare stets zu einem Knoten nach hinten gebunden trug und eher farblos daherkam. Dass Emilia wirklich ihre Schwester sein könnte, hätte er nie vermutet. Einzig der schlanke Körperbau mochte der gleiche sein. Doch Emilias Augen waren dramatisch geschminkt, die Lippen rot bemalt und die Wangen mit einem blassen Puder überhaucht. »Auf den ersten Blick hätte ich keine Ähnlichkeit zwischen Ihnen festgestellt.«

»Das liegt an den Haaren«, meinte sie und berührte kurz ihre Locken. »Meine Schwester hat dunkle Haare, und ehrlich gesagt, ich auch. Das hier ist eine Perücke.«

»Wirklich? Das hätte ich nicht erkannt.«

»Sind Sie enttäuscht?«

»Nein, überhaupt nicht. Nur neugierig, wie Sie mit Ihren echten Haaren aussehen.«

»Tja«, sagte sie lächelnd, »das ist mein Geheimnis.«

»Ich verstehe.«

Der Ober kam mit einer Flasche Champagner und zwei Gläsern, öffnete und schenkte ein. »Zum Wohl, die Herrschaften.«

Florentinus hob sein Glas. »Ich trinke auf unsere Bekanntschaft.«

»Wie Sie meinen«, sagte sie nur, stieß ihr Glas zart an seines und trank einen kleinen Schluck.

»Bitte lassen Sie uns Du sagen, und nennen Sie mich beim Vornamen.«

»Natürlich. Florentinus also.«

»Und darf ich nach deinem richtigen Namen fragen?«

»Weshalb? Findest du, dass Emilia nicht zu mir passt?«

»Doch, eigentlich schon. Ich bin nur neugierig.«

»Soso«, erwiderte sie nur.

Florentinus wartete, doch offenbar wollte sie ihm einen anderen Namen nicht nennen.

»Ich bewundere deinen Gesang«, sagte er schließlich. »Du bist wirklich unglaublich begabt.«

»Danke schön. Ich bemühe mich.«

»Und wenn du gerade nicht singst, was machst du dann so?«

»Dies und das. Wer weiß das schon so genau.«

»An dich ist nicht so leicht heranzukommen, gell?«

»Wieso? Willst du das denn?«

»Und wenn ja?«

»Dann solltest du es sagen.«

»Gut. Dann sage ich hiermit, dass du etwas Besonderes an dir hast und ich dich gern näher kennenlernen möchte.«

»Und ich antworte dir darauf, dass ich mich geschmeichelt fühle, aber grundsätzlich nicht mit Gästen ausgehe. Es wird die anderen Leute vermutlich wundern, dass ich hier am Tisch sitze.«

»Wo wohnst du denn?«, fragte Florentinus.

»In Wien.«

»Das dachte ich mir. Und wo in Wien?«

»In einem Haus mit Dach, Fenstern und einer Eingangstür.«

Florentinus schmunzelte. »Und steht dieses Haus in einer Straße, die einen Namen hat?«

»Ja.«

»Und welchen?«

»Einen klangvollen, würde ich sagen.«

Florentinus lachte auf. »Du machst es mir wirklich nicht leicht.«

Dann kam ihm ein Gedanke. »Kann es sein, dass du einen Mann hast, der zu Hause auf dich wartet?«

Fast fürchtete er die Antwort und war enttäuscht, als sie ruhig mit dem Kopf nickte.

»Ja. Das ist richtig. Es gibt zu Hause einen Mann, der auf mich wartet.« Sie lächelte. »Und deshalb möchte ich jetzt auch austrinken und gehen.«

»Ich verstehe.«

»Vielen Dank, Florentinus.« Sie stand auf und reichte ihm die Hand. »Es hat mich wirklich sehr gefreut.«

Er erhob sich ebenfalls. »Mich auch«, sagte er dann und gab ihr zum Abschied noch einen Handkuss. Er wollte sich seine Enttäuschung über den Verlauf des Gesprächs nicht anmerken lassen. »Kann ich dir meine Kutsche anbieten?«

»Nein, vielen Dank. Einen guten Abend noch.« Damit ging sie, und er sah ihr noch einen Moment nach. Dann winkte er den Ober heran, um zu zahlen. Endlich war da mal eine Frau, die etwas an sich hatte, für das er sich interessierte, und ausgerechnet die war vergeben. Es sollte wohl nicht sein.

Er drückte dem Ober das Geld in die Hand und fragte auch nach, ob das, was Thomas bekommen hatte, bereits in der Rechnung enthalten sei. Der Ober bejahte, da der Gast am Eingang nichts als ein Glas Wasser getrunken hatte.

Florentinus ging hinüber, und als Thomas ihn sah, stand er schwerfällig auf.

»Da sind S' ja schon wieder. Wollen S' jetzt etwa heim?«

»Ja, Thomas.«

»Hm«, machte der. »Für die kurze Zeit hätte ich gar nicht von der Droschke klettern müssen und die Trude in keinen Stall.«

»Nächstes Mal werde ich die halbe Nacht hierbleiben, Thomas. Versprochen.« Er verdrehte die Augen und ging mit seinem Kutscher hinaus. So hatte er sich den Verlauf des Abends wahrhaftig nicht vorgestellt.

# 20. Kapitel

## *Hamburg, Montag, 8. Februar 1897*

Sie hatten wirklich keine Zeit verloren. Seit sie Vera am letzten Mittwoch angekündigt hatten, wieder in die Villa Hansen ziehen zu wollen, hatte es für diese kein Halten mehr gegeben. Frederike und Julius konnten gar nicht so schnell ihre Sachen packen, wie Vera für deren Abholung sorgte und alles vorbereiten ließ, damit ihre Tochter und ihr Schwiegersohn sich in der Villa wohlfühlten. Und bereits übermorgen sollte Julius seine neue Stelle im Kontor antreten und bis dahin alles in der Werkzeugfabrik geklärt haben, was sich noch in Abwicklung befand.

Julius hatte seinem Vater angemerkt, wie sehr es ihm missfiel, wie einfach Julius offenbar alles, was mit der Werkzeugfabrik zusammenhing, für sich abgehakt hatte und einer neuen, völlig anderen Aufgabe entgegenschritt. Julius hatte Hubertus mehrfach angeboten, ihm bei der Auflösung von Villa und Fabrik behilflich zu sein, doch das hatte dieser rundweg abgelehnt. Er hatte dem Sohn erklärt, ihm keine Steine in den Weg legen zu wollen, und dass es fortan besser sei, wenn sich jeder auf seine eigenen Angelegenheiten konzentrierte. Julius hatte bei diesen Worten schlucken müssen, es aber dann auf sich beruhen lassen. Vielleicht war es tatsächlich besser so, wenngleich er bedauerte, nun offenbar im Unfrieden mit seinem Vater auseinanderzugehen. Aber er hoffte darauf, dass er ihn, wenn erst einige Zeit vergangen war, zusammen mit seiner Frau und vielleicht auch schon den Kindern, die noch kommen sollten, im Schwarzwald besuchen könnte und sie dann zu dem guten Verhältnis zurückkehren würden, das sie stets verbunden hatte. Doch zum jetzigen Zeitpunkt, das spürte Julius genau, war sein Vater nicht bereit, ihn wieder näher an sich heranzulassen. Und Julius akzeptierte es.

Vor allem aber war er überwältigt von der Großzügigkeit der Familie seiner Ehefrau, die keine Sekunde gezögert hatte, sie nicht nur in der Villa wohnen zu lassen, sondern Julius auch eine Stellung im Kontor anzubieten. Er war dort Peter Friedrichs unterstellt, einem wortkargen, aber sehr netten Mann, der sich wie kein Zweiter im Kontor auskannte. Julius mochte Friedrichs. Bei ihm wusste man, woran man war. Und die Arbeit war zwar vollkommen anders als die, die er bisher zu leisten gehabt hatte. Doch schlecht fand er sie keinesfalls. Er mochte die Art, wie im Kontor mit den Menschen umgegangen wurde, und offenbar ging es nicht nur ihm so, denn die meisten dort machten einen sehr zufriedenen Eindruck auf ihn.

Und immer mehr wuchs die Erkenntnis in Julius, dass vielleicht wirklich alles so und nicht anders hatte kommen sollen, denn auch Frederike wirkte mit jedem Tag glücklicher, und fast bereute Julius, dass sie jemals aus der Villa Hansen ausgezogen und nicht er direkt dort eingezogen war. Hier, so schien es ihm, blühte Frederike regelrecht auf. Und auch seine Schwiegermutter strahlte meist über das ganze Gesicht, wenn er sie sah. Fast wartete er darauf, dass die Sache doch gewiss einen Haken haben musste. Schließlich war es nach all den

Schwierigkeiten und Schicksalsschlägen, die es seit dem Tag ihrer Eheschließung gegeben hatte, fast zu schön, um wahr zu sein, dass nun endlich alles gut wurde.

»Ich glaube, ich hatte früher mehr Platz.« Frederike sah sich in ihrem gemeinsamen Schlafzimmer um, wo Vera eigens für die beiden ein neues Bett vom Tischler hatte schreinern lassen, das gerade noch rechtzeitig vor ihrem Einzug fertig geworden war. »Wie soll ich denn nur die ganzen Sachen hier unterbringen?« Sie sah ratlos aus, wie sie da vor dem Kleiderschrank stand und den Kopf schüttelte.

»Natürlich hattest du mehr Platz. Da musstest du ja auch deine Schränke und Schubladen nicht mit einem Ehemann teilen.«

»Stimmt«, erkannte Frederike. »Daran habe ich gar nicht gedacht.« Frederike überlegte kurz. »Ich glaube, ich werde meine Mutter fragen, ob sie etwas dagegen hat, wenn wir in ein anderes Zimmer umziehen.«

»Und das, wo sie sich solche Mühe wegen des Bettes gemacht hat?«

»Aber das kann man doch umstellen«, befand Frederike und wischte die Bedenken ihres Mannes beiseite. »Ja«, sagte sie dann, »ich werde fragen, ob wir das frühere Zimmer von Onkel Robert bekommen können, als er noch mit meiner Tante hier gelebt hat.«

»Und wenn er mal zu Besuch da ist?«

»Dann soll er eben ein anderes Zimmer nehmen. Schließlich wohnt er nicht mehr hier, und außerdem ist Onkel Robert nicht der Mensch, der sich an so etwas stören würde. Ich bin gleich zurück.«

Frederike eilte nach unten, besprach das Problem mit ihrer Mutter und kam nur wenige Minuten später wieder herauf.

»Wir ziehen um«, verkündete sie Julius, der einmal tief durchatmete. Gerade waren die meisten Sachen hier verstaut, und nun sollte er alles wieder hervorholen. Dabei hatte Anna, die Haushälterin, sogar angeboten, das Einräumen zu übernehmen. Doch das hatte Frederike abgelehnt, weil sie fand, dass erst einmal ihre eigene Ordnung dort herrschen müsste, damit sie auch alles wiederfand.

»Nun gut«, ergab sich Julius in sein Schicksal. »Und wo ist das Zimmer deines Onkels?«

Frederike ging zur Tür und wartete, dass Julius zu ihr aufschloss. »Dort hinten am Ende des Ganges rechts.« Sie zeigte auf die fragliche Tür.

»In Ordnung. Hinten am Ende des Ganges rechts«, wiederholte er und ging dann wieder ins Zimmer, um all das, was er gerade eingeräumt hatte, wieder aus den Schränken zu holen. Frederike lachte über ihn. Sie war wirklich bester Laune und hätte vor Glück die ganze Welt umarmen können. Fast konnte sie selbst kaum glauben, noch vor Kurzem nichts als Unglück und Trauer empfunden zu haben, nun jedoch wieder derart frohen Mutes zu sein. Das Leben hielt wirklich an jeder Ecke Überraschungen bereit, wie ihre Großmutter immer gesagt hatte.

Von unten drangen Stimmen herauf, und Frederike ging auf den Flur, um zu hören, was sich dort tat.

»Ich finde wirklich, dass ihr ruhig mal etwas hättet sagen können«, vernahm sie nun Marthas etwas schrille Stimme.

»Ach, weißt du, es ist alles so schnell gegangen, und wir haben ja so viel zu tun«, entschuldigte sich Vera.

Frederike trat an die Treppe. »Martha!« Sie winkte hinunter und zog so den Blick der Cousine auf sich. »Komm herauf! Wir sind hier.«

Martha sagte noch etwas zu Vera, das Frederike von hier oben nicht verstand. Dann kam sie mit unwillig stapfenden Schritten die Treppe herauf. Frederike sah zu ihr hinunter. Martha war wirklich noch mal um einiges breiter geworden.

Offenbar legte sie nicht den geringsten Wert darauf, ihre Figur zu bewahren. Oder es war eben tatsächlich so, wie Martha immer wieder betonte: Eduards Geburt hatte in ihrem Körper eine Reaktion hervorgerufen, die sie einfach nicht wieder abnehmen ließ. Hierzu gebe es diverse Fachmeinungen, die dies auch bestätigten. Frederike selbst hatte von einem solchen Phänomen zwar noch nie etwas gehört. Andererseits musste ja irgendetwas daran sein, sonst würde Martha dies gewiss nicht so vehement propagieren.

»Guten Tag, Martha«, sagte Frederike nun und umarmte die Cousine zur Begrüßung.

»Warum muss ich von der Pleite deines Mannes und eurem Umzug in die Villa beim Friseur erfahren?«, empörte sich Martha.

Frederike verkniff sich eine entsprechende Bemerkung, dass man ihr den Friseurbesuch gar nicht ansah. »Ich wollte mich noch bei dir melden, doch wir hatten so viel um die Ohren in letzter Zeit«, entschuldigte sich Frederike.

»Also wirklich«, brachte Martha noch immer ungehalten hervor. »Und wie konnte das überhaupt passieren? Haben denn dein Mann und sein Vater keine Ahnung vom Geschäft, oder wie ist es zu dieser Peinlichkeit gekommen?«

Julius trat aus dem Schlafzimmer. »Guten Tag, Martha.«

»Oh«, machte diese nur. »Guten Tag, Julius.«

»Vermutlich haben wir keine Ahnung«, sagte er dann. »Ich bedaure, damit eure Familie in eine peinliche Situation gebracht zu haben.«

»So war das doch nicht gemeint«, versuchte Martha, sich herauszureden. »Ich dachte nur …«

»Du dachtest nur, wo unsere Familie doch ohnehin schon genug von Skandalen geplagt war, richtig? Allein die Affäre deiner Mutter mit meinem Vater oder deine diversen Fehltritte nach übermäßigem Alkoholgenuss. Also wirklich, wir Hansens haben in Hamburg schon für einigen guten Gesprächsstoff gesorgt.«

Martha funkelte Frederike wütend an. »Herzlichen Dank auch, liebe Cousine.«

»Aber sehr gern geschehen«, gab Frederike mit einem süßen Lächeln zurück. Insgeheim ärgerte sie sich maßlos über Marthas Art, wusste sie doch, dass deren Bemerkungen Julius zutiefst getroffen haben mussten. Vor allem aber war sie nicht länger bereit, sich Menschen unterzuordnen, nur weil diese lauter, dreister, unverschämter und auch noch taktlos waren. Nein, das hätte die frühere Frederike mit sich machen lassen, aber nicht mehr die Frau, die sie nun aus dem Spiegel ansah, wenn sie sich morgens zurechtmachte.

Julius ging zurück ins Schlafzimmer, holte einen weiteren Stapel aus einer Schublade und ging damit wieder über den Flur zum künftigen Schlafzimmer.

»Was soll das denn werden?«, fragte Martha ungehalten. »Zieht ihr etwa in das Zimmer meines Vaters?«

»Allerdings. Ich habe meine Mutter gefragt, und sie hat nichts dagegen. Und wie ich deinen Vater kenne, er bestimmt auch nicht.«

»Also nun hört sich aber alles auf! Nur weil er kurz mal nicht da ist, werft ihr einfach seine Sachen hinaus?«

»Martha, Onkel Robert ist nicht nur *mal kurz nicht da*«, nahm sie die Formulierung der Cousine auf. »Er lebt entweder in Kamerun oder in Wien, je nachdem. Hier in Hamburg jedoch hat er seine Zelte längst abgebrochen.«

»Und du denkst, dass du deshalb das Recht hast, ihm sein Zuhause zu nehmen?«

Frederike rollte mit den Augen. »Wenn du nur gekommen bist, um dich zu echauffieren, dann mach das doch bitte unten. Hier oben stehst du im Weg, und schmal bist du ja gerade nicht.«

»Das ist doch wohl die Höhe!«, empörte sich Martha.

Frederike musterte sie und musste fast schmunzeln beim Gedanken, was Luise wohl in diesem Moment sagen würde. »Nicht die Höhe, sondern die Breite ist das Problem«, sagte sie dann und ließ Martha einfach stehen. Vom Ende des Ganges hörte Frederike schallendes Gelächter, sodass auch sie selbst losprusten musste.

»Das muss ich mir von dir nicht gefallen lassen.« Martha machte kehrt und stapfte die Treppe hinunter. Julius kam aus dem Zimmer und trat in den Flur neben Frederike. Kaum trafen sich ihre Blicke, mussten sie erneut lauthals loslachen. Frederike ging zu ihrem Mann und umarmte ihn. »Es tut mir leid. Eigentlich wollte ich gar nicht so gemein sein. Doch Martha hat eine Art an sich, dass ich gar nicht mehr weiß, wie mir geschieht, und solche Dinge einfach aus mir herausprudeln.«

»Es gibt solche Menschen, die das in einem hervorrufen.« Wieder musste er lachen, als er mit verstellter Stimme sagte: »Nicht die Höhe ist das Problem, sondern die Breite.« Ihm schossen Lachtränen in die Augen, und auch Frederike konnte sich gegen ein erneutes Losprusten nicht wehren. Dann endlich, als sie sich beide beruhigt hatten, machten sie sich wieder an die Arbeit.

»Es ist eine solche Unverschämtheit, Tante«, beschwerte sich Martha bei Vera im Wohnzimmer, der sie gerade von Frederikes Bemerkung erzählt hatte.

»Ich habe gehört, was du über Julius und seinen Vater gesagt hast«, hielt Vera ihr nun entgegen. »Du wirst zugeben müssen, dass das auch nicht gerade charmant war.«

»Ich wusste ja nicht, dass er da ist.«

»Das ist auch nicht von Belang. Du verteilst allzu gern boshafte Spitzen, empörst dich jedoch, wenn jemand es dir mit gleicher Münze zurückzahlt.« Vera hob die Augenbrauen. »Du solltest vielleicht mal darüber nachdenken, netter zu den Menschen zu sein, die dich umgeben. Womöglich würde man dann auch mit dir anders umgehen.«

»Ich bin doch immer nett«, stellte Martha selbstgerecht fest.

»Das nennst du nett?« Vera glaubte, sich verhört zu haben. »Nein, Martha, nett ist wirklich etwas anderes. Du warst schon früher oft sehr verletzend, doch in der Zeit, als du noch hier gewohnt hast, wurdest du öfter in deine Schranken gewiesen. Und fast fürchte ich, Ludwig täte gut daran, dies auch in eurem Heim so zu handhaben.«

»Ich bin doch kein kleines Kind mehr.«

»Warum benimmst du dich dann so? Oder findest du es besonders erwachsen, wie du dich verhältst?«

Martha war den Tränen nahe. »Ihr wisst ja alle gar nicht, was ich durchmache.«

Vera spürte, dass sie jetzt nicht die Nerven hatte, sich eine weinerliche und vermutlich gelogene Geschichte ihrer Nichte anzuhören.

»Was auch immer es sein mag – bitte erzähl es mir nicht«, sie hob die Hand, um Martha am Weitersprechen zu hindern, »du und niemand sonst muss damit umzugehen lernen.«

»Du sagst das so einfach. Dabei hast du überhaupt keine Ahnung, wie schrecklich …«

»Bitte Martha, erspar mir das jetzt.«

»Gibt es denn in diesem Haus überhaupt keinen Menschen, der begreift, wie schlecht es mir tatsächlich geht? Meine Nichte ist tot, doch niemand scheint zu verstehen, wie sehr ich um sie trauere, und leistet mir Beistand.«

Vera spürte, wie ihr das Blut in den Adern pulsierte. »Martha, ich rate dir gut, benutze ja nicht Viktoria für deine Mitleidsgeschichten.«

»Aber ich …«

»Nein!«, rief sie energisch. »Hör sofort auf damit!« Vera musste sich zusammenreißen, um nicht jeden Moment aus der

Haut zu fahren. »Du wirst den Tod der kleinen Viktoria keinesfalls für deine Zwecke missbrauchen, hörst du? Und wenn ich irgendwo hören sollte, dass du Mitleid für ihren Tod zu erheischen versuchst, die du in den ganzen zwei Jahren ihres Lebens vielleicht ein Dutzend Mal überhaupt nur gesehen hast – geschweige denn, dass du irgendwelche Gefühle für sie gehegt hättest –, dann, meine liebe Martha, wirst du das erste Mal in deinem Leben erfahren, wie ich sein kann. Und glaube mir, das ist keine leere Drohung.«

Marthas Augen füllten sich mit Tränen.

»Wenn du dich so gern mit kleinen Kindern beschäftigst, würde ich vorschlagen, dass du mal bei deinem eigenen Sohn anfängst. Denn der könnte weiß Gott eine Mutter brauchen, die sich für ihn interessiert.«

»Tante Vera!« Martha sah sie so entgeistert an, als könnte sie gar nicht glauben, was ihre Verwandte soeben von sich gegeben hatte.

Vera lag noch mehr auf der Zunge, doch sie schluckte es hinunter. Sie spürte, schon viel zu viel gesagt zu haben, und bereute es bereits. Aber Martha hatte auch wirklich eine Art an sich, die einen jede Beherrschung verlieren lassen konnte.

»Martha«, sagte Vera nun in versöhnlichem Tonfall. »Ich wollte dich keinesfalls verletzen, doch weißt du, genau das machst du mit deiner Art. Und manchmal, selbst wenn es nicht richtig ist, schaffst du es, dass es deinem Gegenüber reicht und so ein Ausbruch wie gerade eben dabei herauskommt.«

»Denkst du wirklich, dass ich den Tod von Viktoria benutzen würde, um Mitleid zu heischen?«, fragte Martha fassungslos.

»Ich will ehrlich zu dir sein: Ja. Ich habe den Eindruck, dass dir jedes Mittel recht ist, um im Mittelpunkt zu stehen und von den Menschen Zuspruch zu erhalten. Und offen gesagt, kann ich das überhaupt nicht verstehen.« Sie machte einen Schritt auf ihre Nichte zu. »Du hast alles, wirklich alles, Martha. Doch du machst einfach nichts daraus. Du jammerst und jammerst, und das ist mit den Jahren nur noch schlimmer geworden. Ich weiß, eine Zeit lang mag sich das recht gut anfühlen. Und das weiß ich deshalb, weil ich es selbst einmal so gemacht habe. Doch am Ende erreichst du damit nur, dass sich mehr und immer mehr Menschen von dir abwenden, bis irgendwann niemand mehr da ist, der noch auf deiner Seite steht.«

Martha schwieg einen Moment, dann sagte sie: »Ich denke, dann gibt es wohl in Zukunft keinen Grund mehr für mich, dieses Haus zu betreten, wenn mich ohnehin keiner hier will.«

Vera wusste, dass es an ihr als der Älteren gewesen wäre, der Nichte jetzt zu widersprechen. Doch damit würde sie ihr genau das geben, was Martha begehrte.

»Denk über meine Worte nach, Martha. Und versuche ausnahmsweise, einmal ehrlich zu dir selbst zu sein.«

Martha hob den Kopf. »Leb wohl, Tante Vera. Ich glaube nicht, dass wir uns jemals wiedersehen.«

»Wenn das deine Entscheidung ist, akzeptiere ich sie.«

Martha brach in Tränen aus und rannte blindlings los, durch das Wohnzimmer, über den Flur und direkt zur Haustür hinaus. Vera ging ganz ruhig hinter ihr her und sah zu, wie der Kutscher der Ahrendsens mit ihr davonfuhr. Dann schloss Vera die Tür und lehnte sich einen Augenblick von innen dagegen. Sie war zu hart gewesen, keine Frage. Und sie konnte verstehen, dass ihre Worte Martha verletzt hatten. Doch sie glaubte nicht daran, dass sie ihre Nichte nie mehr im Leben wiedersehen würde. Es würde sich schon alles wieder finden. Nur dass Martha wirklich einmal ernsthaft über ihr Verhalten nachdächte, daran mochte Vera nicht glauben. Martha war einfach so, wie sie war. Und wenn ein Mensch eben nur sich selbst im Leben sah und nur über das sprach, was seine Belange anging und was er selbst glaubte, dann konnte er niemals dem lauschen, was andere sagten. Und wie sollte er dann etwas dazulernen?

# 21. Kapitel

## *Kamerun, Sonnabend, 20. Februar 1897*

Es war noch früh am Morgen, und die Sonne tauchte den Himmel zunächst in ein kräftiges Rosa, um nach und nach zu einem hellen Orange überzugehen. Wie sehr Luise diese Farben doch liebte! Die Farben und vor allem die Momente, die sie bei deren Anblick mit Hamza teilte.

Seit dem Besuch Erich Heemsens, bei dem er Luise und Hamza zu dem Vorfall mit Sigmund Leffers befragt hatte, waren schon bald drei Wochen vergangen, doch Luise hatte seither nichts mehr von Erich gehört.

Noch immer bewachten abwechselnd Soldaten aus den deutschen Truppen die Hansen-Farm, aber Erich selbst hatte ihnen keinen weiteren Besuch abgestattet. So wussten Luise und Hamza nicht, was sie davon zu halten hatten und ob die Anzeige von Sigmund Leffers bereits aus der Welt war oder noch wie ein Damoklesschwert über ihnen schwebte.

Luise hatte Hamza immer wieder versichert, dass sie es als gutes Zeichen werte, nichts weiter gehört zu haben. Doch in Wahrheit wurde auch sie immer unruhiger und beschloss, morgen nach dem Gottesdienst ein klärendes Gespräch mit Oberleutnant Erich Heemsen zu führen. Zumindest hoffte sie, dass es dazu käme, denn schon am letzten Sonntag waren zu ihrer Überraschung weder Erich noch seine Frau Lieselotte dort gewesen.

Ob es nun aus Sorge geschah oder weil sie wieder mehr Zeit miteinander verbrachten: Luise und Hamza waren sich wieder nähergekommen. Nicht körperlich, denn ihre Berührungen gingen über eine Umarmung, das Halten der Hand des anderen oder, wie jetzt, das Nebeneinandersitzen auf dem Baumstamm mit Hamzas Arm um Luises Schultern nicht hinaus. Doch die Verbundenheit, die sie früher so intensiv gespürt hatten, war wieder da, und Luise hatte das Gefühl, ruhiger und auch zuversichtlicher zu sein als noch vor ein paar Wochen.

Vor allem aber hatte sich ihr Vorhaben, Kamerun nie mehr verlassen zu wollen, zu einem Entschluss gefestigt. Am liebsten wäre ihr gewesen, wenn ihr Vater und Therese mit den Kindern auch wieder hierher zurückkehren würden. Denn spätestens die Auseinandersetzung mit Sigmund Leffers hatte ihr gezeigt, dass es immer schwierig für sie als Frau sein würde, allein hier in Frieden zu leben und akzeptiert zu werden. Wäre ihr Vater da, wäre dieses Thema sofort vom Tisch, und sie könnte sich endlich frei von jeder Verantwortung fühlen und ein Leben führen, das sie bisher nicht gekannt hatte.

Der Himmel tönte sich nun immer kräftiger orangefarben, und als wäre dies ein Zeichen zum Aufbruch, erhoben Luise und Hamza sich, legten die Decken zusammen und schlenderten zusammen zurück zum Haus. Dort ging dann jeder in sein Zimmer, wo sie noch etwas dösen würden, bis Malambuku aus dem Dorf kam und seinen täglichen Dienst antrat.

Luise hatte sich aufs Bett gelegt und nachgedacht, musste aber dann doch noch eingeschlafen sein, denn als sie die Augen aufschlug, war es bereits helllichter Tag. Etwas benommen setzte sie sich auf und blinzelte. Ihr Spiegelbild verriet, dass sie zu wenig Schlaf bekam, was zum einen an den nächtlichen Treffen lag, die zum festen Ritual geworden waren, zum anderen aber auch an den Sorgen, die sie am Abend nicht zur Ruhe kommen ließen. Wie immer galt der erste Gedanke des Tages ihrer kleinen Viktoria. Luise sah ihr zartes Gesichtchen vor sich, schloss kurz die Augen und stellte sich vor, ihrer Tochter einen Kuss auf die Wange zu geben und ihr noch hinterherzuschauen, wie sie im Sonnenschein über die große Wiese bei der Hansen-Villa lief und einen Ball einzuholen versuchte. Luise lächelte, öffnete ihre Augen und spürte die Kraft, die aus dieser Erinnerung für sie hervorging. Dann ging sie zur Waschschale, erfrischte sich, zog sich saubere Sachen an und begab sich nach unten.

»Guten Morgen, Malambuku«, grüßte sie, als sie die Küche betrat.

»Jambo, Nyango«, gab er zurück und strahlte übers ganze Gesicht.

»Was ist denn? Ist etwas passiert?«

»Schiff gekommen und hat mitgebracht Überraschung für Nyango.«

»Eine Überraschung für mich?« Luise sah ihn verdutzt an. »Was denn für eine?« Auch wenn Malambuku strahlte, konnte sie seine Begeisterung so früh am Morgen noch nicht wirklich teilen.

»Überraschung da draußen. Nyango gehen.« Malambuku deutete hinaus auf die Veranda.

»Na gut«, sagte Luise und trat schließlich durch die Tür. Wie angewurzelt blieb sie stehen.

»Vater?« Ihr schossen augenblicklich Tränen in die Augen.

Robert, der es sich auf einem der Rattanstühle bequem gemacht und seine Beine ausgestreckt hatte, stand auf.

»Meine Luise«, sagte er, und die tiefe Bewegung, seine Tochter in die Arme schließen zu können, war ihm anzusehen.

Luise stürzte auf ihn zu und warf sich ihm an den Hals. Sie schluchzte heftig. In diesem Moment konnte sie die Erleichterung fast körperlich spüren, ganz so, als hätte jemand ihr eine schwere Bürde abgenommen.

»Vater, ich kann es gar nicht glauben!« Es dauerte, bis sie die Umarmung lösten.

»So schön, Sango hier. So schön!« Malambuku war mit Essen und Getränken zu ihnen getreten und betrachtete Robert und Luise einen Augenblick lang. Dann ging er wieder zurück ins Haus.

»Ach, Luise. Ich bin so froh, hier bei dir zu sein.«

Luise schluchzte noch immer. Es war ihr fast unmöglich, die Fassung wiederzuerlangen.

Erst als sie sich setzten und Robert ihr die Tränen von den Wangen wischte, gelang es ihr, sich einigermaßen zu beruhigen.

Er rückte etwas vor auf die Kante des Rattanstuhls und nahm ihre Hände. »Wie geht es dir, Luise?«

»Es wird dich überraschen, doch es geht mir gut.« Luise schniefte einmal. »Malambuku und Hamza haben mich ins Leben zurückgeholt.«

»Ich bin wirklich erleichtert. Ich hatte schon befürchtet, dass dich die Verzweiflung übermannen könnte und du etwas Unüberlegtes tust.«

Luise behielt für sich, wie richtig ihr Vater mit seiner Vermutung lag. Hätte sie nicht so viel Angst vor den Fischen im Meer gehabt, sie wäre nie in Kamerun angekommen.

»Es ist eigenartig, weißt du?«, sagte sie nachdenklich. »Ich hatte gar nicht vor, mich zu erholen. Ich hoffe, ich darf so ehrlich sein?«

»Natürlich.«

»Ich bin einfach nur hierhergekommen, weil ich es in Hamburg nicht mehr ausgehalten habe. Dabei wollte ich sogar zuerst nach Hause zur Villa fahren.«

»Und dann?«

»Ich saß in der Kutsche, in die ich vor dem Krankenhaus eingestiegen war. Doch dann, als wir auf die Villa zufuhren, wurde mir klar, dass Viktoria nicht dort war und ich ihr Lachen nie wieder in dem Haus hören würde. Und da wusste ich, dass ich es nicht ertragen könnte.«

Robert nickte. »Ich verstehe dich sehr gut.«

»Du bist mir also nicht böse, dass ich einfach losgefahren bin?«

»Böse? Nein. Ich oder genau genommen: wir alle haben uns nur schreckliche Sorgen um dich gemacht.«

»Ich bin wirklich froh, dass du gekommen bist, Vater.« Sie zögerte. »Doch wo sind Therese und die Kinder?«

»In Wien«, antwortete Robert knapp. »Therese und ich haben uns entschlossen, nicht mehr nach Kamerun zurückzukehren.«

»*Was?* Aber warum denn nur?«

»Therese hat der plötzliche Tod ihrer Mutter schwer zu schaffen gemacht. Sie kann es sich nicht verzeihen, nicht bei ihr gewesen zu sein, nicht einmal die Bestattung miterlebt zu haben und auch ihrem Bruder und ihrem Vater nicht beigestanden zu haben. Zwar haben Florentinus und Friedrich ihr das schlechte Gewissen zu nehmen versucht, doch Therese hadert weiter mit sich. Und nun möchte sie keinesfalls wieder aus Wien weg, um wenigstens da zu sein, wenn ihr Vater Hilfe braucht.«

»Ich verstehe«, sagte Luise nur.

»Außerdem muss sie sich dringend um das Kaffeehaus kümmern. Sie hat Judith, ihre engste Mitarbeiterin, entlassen, denn so wie es aussieht, sind immer mehr Gäste weggeblieben, weil ihnen Thereses Charme und Liebenswürdigkeit fehlten.« Er lächelte bei der Bemerkung, und Luise konnte ihm ansehen, dass er voller Liebe und Stolz an seine Frau dachte.

»Aber Vater, du liebst Kamerun! Hast du nicht immer

gesagt, dass du nirgendwo auf der Welt jemals so glücklich warst wie hier?«

Robert sah zur Plantage hinüber und beschattete die Augen mit der Hand. Dann ließ er sie wieder sinken. »Und das stimmt auch«, antwortete er schließlich. »Alles hier ist so ruhig, friedlich und harmonisch. Und ich kann so tief atmen, dass ich glaube, meine Lungen füllen sich bis tief in die Spitzen hinunter.«

»Ja«, hauchte Luise, »es ist der schönste Platz auf Erden.«

Robert nickte. »Doch er ist nicht das Zuhause meiner Familie«, erwiderte er dann. »Und ohne sie kann und will ich nicht leben.«

Luise wollte etwas einwenden, ließ es dann aber sein. Es stand ihr nicht zu, ihren Vater zu belehren. Wenn Robert für sich entschieden hatte, dass er künftig in Wien blieb, dann würde sie es weder ändern können noch wollen.

»Ich verstehe dich«, sagte sie dann. »Doch ich weiß, dass Kamerun meine Heimat ist. Und eine Familie, die auf mich wartet, habe ich nicht mehr.«

»So ein Unsinn. Und was ist mit uns? Sind wir nicht deine Familie?«

»Du weißt, wie ich es meine, Vater.«

Robert zögerte, ob er den Vorstoß bereits jetzt wagen sollte. Er war gerade erst eingetroffen, hatte, bevor Luise aus dem Haus getreten war, nur Malambuku begrüßt und sich gerade einmal einen Augenblick hingesetzt. Er hatte bisher weder gegessen noch getrunken, sodass sein Blick nun auf die Leckerbissen fiel, die Malambuku ihnen hingestellt hatte. Gerade als er sich etwas davon nehmen wollte, kam Malambuku wieder aus dem Haus.

»Kaffee«, kündigte er an und stellte die Tasse mit der dampfenden Flüssigkeit neben die noch vollen Gläser mit der Limonade. »Nun essen und trinken«, forderte Malambuku sie auf.

»Ich wollte gerade anfangen«, sagte Robert. »Danke, Malambuku.«

»Schön, Sango zu Hause.«

Robert aß eine Teigrolle und trank einen Schluck Kaffee, der heiß durch seine Kehle floss. Wie gut das tat!

»Natürlich weiß ich, wie du es meinst, Luise.« Er deutete auf die Teigrollen. »Komm, iss etwas mit mir.«

Luise griff nach ihrer Kaffeetasse, pustete und trank einige Schlucke. Dann nahm sie sich ebenfalls eine Teigrolle und begann zu essen.

»Weißt du«, sagte Luise. »Ich wollte mich gar nicht besser fühlen. Doch Kamerun lässt es nicht zu, dass es den Menschen hier schlecht geht. Das Gute überwiegt einfach und reißt einen mit, ob man nun will oder nicht.«

»Ja«, bestätigte Robert. »Dieses Land hat eine ganz eigene Kraft.«

»Ich sehe mir jeden Morgen den Sonnenaufgang an«, berichtete Luise, ließ jedoch unerwähnt, dass sie dies nicht allein tat. »Ich weiß genau, wie die Farben wechseln und ineinander übergehen, und kann fast schon voraussagen, wie der Himmel sich in den nächsten Minuten verfärbt, wo es kräftiger aussieht und wo blasser. Und diese Momente, Vater, schenken mir eine solche Stärke und Zuversicht, dass ich manchmal das Gefühl habe, sie werden mir direkt von Gott geschickt.«

»Ein schöner Gedanke«, fand Robert.

»Oh ja. Vor allem, weil ich noch vor wenigen Wochen zu Vater Jan gesagt habe, dass ich mit Gott nichts mehr zu tun haben will.«

»Alle Achtung, Luise. Du verstehst es, dir die richtigen Gesprächspartner für spezielle Themen auszuwählen.«

»Ach, weißt du, ich glaube, er hat mir verziehen.«

»Vater Jan?«

»Nein, was er denkt, ist mir gleichgültig. Gott meine ich. Sonst würde er mir nicht diese Gefühle geben und mir die Farben senden.«

Robert lächelte die Tochter an. »Vielleicht wäre es trotzdem ganz gut, diesen Sinneswandel auch gegenüber Vater Jan zu erwähnen«, mutmaßte Robert.

Luise lachte auf. »Ja, das mache ich gelegentlich.«

Beide aßen eine weitere Teigrolle, dann sagte Robert: »Auch wenn ich gerade erst angekommen bin, muss ich mit dir über etwas Wichtiges sprechen, und ich fürchte, es wird nicht leichter, wenn ich damit warte.«

Luise setzte die Tasse, die sie soeben an den Mund führen wollte, wieder ab. »Ist etwas passiert?«

Robert nickte. »Es geht um Hans.«

»Ist ihm etwas zugestoßen?« Luise sah ihren Vater fragend an. Hatte Hans den Mut gehabt, den sie selbst nicht hatte aufbringen können, und sich das Leben genommen?

»Er macht Schwierigkeiten wegen der Scheidung«, erklärte Robert.

Luises Anspannung ließ nach, und sie zuckte die Schultern. »Und wenn schon. Soll er doch. Mir ist das einerlei.«

»Nein, Luise, du verstehst nicht. Offiziell besitzt Hans fünfunddreißig Prozent der Anteile am Kontor.«

Luise setzte sich aufrechter hin. Verdammt noch mal! Natürlich. Daran hatte sie überhaupt nicht gedacht.

»Aber die Anteile werden nach der Scheidung doch wieder auf dich zurückübertragen. Es ist doch alles geregelt.«

»Zum einen«, erklärte Robert, »kann eine Scheidung überhaupt nur stattfinden, wenn du auch persönlich zum Termin erscheinst.«

»Was? Ich soll nach Deutschland zurück? Auf keinen Fall. Dann bleibe ich eben mit ihm verheiratet.«

»In diesem Fall behält er weiter die Anteile.«

»Und wenn schon, sie nützen ihm ja nichts.«

»Das stimmt leider nicht.« Robert fürchtete sich fast vor der Reaktion seiner Tochter, wenn er die Fakten darlegte.

»Hans war bei Georg und zuvor auch schon einmal im Kontor. Er wollte, dass man ihm dein Büro aufschließt, da er vorhat, die Rechte an seinen Anteilen wahrzunehmen und für das Kontor Geschäfte zu machen.«

»Was? Dieser verdammte Mistkerl!«

»Es kommt noch schlimmer. Er hat Georg gedroht, dass er sich vorstellen könnte, die Anteile zu verkaufen.«

Luise sprang auf. »Dieser verfluchte …!« Sie hielt inne und ballte die Hände zu Fäusten, atmete mehrmals tief durch. Dann setzte sie sich wieder.

»Aus diesem Grund ist es wichtig, dass du mit nach Deutschland zurückkommst, damit wir die Sache klären können. Und wenn du danach wieder hierher zurückwillst, um hier zu leben, werde ich dich nicht daran hindern.«

Luise wiegte den Kopf. »Bitte, Vater, ich möchte nicht zurück nach Deutschland. Ich *kann*«, sie betonte das Wort, »nicht zurück nach Deutschland. Das würde ich nicht ertragen.«

»Aber wenn du nicht mitkommst, gewinnt Hans. Er kann dann schalten und walten, wie immer er will, kann verlangen, ein Büro im Kontor zu beziehen, und sich dort ausbreiten. Er kann sich als Firmenchef ausgeben und die Geschäfte führen, so wie du es früher getan hast.«

»Dafür hat er doch vom Kontor viel zu wenig Ahnung«, wandte Luise ein. »Außerdem hat er doch seine Stellung bei Wilhelm. Was sagt der überhaupt zu der ganzen Sache?«

»Ich weiß es nicht genau. Georg hat mit einer schriftlichen Kündigung der Geschäftsbeziehung auf Hans' dreisten Vorstoß reagiert, worauf Wilhelm ihn prompt anrief und deutlich machte, dass er nicht die geringste Ahnung von Hans' Machenschaften hatte.«

»Das glaube ich sofort. Wilhelm ist ein seriöser, aufrechter Geschäftsmann. Dem würde so etwas gewiss nicht einfallen.«

»Genauso schätze ich es auch ein. Aber es ist und bleibt nun mal eine Tatsache, dass Hans einen Fuß in der Tür des Kontors hat, wenn wir ihn nicht aufhalten.«

Luise musste tief durchatmen, um die Tränen zurückzudrängen, die bereits wieder in ihr aufstiegen.

»Ich habe das Kämpfen so satt, Vater.« Sie sah ihn an. »Diese vielen kleinen und großen Anfeindungen, die wir im Lauf der Zeit zu überstehen hatten.«

»Und die wir Hansens auch überstanden haben«, stellte Robert fest, »weil wir zusammenhalten.«

»Das schon. Aber um welchen Preis?« Wieder musste sie gegen die Tränen ankämpfen. »Hast du gewusst, dass ich mich im letzten Jahr, kurz nach Viktorias zweitem Geburtstag, ein Stück weit aus dem Kontor zurückgezogen habe?«

»Georg hat mir davon berichtet, ja.«

»Ich tat es für Viktoria, weil ich mehr Zeit mit ihr verbringen wollte. Doch dann kam diese schreckliche Geschichte mit Felix in Wien dazwischen, und Georg musste dorthin reisen. Also war ich gezwungen, wieder mehr zu arbeiten.« Sie schüttelte den Kopf. »Und wenn es nicht die Sache in Wien gewesen wäre, wäre etwas anderes passiert, das mein und unser Eingreifen erforderlich gemacht und mich daran gehindert hätte, die Zeit mit meiner Tochter zu verbringen, die ihr zugestanden hätte.«

»Du warst ihr eine gute Mutter, Luise«, sagte Robert, der spürte, dass seine Tochter sich Vorwürfe machte, nicht genügend für ihr Kind da gewesen zu sein. Er kannte das Gefühl nur zu genau, hatte es selbst jahrelang empfunden, als Martha und Luise noch klein gewesen waren. Doch aus Sicht einer Mutter musste es wohl noch schlimmer sein.

»Ach ja? Nun, es fühlt sich nicht so an. Und jetzt ist meine Kleine tot, und kein noch so kluges Planen oder Handeln meinerseits kann irgendetwas daran ändern.«

»Das stimmt. Doch diese unberechtigten Selbstvorwürfe werden dich zerfleischen, Luise, wenn du sie weiter an dir nagen lässt.«

»Genau das ist es ja, Vater. Ja, ich mache mir Vorwürfe, und ja, ich habe das Gefühl, nicht genug für sie da gewesen zu sein. Und das denke ich jeden einzelnen Tag. Doch hier in Kamerun, mit dem Licht, den Farben, der Wärme und den Menschen, die so gut und freundlich sind – hier spüre ich, dass der Schmerz nachlässt. Hier lebe ich, auch wenn ich gar nicht leben will, hier fühle ich, obwohl ich dachte, nie wieder fühlen zu können. Hier, Vater, habe ich nichts von all dem, was mir in Hamburg so unendlich wichtig schien, und doch alles, um ausgefüllt zu sein.« Sie sah ihn an. »Kannst du das nachempfinden?«

»Ich verstehe dich ganz genau, Luise«, sagte er mit rauer Stimme, und Luise konnte ihm ansehen, wie sehr er mit sich rang, um nicht ebenfalls von seinen Gefühlen übermannt zu werden. »Und wenn es nur nach mir ginge, würde ich dir raten, einfach hierzubleiben und so zu leben, wie es dir gefällt. Doch es geht nicht nur nach mir. Das Agieren von Hans gefährdet alles, was wir uns aufgebaut haben. Und ich bitte dich, als letzten Kampf, den du führen sollst, komm mit mir nach Deutschland und weise Hans in seine Schranken. Sei noch ein letztes Mal die Luise, auf die dein Großvater so unendlich stolz wäre, und gib Georg und mir durch dein Erscheinen vor Gericht die Möglichkeit, Schaden vom Kontor abzuwenden.« Er ergriff ihre Hände. »Verlangen kann ich es nicht von dir, doch ich bitte dich, begleite mich und wandle die Verzweiflung über deinen Verlust in den Zorn, den du als Antrieb brauchst, um Hans unschädlich zu machen.«

Luise zögerte. »Ich weiß nicht, ob ich das kann.«

»Luise. Du bist stärker als jeder andere Mensch, den ich je kennengelernt habe. Und denk doch nur, was du erreicht hast. Jedem in Hamburg ist der Name Luise Petersen ein Begriff.«

»Ich möchte wieder Hansen heißen«, warf sie eilig ein.

Robert lächelte. »Ja, das solltest du auch. Denn genau die bist du: eine Hansen. Du hast das Kontor zu dem gemacht, was es heute ist.«

»Das ist das Verdienst von uns allen«, korrigierte sie.

»Ich glaube nicht, dass Georg, Karl und ich es allein so weit gebracht hätten. Du bist klug, du bist ideenreich, und vor allem hast du Mut, Luise. Du wägst nicht tagelang das Für und Wider einer Situation ab. Du handelst. Und das genau ist es, was Händler eben tun. Handeln und entschlossen agieren. Und das verstehst du wie keine andere.«

»Ich habe das Gefühl, diese Welt hinter mir gelassen zu haben und nicht mehr zurückzuwollen.«

»Und das ist dein gutes Recht. Nur noch einmal, Luise. Ein allerletztes Mal.«

»Ein allerletztes Mal?« Sie sah ihrem Vater in die Augen, und ob sie wollte oder nicht, flammte so etwas wie ehrgeizige Wut in ihr auf.

»Ein allerletztes Mal, Luise. Das ist ein Versprechen!«

# 22. Kapitel

## *Wien, Sonnabend, 20. Februar 1897*

Florentinus war an diesem Abend wieder ins *Etablissement Ronacher* gefahren. Dieses Mal jedoch hatte er vorgegeben, noch einen Abendspaziergang unternehmen zu wollen, war um den nächsten Block geeilt und dort in eine Kutsche gestiegen, um sich nicht von Thomas fahren lassen zu müssen. Weder wollte er, dass der alte Mann wieder wie ein Häufchen Elend am Tisch neben dem Eingang hockte noch dass es Diskussionen um Trude gab, die nach Meinung von Thomas einen bestimmten Schlafrhythmus einzuhalten hätte, damit es dem Pferd gut ging. Also hatte er gelogen und sich aus dem Staub gemacht, und das nun schon zum wiederholten Mal in letzter Zeit. Seinem Vater hatte er reinen Wein eingeschenkt, weshalb es ihn ins *Ronacher* trieb, und Friedrich hatte sich erfreut gezeigt, dass es eine Frau war, die seinen Sohn so sehr interessierte. Vorgestern hatten sie sogar ein langes Gespräch darüber geführt, wie eine solche Wandlung, die da in Florentinus voranschritt, zu erklären war. Hier hatte Friedrich wieder auf die Geschichte seines alten Freundes verwiesen und Florentinus gesagt, dass er immer für den Sohn gehofft hatte, er möge eines Tages einer Frau begegnen, die es ihm wert war, alte Denkmuster und Empfindungen über den Haufen zu werfen. Und für Florentinus war Emilia ganz eindeutig dieser Mensch. Florentinus hatte dem Vater ohne Umschweife berichtet, dass Emilia nicht unbedingt zu den Frauen gehörte, die man an der Seite eines wohlsituierten Mannes wie Florentinus erwarten würde. Er hatte Friedrich gesagt, dass sie ihr Geld mit Gesangsauftritten im *Etablissement Ronacher* verdiente. Ein Umstand, der Friedrich jedoch nicht im Geringsten zu stören schien. Einzig die Tatsache, dass sie verheiratet war, hatte Florentinus dem Vater verschwiegen, vermutlich weil dieser sich so gefreut hatte und Florentinus ihm die Euphorie nicht rauben wollte, dass sein Sohn womöglich doch noch auf den richtigen Weg fand.

Florentinus saß in seiner Loge, und ein Blick auf seine Taschenuhr verriet ihm, dass es gleich zehn Uhr war. Auch wenn er Emilia nicht noch einmal an seinen Tisch eingeladen hatte, so genoss er es doch, ihr bei ihren Auftritten zuzusehen und als stiller Bewunderer einfach dazusitzen, während sie sang. Aber die Tatsache, dass sie verheiratet war, hinderte ihn daran, einen weiteren Versuch bei ihr zu wagen. Wenn er eine neue Beziehung einging, ganz gleich mit wem, wollte er nicht wieder jemanden dafür hintergehen. Erst recht keinen Ehepartner, der sich darauf verließ, dass weder Florentinus noch sonst irgendwer in seine Ehe eindrang. Nein. Seit dem Verbrennen von Karls Abschiedsbrief war eine Veränderung in Florentinus vorgegangen. Auch wenn er ihn bis zu seinem eigenen letzten Atemzug lieben würde, so wusste er doch, dass er die Sache mit Karl abgeschlossen hatte. Sie war vorbei, ein für alle Mal, und Florentinus würde nie wieder eine Liebe, gleich welcher Art, in sein Leben lassen, die mit Lügen und Täuschungen in Zusammenhang stand.

Noch ein weiterer Blick auf die Uhr, und es war genau zehn:

Der Conférencier trat vor den Vorhang, um seine Ankündigung zu machen.

»Und heute, liebes Publikum, präsentiere ich Ihnen mit dem größten Vergnügen die einzigartige, wunderbare, atemberaubende Sabina, die glockenklare Stimme Wiens. Ich bitte um Applaus für Sabina!«

Florentinus stutzte, als eine Frau im Abendkleid vor den Vorhang trat, die ganz sicher nicht Emilia war. Schon begann sie zu singen, doch Florentinus winkte ungehalten dem Ober.

»Wer ist das? Wo ist Emilia?«

»Die ist krank«, sagte er. »Hat einen schlimmen Husten und bekommt keinen Ton heraus.«

»Wann wird sie wieder auftreten?«

»Bis nächste Woche Mittwoch hat der Chef erst mal die da gebucht.« Er deutete mit dem Kopf zu der Frau auf der Bühne. »Danach wird man weitersehen.«

»Danke.«

Der Ober nickte und wollte gerade wieder gehen, als Florentinus ihn noch einmal zurückhielt. »Ich möchte dann zahlen«, erklärte er, erhob sich rasch, zog seine Brieftasche hervor und gab dem Ober genug Geld, dass noch einiges an Trinkgeld für ihn übrig blieb. Der Ober bedankte sich, steckte die Scheine ein und räumte den Tisch ab, während Florentinus eilig das Lokal verließ und ins Freie trat. Er war zutiefst enttäuscht, Emilia an diesem Abend nicht gesehen zu haben. Missmutig ließ er sich von einer Kutsche nach Hause fahren. Obwohl er so früh wieder zu Hause ankam, hatte Hedwig seinen Vater bereits zu Bett gebracht, und im Haus war auch sonst kein Geräusch mehr zu hören. Florentinus überlegte, sich noch einen Nachttrunk im Wohnzimmer einzuschenken, entschloss sich dann jedoch dagegen und ging direkt ins Bett.

Er lag noch lange wach und dachte über Emilia nach. Bisher hatte er es als eine Art Schwärmerei empfunden, es fast als Spiel angesehen, denn es war schließlich das erste Mal, dass er sich für eine Frau interessierte. Doch nun, wie er so dalag und mit den Gedanken bei ihr war, spürte er, dass es mehr war, was er fühlte. Und das verwirrte ihn.

Es war schon fast Morgen, als der Schlaf endlich kam, und er war froh, dass er am heutigen Sonntag nicht in die Firma gehen musste. Ja, so ein freier Tag tat nach einer solchen Nacht wirklich gut.

»Guten Morgen, Frau Hochhuth«, grüßte Florentinus, als er am Montagmorgen das Vorzimmer zu seinem Büro betrat.

»Guten Morgen, Herr Loising. Hatten Sie ein angenehmes Wochenende?«, flötete seine Sekretärin auf ihre unnachahmliche Art.

»Ja, danke. Ich hoffe, Sie auch?«

»Ach, wir hatten Besuch von meinen Schwiegereltern. Und leider ist meine Schwiegermutter eine Person, der man nie etwas recht machen kann, und ich schon gar nicht.«

Florentinus lachte. »Ach, ärgern Sie sich nicht darüber. Solche Menschen sind mit sich selbst am meisten gestraft.«

Florentinus ging in sein Büro. »Gab es schon irgendwelche Anrufe?«

»Ja, einen. Von Ihrer Schwester. Sie lässt ausrichten, dass sie ein Telegramm ihres Mannes erhalten hat. Er ist wohlbehalten in Kamerun angekommen.«

»Das nenne ich mal eine gute Nachricht. Danke, Frau Hochhuth. Sonst noch etwas?«

»Nein, sonst nichts. Die Morgenzeitung liegt auf Ihrem Tisch. Den Kaffee bringe ich gleich.«

»Danke«, sagte er noch mal, schloss dann die Tür und setzte sich auf seinen Schreibtischstuhl. Noch bevor er die Zeitung aufschlagen konnte, kam seine Sekretärin schon mit dem Kaffee und verschwand auch sofort wieder. Florentinus trank einen Schluck, schlug die Morgenzeitung auf und begann zu lesen. Nichts von dem, was dort geschrieben stand, interessierte ihn wirklich, sodass er die Zeitung wieder sinken ließ und sich stattdessen der Korrespondenz widmete, die auf seinem Schreibtisch lag. Irgendwie fiel es ihm heute schwer, sich zu konzentrieren, dabei war der neu verhandelte Vertrag mit der Eisenbahngesellschaft noch zu prüfen. Doch seine Gedanken schweiften immer wieder ab. Er musste an Emilia denken. Wie es ihr wohl ging? Ob ihr womöglich etwas fehlte, das sie sich nicht besorgen konnte, weil sie wegen ihres Hustens nicht aus der Wohnung kam? Er schob den Gedanken beiseite. Bestimmt würde sich ihr Mann um sie kümmern. Wer eine Frau wie Emilia zu Hause hatte, der tat für sie alles, was er tun konnte. Zumindest würde Florentinus das an der Stelle des Mannes, der sich glücklich schätzen konnte, mit einer Frau wie ihr verheiratet zu sein.

Wieder nahm er sich den Vertrag vor, doch ständig tauchte Emilias Gesicht vor seinen Augen auf. Verflucht noch einmal. Wie konnte es sein, dass er diese Frau nicht mehr aus dem Kopf bekam? Er legte die Verträge weg und nahm sich anderer, nicht so komplizierter Korrespondenz an. Doch auch hier las er gerade mal zwei Zeilen, als er das Bild der jungen Frau schon wieder vor sich sah. Florentinus lächelte, als ihm ein Gedanke kam. Sollte er den Vorstoß wagen? Es wäre ja nur eine freundliche Nachfrage.

Er erhob sich entschlossen von seinem Stuhl und ging zur Tür. Verdammt, was hatte sie noch gesagt? Ihm wollte beim besten Willen der Name des Abteilungsleiters nicht einfallen.

»Frau Hochhuth«, sprach Florentinus seine Sekretärin an.

»Ja, Herr Loising?«

»Eine Katharine Braun arbeitet für uns. Sie ist die Sekretärin eines unserer Abteilungsleiter.«

»Ja, ich kenne Katharine. Sie ist die Sekretärin von Dr. Lehnhard. Eine sehr angenehme Kollegin.«

»Ja, gewiss. Bitte seien Sie doch so nett und sagen Fräulein Braun, dass ich sie zu sprechen wünsche, ja?«

»Ja, Herr Loising. Sofort.« Frau Hochhuth griff zum Hörer. Kurz schien sie zu überlegen, was ihr Chef von der Kollegin wollen könnte. Doch das traute sie sich ihn natürlich nicht zu fragen.

Florentinus war gerade wieder in sein Büro gegangen, als es auch schon klopfte und Frau Hochhuth ihm hinterhereilte.

»Entschuldigen Sie bitte, Herr Loising. Ich habe soeben mit Dr. Lehnhard gesprochen. Fräulein Braun hat sich krankgemeldet. Sie hatte schon Ende letzter Woche einen schlimmen Husten.«

»Sie hat einen Husten?«

»Ja, das hat er gesagt.«

»Hm«, überlegte Florentinus. »Womöglich hat sie sich bei ihrer Schwester angesteckt.«

»Bei ihrer Schwester? Ich wusste gar nicht, dass sie eine hat.«

»Doch, ich bin sicher«, sagte Florentinus. »Ich kenne sie.«

»Nun, mag sein. So genau weiß ich es nicht. Nur dass sie es bestimmt nicht leicht hat, ist mir bekannt.«

»Ach was?«

»Sie kümmert sich nämlich um ihren schwer kranken Vater. Er wohnt bei ihr, wissen Sie? Katharine tut wirklich alles, um das Geld für seine Medikamente aufzubringen, doch einfach ist das nicht. Und Hilfe hat sie wohl keine.« Frau Hochhuth zuckte die Achseln. »Wenn sie eine Schwester hat, dann, so finde ich, sollte die auch mal was tun. Ist ja schließlich auch ihr Vater.«

»Wissen Sie, wo Fräulein Braun wohnt?«

»Auswendig nicht. Aber ich könnte in ihrer Personalakte nachsehen.«

»Ja bitte, Frau Hochhuth, tun Sie das.«

»Jawohl, Herr Loising. Nur einen Moment, bitte.« Sie schloss die Tür hinter sich, während Florentinus' Gedanken kreisten. Sollte er Fräulein Braun seine Hilfe anbieten, um so womöglich in Kontakt mit ihrer Schwester zu kommen? War das nicht moralisch verwerflich? Die beiden schienen sich ja zumindest nahezustehen. Wie war sonst zu erklären, dass sie sich zur selben Zeit einen Husten eingefangen hatten? Sie hatten sich doch wohl bestimmt gegenseitig angesteckt.

»So«, kündigte Frau Hochhuth bei ihrer Rückkehr an, »hier ist die Anschrift. Ist ja fast um die Ecke.«

»Danke, Frau Hochhuth.« Florentinus warf einen Blick auf die Adresse und stand auf. »Ich bin dann kurz weg.«

»Jawohl, Herr Loising.« Frau Hochhuth war anzusehen, dass sie sich über das Verhalten ihres Chefs wunderte. Wollte er tatsächlich die Sekretärin seines Abteilungsleiters aufsuchen? Das war doch sonst nicht seine Art. Und da er die Anschrift nicht gehabt hatte, war auch klar, dass er nicht allzu viel mit ihr zu tun hatte. Aber gut, es war seine Angelegenheit, und es ging sie schließlich auch nichts an. Es sei denn, er suchte eine neue Sekretärin, um sie zu ersetzen. Der Gedanke beunruhigte sie nun doch. Aber sie verwarf ihn gleich wieder. Sie wusste, dass sie gute, ja sogar sehr gute Arbeit leistete und Herr Loising mit ihr zufrieden war. Außerdem hatte er irgendetwas darüber gesagt, die Schwester von Katharine zu kennen. Das war also der Grund, und nicht, dass er Katharine ihre Stellung anbieten wollte. Sie schüttelte den Kopf, als könnte sie so ihre Sorge loswerden. Dann machte sie sich wieder an die Arbeit. Schließlich war sie für ihren Chef unentbehrlich und wollte es auch bleiben.


Florentinus überprüfte noch einmal, ob die Adresse stimmte, dann klopfte er. Es dauerte nicht lange, bis eine grimmig dreinblickende, untersetzte Frau an die Tür kam.

»Grüß Gott.« Florentinus lüftete seinen Hut. »Ich möchte gern zu Katharine Braun.«

»Hier die Treppe hinauf und dann rechts«, gab sie Auskunft und ließ Florentinus eintreten.

»Danke.«

Sie schloss die Tür und ging sofort weg, ohne sich noch weiter um Florentinus zu scheren. Der stieg die Stufen hinauf und hörte schon, als er gerade auf der Mitte der Treppe angelangt war, lautes Husten aus der Wohnung dringen. Es klang wirklich schlimm.

Oben hörte er erneut das Husten, diesmal noch lauter. Er wartete, bis es vorüber war, dann klopfte er an.

»Moment!«, rief eine weibliche Stimme, dann kam wieder ein Husten. Endlich wurde die Tür geöffnet. Katharine Braun stand die Überraschung, ihren Chef vor sich zu haben, ins Gesicht geschrieben. »Herr Loising?« Wieder musste sie husten, trat von der Tür zurück und bedeutete ihm mit einer Handbewegung, hereinzukommen, was Florentinus auch tat. Dann schloss er die Tür hinter sich.

Katharine stützte sich an der Wand ab, um während des heftigen Hustenanfalls nicht das Gleichgewicht zu verlieren.

»Meine Güte, Sie klingen ja furchtbar.« Florentinus ging zu ihr und fasste sie unter. »Kommen Sie. Sie gehören ins Bett.«

»Katharine, ist da jemand?«, hörte er nun eine männliche Stimme aus einem der angrenzenden Zimmer.

Florentinus folgte der Stimme, klopfte und öffnete kurz die Tür. Dem Alter nach war der Mann, der da im Bett lag, gewiss der Vater.

»Guten Tag«, grüßte Florentinus, ging an das Bett und reichte ihm die Hand. »Mein Name ist Florentinus Loising. Ich bin der Chef Ihrer Tochter.«

»Rudolf Braun. Hat meine Tochter etwas gemacht?«

»Aber nein. Ich wollte nur nach ihr sehen, als ich hörte, dass sie krank ist.«

»Donnerwetter! Das hätte ich von einem so wichtigen Mann wie Ihnen nicht erwartet.« In seiner Stimme lag

Anerkennung. »Wenn Sie was für Ihre Angestellte tun wollen, dann befehlen Sie ihr, sich ins Bett zu legen. Auf mich hört sie nämlich nicht.«

»Der Husten klingt wirklich arg«, stellte Florentinus fest, als ein neuer Anfall Katharine peinigte. »War der Arzt schon da?«

Rudolf Braun senkte den Blick, als er den Kopf schüttelte. »Alles Geld, was sie verdient, gibt sie für mich und meine Medikamente aus, damit ich noch ein paar Monate länger zu leben habe.«

Florentinus fluchte innerlich. Das durfte doch wohl nicht wahr sein! Bezahlte er seine Angestellten etwa nicht gut genug?

»Ich kümmere mich um sie«, sagte Florentinus dann. »Machen Sie sich keine Sorgen mehr.«

»Danke, Herr Loising.«

Florentinus verließ das Schlafzimmer und folgte dem Hustengeräusch. Katharine saß im Wohnzimmer auf der Couch, eine Decke über die Schultern geschlagen, und hustete sich die Seele aus dem Leib. Florentinus ging zu ihr hinüber.

»Legen Sie sich hin, Fräulein Braun.« Er berührte sie kurz und schreckte zurück. »Mein Gott, Sie glühen ja. Hinlegen! Sofort!«, befahl er, und tatsächlich leistete sie seiner Aufforderung Folge. Florentinus ging in den Flur und sah zur Eingangstür. Er zog den Schlüssel ab und lief die Stufen hinunter.

»Hallo?«, rief er laut.

»Was ist denn jetzt schon wieder los?« Die untersetzte Frau kam über den Flur.

»Wir brauchen einen Arzt, sofort. Kennen Sie Dr. Vogler in der Kärntner Straße?«

»Ja, ist ja nicht weit.«

»Gut. Gehen Sie zu ihm, und sagen Sie ihm, dass er auf der Stelle kommen muss. Wir brauchen ein Fiebermittel und etwas gegen starken Husten. Und er soll sich beeilen.«

»Ich bin doch kein Laufbursche.«

Florentinus zog seine Brieftasche hervor und nahm einen Schein heraus. »Den bekommen Sie jetzt, und den gleichen noch mal, wenn Dr. Vogler hier eintrifft. Also los jetzt!«

Sie griff den Schein. »Schon gut, schon gut.«

»Beeilen Sie sich, verdammt!«, schnauzte Florentinus sie nun an, worauf sie tatsächlich zur Tür eilte, ihren Mantel nahm und hinauslief.

Florentinus ging die Stufen wieder hinauf, schloss auf und trat in die Wohnung. Katharine lag noch immer auf der Couch und hustete. Doch ihre Kräfte schienen immer mehr zu schwinden. Ihre Wangen glühten, und die dunklen Haare klebten ihr am Kopf.

Florentinus setzte sich zu ihr. »Hilfe ist unterwegs«, sagte er sanft und nahm ihre Hand. Sie hatte die gleichen, schmalen Finger wie ihre Schwester. Sein Blick wanderte durch das Wohnzimmer. Eine einfache Einrichtung, fast schon spartanisch, doch sehr sauber und aufgeräumt. Katharine legte offenbar großen Wert auf Ordnung.

Sein Blick fiel auf die gerahmten Bilder, die auf dem Seitenschrank aufgestellt waren. Er ging hinüber, nahm eines zur Hand. Darauf waren Rudolf Braun, Katharine und vermutlich ihre Mutter zu sehen. Das Foto musste mindestens zehn Jahre alt sein, denn Katharine war noch nicht einmal erwachsen. Er stellte das Bild zurück, betrachtete nun auch die anderen. Das Hochzeitsbild der Eltern, eines mit zwei älteren Herrschaften, vermutlich den Großeltern. Dann zwei Einzelbilder von Katharine, einmal als kleines Mädchen und dann mit etwa zehn Jahren, wie Florentinus schätzte. Von Emilia kein einziges Foto. Sie war wohl das schwarze Schaf der Familie.

Florentinus hörte Schritte auf der Treppe und eilte zur Tür. Dr. Vogler kam soeben die Stufen heraufgeeilt, gefolgt von der grimmigen Hauswartsfrau.

»Dr. Vogler«, eilig reichte Florentinus ihm die Hand. »Gott sei Dank sind Sie da. Sie liegt im Wohnzimmer.«

Die missmutige Alte sah Florentinus herausfordernd an und öffnete dann die Hand. Er atmete tief durch, um sich eine Bemerkung zu verkneifen, zog die Brieftasche hervor und reichte ihr das Geld. Dann schlug er ihr die Tür vor der Nase zu.

»Sie ist wirklich in keinem guten Zustand«, stellte Dr. Vogler fest. »Wie ist ihr Name?«

»Katharine Braun«, sagte Florentinus.

»Hallo? Fräulein Braun? Hören Sie mich?« Der Arzt wartete kurz, ob er eine Reaktion erhielt. Dann öffnete er seine Tasche, zog eine Spritze auf und setzte sie an Katharines Oberarm. Er holte sein Stethoskop hervor, schob ihr Oberteil hoch und horchte ihren Brustkorb ab.

»Sie hat eine beidseitige Lungenentzündung und braucht dringend eine Infusion. Das kann nur im Spital gemacht werden. Wir müssen sie sofort dorthin bringen.«

»Ihr Vater ist nebenan. Er ist ebenfalls krank und offenbar ans Bett gefesselt.«

»Um ihn müssen wir uns anschließend kümmern. Wenn wir jetzt nicht handeln, wird es für sie zu spät sein.«

Florentinus bedauerte, nicht mit der Kutsche gekommen zu sein.

»Gibt es hier in der Nähe einen Droschkenstand?«, fragte er den Arzt.

»Wenn Sie aus dem Haus gehen, links und dann gleich wieder links. Da stehen meistens welche.«

»Gut.« Florentinus eilte zum Schlafzimmer des Vaters und sagte lediglich, dass Katharine ins Spital müsse und er später wiederkomme. Ohne eine Antwort des alten Mannes abzuwarten, stürmte er dann hinaus, prüfte, ob er den Schlüssel noch in seiner Hosentasche hatte, und rannte dann die Stufen hinunter.

Er lief nach links und an der nächsten Ecke wieder nach links. Fein aufgereiht standen dort vier Droschken hintereinander und warteten auf Fahrgäste.

»Sie!«, rief Florentinus dem ersten Kutscher zu. »Kommen Sie! Rasch. Es geht um Leben und Tod.« Er erklärte dem Kutscher kurz, wo er hinmusste, sprang hinein und öffnete den Verschlag bereits wieder, als die Droschke noch nicht einmal richtig stand. Dann lief Florentinus ins Haus und rief nach Dr. Vogler, der eine Decke um Katharine geschlagen und sie auf den Arm genommen hatte. Florentinus musste die drei Stufen, die er bereits heraufgelaufen war, wieder hinunter, um dem Arzt den Weg frei zu machen.

»Ins Spital! Und beeilen Sie sich!«, wies nun Dr. Vogler den Kutscher an, der sein Pferd auch sogleich antrieb.

Florentinus stützte Katherine, die wegen der schnellen Fahrt ansonsten gegen die Wand der Droschke gefallen wäre. Er zog sie schließlich in seinen Arm, um sie festzuhalten und vor Verletzungen zu schützen. Weder der Arzt noch Florentinus sprachen während der Fahrt auch nur ein einziges Wort. Erst als die Droschke zum Stehen kam, sprang der Arzt heraus und breitete die Arme aus. »Geben Sie sie mir.«

Florentinus zog Katharines Körper, aus dem jede Kraft gewichen schien, in Richtung Kutschentür und reichte sie dem Arzt. Dieser griff beherzt zu, nahm sie auf den Arm und lief mit ihr in das Spital.

»Hier, das stimmt so. Aber warten Sie hier!«

»Jawohl, gnädiger Herr«, antwortete der Kutscher und freute sich beim Anblick des Geldscheins. Ganz sicher würde er hierbleiben und auf jemanden warten, der derart großzügig war.

Florentinus eilte in das Spital und musste sich dort kurz umschauen, um herauszufinden, wo der Arzt mit Katherine geblieben war. Als er nach rechts blickte, sah er, wie Katherine soeben auf eine Trage gehoben und weggebracht wurde.

Dr. Vogler stützte seine Hände auf die Knie und beugte sich vornüber, um zu Atem zu kommen.

»Vielen Dank, Herr Dr. Vogler.«

»Ich hoffe, wir sind noch rechtzeitig gekommen«, gab dieser zurück. »Ist sie eine Bekannte von Ihnen?«

»Sie arbeitet in meiner Firma.« Florentinus überlegte. »Was denken Sie, wie lange wird sie bleiben müssen?«

»Das ist schwer zu sagen. Im Moment wäre ich schon froh, zu hören, dass sie auf die Infusion anspricht«, antwortete der Arzt.

»Und was mache ich jetzt wegen ihres Vaters?«

»Was hat er denn genau?«

»Das weiß ich nicht. Er scheint schwer krank zu sein und ist in jedem Fall bettlägerig. Seine Tochter kümmert sich sonst um ihn.«

»Das wird sie in nächster Zeit auf keinen Fall tun können.«

»Und jetzt?«, fragte Florentinus.

Der Arzt zuckte die Schultern. »Da habe ich leider auch keine Lösung für Sie, Herr Loising.«

Florentinus überlegte. Was war wohl in einem solchen Fall zu tun? Das letzte Mal, dass er sich derart hilflos gefühlt hatte, war nach dem Tod seiner Mutter gewesen. Damals war zum Glück seine Sekretärin Frau Hochhuth an seiner Seite gewesen, die sich um alles gekümmert hatte. Er sah den Arzt an. »Danke, Herr Doktor. Hier wird es doch bestimmt irgendwo einen Telefonapparat geben, nicht wahr?«

»Bestimmt dort hinten im Schwesternzimmer«, mutmaßte der Arzt.

»Die Kutsche steht noch draußen«, erklärte Florentinus. »Nehmen Sie sie. Ich werde mir später eine andere rufen.« Er bedankte sich bei dem Arzt, bezahlte ihn und gab ihm auch gleich noch das Geld für die Rückfahrt. Dann eilte er zum Schwesternzimmer.

»Grüß Gott, kann ich bitte Ihren Telefonapparat benutzen? Es geht um einen Notfall.«

»Aber ja, natürlich.« Eine der beiden Krankenschwestern stand auf und zeigte ihm den Apparat. Florentinus ließ sich mit seiner Firma verbinden.

»Liebe Frau Hochhuth, Loising hier. Es gibt folgendes Problem«, begann er und schilderte dann, welche Schwierigkeit sich auftat. Erst ganz am Ende seiner Ausführungen fragte er: »Haben Sie alles verstanden?«

»Selbstverständlich, Herr Loising. Ich werde mich darum kümmern.«

»Und den Schlüssel habe ich hier bei mir im Spital.«

»Ist gut. Ich werde gleich jemanden schicken. Kann ich sonst noch etwas für Sie tun?«

»Nein«, sagte Florentinus. »Das wäre alles. Vielen herzlichen Dank, Frau Hochhuth.«

»Aber gern, Herr Loising. Auf Wiederhören.«

Florentinus hängte ein und atmete erleichtert aus. Diese Frau war reines Gold wert.

# 23. Kapitel

*Hamburg, Mittwoch, 24. Februar 1897*

Georg war erleichtert. Heute Morgen hatte er das Telegramm aus Kamerun erhalten, dass Robert und Luise eines der nächsten Schiffe nach Hamburg nehmen würden. Ein Glück, denn damit hatte der Spuk hoffentlich bald ein Ende. In letzter Zeit tauchten immer mehr Gerüchte in Hamburg auf, dass angeblich Anteile am Kontor Hansen zum Verkauf standen, und neben der Unsicherheit, was dies bedeuten könnte, mehrten sich auch die Vermutungen einiger Geschäftsleute, dass es womöglich nicht mehr zum Besten mit dem Kontor stand. Vor wenigen Augenblicken hatte Georg ein Telefonat mit Herrn Nehlsen, dem größten Kunden der Hansens, beendet, in dem dieser ihn ganz direkt gefragt hatte, ob seine im Kontor gelagerten Waren auch noch sicher seien oder zu befürchten stehe, dass sie womöglich einer Pleite zum Opfer fallen könnten. Georg hatte ihm versichert, dass dies absolut ausgeschlossen sei, dass das Kontor besser denn je dastehe und jetzt, da der Hafenarbeiterstreik zu Beginn dieses Monats endgültig beigelegt war, mit noch höheren Einnahmen und dem reibungslosen Ablauf der Geschäfte zu rechnen sei. Soweit er es beurteilen konnte, hatte er Nehlsen überzeugt und dessen Vertrauen zurückgewinnen können. Doch Georg wusste, dass es noch nicht zu Ende war. Wenn erst einmal Gerüchte aufkamen, verbreiteten sie sich meist wie ein Lauffeuer. Da blieb nur zu hoffen, dass Luise und Robert bald zurückkamen und sich dann alles zum Guten wenden würde.

Allerdings hegte Georg die Befürchtung, dass Hans Ernst machen und die Anteile noch vor Luises Ankunft hier in Hamburg verkaufen würde. Aus diesem Grunde hatte er sich gestern mit Hans getroffen und ein Gespräch von Mann zu Mann mit ihm geführt. Hans hatte es sichtlich genossen, fasste er den Wunsch Georgs, die Sache zu bereinigen, doch als eine Art Zugeständnis auf. Nachdem Georg jedoch gemerkt hatte, dass er auf rein geschäftlicher Basis nichts erreichen würde, hatte er Hans glauben gemacht, dass er nur auf die Nachricht warte, dass Luise nach Hamburg kommen wollte, und er davon ausginge, dass sie eine Versöhnung mit Hans ebenso anstrebte wie er mit ihr. Es war eine Art Verzweiflungstat gewesen, da Georg unbedingt verhindern wollte, dass Hans schon in Kürze an den Meistbietenden verkaufte. Was Luise zu seiner kleinen List sagen würde, mochte Georg sich lieber nicht vorstellen. Doch in diesem Fall fand er, dass der Zweck die Mittel heiligte. Hauptsache es gelang, Hans noch eine Weile hinzuhalten. Er würde noch früh genug mitbekommen, dass Luise einer Versöhnung keinesfalls freudig entgegensah. Doch dann bliebe Hans nicht mehr so viel Zeit zum Handeln wie jetzt noch.

Georgs Telefon klingelte, und Fräulein Schreiber meldete, dass Bankier Palm ihn zu sprechen wünsche. Georg seufzte. »Ja, stellen Sie ihn durch«, gab er etwas matt von sich.

Es knackte in der Leitung.

»Hansen?«, meldete sich Georg.

»Herr Hansen, Palm hier. Guten Morgen.«

»Guten Morgen, Herr Palm. Welche Überraschung.«

»Ja, doch ich fürchte, es ist keine angenehme«, kam der Bankier, der den Hansens durch so viele geschäftliche Krisen geholfen hatte, direkt zum Thema.

»Ich ahne, worum es geht«, stellte Georg fest. »Doch ich kann Sie beruhigen, Herr Palm. Die kursierenden Gerüchte von einer möglichen Pleite sind frei erfunden. Unsere Geschäfte laufen hervorragend.«

»Daran habe ich nicht den geringsten Zweifel«, sagte Palm. »Ein Blick auf Ihre Konten genügt mir, um zu wissen, dass Sie mehr als gut dastehen.«

»Und worum geht es dann?«

»Um eine Beobachtung, die ich gemacht habe und die ich Ihnen aus alter Verbundenheit schildern möchte.«

»Ja?«

»Wie Sie wissen, bin ich über die seinerzeit geschlossene Vereinbarung hinsichtlich der Firmenanteile im Bilde«, fuhr der Bankier fort. »Und aus diesem Grund lege ich Ihnen dringend ans Herz, Herrn Petersen, und damit meine ich Hans Petersen, nicht zu unterschätzen. Ich habe ihn durch Zufall vorhin gesehen, wie er mit einem Aktenordner in der Hand in das Kontor der Firma Frederiksen ging. Zwar muss es nichts bedeuten, doch wenn ich eins und eins zusammenzähle, entsteht dabei für mich ein Bild.«

Georg war zu schockiert, um gleich darauf reagieren zu können. Hatte Hans sein kleines Täuschungsmanöver gestern durchschaut und Georg seinerseits ausgetrickst, indem er vorgegeben hatte, noch abwarten zu wollen, was sich mit Luise zukünftig ergeben konnte? »Was sagen Sie da?«, brachte Georg nun etwas heiser hervor.

»Wie gesagt, es mag ein Zufall sein. Doch Ihre frühere Schwägerin hat nun schon so viel versucht, um Ihrer Firma den

Garaus zu machen. Da würde es mich nicht wundern, wenn sie die Gelegenheit nutzen will und sich die Anteile anzueignen versucht.«

Georg atmete geräuschvoll aus. Elisabeth. Verdammt noch mal, immer wieder Elisabeth! Diese Frau war wie ein Fluch.

»Ich danke Ihnen sehr, Herr Palm. Zwar hoffe ich, dass es tatsächlich nichts zu bedeuten hat. Doch es ist gut, vorgewarnt zu sein.«

»Sie wissen ja, dass Sie auf mich zählen können, Herr Hansen. Einen herzlichen Gruß an Ihre Frau Gemahlin und noch einen schönen Tag.«

»Danke, Herr Palm. Ebenso.« Georg legte auf. Was sollte er nun tun? So wie es jetzt aussah, würde es ihm vermutlich nicht gelingen, Hans noch einen Monat lang hinzuhalten. Vermutlich würde Hans nicht verkaufen, bis Luise nicht heimgekehrt war. Doch wenn er so gerissen war, wie Georg nach dem Telefonat mit Bankier Palm annehmen musste, bereitete Hans alles vor, um sofort verkaufen zu *können,* jedoch nicht zwangsläufig zu *müssen.* Verdammt! Damit war auch die Taktik, ihn mit falschen Hoffnungen zu vertrösten, zum Scheitern verurteilt. Er überlegte noch einen Moment, dann hob er den Hörer ab und ließ sich mit Wilhelm Petersen verbinden.

»Petersen?«, hörte er Wilhelms Stimme am anderen Ende der Leitung.

»Wilhelm, hier ist Georg. Guten Morgen.«

»Guten Morgen.«

Auch durch das Telefon konnte Georg hören, dass Wilhelm alles andere als gut gelaunt war.

»Ist alles in Ordnung bei dir?«

»Na ja, wohl eher nicht. Und da ich annehme, dass du dich wegen Hans bei mir meldest, wird es vermutlich auch so bald nicht besser werden.«

»Ist etwas geschehen?«

»Ja.« Wilhelm machte eine kurze Pause, als müsste er sich erst sammeln. »Mein Neffe und ich gehen künftig getrennte Wege«, kündigte Wilhelm an.

»Was?«

»Du hast richtig gehört. Ich habe den Jungen nach dem Tod seiner Eltern aufgezogen und wie mein eigen Fleisch und Blut behandelt. Doch seit der Trennung von Luise und vor allem nach Viktorias Tod erkenne ich ihn nicht wieder, Georg. Er ist mir ganz und gar fremd geworden.«

»Also hast du auch keinen Einfluss mehr auf ihn?«, fragte Georg, obwohl es eher wie eine Feststellung klang.

»Nein. Ich würde sogar behaupten, dass ich der Letzte bin, auf den er noch hört.«

»Und euer gemeinsames Geschäft?«

»Ist nun wohl nur noch meines. Genau das hat er mir auch vorgeworfen, dass ich die Kaffeehäuser und damit die Firmenleitung nicht bereits jetzt an ihn übergeben will. Dabei bin ich doch gerade mal Ende fünfzig.«

»Ich weiß leider genau, wovon du da redest, Wilhelm. Mir erging es damals mit Richard genauso.«

»Eine solche Enttäuschung verwindet man nicht so einfach«, stimmte Wilhelm zu. »Vor allem aber tut sich vor mir ein Abgrund auf. Wozu soll ich überhaupt weiterkämpfen und alles zusammenhalten, wenn ich nicht einmal mehr jemanden habe, an den ich alles übergeben kann?«

»Glaube mir, Wilhelm, das verstehe ich nur zu gut.«

»Wenn du also anrufst, damit ich Hans zur Vernunft bringe, muss ich dir leider sagen, dass wir beide im selben Boot sitzen. Er hört weder auf dich noch auf mich. Für ihn scheint ein ehrlicher Geschäftsbetrieb einfach nicht mehr zu zählen. Er ist plötzlich aufs schnelle Geld aus und bricht sämtliche Zelte hinter sich ab.«

»Gier war noch nie ein guter Geschäftsberater«, stellte Georg fest.

»Wem sagst du das? Ich kann mich nur bei dir und allen Hansens, vor allem auch bei Luise, entschuldigen. Ich habe wirklich nicht kommen sehen, wozu Hans in der Lage sein kann.«

»Du musst dich nicht entschuldigen, Wilhelm.« Georg suchte nach den richtigen Worten. »Aber wenn er dich ebenso enttäuscht hat, kannst du mir dann keinen Hinweis auf einen Schwachpunkt bei ihm geben? Gibt es etwas, das er fürchtet oder begehrt?«

»Ich bedaure. Glaub mir, ich würde es dir sagen, schon um wenigstens von eurem Kontor weiteren Schaden abzuwenden. Doch für Hans ist offenbar nichts mehr von Bedeutung. Und nachdem er neulich wohl zufällig in einer der Spelunken, in denen er sich seit einiger Zeit herumtreibt, auch noch deinen Sohn Richard getroffen und sich wohl mit ihm angefreundet hat, wird ihm dieser bestimmt weitere Flausen in den Kopf gesetzt haben. Deshalb fürchte ich sogar zu wissen, an wen Hans zu verkaufen plant.«

Georg fluchte innerlich. Bankier Palm hatte also recht gehabt. »Kannst du mir nicht irgendeinen Ratschlag geben, wie wir das noch verhindern können?«

»Im Moment, so gebe ich zu, fällt mir leider überhaupt nichts ein.«

»Ich verstehe«, gab Georg niedergeschlagen von sich. »Dann mach's gut, Wilhelm. Hoffentlich hören wir uns mal wieder unter angenehmeren Umständen.«

»Darauf hoffe ich auch. Wenn mir noch irgendeine Idee kommen sollte, wie ihr Hans davon abhalten könnt, sein Vorhaben in die Tat umzusetzen, melde ich mich.«

»Danke, Wilhelm. Ich weiß das zu schätzen. Einen guten Tag.«

»Ebenso.«

Georg hängte ein, stand dann von seinem Schreibtischstuhl auf und trat ans Fenster. In der Speicherstadt war das übliche emsige Treiben zu beobachten, und jeder schien es eilig zu haben, seinen Aufgaben nachzukommen. Etwas abgekämpft ließ er sich auf der Fensterbank nieder, um beim Blick hinaus besser denken zu können. Was würde es bedeuten, wenn Elisabeth tatsächlich die Anteile kaufte und damit Mitglied der Geschäftsführung würde? Sosehr sich auch alles in Georg sträubte, überhaupt darüber nachzudenken, wusste er doch, dass er sich damit beschäftigen musste. Wie wäre es, sie in regelmäßigen Abständen um sich zu haben und ihren spitzen Bemerkungen und niederträchtigen Anfeindungen ausgesetzt zu sein? Und was hatte sie mit den Kontoranteilen überhaupt vor? Wollte sie sie benutzen, um das Kontor zu ruinieren, oder wollte sie damit selbst Geld verdienen? Er brauchte nur kurz zu überlegen, um zu der Erkenntnis zu gelangen, dass es Letzteres vermutlich nicht war. Immerhin hatte Elisabeth weit mehr Geld von ihrem zweiten Ehemann geerbt, als sie jemals im Leben ausgeben konnte. Und ganz abgesehen davon hatte sie es sich in der Vergangenheit schon einiges kosten lassen, den Hansens Knüppel zwischen die Beine zu werfen. Um das Geld ging es ihr also ganz bestimmt nicht.

Georg erinnerte sich an ihren letzten Zusammenstoß und daran, was dabei ans Tageslicht gekommen war. Elisabeth war nicht die, für die alle sie immer gehalten hatten. Und dafür gab es auch einen Beweis. Doch Robert hatte sich damals geweigert, dieses Druckmittel gegen sie zu verwenden, und es damit begründet, dass sie schließlich immer noch die Mutter seiner Kinder sei. Doch würde er jetzt, wo die Lage um einiges dramatischer war, nicht doch in Erwägung ziehen, es nun zum Einsatz zu bringen? Georg überlegte kurz, welche Folgen es für Elisabeth nach sich zog, wenn sie zu diesem letzten Mittel griffen. Und ob es ihm nun gefiel oder nicht – letzten Endes konnte man ihr damit nicht mehr wirklich beikommen. Dafür war sie inzwischen zu mächtig geworden, und da sie sich mehr und mehr aus der Hamburger Gesellschaft zurückgezogen hatte und einfach nur ihre Geschäfte tätigte, glaubte Georg auch nicht mehr daran, dass es ihr etwas ausmachte, ob man nun gut von ihr dachte oder nicht. Somit hatten das Wissen und der Beweis, den die Hansens besaßen, so gut wie keinen Wert mehr.

Georg sah weiter hinaus. Dann, ganz plötzlich, kam ihm ein anderer Gedanke in den Sinn. Wie würde wohl Vera reagieren, wenn sie davon erfuhr? Für sie war Elisabeth verständlicherweise ein rotes Tuch. Schon die bloße Erwähnung ihres Namens löste bei seiner Frau stets eine kleine Krise aus. Er konnte sie verstehen. So viel hatte Vera damals durchmachen müssen. Wenn es nun wirklich so kommen sollte und Elisabeth damit die Gelegenheit erhielt, im Kontor Hansen ganz nach ihrem Belieben ein und aus zu gehen, konnte Georg nicht einmal ansatzweise erahnen, was das für seine Frau bedeuten mochte. Würde sie ihm womöglich sogar die Pistole auf die Brust setzen und ihm drohen, sich von ihm zu trennen, wenn er weiter seiner Arbeit im Kontor nachging? Er wusste, dass Vera es keinesfalls hinnehmen würde, dass Georg mit Elisabeth – und damit der Frau, mit der er Vera damals betrogen hatte – Seite an Seite arbeitete. Nein, das würde sie nicht mitmachen, da war Georg sicher. Hier ging es also nicht nur um das Wohl und den Fortbestand des Kontors, sondern auch um seine Ehe. Er ballte die Hand zur Faust. Es musste ihm doch etwas einfallen, wie er gegen Elisabeth und auch Richard vorgehen konnte. Wenn er sich doch nur mit Luise, Robert oder am besten mit beiden hätte besprechen können! Bestimmt würde ihnen dann gemeinsam etwas einfallen. Doch so saß er hier auf seiner Fensterbank und konnte nur inständig hoffen, dass noch irgendein Wunder geschah und alles gut würde. Nur glaubte er nicht daran.

# 24. Kapitel

## *Kamerun, Mittwoch, 24. Februar 1897*

Robert war jetzt seit vier Tagen wieder in Kamerun, und auch wenn die Zahl der Schwierigkeiten, die sich auftaten, ihm über den Kopf zu wachsen schien, fühlte er sich rundum wohl. Das Telegramm, das er an Georg geschickt hatte, dürfte dieser bereits erhalten und damit die Gewissheit haben, dass Luise und er selbst nach Hamburg kamen, um dort das Schlamassel mit Hans zu bereinigen. Doch damit war leider nur ein geringer Teil seiner Probleme geklärt, und er hatte nur noch weitere drei Tage Zeit, bis am Sonntagmorgen das nächste Schiff in Richtung Deutschland aufbrach, das Luise und er auch unbedingt erreichen wollten.

Mit Schrecken hatte er Luises Bericht darüber vernommen, was Hamza von Sigmund Leffers vorgeworfen wurde. Natürlich zweifelte er keinen Augenblick daran, dass Leffers log und es sich so, wie Hamza und Luise ihm berichtet hatten, zugetragen hatte. Doch er hatte bisher vergeblich versucht, mit seinem Freund Erich Heemsen zu sprechen, um dessen Einschätzung zu hören und auch zu erfahren, was Sigmund Leffers auf dessen

Vorhaltungen erwidert hatte. Niemand schien derzeit zu wissen, wo der Oberleutnant sich aufhielt, was Robert sehr eigenartig erschien.

Des Weiteren musste er nun dringend einen deutschen Verwalter für die Farm und die Plantage finden, da feststand, dass er zumindest in den nächsten Jahren nicht nach Kamerun zurückkehren würde und sich damit nicht selbst um den Betrieb würde kümmern können. Zwar beabsichtigte Luise, nach ihrem notwendigen Aufenthalt in Hamburg baldmöglich wieder nach Kamerun zurückzukehren. Doch Robert wusste, dass sich damit das Kernproblem nicht in Luft auflöste. Denn so durchsetzungsfähig und tüchtig seine Tochter auch sein mochte – hier war sie einfach nur eine weiße Frau. Und als solche konnte sie die Plantage nicht führen, ganz gleich, ob sie die Fähigkeiten dazu hatte oder nicht.

So hatte er sich nun am heutigen Tag mit Gerald Busch, einem Deutschen, der bereits eine Plantage nur drei Reitstunden von der Hansen-Farm entfernt besaß, verabredet. Robert fand Busch nicht verkehrt. Vor allem aber hatte dieser zwei erwachsene Söhne, und der Gedanke, dass einer von ihnen oder beide zusammen die Hansen-Farm leiten und dafür einen guten Anteil an den Erträgen erhalten könnten, war naheliegend. Denn verkaufen wollte Robert nicht. Noch nicht. Womöglich würde er sich im Lauf der Jahre doch dazu entschließen, aber zum jetzigen Zeitpunkt wollte er noch ein Standbein in Kamerun erhalten.

Es war etwa elf Uhr, als Gerald Busch mit seinen beiden Söhnen die Hansen-Farm erreichte.

»Willkommen!«, rief Robert ihnen schon von Weitem zu und hob winkend den Arm. Die Buschs kamen näher, stiegen von ihren Pferden und begrüßten Robert und Luise, die sich in der Erwartung des Besuchs vor dem Haus postiert hatten.

»Ihr kennt doch meine Söhne Heinrich und Joost?«, stellte Gerald Busch seine Begleiter vor.

»Robert«, sagte der Plantagenbesitzer und reichte jedem von ihnen die Hand. »Und das hier ist meine Tochter Luise.«

»Guten Tag.« Auch sie begrüßte die Buschs.

»Bitte, setzen wir uns doch«, sagte Robert und deutete zur Veranda hinüber.

»Wirklich, Robert, ein prächtiges Stück Land ist das, was du hier besitzt.«

»Danke. Wir sind auch sehr zufrieden damit.«

Die fünf nahmen Platz und Luise schenkte ihnen allen Limonade ein.

»Ihr wollt also aus Kamerun weg, ja?«

»Wir wollen nicht unbedingt«, sagte Robert. »Doch unsere anderen Geschäfte in der Heimat machen es erforderlich.«

»Ich werde aber zurückkommen«, kündigte Luise bereits an.

»Das freut mich«, bemerkte Joost, und Luise entging nicht, dass er ihren Blick suchte.

»Hier ergibt sich sogleich die erste Frage, die wir klären müssen. Habt ihr vor, hier im Haus zu wohnen?«, kam Robert gleich zum Thema.

»Ich nicht, aber meine Jungs schon«, sagte Gerald.

»Nun, es müssten aber auch Zimmer für Luise und Hamza bereitstehen.«

»Hamza?«, fragte Gerald. »Ist das der Einheimische, der sich bisher um alles gekümmert hat, wenn ihr nicht hier wart?«

»Ganz genau. Er ist unbezahlbar.« Robert beobachtete genau die Reaktion von Gerald. Würde er sich abwertend darüber äußern?

»Wenn noch zwei andere Zimmer frei sind, ist das kein Problem. Oder, Jungs?« Er sah seine Söhne an, die einträchtig den Kopf schüttelten.

»Wir müssten uns ja ohnehin immer wieder einmal zwischen dieser und unserer eigenen Farm aufteilen«, sagte

Heinrich. »Da wäre es sogar von Vorteil, wenn dieser Hamza bereit wäre, sich weiterhin um deine Farm zu kümmern. Wenn er hier doch ohnehin alles so gut kennt.«

»Ich will ganz offen sein«, erklärte Robert. »Wäre Hamza ein Weißer, müssten wir dieses Gespräch hier gar nicht führen. Er ist wirklich ein überaus fähiger Mann.«

»So viel hältst du also von ihm?«, staunte Gerald.

»Ja. Und ich möchte keinesfalls, dass er, sein Vater Malambuku, der für die Versorgung und das Haus zuständig ist, oder auch nur einer der Duala schlecht behandelt werden.«

»Wenn jeder ohnehin schon weiß, was er zu tun hat, ist es doch für uns nur umso leichter«, befand Gerald. »Ich kannte deinen früheren Verwalter Begemann. Ein feiner Kerl war das. Ich glaube, du würdest mit uns ebenso gut zurechtkommen.«

»Ich sage euch gleich, dass ich mit Luise im regelmäßigen Austausch stehen werde. Wenn ich hören sollte, dass ihr meine Leute schlecht behandelt, bin ich schneller wieder hier, als ihr es euch vorstellen könnt.«

»Schlechte Erfahrungen, was?«, mutmaßte Gerald gutmütig.

»Kann man so sagen«, erklärte Robert. »Ich hatte vor einiger Zeit kurz erwogen, meine Farm an die Kraft-Brüder zu verpachten. Erinnert ihr euch an sie?«

»An diese Widerlinge? Wie bist du denn an die geraten?«, fragte nun Joost. »Ich habe sie nur ein- oder zweimal getroffen. Doch das hat mir gereicht.«

Sein Bruder nickte zustimmend.

»Dann würde ich sagen, wir versuchen es miteinander«, befand Robert, wenngleich er wusste, dass seine Entscheidung womöglich überhastet war. »Die Konditionen hatte ich euch ja schon mitgeteilt. Wenn ihr also einverstanden seid, setze ich ein Schriftstück auf, und ihr könnt schon ab nächster Woche übernehmen.«

Gerald Busch erhob sich und reichte ihm die Hand. »Einverstanden. Versuchen wir es miteinander.«

Luise sah Heinrich und Joost überrascht an, als hätte sie erwartet, dass die Entscheidung wesentlich mehr Verhandlungen erfordern würde. Und den Brüdern schien es genauso zu gehen, denn sie erwiderten ihren Blick.

Alle verabschiedeten sich voneinander, und Robert sicherte zu, die Vereinbarung noch heute aufzusetzen und ihnen danach bringen zu lassen. Dann machten die drei sich auch schon auf den Rückweg.

»Ging das nicht etwas zu flott?«, fragte Luise, als sie den Männern noch nachsahen.

»Unter anderen Umständen schon. Doch wir können uns kein langes Federlesen leisten. Auf mich machen sie einen guten Eindruck. Und letztendlich müssen wir ihnen oder auch jedem anderen erst einmal eine Chance geben. Sonst werden wir nie jemanden finden, das muss uns klar sein.«

»Du hast recht. Und ich werde ein Auge auf sie haben, sobald ich wieder hier bin.«

»Genau darauf vertraue ich«, sagte Robert, legte seiner Tochter den Arm um die Schultern und zog sie kurz zu sich heran. Dann gingen sie zurück zum Haus, und während Luise ankündigte, sich wegen einer kleinen Übelkeit in ihr Zimmer zurückzuziehen, machte Robert sich sofort daran, die Vereinbarung abzufassen. Als er damit fertig war und zwei identische Abschriften ausgefertigt hatte, unterzeichnete er beide und schrieb dann noch auf dem Briefbogen des Kontors eine persönliche Notiz an Gerald Busch mit der Bitte, beide Exemplare zu unterzeichnen und dem Boten eines davon direkt wieder mitzugeben.

Danach ging Robert mit dem Umschlag zu Malambuku und instruierte ihn, einen zuverlässigen Boten zur Farm der Familie Busch zu schicken und ihn so lange warten zu lassen, bis ihm ein Exemplar der Vereinbarung unterschrieben wieder mitgegeben wurde.

Als er aus dem Haus trat, kam Hamza soeben von der Plantage herüber.

»Hamza«, sprach Robert ihn an, als er auf die Veranda trat. »Wir haben eine deutsche Familie gefunden, die künftig die Verwaltung der Farm und der Plantage übernimmt.«

»Gut«, sagte Hamza nur.

»Es ist die Familie Busch, kennst du sie?«

Hamza schüttelte den Kopf. »Nein. Doch ich kenne ohnehin kaum deutsche Familien hier.«

»Auf Luise und mich machen Gerald und seine Söhne einen guten Eindruck. Ich habe mit ihnen vereinbart, dass du auch weiterhin deine Arbeit hier machen kannst, und dies auch schriftlich festgehalten.«

»Schriftlich festgehalten?«, wiederholte Hamza, der mit dieser Formulierung offenbar nichts anfangen konnte.

»Ich habe aufgeschrieben, dass wir es so vereinbart haben, damit die Buschs sich daran halten müssen«, formulierte Robert um.

»Ach so, gut.«

»Und du wirst selbstverständlich hier im Haus wohnen bleiben, genau wie Luise, sobald sie zurückkommt.«

Hamza nickte. Ihm war anzusehen, dass er nur ungern daran dachte, dass Robert und Luise bereits am Sonntag nach Deutschland aufbrechen wollten. Luise hatte Hamza erklärt, was auf dem Spiel stand, wenn sie nicht nach Hamburg mitginge, und fest versprochen, zum nächstmöglichen Termin nach Kamerun zurückzukehren. Und Hamza glaubte ihr auch, dass sie genau das vorhatte. Doch in seinem und Luises Leben hatte es immer wieder Vorkommnisse gegeben, wegen derer sie sich getrennt hatten. Und auch wenn sie eben kein Liebespaar mehr waren, mochte Hamza doch nicht daran denken, dass es womöglich wieder Jahre dauern könnte, bis sie sich erneut in die Arme schließen konnten. Es war eigenartig und ergab für Hamza überhaupt keinen Sinn, doch er fühlte sich Luise verbundener als je zuvor. Sie beide waren erwachsen geworden, hatten Erfahrungen gemacht und Enttäuschungen erlebt. Sie hatten geliebte Menschen verloren, und für beide hatte es Zeiten gegeben, in denen sie kaum mehr den Mut hatten aufbringen können, weiterzumachen. Doch das Schicksal hatte sie nun erneut zusammengeführt, und irgendwie spürte Hamza, dass es womöglich das letzte Wiedersehen gewesen sein könnte, wenn sie sich jetzt wieder trennten.

»Hamza«, holte Robert ihn aus seinen Gedanken. »Geht es dir gut? Alles in Ordnung?«

»Ja, alles in Ordnung«, wiederholte er.

»Du brauchst dir wirklich keine Sorgen zu machen. Wenn die Buschs nicht die sind, für die ich sie halte, wird Luise mir davon berichten.«

»Aber nur, wenn sie auch zurückkommt«, wandte Hamza ein.

»Ach, das ist es.« Robert lächelte. »Sie wird dir fehlen, nicht wahr?«

Einen Moment fühlte Hamza sich ertappt.

Dann fügte Robert hinzu. »Ich weiß ja, wie gut ihr befreundet seid. Es ist dir eine Hilfe, wenn sie hier ist, nicht wahr?«

»Ja«, versicherte Hamza eilig. »Das ist es.«

»Mach dir keine Gedanken. Ich kann dir versichern, dass Luise auf jeden Fall vorhat, nach Kamerun zurückzukehren. Du wirst nicht lange auf sie warten müssen.«

Hamza nickte nur. Keinesfalls wollte er Robert seine wahren Gefühle für Luise zeigen. »Ich hole kurz mein Messer«, sagte Hamza dann und ging zur Tür. »Ich habe es vorhin oben vergessen.«

»Mach das.« Kurz darauf nahm Robert den Hufschlag

sich rasch nähernder Pferde wahr. Er trat ein Stück vor die Veranda, um zu sehen, wer dort kam, und beschattete seine Augen. Sechs Reiter in deutschen Uniformen ritten mit hoher Geschwindigkeit auf ihn zu, sodass er einen Schritt zurück auf die Veranda machte, um nicht womöglich von ihnen umgeritten zu werden.

»Ist das hier die Hansen-Farm?«, fragte einer der Reiter, offenbar der Anführer.

»Allerdings. Ich bin Robert Hansen. Und mit wem habe ich das Vergnügen?«

»Oberleutnant Dieter Ruschke«, antwortete der Mann. »Wir sind hier, um den Neger Hamza vom Stamm der Duala festzunehmen.«

»Wie bitte?« Robert sah ihn ungläubig an. »Wo ist denn Oberleutnant Heemsen?«

»Oberleutnant Heemsen wurde seines Postens enthoben. Ich habe jetzt hier den Oberbefehl.«

»Und hier auf der Farm habe immer noch ich das Sagen, das wollen wir doch mal festhalten«, entgegnete Robert scharf. »Und Hamza ist nicht hier, sondern drüben bei der Plantage und verrichtet dort seine Arbeit.«

Der Oberleutnant drehte sich um und deutete mit dem ausgestreckten Arm. »Dort drüben?«

»Ganz recht. Aber sagen Sie, Oberleutnant, was wird Hamza denn vorgeworfen?«

»Ihm wird heimtückischer Angriff und versuchte Tötung des deutschen Kolonialherrn Sigmund Leffers vorgeworfen«, verkündete der Oberleutnant. »Wenn ich Sie wäre, Herr Hansen, würde ich mir schon mal einen neuen Mann für die Arbeit suchen. Denn dieser Hamza kehrt bestimmt nicht hierher zurück.«

»Versuchte Tötung eines deutschen Kolonialherrn«, wiederholte Robert. »Dann wird Hamza wohl gehängt, nicht wahr?«

»Ja. Und er wird mehr als nur einen Tag dort baumeln, damit die Seinen gleich wissen, was mit so einem geschieht, der sich seinen Herren widersetzt.«

»Dann wird es wohl so sein«, meinte Robert nur. »Wie gesagt, Sie finden Hamza dort bei der Plantage. Viel Erfolg, Oberleutnant.«

Der deutsche Soldat grüßte zackig, dann ritten er und seine Begleiter zur Plantage hinüber. Robert verharrte noch einen Augenblick, um sicherzugehen, dass sie nicht noch einmal zurückkämen. Dann drehte er sich um, stürzte ins Haus und die Treppe hinauf.

»Wir haben alles gehört«, sagte Luise, die auf der obersten Treppenstufe saß. »Was sollen wir denn jetzt machen?«

Hamza kam zögernd aus seinem Zimmer. »Ich habe das nicht getan«, brachte er nur erschüttert heraus.

»Das spielt jetzt leider keine Rolle mehr«, stellte Robert fest. »Ich habe sie zur Plantage geschickt, doch bestimmt werden sie schon bald wieder hier sein und womöglich auch das Haus durchsuchen wollen. Du musst dich verstecken, Hamza.«

»Aber selbst wenn ich mich heute verstecken kann, werden sie morgen oder den Tag danach wiederkommen.«

Luise und Robert tauschten einen Blick und es war, als hätten sie in diesem Moment den gleichen Gedanken.

»Du musst aus Kamerun fort, Hamza. Wenn wir es schaffen, dich drei Tage lang versteckt zu halten, bringen wir dich am Sonntag in aller Frühe auf das Schiff, und du kommst mit uns nach Deutschland«, sagte Robert nun.

»Nach Deutschland? Aber was soll ich denn dort? Meine Familie und mein Leben sind hier.«

»Nein«, widersprach Luise. »Dein Sterben ist hier. Wenn du leben willst, musst du mit uns kommen. Du hast gar keine andere Wahl.«

»Doch jetzt musst du erst einmal irgendwo unterschlüpfen, wo sie dich nicht finden können, und dort bleibst du, bis es dunkel wird«, ordnete Robert an.

Hamza nickte nur.

»Nimm dir etwas zu essen mit«, riet Luise. »Wer weiß, wie lange du ausharren musst. Wenn du hierherkommst, dann versichere dich vorher, dass keine anderen Deutschen da sind.«

»Ja, Luise.«

»Und nun geh«, bat Robert eindringlich, und Hamza löste sich aus seiner Erstarrung und hastete die Stufen hinab. Unten eilte er zur Küche und teilte seinem Vater nur schnell mit, dass er fliehen müsse. Robert und Luise würden ihm alles erklären. Dann umarmte er den Vater und rannte zur Hintertür hinaus.

Als Robert und Luise nach unten kamen, stand Malambuku nur da und sah sie fragend an. »Es ist etwas geschehen«, sagte Robert und legte den Arm um seinen treuen Angestellten. »Ich erzähle es dir, Malambuku. Du musst jetzt sehr stark sein.«

# 25. Kapitel

*Wien, Mittwoch, 24. Februar 1897*

Florentinus beugte sich weiter vor, als er bemerkte, dass sie die Augen aufschlug.

»Da sind Sie ja wieder.« Er lächelte sie an.

Katharine brauchte einen Moment, ehe sie begriff, wer da an ihrem Bett saß.

»Herr Loising?«

»Schön, dass Sie zurück sind. Wir hatten große Sorge, dass Sie es nicht schaffen.«

Katharine setzte sich auf und sah sich um. Entsetzt schlug sie die Hand vor den Mund, als ihr bewusst wurde, dass sie nicht zu Hause, sondern im Spital war. »Wie lange habe ich geschlafen?«

»Sie waren volle zwei Tage ohne Bewusstsein«, erklärte Florentinus. »Das als Schlaf zu bezeichnen, wäre stark untertrieben.«

»Oh mein Gott!« Sie schwang die Beine aus dem Bett und wollte aufstehen, taumelte jedoch und setzte sich gleich wieder.

»Das halte ich für keine gute Idee«, stellte Florentinus ruhig fest. »Legen Sie sich wieder hin, und ruhen Sie sich aus. Sie sind zwar über den Berg, doch noch lange nicht genesen.«

»Sie verstehen nicht. Mein Vater. Er ist ganz allein. Ich muss mich um ihn kümmern.«

Um Florentinus' Lippen spielte ein Lächeln. »Mitnichten, schöne Frau. Ihr Vater ist weder ganz allein noch müssen Sie sich um ihn kümmern.« Florentinus sah auf seine Taschenuhr. »Um diese Zeit spielen Ihr und mein Vater vermutlich Karten miteinander. Zumindest haben sie das gestern gemacht, und Ihr Vater hat von meinem Vater eine Revanche verlangt.«

»Von was bitte sprechen Sie da?«

»Nun, ganz einfach: Ich wusste mir nicht anders zu helfen, als Ihren Vater zu uns nach Hause bringen zu lassen, damit die Pflegerin meines Vaters sich auch um ihn kümmern kann.« Er zuckte die Achseln. »Zwei Fliegen, eine Klappe.«

»Ich verstehe kein Wort.«

»Ich erkläre es Ihnen, doch erst einmal legen Sie sich jetzt wieder richtig hin, ja?«

Sie rutschte langsam wieder nach hinten und schob die Beine unter die Decke. Dann lehnte sie sich an.

»Sie haben eine beidseitige Lungenentzündung, Katharine. Das hätte wirklich böse für Sie enden können. So gut ich auch verstehen kann, dass Sie für Ihren Vater sorgen wollten, so unvernünftig war es dennoch, Ihren schlimmen Husten zu ignorieren. Sie könnten jetzt tot sein. Und dann würde sich ganz sicher niemand mehr um Ihren Vater kümmern, und Sie hätten vollkommen ohne Sinn Ihr Leben gelassen.«

»Aber es macht ja sonst keiner.« Sie senkte den Blick. »Und ich habe nicht das Geld, jemanden dafür zu bezahlen. Die Medikamente, die er einnehmen muss, damit er einigermaßen seine Tage übersteht, sind teuer. Und dann noch die Miete, das Essen …« Sie sah ihn traurig an. »Und eine Pflegerin kann ich mir nicht leisten.«

»Ich verstehe Sie ja. Aber trotz all dem dürfen Sie dabei nicht vergessen, auch auf sich selbst achtzugeben.«

»Ich erinnere mich noch, dass Sie in die Wohnung kamen, doch danach an so gut wie nichts mehr. Also haben Sie dafür gesorgt, dass ich hier bin?«, vergewisserte sie sich, die Zusammenhänge auch vollends verstanden zu haben.

»Ja, allerdings.«

»Doch ich kann das Spital nicht bezahlen.«

»Machen Sie sich um Himmels willen darum keine Sorgen. Um Geld geht es hier nun wirklich nicht.«

»Ich kann Überstunden machen und es Ihnen nach und nach …«

Er legte ihr den Zeigefinger auf die Lippen. »Pst!«, unterbrach er sie. »Ich will das Geld nicht wiederhaben. Und jetzt ruhen Sie sich aus.«

Sie hatte Mühe, einen klaren Gedanken zu fassen. »Und wie lange soll ich noch hierbleiben? Und könnte mir jemand helfen, meinen Vater zurück in die Wohnung zu bringen? Ich werde ihn allein nicht …«

»Katharine, nun hören Sie doch endlich auf«, forderte Florentinus eindringlich. »Ihre einzige Aufgabe besteht derzeit darin, gesund zu werden. Was glauben Sie wohl, wie groß die Sorge Ihres Vaters um Sie war und wie hilflos er sich fühlte, nichts tun zu können. Schon um seinetwillen müssen Sie sich jetzt ausruhen und ganz gesund werden.«

»Und so lange kann er wirklich bei Ihnen bleiben?«

Florentinus lachte auf. »Sie müssten die beiden alten Haudegen mal zusammen erleben. Ich habe das Gefühl, dass es das Beste war, was ihnen passieren konnte, auf derart ungewöhnliche Weise zusammengetroffen zu sein.«

Katharine konnte all das, was sie soeben gehört hatte, kaum verarbeiten.

»Und übrigens, Ihre Schwester war hier. Sie lässt Sie grüßen und wünscht gute Besserung.« Florentinus lächelte verschmitzt.

»Meine Schwes…?« Sie brach ab.

»Ja, genau, Ihre Schwester Emilia.« Er schmunzelte noch immer.

»Also wissen Sie es?«

»Ich habe die Perücke und den Frack gefunden, als ich Sachen für Ihren Vater zusammengesucht habe. Warum das falsche Spiel?«

»Ich wollte nicht meine Stellung gefährden und hatte schon befürchtet, dass Sie mich erkannt haben könnten. Deshalb der Schwindel.« Verzweiflung stieg in ihr auf. »Ich brauchte das zusätzliche Geld für meinen Vater.«

Man sah Katharine an, dass ihre Kräfte bereits wieder nachließen und sie Mühe hatte, die Augen offen zu halten. Es tat Florentinus von Herzen leid, was sie alles auf sich hatte nehmen müssen, um irgendwie genug Geld heranzuschaffen.

»Ich werde auf jeden Fall Ihr Gehalt erhöhen lassen«, kündigte Florentinus an. »Natürlich habe ich nichts dagegen, dass Sie singen und sich so etwas dazuverdienen. Doch bitte nicht aus der Not heraus, sondern zum Vergnügen. Aber darüber können wir ein anderes Mal sprechen. Schlafen Sie jetzt, und versuchen Sie, wieder zu Kräften zu kommen.«

Sie sah ihn dankbar an, tastete mit ihrer Hand nach seiner und drückte sie. »Danke, Herr Loising.«

»Aber, aber, Emilia, wir beide waren doch schon beim Du. Nenn mich Florentinus. Und ich werde doch lieber Katharine sagen. Wusste ich es doch, dass Emilia nur ein Künstlername ist.«

Der Druck ihrer Hand ließ nach, und ihr Atem wurde gleichmäßiger. Florentinus hätte ihr stundenlang beim Schlafen zusehen können. Er wusste nicht, was es war, das ihn so anzog. Doch er spürte, dass diese Frau, die er schließlich kaum kannte, sein Herz berührt hatte. Vielleicht war es so, wie Karl es ihm einmal beschrieben hatte, als er das erste Mal Therese getroffen hatte. Karl sagte damals, dass er sich auf der Stelle in sie verliebt hätte. Und irgendwie hatte Florentinus nun das Gefühl, dass es ihm ähnlich ergangen war, als er Katharine oder eben Emilia, wie er damals noch dachte, zum ersten Mal auf der Bühne erlebt hatte. Vielleicht war sie einfach der Mensch, bei dem er sich zu Hause fühlen konnte. Und auch wenn Florentinus nicht glaubte, in körperlicher Hinsicht für eine Frau je ähnlich stark empfinden zu können wie für einen Mann, so spürte er doch, dass hier ein ganz wunderbarer, einfühlsamer und verletzlicher Mensch lag, der ihn rührte. Spielte da das Geschlecht wirklich eine Rolle, wenn man einem Menschen begegnete, der sein Herz erreichte?

Florentinus wusste darauf keine Antwort, noch nicht. Doch er war sich sicher, dass diese Frau es wert war, das Wagnis einzugehen und zu versuchen, ein ganz normales Leben zu führen, wie es ein richtiger Mann eben tat. Aber er würde es langsam angehen lassen. Und wenn er spürte, es doch nicht zu schaffen, dann würde er ihr einfach ein guter Freund sein. Denn eines wusste er: Diese zierliche, zerbrechlich wirkende Person war es wert. Womöglich konnte er mit Katharine Braun ein neues Leben beginnen.

# 26. Kapitel

## *Kamerun, Sonntag, 28. Februar 1897*

Luise war aufgeregt. Schon seit einer Stunde verluden die Duala die Kakaobohnensäcke auf verschiedene Karren und hoben nun gerade den letzten Sack hinauf. Sie hatte beim Frühstück kaum einen Bissen heruntergebracht, so nervös war sie, ob Roberts und ihr Plan auch aufgehen würde.

Neben den Bohnen hatten sie noch zwei große Reisetruhen im Gepäck, die nun verladen wurden. Nicht mehr lange, dann würde die Sonne aufgehen, und damit wäre der Zeitpunkt gekommen, sich von Malambuku zu verabschieden.

In den letzten Tagen waren die deutschen Truppen wieder und wieder zur Farm und zur Plantage gekommen und hatten alles durchsucht, Hamza jedoch nicht aufspüren können. Roberts gespielte Empörung, dass er über das Verhalten Hamzas vorgeblich ebenso entrüstet war wie die Soldaten und dessen Flucht für ein unsägliches Vergehen hielt, nahmen sie ihm nicht ab. Und Luise konnte es ihnen nicht verübeln. Selbst wenn sie ihren Vater nicht so gut gekannt hätte, wäre sie von seinen Reden kein bisschen überzeugt gewesen.

So hatten die Deutschen mehrfach gedroht, die Hansens zur Rechenschaft zu ziehen, sollten sie Hamza verstecken oder ihm bei der Flucht geholfen haben. Und als schließlich bekannt wurde, dass Robert und Luise in Kürze nach Hamburg abreisen wollten, glaubte Luise am Gesicht von Oberleutnant Ruschke ablesen zu können, dass dieser seine eigenen Schlüsse zog. So hatten sie eigentlich schon am gestrigen Abend erwartet, dass die Truppen erneut auftauchen würden, um noch einmal alles zu durchkämmen. Doch das war nicht der Fall gewesen. Und vielleicht würde ja auch alles gut gehen, und es würde zu keinem weiteren Zwischenfall kommen, wie Luise hoffte. Doch so recht daran glauben konnte sie nicht.

»Auf Wiedersehen, Malambuku«, sagte Luise, und die Trauer in seinen Augen zerriss ihr fast das Herz.

»Auf Wiedersehen, Nyango. Malambuku werden so vermissen.«

»Ja, Malambuku, ich dich auch.«

»Und immer geben acht, nicht geschehen Schlimmes.«

Luise traten Tränen in die Augen, und sie umarmte ihn stürmisch. »Leb wohl.« Abrupt löste sie sich von ihm und stieg sofort auf ihr Pferd. Sie konnte auch nicht hinsehen, als Robert und Malambuku sich voneinander verabschiedeten. Malambuku beugte sich nah an Roberts Ohr heran und flüsterte ihm etwas zu, worauf Robert nickte. Dann umarmten die beiden sich, und auch Robert stieg auf sein Pferd.

»Wir werden uns wiedersehen!«, rief er Malambuku noch zu. Dann gab er das Zeichen an den Ochsenführer des vorderen Karrens, dass er sich in Bewegung setzen sollte, und langsam zuckelte die kleine Gruppe los. Rechts und links neben den ersten beiden Ochsenkarren gingen je fünf Männer, sodass auf die zwei Karren verteilt zwanzig Mann dafür sorgten, dass keiner der Säcke herunterfiel. Beim hinteren Karren war dies nicht notwendig, da sich auf ihm lediglich die

Reisetruhen der Hansens befanden, die sicher mit Stricken festgezurrt waren.

Während des Ritts sprachen Luise und Robert kein einziges Wort miteinander. Zu angespannt waren sie, was noch geschehen mochte.

Als sie gut eine Stunde unterwegs waren und die Farben des Himmels mehr und mehr an Kraft gewannen, erreichten sie schließlich ohne Zwischenfälle den Anlegesteg. Das Schiff der Woermann-Linie würde an diesem Tag nur wenige Menschen mit nach Deutschland nehmen, war dafür aber schon jetzt so schwer beladen, dass es tief im Wasser lag. Kurz fragte sich Luise, ob es nicht fast schon überladen war, wenn die von ihnen mitgebrachten Kakaosäcke nun auch noch darauf Platz finden sollten.

»Guten Morgen, Herr Kapitän!«, rief Robert hinüber, als sie den Anlegesteg fast bis zum Ende passiert hatten. Zu Roberts Verblüffung trat jedoch nicht nur der Kapitän an die Reling, sondern außerdem Oberleutnant Ruschke.

»So sieht man sich wieder, Herr Hansen«, sagte er.

»Allerdings. Guten Morgen, Herr Oberleutnant.« Robert war nicht anzumerken, was er von dieser überraschenden Begegnung hielt.

»Wissen Sie, Herr Hansen, ich dachte mir, dass es womöglich klug sein könnte, das Schiff zu durchsuchen, auf dem Sie in die Heimat zurückkehren wollen. Immerhin könnte es ja sein, dass sich in den letzten Tagen ein blinder Passagier an Bord geschlichen hat.«

»Und? Haben Sie so jemanden entdeckt?«

»Nein, doch das will ja noch nichts heißen.« Der Oberleutnant kam über die Planke an Land. »Sie haben aber viel Gepäck dabei. Darf ich mir das mal ansehen?«

»Nein«, sagte Luise entschieden. »In den Truhen befinden sich meine persönlichen Sachen.«

»Tja, Fräulein, darauf kann ich leider keine Rücksicht nehmen.«

»Frau, nicht Fräulein. Und Ihr Verhalten, Oberleutnant, ist einfach unverschämt.«

»Ich tue hier nur meine Pflicht.«

Er gab seinen Männern, die sich oberhalb des Stegs positioniert hatten, ein Zeichen und deutete auf die Truhen.

»Da ist ein Schloss dran!«, rief ihm dann einer seiner Leute zu, der auf den Karren gestiegen war, um eine der beiden Reisetruhen zu inspizieren. Die Duala, die neben den Karren mit den Kakaobohnen hergegangen waren, traten auf Roberts Weisung ein wenig zur Seite.

Der Oberleutnant drehte sich zu Luise um. »Wären Sie so gütig, mir den Schlüssel zu überreichen, oder muss ich meine Männer die Truhen aufbrechen lassen?« Er hielt ihr die geöffnete Hand hin.

»Ich versichere Ihnen, dass sich nur meine persönlichen Sachen darin befinden.«

»Wie schön. Und ich versichere Ihnen, dass ich mich selbst davon überzeugen werde, mit dem Schlüssel oder ohne.«

Luise zögerte noch und warf ihrem Vater einen Blick zu, der schließlich nickte und ihr bedeutete, den Schlüssel herauszugeben.

»Nun gut.« Sie zog das Band mit dem Schlüssel daran, das sie um den Hals trug, über den Kopf. »Wie Sie wollen. Doch Sie können mir glauben, dass ich in Deutschland offiziell eine Beschwerde gegen Sie vorbringen werde.«

»Tun Sie sich keinen Zwang an«, gab Ruschke leichthin zurück, nahm dann den Schlüssel und schloss die erste Truhe auf. Mit einem breiten Grinsen klappte er den Deckel nach hinten und sah hinein. Eilig hob er einige der Kleiderstapel, die darin lagen, an. Dann stieß er auch noch auf Porzellan und einige Unterlagen. Sonst nichts.

»Haben Sie gesehen, was Sie sehen wollten, und endlich genug in meinem Gepäck gewühlt?«, fragte Luise schnippisch.

»Die andere Kiste«, forderte der Oberleutnant nun.

»Der Schlüssel passt dort genauso, Sie Schlauberger.«

Mit einem hämischen Grinsen, das jedoch längst nicht so viel Zuversicht ausstrahlte wie gerade eben noch, öffnete er nun auch die zweite Reisetruhe. Hierin befanden sich vor allem Kleidungsstücke und weitere Unterlagen, Porzellan jedoch nicht.

»Zufrieden?«, fragte Luise.

Der Oberleutnant sah zu den mit Kakaosäcken beladenen Ochsenkarren.

»Was ist in den Säcken?«

»Na was wohl, Kakaobohnen«, erklärte Robert, ging hinüber und nahm einen hoch. »Oder glauben Sie etwa, dass wir einen ganzen Menschen da hineinbekommen?« Er nahm den Sack und warf ihn dem Oberleutnant zu, der ihn gerade noch fangen konnte.

»Ich will das kontrollieren.«

»Sie wollen die Säcke öffnen?«, fragte Robert ungläubig.

»Nein, aber ich werde danebenstehen, wenn sie verladen werden, und ich will Sack für Sack genau sehen, was geschieht. Könnte ja sein, dass dort unten ein Hohlraum ist, in dem sich womöglich jemand versteckt.«

Robert hob die Augenbrauen. »Wie Sie meinen.« Er sah zu seinen Männern. »Bildet eine Reihe bis zum Schiff und ladet dann Sack für Sack ab. Und ihr dort nehmt die Säcke an und tragt sie über die Planken an Bord«, befahl Robert und erteilte so jedem eine Aufgabe. »Und immer schön einzeln. Es könnte ja sein, dass sich jemand zwischen zwei Säcken versteckt«, bemerkte Robert spöttisch.

Zunächst wurden die Reisetruhen an Bord getragen, dann stellten sich die Duala wie von Robert angeordnet in einer

Reihe auf. Sack um Sack wurde von den Karren abgeladen und weitergereicht, bis immer der Letzte in der Reihe mit je einem Sack an Bord ging, diesen dort ablegte und wieder über die Nebenplanke zurückeilte, um den nächsten Sack anzunehmen. So ging es, bis der erste Karren schon fast entladen war. Oberleutnant Ruschke reckte den Hals, um erkennen zu können, ob sich tatsächlich der von ihm vermutete Hohlraum im unteren Bereich des Karrens befand, und als dies nicht der Fall war, nahm er fast enttäuscht wieder seine vorherige Position ein.

Der erste Ochsenkarren wurde weiter vorgeschoben, und sogleich nahmen die Duala ihre Arbeit in der Reihe wieder auf. Dann kam der zweite Karren dran. Als schließlich auch hier der letzte Sack heruntergezogen worden war und bei den anderen an Bord des Schiffes aufgestapelt wurde, trat Robert an den Oberleutnant heran.

»Sind Sie jetzt zufrieden?«

»Wo ist er? Sigmund Leffers hat mir gesagt, dass Sie einer sind, der mit allen Wassern gewaschen ist und irgendwelche Tricks versuchen wird. Ich glaube Ihnen nicht, dass Ihr Neger wirklich geflohen ist.«

Robert zuckte die Schultern, dann stülpte er den Stoff seiner Hosentaschen nach außen. »Außer in denen hier haben Sie jetzt überall nachgesehen. Wollen wir diese Peinlichkeit noch weitertreiben, oder können meine Tochter und ich dann jetzt an Bord gehen?«

Dem Oberleutnant war anzusehen, dass ihm eine Erwiderung auf der Zunge lag.

»Und bevor ich mich verabschiede, Oberleutnant, ein kleiner Rat. Sigmund Leffers wurde angeblich zusammengeschlagen und fast zu Tode geprügelt, doch wie ich erfahren habe, gab es nicht einen einzigen blauen Fleck an ihm. Womöglich sollten Sie sich lieber mal an ihn wenden und ihn dafür zur Verantwortung ziehen, dass er offenbar die deutschen Truppen zum Narren halten will, statt uns hier irgendwelcher Taten zu bezichtigen.« Robert fasste Luises Hand und hakte sie bei sich unter. »Komm, Luise, fahren wir nach Hause.« Damit ließen sie die Deutschen einfach stehen, verabschiedeten sich jedoch von jedem ihrer Duala, balancierten schließlich über die Planke und stellten sich an die Reling, bis das Signal ertönte und das Schiff der Woermann-Linie ablegte. Robert sah noch, wie der Oberleutnant seine Männer wieder aufsitzen ließ und die Soldaten ihre Pferde antrieben. Schon kurz darauf waren sie nicht mehr zu sehen.

Die Duala jedoch standen auf der Anhöhe und winkten ihnen zum Abschied nach. Neunzehn Männer, denn der zwanzigste, der ganz offen neben dem Ochsenkarren gegangen war und die Kakaosäcke vor den Augen der Deutschen mit auf das Schiff geladen hatte, der war mit an Bord und zusammen mit Luise und Robert auf dem Weg nach Hamburg.

# 27. Kapitel

*Hamburg, Sonnabend, 27. März 1897*

Einen Tag früher als erwartet war das Schiff der Woermann-Linie in den Hamburger Hafen eingefahren. Robert, Luise und Hamza hatten zusammen schweigend an der Reling gestanden. Hamza, der nur mit einem Lendenschurz an Bord gekommen war und sich erst dort die für ihn in der Reisetruhe mitgenommenen Kleidungsstücke angezogen hatte, wusste in diesem Augenblick nicht recht, was er fühlen sollte. Als er das letzte Mal mit einem Schiff nach Deutschland gekommen war, war er so voller Hoffnungen und Träume gewesen. Nun jedoch beschlich ihn das Gefühl, dem einzigen Ort, der je sein Zuhause sein konnte, den Rücken gekehrt zu haben.

Georg, der sich in den letzten Tagen immer wieder bei der Reederei erkundigt hatte, war mit der Kutsche zum Hafen gefahren, um Robert und Luise in Empfang zu nehmen. Er hatte ja nicht ahnen können, dass auch Hamza dabei war, sodass die Überraschung groß war. Aus welchem Grund der junge Afrikaner ebenfalls mit nach Deutschland gereist war, wusste Georg nicht. Doch Robert hatte ihm schon bei der

Begrüßung angedeutet, dass er es ihm später noch erzählen würde.

So waren sie nach Hause zur Villa gefahren und dort aufs Herzlichste von Vera, Frederike und Julius begrüßt worden. Vor allem Luise und Frederike hatten sich minutenlang in den Armen gelegen. Und Frederikes Befürchtung, dass Luise möglicherweise böse auf sie sein könnte, hatte sich in dem Moment in Luft aufgelöst.

Hamzas Auftauchen hatte zwar alle überrascht; er war jedoch selbst von Vera, die ihm gegenüber früher recht zurückhaltend gewesen war, freundlich aufgenommen worden. Die drei verteilten sich auf ihre Zimmer, wobei Robert nun in Karls früherem Zimmer untergebracht war, Luise in ihrem eigenen und Hamza in Richards altem Zimmer. Noch am selben Abend fragte Hamza Robert, ob es wohl möglich sei, in eines der kleinen Zimmer zu ziehen, in dem er gehaust hatte, als er Lehrling im Kontor war. Zwar versicherte Robert ihm, dass er in der Villa willkommen sei und bleiben könne, solange er wollte. Doch Hamza schien sich bei dem Gedanken nicht recht wohlzufühlen. Hier im Haus umgaben ihn zu viele Regeln, und so sicherte ihm Robert schließlich zu, sich gleich morgen einen der Schlüssel aus dem Kontor zu holen und ihm zu übergeben, wofür er aufrichtig dankbar war.

Bis spät in die Abendstunden hatten sie dann alle noch zusammengesessen und geplaudert. Die Probleme, die es in den nächsten Tagen anzugehen galt, wurden mit keiner Silbe erwähnt.

»Mein Gott, Frau Petersen! Das gibt es doch nicht!« Fräulein Schreiber hatte sich die Hand vor den Mund geschlagen und konnte offenbar nicht fassen, wer da soeben die Treppe zum Kontor heraufgestiegen kam.

»Fräulein Schreiber!« Luise eilte auf sie zu, und die Frauen umarmten sich. »Es ist so schön, Sie zu sehen.«

»Ich hatte ja noch gar keine Gelegenheit, also, Sie wissen schon. Mein herzliches Beileid, Frau Petersen.«

Luise behielt ihr Lächeln bei. »Ich wusste auch so, dass Sie in Gedanken bei mir waren. Danke, Fräulein Schreiber.«

Der Sekretärin kamen vor Rührung die Tränen.

Als dann auch noch Robert an sie herantrat, war es für die Sekretärin fast schon zu viel.

»Herr Hansen!«

»Fräulein Schreiber.« Er streckte ihr die Hand entgegen. »Wir sind froh, wieder hier zu sein.«

»Also, ich werde am Montagmorgen nie so begrüßt«, stellte Georg mit gespielter Empörung fest.

Luises Blick fiel zu ihrer Bürotür hinüber. Die Erinnerung daran, wie es ihr ging, als sie das letzte Mal den Raum dahinter betreten hatte, durchfuhr sie. Doch sie riss sich zusammen. Die Wochen in Kamerun hatten ihr geholfen, sich wieder zu fangen. Nun galt es, das zu erledigen, weshalb sie gekommen war.

»Wollen wir in mein Büro gehen?«, schlug sie vor.

»Darin hatten wir immer die besten Einfälle«, bemerkte Robert und ließ seiner Tochter den Vortritt.

»Ich koche dann Kaffee«, kündigte Fräulein Schreiber an. »Ach, Frau Petersen!«, rief sie dann, und Luise drehte sich noch einmal um.

»Ja?« Luise konnte der Sekretärin ansehen, dass sie ihr mit den Augen scheinbar etwas zu sagen versuchte.

»Geht ihr beide schon vor«, sagte sie dann zu ihrem Vater und ihrem Onkel und trat näher an den Schreibtisch von Fräulein Schreiber heran.

Die sah kurz zu Luises Büro hinüber, um zu prüfen, ob die Hansen-Männer auch wirklich hineingegangen waren. Dann griff sie in die oberste Schublade ihres Schreibtischs und zog einen Brief hervor – den Brief, den sie nun schon seit Wochen dort für Luise aufgehoben hatte. »Der hier ist für Sie gekommen.

Sie hatten ja gesagt, ich darf Briefe mit diesem Absender niemandem zeigen. Also habe ich ihn dort drin sicher verwahrt. Ich hoffe, das war richtig so?«

Luise nahm den Brief an. Als sie Elsas Namen las, hätte sie ihn am liebsten sofort aufgerissen. Doch weder ihr Vater noch Onkel Georg sollten etwas davon erfahren.

»Ja, Sie haben genau richtig gehandelt, Fräulein Schreiber. Legen Sie den Brief bitte vorerst dorthin zurück. Ich werde ihn mir herausnehmen, wenn ich ohne Begleitung bin.«

»Sehr gern, Frau Petersen.« Die Sekretärin seufzte. »Auch wenn ich weiß, dass der Anlass unerfreulich ist, kann ich doch nur sagen, wie glücklich ich bin, Sie wieder hierzuhaben.«

»Ich freue mich auch, Fräulein Schreiber.«

Die Sekretärin eilte mit einem Lächeln auf den Lippen davon, während Luise in ihr Büro ging.

»Was war denn los?«, fragte Georg, der zusammen mit Robert in der Sitzecke Platz genommen hatte.

»Eine Frauensache«, log Luise, weil sie aus Erfahrung wusste, dass Männer nie weiter nachfragten, wenn man das erwähnte.

»Also«, kam Robert sofort zum Punkt. »Wo stehen wir?«

»Der Scheidungstermin ist bereits übermorgen«, erklärte Georg. »Es war ein ziemliches Risiko, ihn so kurzfristig ansetzen zu lassen. Immerhin hätte es ja auch sein können, dass euer Schiff mehrere Tage verspätet ankommt. Doch Rechtsanwalt Kramer hielt es für klüger, nicht noch weitere Zeit verstreichen zu lassen.«

»In Ordnung«, sagte Robert und sah dann zu seiner Tochter. »Du willst die Scheidung doch immer noch, oder?«

Luise hätte fast losgelacht. Eifrig nickte sie. »Worauf du dich verlassen kannst.«

»Bisher wurden die Kontoranteile nicht verkauft. Zumindest hat uns niemand darüber informiert, was aber ja zwingend erforderlich gewesen wäre. Es ist also bisher nichts weiter geschehen. Doch ich habe die Befürchtung, dass es ganz schnell so weit sein kann, wenn Luise und Hans aufeinandertreffen.«

»Es ist schon komisch, wie wenig ich diesen Menschen doch gekannt habe«, meinte Luise. »Denn ich hätte ihm ein solches Verhalten tatsächlich niemals zugetraut.«

»Ich glaube, das hätte keiner von uns«, stellte Robert fest. »Ich war es, der sich damals für diese Ehe ausgesprochen hat. Wenn jemanden also die Schuld trifft, sich in ihm getäuscht zu haben, dann mich.«

Luise schüttelte den Kopf. »Es spricht doch für uns, dass wir alle nie gedacht hätten, dass dieser Mensch so sein kann. Immerhin schließt man immer von sich auf andere.«

»Der Satz könnte von deiner Großmutter stammen«, lachte Georg.

»Das tut er auch«, gab Luise ebenso fröhlich zurück.

Es klopfte, und Fräulein Schreiber betrat mit dem Kaffee das Büro. Sie verteilte die Tassen auf dem Tisch, strahlte jeden von ihnen noch einmal an und ging dann hinaus. Es war schon fast rührend, wie sehr sie sich über die Rückkehr Luises und Roberts freute.

»Ich hatte vor Wochen schon einen beunruhigenden Anruf von Bankier Palm«, fuhr Georg fort und berichtete dann sowohl davon als auch von den übrigen Gerüchten, die sich mehrten, dass Hans tatsächlich an Elisabeth verkaufen wollte.

»Lieber brenne ich hier alles nieder, bevor sie auch nur einen Fuß in diese Büros setzen kann«, entrüstete sich Robert. »Warum nur gibt diese Frau nicht endlich Ruhe?«

»Vielleicht ist es gekränkte Eitelkeit oder was auch immer. In jedem Fall müssen wir uns darauf vorbereiten, dass genau das geschehen könnte«, erwiderte Georg.

»Wie viel sind die Anteile eigentlich in etwa wert?«, fragte nun Luise. »Ich meine, wäre es nicht auch eine Möglichkeit,

Hans anzubieten, ihn einfach auszuzahlen?« Zwar schmeckte Luise der Gedanke gar nicht, da ihr Noch-Ehemann damit Geld für etwas bekam, was ihm in Wahrheit nie wirklich gehört und wofür er nicht einen einzigen Tag gearbeitet hatte.

»Das lehnt er ab!«, sagte Georg.

»Ach ja? Du hast ihm diesen Vorschlag also bereits gemacht?« Robert schien überrascht.

»Ich habe in den vergangenen Wochen so ziemlich alles probiert, um uns irgendwie aus der Sache herauszubringen. Doch es ist wie verhext. Hans hält im Moment die Fäden in der Hand. Und das lässt er uns auch spüren.«

»Also denkst du nicht, dass es irgendeine Möglichkeit gibt, ihn zu überzeugen?«, begehrte Luise zu erfahren.

»Doch, aber die können wir ausschließen.«

»Nämlich?«

»Er sagte mir, dass er sein Leben zurückhaben will. Er will dich zurückhaben, Luise. Um dich geht es ihm.«

Luise tippte sich gegen die Stirn. »Der ist ja nicht mehr bei Trost. Nun, wie du schon gesagt hast, diese Möglichkeit können wir in der Tat ausschließen. Allerdings …« Ihr kam ein Gedanke.

»Allerdings was?«

»Ich könnte natürlich eine Zeit lang so tun als ob.«

»Um ihn dann dazu zu bringen, die Anteile einfach so wieder zu übertragen?« Robert schüttelte den Kopf. »So einfältig ist er nicht, Luise. Außerdem wäre mir nicht wohl dabei, wenn du auch nur einen Moment gegen deinen Willen mit ihm zusammen sein müsstest.«

»Und einen juristischen Weg gibt es wirklich nicht?«, fragte Luise nun noch einmal nach.

»Nein, leider nicht«, bedauerte Georg. »Dr. Kramer und ich sind alle Möglichkeiten durchgegangen. Ihm gehören die Anteile genau so lange, wie er will. Und wenn er sich eine

Stunde vor dem Scheidungstermin entscheidet, zu verkaufen und die Verträge entsprechend vorbereitet sind, gibt es nichts, was wir dagegen tun können.«

»Er wird also tatsächlich gewinnen«, stellte Luise bitter fest.

»Ja, so sieht es leider aus.«

Sie diskutierten noch den gesamten Morgen, doch eine echte Möglichkeit wollte sich einfach nicht auftun. Luise kündigte schließlich an, noch zu Hamza in dessen gestern bezogenes Zimmer zu gehen, um ihm ein wenig Gesellschaft zu leisten. Schließlich kannte er außer den Hansens nicht einen einzigen Menschen hier in Hamburg.

So waren sie schließlich gegen Mittag auseinandergegangen und hatten vereinbart, sich am Abend in der Villa zu treffen. Dann hatte Luise ihr Büro verlassen, sich den Brief aus dem Schreibtisch von Fräulein Schreiber geben lassen, ihn eingesteckt und sich auf den Weg zu Hamza gemacht. Schon unterm Gehen hatte sie die Zeilen gelesen, die Elsa ihr geschrieben hatte:

> *Meine liebe Luise!*
>
> *Ich hoffe, Du, Hans und Eure kleine Viktoria seid wohlauf und genießt die Feiertage im Kreis der Familie. Bisher habe ich noch keine Antwort auf meinen letzten Brief an Dich erhalten. Ich hoffe, er ist überhaupt angekommen und nicht am Ende einfach verloren gegangen. Wenn Du allerdings nicht dazu gekommen bist, mir zu schreiben, nehme ich es Dir überhaupt nicht übel. Ich weiß ja genau, wie viel Du immer zu tun hast.*
>
> *Ich schreibe Dir jetzt auch und warte nicht ab, bis Du Dich meldest, weil die Anschrift, die Dir vorliegt, schon nicht mehr stimmt. Denn es*

hat sich etwas ereignet, was es mir unmöglich gemacht hat, bei meiner Cousine und ihrem Mann zu bleiben. Es war vor sechs Tagen, und ich war gerade im Stall damit beschäftigt, das alte Stroh fortzuschaffen. Marie spielte mit den Jungen auf der Weide nebenan, zumindest habe ich das geglaubt. Ich wollte nur rasch etwas trinken, weil die Arbeit doch arg anstrengend und staubig war, und bin deshalb wohl überraschend aus dem Stall getreten. Und da habe ich gesehen, wie der Mann meiner Cousine da saß und Maries kleine Händchen an Stellen führte, wo sie überhaupt nichts zu suchen hatten. Ich hörte mit eigenen Ohren, wie er sie aufforderte, ihn so zu berühren.

Marie wusste ja gar nicht, was sie da tat, und fand es vermutlich gar nicht schlimm, doch meinen Schock kannst Du Dir gewiss vorstellen. So habe ich ihn also zur Rede gestellt, doch statt beschämt über sein Verhalten um Verzeihung zu bitten, hat er mich noch beschimpft und mir gesagt, dass ich schließlich zu Gast auf seiner Farm sei und er dort machen könnte, was immer er wollte. Nun ja, so habe ich Maries und meine Sachen gepackt und bin einfach gegangen.

Aus diesem Grund lebe ich derzeit in einer Art Sammelunterkunft für deutsche Einwanderer in New Jersey, bei denen noch nicht feststeht, wie es mit ihnen weitergehen soll. Es ist nicht schön, sogar ziemlich schrecklich, genau gesagt. Doch es ist mir immer noch lieber, als mit der Furcht leben zu müssen, was meiner kleinen Marie widerfahren könnte.

*Wenn Du mir schreiben willst, worauf ich hoffe, so bitte ich Dich, Deinen Brief an die Anschrift auf diesem Briefumschlag zu senden. Ich hoffe, ihn dann auch wirklich zu erhalten. Vor allem aber muss ich mir jetzt schon eingestehen, dass die Auswanderung hierher womöglich ein Fehler war. Denn tatsächlich fühle ich mich elend und allein und würde nur allzu gern eine Passage zurück nach Deutschland erstehen. Doch auch das ist gar nicht so einfach, vor allem deshalb nicht, weil ich erst nachdem ich gegangen war, mitbekommen habe, dass man mich auf der Farm meiner Cousine ganz offensichtlich bestohlen hat. So bin ich nun hier gelandet, an einem Ort mit lauter fremden Menschen, ohne nennenswertes Geld und ohne irgendeine Möglichkeit, dieser Lage zu entkommen.*

*Immer wieder habe ich mich in der Zeit hier gefragt, was Du wohl an meiner Stelle tun würdest. Gewiss würde Dir etwas Kluges einfallen, und Du würdest mutig und tatkräftig Dein Schicksal selbst in die Hand nehmen. Doch leider bin ich eben nicht so mutig und vermutlich auch nicht klug genug, denn ich weiß mir keinen Rat mehr.*

*Liebste Luise – was soll ich nur machen? Ich hoffe und sehne Deine Antwort herbei.*

*In Liebe*
*Deine Elsa*

Als Luise den Brief zu Ende gelesen hatte, fühlte sie sich elend. Elsa saß in dieser Sammelunterkunft und wartete wohl schon seit Wochen auf eine Antwort. Gleich morgen würde Luise die Möglichkeiten prüfen, ihr auf einigermaßen sicherem Weg Geld zukommen zu lassen. Zwar hatte sie mit Zahlungen nach Übersee bisher keine Erfahrungen. Doch dass es möglich war, davon ging sie fest aus. Einzig fürchtete sie, dass Elsa womöglich schon wieder von dort aufgebrochen war und das Geld gar nicht mehr zugestellt werden konnte. Dann würde es schwer, wenn nicht gar unmöglich sein, sie ausfindig zu machen. Doch daran wollte Luise gar nicht denken.

Sie hatte sich die Adresse von Hamzas Zimmer notiert, das wie noch acht weitere im Besitz des Kontors Hansen war und Mitarbeitern als günstige Unterkunft dienen sollte, wenn sie darauf angewiesen waren. Es war nicht dasselbe Zimmer, in dem Hamza damals untergekommen war. Doch es lag dem von damals genau gegenüber.

Sie musste einige Male klopfen, bis Hamza die Tür öffnete.

»Ach herrje. Habe ich dich geweckt?«

»Ja. Aber das macht nichts. Ich hätte sowieso schon längst aufstehen wollen. Aber ich bin einfach immer wieder eingeschlafen.«

»Das kenne ich«, sagte Luise. »Ich habe das auch schon gehabt, wenn ich aus Kamerun zurückkam. Noch ein oder zwei Tage, dann wird es besser.«

Hamza und Luise setzten sich an den kleinen Küchentisch.

»Brauchst du irgendetwas?«, fragte Luise. »Soll ich für dich Besorgungen machen lassen?«

»Eure Haushälterin hat mir gestern so viel mitgegeben, dass ich bestimmt eine Woche nichts mehr brauche«, antwortete Hamza, und Luise lachte auf.

»Ja, bei Anna verhungert niemand, das ist mal sicher.«

»Hast du etwas dagegen, wenn wir uns da drüben hinlegen? Ich habe das Gefühl, gleich vom Stuhl zu fallen.« Er deutete zum Bett, und kurz stutzte Luise. Er schien es nicht bemerkt zu haben, denn er stand einfach auf und wankte geradezu hinüber.

Luise zögerte, dann ging sie ihm nach und legte sich neben ihm aufs Bett. Wie selbstverständlich streckte er den Arm aus, und sie ließ ihren Kopf darauf sinken. Einen Moment blieben sie so liegen. Dann merkte Luise, dass Hamza erneut eingeschlafen war. Ganz vorsichtig stand sie auf und warf ihm noch einen liebevollen Blick zu. Dann verließ sie so leise sie konnte das Zimmer und schlug den direkten Weg zur Bank ein.

»Guten Tag, Fräulein …« Sie blickte auf das Namensschild. »Fräulein Lachner. Ich möchte gern Geld nach Amerika schicken«, erklärte sie der Dame am Empfang. »Geht das denn?«

»Guten Tag, Frau Petersen. Wie schön, Sie zu sehen. Aber selbstverständlich geht das«, antwortete die Bankangestellte. »Die Western Union Telegraph Company hat sich genau auf solche Geschäfte spezialisiert.« Sie zückte ein Formular. »Wenn Sie hier bitte den Betrag und den Empfänger eintragen würden. Den Rest fülle ich aus.«

Luise zog den Brief hervor und schrieb die darauf angegebene Adresse ab, setzte den Betrag ein und reichte den Schein an die Angestellte zurück. »Und wie lange wird es ungefähr dauern, bis sie das Geld bekommt?«, fragte Luise nun.

»Vielleicht in zwei, spätestens in drei Tagen dürfte das Geld dort ankommen, vorausgesetzt, der Weg von der dortigen Station von Western Union zu der genannten Anschrift ist nicht unverhältnismäßig weit. Das kann ich von hier aus nicht einschätzen.«

»Danke«, sagte Luise, unterschrieb dann den Auftrag und verabschiedete sich. Sie fühlte sich schon viel besser. Nun musste sie nur noch diese elende Sache mit Hans hinter sich bringen. Allein beim Gedanken daran schoss ihr bittere Galle die Speiseröhre hoch.

# 28. Kapitel

*Hamburg, Mittwoch, 31. März 1897*

Luise war vollkommen abgehetzt, als sie in den frühen Morgenstunden nach Hause kam. Sie hatte um diese Uhrzeit keine Kutsche gefunden – kein Wunder, denn es war nach drei Uhr am Morgen gewesen, als sie auf die Straße getreten war. Also hatte sie den ganzen Weg von Hamzas Zimmer zur Villa laufen müssen und dadurch Gelegenheit, ihre Gedanken einigermaßen ordnen zu können.

Sie hatten fast den gesamten Dienstag miteinander verbracht, weil Luise sich hatte ablenken wollen. Schließlich lag ihr der Scheidungstermin doch arg im Magen, und da Hamza ohnehin allein war, war es naheliegend, die Zeit gemeinsam zu überbrücken. Sie hatten in seinem Zimmer gesessen und sich stundenlang miteinander unterhalten, hatten gelacht und dann auch wieder ernstere Themen angeschnitten. Luise hatte das Beisammensein genossen, und sie glaubte, dass es Hamza ebenso ergangen war. Sie hatten zusammen gegessen und den Wein geöffnet, den Anna in den Korb für Hamza gelegt hatte. Und irgendwann hatten sie sich schließlich auf das Bett gelegt, eng aneinander gekuschelt, und waren so vertraut miteinander, als wären sie nie getrennt gewesen. Als es bereits dunkel wurde, hatte Luise aufstehen wollen, doch Hamza hatte sie gebeten, noch zu bleiben. Er hatte ihr anvertraut, wie einsam er sich fühlte, und nur um ihm Trost zu spenden, hatte sie sich zu ihm hinübergebeugt und ihm einen Kuss gegeben. Zärtlich hatte er ihn erwidert und mit seinen Fingern ihre Wange gestreichelt, wie er es früher immer getan hatte, als sie einander noch als Liebende verbunden gewesen waren. Luise hatte es genossen und ihrerseits Hamza zärtlich berührt. Von diesem Moment an spürten beide, dass es kein Zurück mehr gab. Stundenlang hatten sie sich geliebt, und als Luise gegen Mitternacht aufstehen und sich anziehen wollte, hatte Hamza ihre Hand genommen und sie zurück ins Bett geholt. Als sie schließlich wieder erwachte, war es bereits drei Uhr früh.

Luise vermied es, durch den Haupteingang ins Haus zu gehen, musste dann aber feststellen, dass der Schlüssel für den Hintereingang, der sonst immer dort unter dem dritten Blumentopf auf der rechten Seite gelegen hatte, sich nicht mehr an seiner Stelle befand. Luise blickte die Fassade der Villa hinauf. Vor ihrem Zimmerfenster stand noch immer der alte knorrige Baum, der heute noch kräftiger war als früher. Oft war sie daran hinaufgeklettert, wenn sie unbemerkt ins Haus gelangen wollte, weil ihre Mutter nicht sehen sollte, dass sie sich wieder einmal schmutzig gemacht hatte.

Luise tat einen Schritt rückwärts, um zu sehen, ob ihre Zimmerfenster noch geöffnet und mit dem Haken festgemacht waren, so wie sie sie gestern Morgen hinterlassen hatte, und war erleichtert, dass sich offenbar niemand die Mühe gemacht hatte, sie tagsüber zu schließen. Sie blickte an sich herab. Das Kleid, das sie trug, war nicht gerade zum Klettern geeignet. Aber sie hatte nun einmal keine Wahl, irgendwie würde es schon gehen.

Entschlossen setzte sie ihren Fuß auf den untersten Ast, griff nach oben und zog sich zum nächsten hinauf. Tatsächlich ging es erstaunlich gut. Rasch stieg sie weiter hinauf, dann, ganz plötzlich, geriet der Saum ihres Kleides zwischen den Schuh und den Ast, sodass sie abrutschte und schmerzhaft an der Rinde des Baums entlangschrammte. Ihr lag ein Fluch auf der Zunge, den sie unterdrückte, dann kletterte sie weiter, nun sorgsam darauf bedacht, nicht noch einen Fehltritt zu tun.

Luise kletterte weiter hinauf und erreichte schließlich den breiten Ast direkt vor ihrem Fenster. Sie versuchte, sich weiter oben festzuhalten, doch der Abstand war einfach zu groß, um auch nur die Blätter fassen zu können. Kurz zögerte Luise, ob sie es wirklich wagen sollte. Andererseits war die einzige Alternative, das Personal wach zu läuten und ihm in ihrem Zustand, der nun wirklich mehr als eindeutig war, unter die Augen zu treten. Nein, dann würde sie sich eben trauen müssen. Lieber brach sie sich den Hals, als sich dieser Peinlichkeit auszusetzen.

Vorsichtig setzte sie einen Fuß vor den anderen und balancierte immer weiter. Hoffentlich konnte der Ast ihr Gewicht auch tragen. Ganz langsam kam sie voran, ging dann in die Hocke, tastete nach der Fensterhalterung und kroch schließlich auf die äußere Fensterbank. Eilig fasste sie nach, um Halt zu finden. Es schepperte ein wenig, als sie auf dem Fußboden auftraf, und sie erstarrte vor Angst, dass jemand im Haus sie gehört haben könnte. Ihr schlug das Herz bis zum Hals, als sie tatsächlich Schritte auf dem Flur vernahm. So wie sie war, machte sie einen Satz ins Bett und zog die Decke bis zum Kinn hoch. Sie hörte, wie die Tür geöffnet wurde und jemand einen Schritt in ihr Zimmer tat. Dann knarrte der Boden, als entfernte derjenige sich wieder. Vorsichtig öffnete Luise ein Auge und sah gerade noch, wie ihr Vater die Tür wieder schloss. Sie atmete erleichtert auf. Das war gerade noch mal gut gegangen.

Der Tag der Scheidung war gekommen, und damit auch der Tag, an dem Luise das erste Mal seit Monaten auf Hans traf. Von ihrem nächtlichen Ausflug war sie erschöpft, von den Stunden davor jedoch überglücklich. Hamza und sie hatten wieder zueinander gefunden, und egal, was heute geschah, Luise war selig. Und doch wollte sie unbedingt alles tun, um zu retten, was zu retten war.

Bis gestern hatte das Kontor keine Nachricht erhalten, dass Hans an jemanden verkauft hätte. Wenn nun heute die Scheidung ausgesprochen wurde, bevor er genau das tat, würde der Vertrag seine Wirkung entfalten und die Anteile würden auf Robert zurückübertragen. Luise betete, dass dies der Fall sein möge.

Dr. Kramer fuhr um genau fünf Minuten vor halb neun mit seiner Kutsche vor, um seine Mandantin abzuholen. Georg und Robert würden sich direkt ins Kontor begeben, wohin Luise gleich nach dem Termin nachkommen wollte. Dass sie Luise zum Gericht begleiteten, hatte Dr. Kramer für keine gute Idee gehalten und den Hansens dringend davon abgeraten. Robert vermutete, dass der Rechtsanwalt Streitereien fürchtete, was, wenn Hans es allzu sehr auf die Spitze trieb, auch nicht von der Hand zu weisen war. Vor allem aber war diese Scheidung ein ganz persönlicher Termin für Luise, und was auch immer dort besprochen wurde, fanden Georg und Robert, ging sie beide schlicht nichts an.


»Wenn ich Sie bitten darf, Frau Petersen, so sprechen Sie nur dann, wenn Sie gefragt werden, ganz gleich, wozu Ihr Ehemann Sie zu provozieren versucht«, instruierte sie Dr. Kramer.

»Wieso?«, fragte Luise ein wenig beunruhigt. »Was denken Sie denn, was er vorbringen wird?«

»Nun, ich weiß es nicht. Doch meiner Erfahrung nach versuchen die Menschen, ihr Gegenüber oftmals damit aus der Reserve zu locken, dass sie an deren wunden Punkt rühren.«

»Und wo, denken Sie, liegt dieser wunde Punkt bei mir?«

»Ist das nicht offensichtlich?«, fragte er freundlich lächelnd.

Luise sah ihn erwartungsvoll an. Sie wusste wirklich nicht, worauf er hinauswollte.

»Nun, ich kenne Sie nicht besonders gut. Doch naheliegend wäre gewiss Ihre Tochter.«

»Meine Tochter? Wie sollte er versuchen, mich damit aus der Reserve zu locken?«

»Ich kann nur mutmaßen: Beispielsweise, dass bekannt ist, dass Sie zu viel gearbeitet haben, als Ihre Tochter noch ganz klein war. Oder die Frage, weshalb Sie Ihr Kind nicht an der Hand hielten, als die Unruhen vor der Kirche ausbrachen.« Er behielt sein freundliches Lächeln bei. »Eben Dinge, die jeder Grundlage entbehren, dafür aber umso mehr ins Herz treffen.«

Luise schluckte schwer.

»Sehen Sie, was ich meine? Ich habe Sie mit zwei einfachen Beispielen dazu gebracht, blass zu werden. Und ich bin Ihr Anwalt und auf Ihrer Seite.«

Luise atmete tief durch. »Ich verstehe, Dr. Kramer. Danke, dass Sie mich darauf vorbereitet haben.«

»Ich mag solche Termine nicht, wissen Sie? Ich mag nicht, wenn es so endet. Es gab eine klare Absprache und Vereinbarung. Nun so zu agieren, wie Herr Petersen es tut, entspricht nicht meiner Vorstellung von einem ehrbaren Menschen.«

»Ja, meiner auch nicht.«

Die Kutsche hielt, und sie stiegen vor dem Gerichtsgebäude aus. Dr. Kramer sah auf die Uhr. Noch zehn Minuten bis zum Termin. »Gehen wir«, meinte er und reichte ihr den Arm. Luise hakte sich bei ihm unter, und zusammen betraten sie das Gebäude.

Der Rechtsanwalt führte sie durch mehrere völlig gleich aussehende Gänge, bis er vor einer Tür stehen blieb. »Hier ist es. Sind Sie bereit?«

»Ja, Dr. Kramer. Das bin ich.«

»Gut.« Dr. Kramer klopfte, und als er aus dem Innern die Aufforderung zum Eintreten hörte, öffnete er die Tür. Der Raum erinnerte Luise eher an ein großzügiges Büro als an einen Gerichtssaal. Irgendwie hatte sie ihn sich prunkvoller vorgestellt.

»Guten Morgen«, grüßte sie den Mann in der schwarzen Robe, der sich soeben erhoben hatte, auf sie zukam und ihr die Hand entgegenstreckte. »Guten Morgen, Frau Petersen. Ich bin Dr. Constantin Altbach und werde heute als Richter Ihre Sache verhandeln.«

»Sehr angenehm.«

Dr. Kramer und der Richter begrüßten sich, als es schon wieder klopfte und kurz darauf Hans und sein Anwalt eintraten. Luise spürte, dass ihr das Herz bis zum Hals schlug. Wie verhielt man sich in einer solchen Situation? Sie hörte fast die Stimme ihrer Großmutter: *Immer die Contenance bewahren, Luise.* Also lächelte sie, trat auf Hans zu und reichte ihm die Hand. »Guten Morgen, Hans.« Dann sah sie seinen Rechtsanwalt an und streckte auch ihm die Hand entgegen. »Luise Petersen.«

»Dr. Alexander Roselius.«

Luise lächelte auch ihn an, wartete dann, bis ihr Rechtsanwalt die Gegenpartei begrüßt hatte, und sah dann erwartungsvoll zum Richter, damit dieser ihr sagte, was zu tun war.

»Bitte, die Herrschaften, nehmen wir doch Platz.« Dr. Altbach deutete nach rechts und links, wo Stühle mit Tischen davorstanden und nun Dr. Kramer und Luise auf der einen und Hans und Dr. Roselius auf der anderen Seite Platz nahmen.

»Es geht um den Antrag auf Ehescheidung, der vorliegt«, erklärte der Richter. »Hier also die Frage, ob die Parteien die Möglichkeit einer Beilegung in Erwägung ziehen würden?«

Sowohl Kramer als auch Roselius beäugten sich.

»Nein, meine Mandantin wünscht die Auflösung der Ehe«, sagte schließlich Dr. Kramer.

»Mein Mandant ebenfalls«, erklärte darauf Dr. Roselius, was Luise kurz überraschte. Sie war von etwas anderem ausgegangen.

»Nun gut. Das ist bedauerlich, aber tatsächlich sind wir ja deshalb hier, nicht wahr?«, merkte der Richter an.

»Wie ich den Unterlagen entnehme, haben beide Parteien eine weitere etwaige Versorgung durch den Ehepartner ausgeschlossen, ist das richtig?«

Beide Rechtsanwälte bejahten.

Luise warf ihrem Rechtsanwalt einen Blick zu. Bedeutete das, dass Hans die Anteile nun doch gar nicht wollte und die ganze Aufregung umsonst gewesen war? Oder was war mit der Versorgung gemeint?

Am liebsten hätte sie nachgehakt, doch dann erinnerte sie sich an die Anweisung ihres Rechtsanwalts, nur dann zu sprechen, wenn sie gefragt wurde. Allein die Tatsache, dass ihr auf diese Weise das Wort verboten wurde, hätte sie im Alltag aus der Haut fahren lassen. Doch nicht hier. Sie nahm nur am Rande wahr, dass der Richter immer wieder Fragen stellte, die von den Anwälten beantwortet wurden. Doch was genau gesagt wurde, zog an ihr vorbei. Sie sollte den Mund halten, also tat sie genau das. Vielleicht konnte sie dann die Angelegenheit rascher hinter sich bringen.

»Dafür, dass Sie geschieden werden möchten, herrscht aber erstaunliche Einigkeit in allen Punkten«, bemerkte Dr. Altbach nun. »Möchten die Parteien noch irgendetwas anmerken?«

Keiner sagte etwas.

»Nun gut. Dann ergeht im Namen des Volkes folgendes Urteil: Die Ehe der Parteien wird geschieden. Die Kosten werden gegeneinander aufgehoben. Beschlossen und verkündet am 31. März 1897 vor dem Amtsgericht Hamburg. Die Sitzung ist hiermit geschlossen.«

Luise sah ihren Rechtsanwalt überrascht an. »Das war's schon?«, fragte sie.

»Ja, Sie sind jetzt eine geschiedene Frau, Frau Petersen.«

»Ach herrje, das habe ich ja eben völlig zu erwähnen vergessen, ich möchte gern wieder Hansen heißen.«

»Das ist eine standesamtliche Angelegenheit, die nur der Schriftform bedarf«, sagte Dr. Altbach. »Ihr Anwalt wird Sie dahingehend beraten. Der Aufwand ist gering.« Der Richter erhob sich. »Dann noch einen guten Tag, die Herrschaften.«

Luise stand ebenfalls auf und zögerte kurz. Dann ging sie zu Hans und reichte ihm die Hand. »Auf Wiedersehen, Hans. Ich wünsche dir alles Gute.«

Eben hatte er noch freundlich dreingeblickt, doch nun verzog er das Gesicht zu einem hämischen Grinsen. »Du glaubst wirklich, du wärst damit durchgekommen, was?«

»Wie bitte?« Luise sah ihn verwundert an.

»Du hättest genügend Gelegenheiten gehabt, mir eine Nachricht zukommen zu lassen und dich für deine unnachgiebige Art bei mir zu entschuldigen. Doch das hast du ja nicht für nötig gehalten. Tja, Luise Hansen, dieses Mal hast du nicht gewonnen.« Er bleckte die Zähne.

»Würdest du mir bitte erklären, wovon du eigentlich sprichst?«

»Die Anteile. Die schönen, kostbaren Kontoranteile«, sagte er dann, und Luise spürte, wie sich ein Knoten in ihrer Brust immer enger zuzog.

Sie sah ihn nur an, unfähig, etwas zu erwidern.

»Ja, du dachtest wohl, ich warte erst mal ab, wie es heute läuft, nicht wahr? Aber so dumm bin ich nicht, Luise. Natürlich bin ich nicht so schlau wie du, das ist ja niemand.« Seine Worte troffen nur so vor Spott.

»Wann bist du nur so geworden, Hans?« Sie schüttelte den Kopf.

Dr. Altbach war noch stehen geblieben und verfolgte nun die Auseinandersetzung.

»Kommen Sie, Frau Hansen«, sagte Dr. Kramer und betonte den Namen. »Das hier hat doch keinen Sinn.«

»Ja, nehmen Sie sie bloß mit. Sie soll ja nicht zu spät kommen. Heute Mittag um Punkt zwölf Uhr wird der neue Eigentümer von fünfunddreißig Prozent der Anteile am Kontor Hansen bei euch vorstellig werden. Das sollte ich dir noch ausrichten. Besser, du bist zugegen, Luise.«

Sie hätte ihm am liebsten ins Gesicht geschlagen. Doch sie sah nur ihren Rechtsanwalt an, nickte noch einmal dem Richter zu und verließ dann ohne ein weiteres Wort den Raum. Sie wahrte die Fassung, bis sie die Kutsche des Rechtsanwalts erreichten und losfuhren. Dann konnte sie die Tränen nicht länger zurückhalten.

»Also ist alles verloren, wofür ich so hart gearbeitet habe, und wir können nichts dagegen tun.«

Dr. Kramer sagte nichts. Zu sehr plagte ihn das schlechte Gewissen, dass eine Schwachstelle in einem von ihm entworfenen Vertrag das Schicksal des größten Kontors in der Stadt besiegelt hatte. Es war ein reines Elend.


Luise, Robert und Georg standen in Luises Büro und warteten beklommen, wer wohl um zwölf Uhr durch die Tür treten würde. Es war drei Minuten vor zwölf, als es klopfte und Fräulein Schreiber eintrat.

»Dort draußen ist ein Bote, Frau Hansen, der eine Nachricht an Sie zu überbringen hat.«

»Ein Bote?« Luise sah erst ihren Vater und dann ihren Onkel an.

»Da liebt wohl jemand dramatische Auftritte«, stieß Robert angespannt hervor. Sowohl Luise als auch Georg wussten, dass er von niemand anderem als Elisabeth sprach.

»Er soll reinkommen«, forderte Luise Fräulein Schreiber nun auf, die darauf zur Seite trat und einem Burschen Eintritt gewährte, der einen guten Tag wünschte und dann wie angewurzelt stehen blieb. Sein Blick fiel auf die Wanduhr, deren Zeiger sich soeben ein Stück weiterbewegt hatte und nun auf genau einer Minute vor zwölf stand.

»Ich bin Luise Hansen. Du hast eine Nachricht für mich?«, sprach Luise ihn nun an. Er nickte, rührte sich jedoch nicht von der Stelle.

»Und gibst du sie mir auch?«, fragte sie nun.

Wieder nickte er, stand aber wie angewurzelt da und starrte nur weiter auf die Uhr. In diesem Moment sprang der Zeiger um, worauf er hastig zwei Schritte nach vorn machte und Luise einen Briefumschlag übergab. »Genau zwölf Uhr. Einen guten Tag noch.« Damit verschwand er ebenso schnell wieder aus dem Büro, wie er gekommen war.

Luise schüttelte verwundert den Kopf, ging dann zum Schreibtisch, nahm den Brieföffner zur Hand und riss das Kuvert auf. Sie erkannte die Schrift, obwohl es Jahre her war, dass sie sie zuletzt gesehen hatte. Luise ging zur Fensterbank und lehnte sich an.

»Von wem ist der Brief?«, fragte Robert, doch Luise hob nur die Hand und bot sich Ruhe aus, um ihn zu lesen.

*Meine liebe Luise!*
*Da ich den Auftrag erteilt habe, Dir den Brief um Punkt zwölf Uhr zu übergeben, und ich hoffe, dass Du ihn sogleich geöffnet hast, setze ich in diesem Moment, da Du die Zeilen hier liest, den letzten Champagnerkelch meines Lebens an die Lippen und trinke den Inhalt in einem Zug aus. Ich wähle damit einen Weg, wie ihn vor mir schon Königinnen und Kaiserinnen*

gewählt haben, wenn sie wussten, dass ihre Zeit gekommen war.

Ich ahne Deinen Gedanken, denn Du bist ein guter Mensch. Der Impuls, etwas zu unternehmen, bahnt sich gerade einen Weg in Dein Bewusstsein. Doch glaube mir bitte, schon jetzt, da Du an dieser Stelle des Briefes angelangt bist, werden mir die Sinne schwinden und nur noch wenige Augenblicke bleiben, dann hört mein Herz für immer auf zu schlagen. Du kannst also bereits gar nichts mehr tun. Und trotzdem erfreue ich mich an dem Gedanken, dass Du versucht hättest, mich zu retten, denn es gibt mir ein Gefühl, nicht in vollkommener Belanglosigkeit diese Welt zu verlassen.

Du wirst Dich fragen, warum ich diesen Weg wähle oder besser gesagt, bereits gewählt habe. Ich möchte Dich darüber nicht im Unklaren lassen. Ich bin krank, Luise, sehr krank sogar. Im Innern meines Körpers wächst etwas sehr schnell heran, das mir schon bald die Möglichkeit nehmen würde, ein Leben zu führen, wie es meinen Ansprüchen genügt. Wir sind uns wohl darüber einig, dass ich nicht zu den Frauen gehöre, die es akzeptieren könnten, blass, ungeschminkt und mit zerzausten, ergrauten Haaren in einem Krankenbett zu liegen und die Körperfunktionen nicht mehr unter Kontrolle zu haben. Oh nein – einen derart jämmerlichen Zustand würde ich mir verbitten.

Aus diesem Grund habe ich mir auch die Zeit genommen, über mein Leben nachzudenken und darüber, was ich immer gewollt habe und wo ich nun letztendlich stehe. Und so schockierend es für Dich und auch Deinen Vater und Deinen Onkel, denen Du gewiss gleich diesen Brief zeigen wirst oder ihnen gar gerade vorliest, sein mag, so kann ich doch aus tiefster Seele sagen, dass ich genau das Leben führte, was ich immer führen wollte. Einzig die Bewunderung dafür wird mir nicht in dem Maß zuteil, wie ich es für wünschenswert halten würde. Doch es ist mir stets gelungen, dies durch die Ausübung meiner Macht nur allzu leicht zu kompensieren.

Jedoch sah ich in letzter Zeit immer ein Bild vor mir, das mich an frühere Zeiten erinnerte und mich tatsächlich sentimental werden ließ. Es war das Bild Deiner Familie, die damals auch noch die meine war, wenn wir am Sonntagstisch zusammensaßen, festlich gekleidet, das gute Porzellangedeck auf den Tischen und ihr Kinder wohlerzogen und aufrecht da sitzend. Ja, dieses Bild rührte mich. Und da wurde mir klar, dass ich die Perfektion, die ich zeitlebens angestrebt habe, genau damals hatte. Doch musste ich erst weitere Wege gehen, um auch erkennen zu können, dass sie nicht die richtigen waren.

Bevor ich nun beginne, melancholisch zu werden und Dich zu langweilen, möchte ich neben einem letzten Gruß zum Kern dieses Briefes kommen. Wenn Hans sich korrekt ausgedrückt hat, so hat er Dir ausgerichtet, dass um zwölf Uhr heute Mittag der neue Eigentümer

Eurer Kontoranteile in Deinem Büro stehen
wird. Und wenn er es Dir nicht so gesagt haben
sollte, so sei doch versichert, dass ich es ihm so
und nicht anders aufgetragen habe. Denn es
stimmt, dass der Eigentümer dort steht – da
Du es bist, Luise, der die Anteile gehören. Nenn
es die sentimentalen letzten Momente einer
Mutter, die mich dazu bewogen haben, Dir
das zurückzugeben, was Dir rechtmäßig gehört.
Oder nimm als Motiv die Arroganz einer Frau,
die nicht akzeptieren kann, dass Frauen wie
wir, mit Ehrgeiz und Mut ausgestattet, dafür
bestraft werden, nicht in einem männlichen
Körper geboren zu sein. Glaube mir, wenn ich
Dir sage, es ist ein bisschen von beidem. Denn
ob Du es nun hören willst oder auch nicht: Du
bist mir in deinem Wesen sehr viel ähnlicher, als
Du es wahrhaben willst, denn der Ehrgeiz, der
uns antreibt, ist ungebrochen. Und ich verwehre
mich dagegen, zuzulassen, dass Dir von einem
verweichlichten Kerl genommen wird, was Du
Dir erkämpft hast, weil unsere Gesellschaft noch
nicht so weit ist, wie sie sein sollte.

Dir werden bereits morgen die hinterlegten
und notariell beglaubigten Unterlagen
zugestellt werden, die Dich als die rechtmäßige
Eigentümerin der Kontoranteile ausweisen.
Des Weiteren wird in Kürze mein Testament
verlesen werden, in dem ich Dich und Martha
zu gleichen Teilen mit einem beträchtlichen
Barvermögen bedenke. Wenn Du das Geld
nicht willst, dann verschenke es oder verstreue
es in der Elbe. Ganz wie es Dir beliebt.

*Ich habe auch Richard und Frederike bedacht, ebenfalls zu gleichen, wenn auch weit geringeren Teilen als Dich und Deine Schwester. Doch die Beträge werden ausreichen, damit Richard sich etwas Eigenes aufbauen kann, jedoch nicht opulent genug sein, um sich darauf auszuruhen. Was Frederike damit macht, steht ihr vollkommen frei.*

*Die Firma Frederiksen ist bereits im Verkauf befindlich. Das Vermögen, das hieraus erzielt wird, wird später nochmals zu den vorgenannten Anteilen an Euch Kinder ausgegeben werden.*

*Nun schließe ich, denn es ist alles gesagt. Alles, bis auf eines, was Du von mir wahrscheinlich immer hast hören wollen, was ich jedoch nie über die Lippen bekam:*

*Luise Hansen, Du bist mein ganzer Stolz. Du hast es allen gezeigt, Männern wie Frauen, Gönnern wie Neidern, Freunden wie Feinden. Du wolltest es gar nicht, doch Du hast sie alle Bewunderung und Furcht gelehrt, und darauf erhebe ich mein Champagnerglas und lasse Dich hochleben. Und – ich liebe Dich!*

*Deine Mutter*
*Elisabeth*

Luise ließ den Brief sinken, atmete stockend und schluchzte auf. Sie taumelte und drohte den Halt zu verlieren. Robert stürzte zu ihr und fing sie auf. Sie sah ihn aus tränennassen Augen an.

»Mein Gott, Luise! Was ist denn nur?«

Sie gab ihrem Vater den Brief und schleppte sich dann zur Couch, auf die sie sich fallen ließ.

Georg ging zu seinem Bruder, und dann lasen sie gemeinsam die Zeilen, die Luise so sehr aus der Fassung gebracht hatten. Ihre Mutter war tot, und sie hatten kein einziges Mal mehr miteinander gesprochen. Sie war tot, und sie hatte Luise mit ihren letzten Gedanken so berührt wie nie zuvor in ihrem ganzen Leben. Elisabeth hatte sie geliebt, doch gezeigt hatte sie es ihr nie. Bis zuletzt.

# 29. Kapitel

## *Hamburg, Donnerstag, 22. April 1897*

»Und ihr wollt es euch doch nicht noch einmal überlegen?«
Georg sah seine Nichte bittend an, als er ihr die Papiere übergab, die Hamzas Identität bestätigten und ihn als Mitarbeiter
des Kontors Hansen auswiesen.

»Danke«, sagte Luise und nahm die Papiere entgegen. »Aber
nein, auf gar keinen Fall werden wir es uns noch einmal überlegen.« Sie sah zu ihm auf und umarmte ihn. »Danke, Onkel
Georg. Hierfür«, sie hob die Papiere in ihrer Hand hoch, die für
Hamza in den Häfen, in denen sie anlegen würden, als Ausweis
dienen sollten, »und auch für alles andere, was du für mich und
für uns getan hast. Ich weiß nicht wann, doch eines Tages werden wir uns ganz bestimmt wiedersehen.«

Auch Georg musste schwer schlucken. »Du bist mir wie
eine zweite Tochter, Luise. Es zerreißt mir fast das Herz, dich
gehen zu lassen.«

»Na, bleiben können wir leider auch nicht.« Ihre
Entscheidung beruhte nicht nur auf der Furcht, dass die deutschen Truppen in Kamerun womöglich eine Meldung nach

Deutschland senden könnten, um auch hier nach Hamza fahnden zu lassen. Luise deutete auf die Menschen, die stehen geblieben waren und verständnislos den Kopf schüttelten. Dann betrat sie mit einem Sprung das Schiff. »Eine weiße Frau und ein schwarzer Mann, so etwas geht doch nicht«, sagte Luise mit gespielter Entrüstung und lachte auf.

»Und ob das geht«, stellte Hamza klar und legte den Arm um ihre Schultern.

»Seid ihr auch wirklich sicher, dass das Schiff hochsee-tauglich ist?«, fragte Georg noch mal nach, der als Einziger mit zum Hafen gekommen war, um Luise und Hamza dort zu verabschieden, während Vera, Frederike und Julius dies bereits zuvor in der Villa getan hatten, um den Abschiedsschmerz nicht noch weiter zu vertiefen. Martha hatte nur sehr schnippisch angemerkt, dass sie es als die größte Peinlichkeit ihres Lebens empfände, dass ihre Schwester mit »so einem«, wie sie Hamza nur zu nennen pflegte, mit einem eigenen Schiff um die Welt fahren wollte. Von ihrem Vater hatte Luise sich bereits vor zwei Wochen verabschiedet, als er nach Wien zurückgereist war.

»Wenn man der Werft, die dieses Schiff gebaut hat, Glauben schenken darf, dann ist es der größte und am leichtesten zu steuernde Luxus, den man sich nur vorstellen kann. Und unser Skipper ist ein erfahrener Mann. Uns wird bestimmt nichts geschehen.«

»Ich passe schon auf sie auf. Das verspreche ich«, verkündete Hamza.

»Und daran habe ich auch nicht den geringsten Zweifel«, sagte Georg.

Der Skipper, ein Mann um die vierzig, der ihnen von einem Mitarbeiter der Werft empfohlen worden war, kam an Deck, nickte Georg zu und sagte dann zu Luise: »Es ist alles vorbereitet. Wir könnten ablegen, wenn Sie so weit sind.«

»Danke, Knut«, erwiderte Luise.

»Und worauf nehmt ihr als Erstes Kurs?«, fragte Georg noch, als der Skipper bereits die Leinen löste.

»Vielleicht die Karibik?«, schlug Luise vor.

»Oder Schottland«, sagte Hamza.

»Schottland?«, wiederholte Luise und sah ihn an, als hätte sie sich verhört.

»Warum nicht? Mit einem Buch über Schottland habe ich lesen gelernt. Und so wie das Land darin geschildert wurde, muss es dort sehr schön sein.«

Luise lachte fröhlich. »Siehst du, Onkel Georg? Wir sind auf dem richtigen Kurs.« Sie hob die Hand, als hätte sie plötzlich einen Einfall. »Jetzt weiß ich's: Wir fahren nach China!«

»Wieso denn nach China?«, rief Georg zurück, als das Schiff schon immer weiter von der Kaimauer abtrieb.

»Ein schwarzer Mann und eine weiße Frau – dort sind wir beide fremd. Daraus lässt sich doch etwas machen!« Sie winkte Georg zu, und auch er schwenkte so lange seinen Arm, bis er in der Ferne nur noch das Schiff, aber nicht mehr die beiden Menschen an Deck sehen konnte.

»Komm, Luise«, sagte Hamza dann, zog sie sanft von der Reling fort, an der sie gestanden und dem Onkel noch zugewinkt hatte, und setzte sich dann mit ihr auf das breite Polster neben dem Steuer. Luise lehnte sich bei ihm an, während das Schiff gleichmäßig über die Wellen in ihre neue Freiheit glitt.

Sie sagten nichts, hielten sich nur in den Armen und genossen es einfach, zusammen zu sein. Nicht in Kamerun, nicht in Hamburg, nur im Hier und Jetzt. Nur sie beide in ihrer eigenen kleinen Welt, in der es kein Schwarz oder Weiß gab, sondern nur den weiten Himmel mit all seinen leuchtenden Farben.

# Nachwort

Liebe Leserinnen, liebe Leser!

Mit diesem achten Roman endet meine Hansen-Saga, denn ich spüre, dass Luises Geschichte und die ihrer Familie zu Ende erzählt ist.

Über fast ein Jahrzehnt hinweg haben wir unsere Luise nun in ihrem Leben begleitet und waren dabei, wie sie vom Teenager zur erwachsenen Frau wurde. Es war für mich als Autorin eine ebenso anstrengende wie erfüllende Reise, und ich vertraue Ihnen, liebe Leserinnen und Leser, an, dass ich jetzt, da ich diese Zeilen schreibe, Tränen in den Augen habe. Denn tatsächlich ist es so, als würde ich mich für immer von einer mir ans Herz gewachsenen Freundin verabschieden, zumindest für den Moment.

Es liegt mir am Herzen, Ihnen noch einmal zu versichern, dass sich die historischen Ereignisse wie im Buch beschrieben abgespielt haben, wenngleich ich mir die Freiheit genommen habe, insbesondere den Hafenarbeiterstreik in der Darstellung zeitlich zu straffen.

Die von Luise in ihrem Brief an Vera und Georg beschriebene, von Gouverneur von Puttkamer befohlene Strafexpedition des Leiters der Station Jaunde, Leutnant Dominik – beides historische Persönlichkeiten – gegen das Volk der Wute und deren Oberhäuptling Ngilla hat tatsächlich Ende Januar 1897 stattgefunden. Luise wusste allerdings, als sie ihren Brief schrieb, noch nicht, wie dieser Feldzug ausgehen würde: Als Dominik nämlich mit seinen Männern in Ngillastadt einmarschierte, vermutete er, dass man ihn und seine Leute angreifen und abschlachten wollte, sodass er selbst die Initiative ergriff und gegen die hoffnungslos unterlegenen Wute in die Offensive ging. Nach einem mehrstündigen Kampf, bei dem mehrere Hundert Wutekrieger getötet wurden, eroberte Dominik Ngillastadt, machte reiche Beute und vertrieb Ngilla in die Berge. Mit dieser blutigen Aktion wurde der Ruf Ngillas, angeblich unbesiegbar zu sein, beschädigt und widerlegt. Dies nutzten Dominik und von Puttkamer wiederum zur Festigung ihrer und damit der deutschen Kolonialherrschaft.

Damit, liebe Leserinnen und Leser, komme ich nun zum Schluss meines Nachworts. Ja, vorerst endet hier die Hansen-Saga ... Doch ich freue mich riesig, wenn Sie mir und meinen Romanen auch in Zukunft die Treue halten.

Bis bald, herzlichst
Ihre Ellin Carsta

# Quellenverzeichnis

## Literatur

Manfred Berger, Historische Bahnhofsbauten, Band II: Braunschweig, Hannover, Preußen, Bremen, Hamburg, Oldenburg und Schleswig-Holstein, Transpress, Berlin 1987

Aïssatou Bouba, »Kinder des Augenblicks«. Die Ethnien Deutsch-Nordkameruns in deutschsprachigen Reiseberichten (1850–1919), Edition Lumière, Bremen 2008

Max Buchner, Kamerun – Skizzen und Betrachtungen, Duncker & Humblot, Leipzig 1887

Peter Csendes/Ferdinand Öpil (Hrsg.), Wien – Geschichte einer Stadt, Band 3. Von 1790 bis zur Gegenwart, Böhlau, Wien/Köln/Weimar 2006

Deutsches Kolonial-Handbuch, bearb. von Rudolf Fitzner, Paetel, Berlin 1896

Deutsches Kolonial-Lexikon, hrsg. von Heinrich Schnee, Quelle & Meyer, Leipzig 1920 (online noch unvollständig abrufbar unter: http://www.ub.bildarchiv-dkg.uni-frankfurt.de/Bildprojekt/Lexikon/lexikon.htm)

Dictionnaire Duala-Français, Suivi d'un Lexique Français-Duala, Editions Klincksieck, Paris 1972 (online abgerufen am 25. Oktober 2017)

Hans Dominik, Kamerun, Stilke, 2. Aufl. Berlin 1911

Hans Dominik, Vom Atlantik zum Tschadsee, Mittler und Sohn, Berlin 1908

Andreas Eckert, Die Duala und die Kolonialmächte. Eine Untersuchung zu Widerstand, Protest und Protonationalismus in Kamerun vor dem Zweiten Weltkrieg, Lit, Münster 1992

Andreas Eckert, Grundbesitz, Landkonflikte und Kolonialer Wandel, Douala 1880 bis 1960, in: Beiträge zur Kolonial- und Überseegeschichte, Band 70, Steiner, Stuttgart 1999

Alexander Emmerich, Die Geschichte der Deutschen in Afrika – Von 1600 bis in die Gegenwart, Fackelträger, Köln 2013

Werner Gartung, Kamerun, Rump, Bielefeld 2015

Franz Giesebrecht (Hrsg.), Die Behandlung der Eingeborenen in den deutschen Kolonien, o. O., 1889

Reiner Gömmel, Realeinkommen in Deutschland. Ein internationaler Vergleich (1800–1913), in: Vorträge zur Wirtschaftsgeschichte, Heft 4, Nürnberg 1979

Horst Gründer, Geschichte der deutschen Kolonien, 6., überarbeitete und erweiterte Aufl., Schöningh, Paderborn 2012

Karin Hausen, Deutsche Kolonialherrschaft in Afrika, Wirtschaftsinteressen und Kolonialverwaltung in Kamerun vor 1914, in: Beiträge zur Kolonial- und Überseegeschichte, Band 6, Atlantis, Zürich u. a., 1970

Barbara Johanna Heuermann, Der schizophrene Schiffsschnabel: Biographie eines kolonialen Objektes und Diskurs um seine Rückforderung im postkolonialen München, Studien aus dem Münchner Institut für Ethnologie, Band 17, München 2015

Werner Jochmann/Hans-Dieter Loose (Hrsg.), Hamburg, Geschichte der Stadt, Teil 2, Vom Kaiserreich bis zur Gegenwart, Hoffmann und Campe, Hamburg 1986

Alexandre Kum'a N'dumbe, Das Deutsche Kaiserreich in Kamerun: Wie Deutschland in Kamerun seine

Kolonialmacht aufbauen konnte; 1840–1910, Exchange & Dialogue, Berlin 2009

Hans Meyer, Das deutsche Kolonialreich, Erster Band: Ostafrika und Kamerun, Verlag des Bibliographischen Instituts, Leipzig und Wien 1909

Heiko Möhle, Eine endlose Geschichte – Nachwirkungen des Deutschen Kolonialismus in Kamerun, in: http://www.freiburg-postkolonial.de/Seiten/Moehle-Kamerun276.htm

Fritz-Ferdinand Müller, Kolonien unter der Peitsche, Rütten & Loening, Berlin 1962

Jesko von Puttkamer, Gouverneursjahre in Kamerun, Stilke, Berlin 1912

Johannes Sachslehner, Wien: eine Geschichte der Stadt, Pichler, Wien/Graz/Klagenfurt 2006

Manfred Schläfcke, Als Kaufmann nach Kamerun – Viktoria (Limbe) und Kribi 1900–1907, Books on Demand, Norderstedt 2014

August Seidel, Die Duala-Sprache in Kamerun. Systematisches Wörterverzeichnis und Einführung in die Grammatik, Groos, Heidelberg 1904 (online abgerufen am 22. Oktober 2017).

Unser Kamerun – Deutschlands älteste Kolonie, Poetzsch, Magdeburg 1899 (Reprint, Melchior, Wolfenbüttel 2012)

Gotthilf Walz, Die Entwicklung der Strafrechtspflege in Kamerun unter deutscher Kolonialherrschaft 1884–1914, in: Beiträge zur Soziologie Afrikas, Band 2, zugl. Diss., Freiburg 1981

Manfred Wehdorn/Ute Georgeacopol-Winischhofer, Baudenkmäler der Technik und Industrie in Österreich, Band 1, Böhlau, Graz/Wien 1964

Walter M. Weiss, Wien, 5., aktualisierte Aufl., DuMont Reiseverlag, Ostfildern 2016

Benno Wiesmüller/Dierk Lawrenz, Die Hamburger Rangier-
und Güterbahnhöfe, EK-Verlag, Freiburg 2009

Albert Wirz, Vom Sklavenhandel zum kolonialen Handel,
Wirtschaftsräume und Wirtschaftsformen vor 1914, in:
Beiträge zur Kolonial- und Überseegeschichte, Band 10,
Atlantis, Zürich u. a. 1972

Clemens Wischermann, Wohnen in Hamburg vor dem Ersten
Weltkrieg, Coppenrath, Münster 1983

Eugen Zintgraff, Nord-Kamerun, Paetel, Berlin 1895

INTERNET

http://alex.onb.ac.at/cgi-content/alex?apm=0&aid=rgb&datu
m=18520000&page=189

http://anno.onb.ac.at/cgi-content/anno?zoom=33

https://archivfuehrer-kolonialzeit.de/map

https://www.blf-online.de/
historische-werte-datei-preise-loehne-ertraege

http://www.bpb.de/gesellschaft/migration/
afrikanische-diaspora/59376/chronologie

https://www.bundesarchiv.de/DE/Content/Artikel/Ueber-uns/
Aus-unserer-Arbeit/Textsammlung-Kamerun/kamerun.
html

cameroon-cocoa.de/geschichte-kamerun

https://www.christian-terstegge.de/hamburg/karten_hamburg/

http://ciml.250x.com/archive/events/german/1896_hafenarbei-
terstreik_in_hamburg.html

http://www.ddl.ish-lyon.cnrs.fr/projets/clhass/PageWeb/res-
sources/duala.pdf

http://www.digizeitschriften.de/dms/toc/?PPN=PPN514401303

https://www.dhm.de/lemo/kapitel/kaiserreich/aussenpolitik/
die-deutsche-kolonie-kamerun.html

https://www.ethnologue.com/map/CM_s

https://www.europeana.eu/portal/de/collections/
newspapers?f%5BDATA_PROVIDER%5D%5B%5D=H
amburg+State+Library&q=&range%5Bproxy_dcterms_
issued%5D%5Bbegin%5D=1896-05-21&range%5Bproxy_
dcterms_issued%5D%5Bend%5D=1896-05-21

https://www.europeana.eu/portal/de/record/9200338/
BibliographicResource_3000119011322.
html?q=#dcId=1570957242590&p=1

http://www.freiburg-postkolonial.de/index.htm

https://geschichtsbuch.hamburg.
de/epochen/industrialisierung/
arbeitsbedingungen-und-hafenarbeiterstreikarbeit/

https://geschichtsbuch.hamburg.de/epochen/
industrialisierung/gaengeviertel-und-elendsquartiere/

https://geschichtsbuch.hamburg.de/wp-content/uploads/
sites/255/2017/08/AB-SEK-I-Streik-der-Hafenarbeiter-
und-Seeleute.kor_.pdf

http://geschichtsverein-koengen.de/WilhelmZwei.htm

http://www.goruma.de/Laender/Afrika/Kamerun/
Wissenswertes/Feiertage_Veranstaltungen_und_
Landessitten.html

http://www.hamburger-bahnhoefe.de/venloerbf.html

https://www.hamburgmuseum.de/uploads/hamburg_museum/
documents/6895/original/
Wohnen_im_19._Jahrhundert.pdf?1505725487

kamerun-tourismus.de/gestern_und_heute/index.html

http://www.kopfwelten.org/kp/

http://www.kopfwelten.org/kp/pdf/MaxEsser_Roeschenthaler_
KoelnPostkolonial.pdf

http://kunstmuseum-hamburg.de/
deutschlands-kolonien-in-farbe-kamerun/

https://www.spiegel.de/geschichte/tierpark-begruender-carl-
hagenbeck-a-951096-amp.html

http://staatsbuergerschaft.gv.at/index.php?id=34

http://www.theobroma-cacao.de/wissen/herstellung/
    verarbeitung-der-kakaofrucht/

http://www.ub.bildarchiv-dkg.uni-frankfurt.de/Bildprojekt/
    Lexikon/lexikon.htm

https://web.archive.org/web/20071002230426/http://inwent.
    org/v-ez/lis/kamerun/index.htm

https://web.archive.org/web/20100209053003/http://users.
    elite.net/runner/jennifers/hello.htm#D

https://www.wien.gv.at/kultur/archiv/geschichte/index.html

https://www.wien.gv.at/kultur/archiv/geschichte/ueberblick/
    stadtwachstum.htm

http://zefys.staatsbibliothek-berlin.de/index.php?id=list

Hat Ihnen dieses Buch gefallen? Möchten Sie informiert werden, wenn Ellin Carsta ihr nächstes Buch veröffentlicht? Dann folgen Sie der Autorin auf Amazon.de!

1) Suchen Sie auf Amazon.de oder in der Amazon App nach dem eben gelesenen Buch.
2) Klicken Sie auf den Namen der Autorin, um auf die Autorenseite zu gelangen.
3) Klicken Sie auf den »Folgen«-Button.

Noch schneller gelangen Sie zur Autorenseite, indem Sie diesen QR-Code mit Ihrem Smartphone oder Tablet scannen:

Wenn Sie dieses Buch auf einem Kindle eReader oder in der Kindle App lesen, wird Ihnen automatisch angeboten, der Autorin zu folgen, sobald Sie die letzte Seite des Buches erreicht haben.

Made in the USA
Middletown, DE
16 August 2021